द
मिडनाइट
लाइब्रेरी

द मिडनाइट लाइब्रेरी

मैट हेग

अनुवाद : आशुतोष गर्ग

मंजुल पब्लिशिंग हाउस

मंजुल पब्लिशिंग हाउस

कॉरपोरेट एवं संपादकीय कार्यालय

• द्वितीय तल, उषा प्रीत कॉम्प्लेक्स, 42 मालवीय नगर, भोपाल-462 003

विक्रय एवं विपणन कार्यालय

• सी-16, सेक्टर 3, नोएडा, उत्तर प्रदेश, 201301

वेबसाइट : www.manjulindia.com

वितरण केन्द्र

अहमदाबाद, बेंगलुरू, भोपाल, कोलकाता, चेन्नई,
हैदराबाद, मुम्बई, नई दिल्ली, पुणे

मैट हेग द्वारा लिखित मूल अंग्रेजी पुस्तक द *मिडनाइट लाइब्रेरी* का हिन्दी अनुवाद

The Midnight Library by Matt Haig – Hindi Edition

यह हिन्दी संस्करण 2024 में पहली बार प्रकाशित

ISBN 978-93-5543-900-0

अनुवाद : आशुतोष गर्ग

मुद्रण व जिल्दसाज़ी : रेप्रो इंडिया लिमिटेड

सभी स्वास्थ्य कर्मियों
और देखभाल करने वालों को
शुक्रिया।

मैं अपनी पसंद के सब लोगों जैसा नहीं बन सकती, ना ही मैं पसंद की सारी ज़िंदगी जी सकती हूँ। मैं सारे मनपसंद कौशल भी नहीं सीख सकती। और मुझे यह सब चाहिए किसलिए? मैं अपने इसी जीवन में सभी तरह के मानसिक और शारीरिक अनुभवों से जुड़े रंग, स्वर और विविधताओं को जीना और उन्हें महसूस करना चाहती हूँ।

–सिल्विया प्लाथ

'जीवन और मृत्यु के बीच एक लाइब्रेरी होती है,' उन्होंने कहा। 'और उस लाइब्रेरी के अंदर, अनंत शेल्फ़ होती हैं। यहाँ रखी हर किताब आपको एक नया जीवन आज़माने का मौक़ा देती है, जिसे आप जी सकते थे। यह देखने के लिए कि यदि आपने कुछ और चुना होता तो ज़िंदगी कैसी होती... अगर आपको किसी पर हुआ पछतावा दूर करने का मौक़ा मिलता तो क्या आपने कुछ अलग किया होता?'

वर्षा के बारे में बातचीत

मरने का फ़ैसला करने से उन्नीस साल पहले नोरा सीड, बेडफ़ोर्ड शहर के हेज़ेल्डेन स्कूल में एक छोटी-सी लाइब्रेरी में बैठी थी। वह शतरंज की बिसात को देखते हुए एक नीची मेज़ पर बैठ गई।

'नोरा, भविष्य के बारे में चिंता करना स्वाभाविक है,' लाइब्रेरियन श्रीमती एल्म ने कहा। उनकी आँखें चमक रही थीं।

श्रीमती एल्म ने पहल की। सफ़ेद मोहरों की कतार के ऊपर से घोड़े ने छलांग लगाई। 'बेशक, परीक्षा को लेकर चिंता होती है। लेकिन तुम जो चाहो, वह बन सकती हो। उन सारी संभावनाओं के बारे में सोचना रोमांचक हो सकता है।'

'हाँ। मुझे भी ऐसा लगता है।'

'पूरी ज़िंदगी सामने है।'

'पूरी ज़िंदगी।'

'तुम कुछ भी कर सकती हो, कहीं भी रह सकती हो। किसी कम ठंडी और नमी वाली जगह पर।'

नोरा ने अपने एक प्यादे को दो ख़ाने आगे बढ़ा दिया।

श्रीमती एल्म की तुलना नोरा की माँ से करना मुश्किल नहीं था, जिन्हें यही लगता था कि नोरा को ग़लती सुधारने की ज़रूरत है। उदाहरण के लिए, जब वह बच्ची थी तो नोरा की माँ इस बात से बहुत चिंतित थी कि नोरा का बायाँ कान उसके दाएँ कान की तुलना में ज़्यादा बाहर निकला था। और उसे ठीक करने के लिए नोरा की माँ ने टेप का उपयोग किया और फिर उसे ऊनी टोपी के नीचे छिपा दिया।

'मुझे ठंड और नमी से *नफ़रत* है,' श्रीमती एल्म ने ज़ोर देते हुए कहा।

श्रीमती एल्म के छोटे भूरे बाल थे और गर्दन के ऊपर उनका अंडाकार चेहरा, उदार और झुर्रीदार हो गया था। वह काफ़ी बूढ़ी थीं। लेकिन पूरे स्कूल में उनकी नोरा से सबसे ज़्यादा बनती थी। जब बारिश नहीं होती तो वह दोपहर का समय अपनी छोटी-सी लाइब्रेरी में बिताती थीं।

नोरा ने उनसे कहा, 'ठंडक और गीलापन साथ नहीं रहते। अंटार्कटिका पृथ्वी का सबसे शुष्क महाद्वीप है। तकनीकी रूप से वह एक रेगिस्तान है।'

'अच्छा है, यही तो तुम्हें पसंद है।'

'मुझे नहीं लगता कि यह ठीक बात है।'

'शायद तुम्हें अंतरिक्ष-यात्री होना चाहिए। फिर तुम आकाशगंगा की सैर कर पातीं।'

नोरा मुस्कराई। अन्य ग्रहों पर बारिश की स्थिति और भी ख़राब है। 'बेडफ़ोर्डशायर से भी ख़राब?'

'शुक्र पर तो विशुद्ध अम्ल बरसता है।'

श्रीमती एल्म ने कपड़ों से टिश्यू निकाला और धीरे-से अपनी नाक साफ़ की। 'देखा? तुम्हारे जैसा दिमाग़ हो तो कोई कुछ भी कर सकता है।'

एक गोरा लड़का, जिसे नोरा कुछ साल से जानती थी, खिड़की के सामने से भागता हुआ निकला। वह या तो किसी का पीछा कर रहा था या कोई उसका पीछा कर रहा था। नोरा अपने भाई के जाने के बाद से थोड़ा असुरक्षित महसूस करती थी। वह लाइब्रेरी, उसके लिए छोटा-सा बसेरा था।

'पिताजी सोचते हैं, मैंने सब छोड़ दिया। मैंने तैराकी भी छोड़ दी।'

'ठीक है, यह अलग बात है लेकिन इस दुनिया में तेज़ तैरने के अलावा भी करने को बहुत कुछ है। तुम्हारे सामने कई संभावित जीवन हैं। जैसा कि मैंने पिछले सप्ताह कहा था, तुम ग्लेशियोलॉजिस्ट बन सकती हो। मैं इस पर शोध कर रही थी और...'

तभी फ़ोन की घंटी बजी।

'एक मिनट,' श्रीमती एल्म ने धीरे से कहा। 'मैं ज़रा फोन सुन लूँ।'

क्षण-भर बाद, नोरा ने श्रीमती एल्म को फ़ोन पर बात करते सुना। 'हाँ! वह यहीं है।' लाइब्रेरियन का चेहरा सदमे से फीका पड़ गया। उसने नोरा की ओर से मुँह फेर लिया, लेकिन उस शांत कमरे में उनके शब्द सुने जा सकते थे : 'नहीं! नहीं, हे भगवान! हाँ, बेशक...'

उन्नीस वर्ष बाद

दरवाज़े पर खड़ा व्यक्ति

मरने का फ़ैसला करने से सत्ताइस घंटे पहले नोरा सीड, एक पुराने सोफ़े पर बैठी अन्य लोगों के सुखी जीवन को खंगाल रही थी। उसे प्रतीक्षा थी कि कुछ होगा। फिर, सचमुच कुछ हो गया।

किसी ने उसके दरवाज़े की घंटी बजाई।

पहले उसे लगा कि उसे दरवाज़ा नहीं खोलना चाहिए। वह सोने वाली ड्रेस पहन चुकी थी, हालाँकि अभी केवल नौ बजे थे। उसने बड़े आकार की इकोवॉरियर टी-शर्ट और टार्टन का पायजामा पहना था, जिसके बारे में सोचकर भी उसे अजीब लग रहा था।

उसने चप्पलें पहन लीं। फिर उसे पता चला कि दरवाज़े पर एक पुरुष खड़ा था, जिसे वह पहचानती थी। वह लंबा, गठीला था। उसका चेहरा दयालु, लेकिन आँखें तेज़ और चमकीली थी मानो वह चीज़ों के पार देख सकता था।

उसे देखकर अच्छा लगा हालाँकि आश्चर्य हुआ, क्योंकि उसने दौड़ने वाली पोशाक पहनी थी और बरसात के मौसम में ठंड के बावजूद वह पसीने से तर था। उसके सामने खड़ी नोरा, पाँच सेकेंड पहले की तुलना में ख़ुद को और भी गंदा महसूस करने लगी।

लेकिन उसे अकेलापन महसूस हो रहा था। उसने दर्शन का पर्याप्त अध्ययन किया था और वह जानती थी कि अर्थहीन ब्रह्मांड में एकाकीपन की अनुभूति, मनुष्यत्व का मूलभूत हिस्सा होता है। फिर भी नोरा उस पुरुष को देखकर ख़ुश हुई।

'ऐश,' उसने मुस्कराते हुए कहा। 'तुम ऐश हो ना?'

'हाँ। मैं ही हूँ।'

'तुम्हें देखकर अच्छा लगा। यहाँ क्या कर रहे हो?'

कुछ सप्ताह पहले जब नोरा इलेक्ट्रिक पियानो बजा रही थी, तो ऐश ने बैनक्रॉफ़्ट एवेन्यू की ओर दौड़ते हुए उसे 33 ए की खिड़की से हल्का-सा इशारा किया था। उसने वर्षों पहले एक बार नोरा को कॉफ़ी पीने के लिए भी कहा था। शायद वह फिर यही करने वाला था।

'तुम्हें देखकर ख़ुशी हुई,' वह बोला, लेकिन उसके तनावग्रस्त माथे को देखकर ऐसा लगा नहीं।

दुकान में जब भी उनकी बात होती थी, वह हमेशा तरोताज़ा दिखता था, लेकिन इस बार उसकी आवाज़ में भारीपन था। उसने भौंह को खरोंचा और उसके मुँह से कुछ आवाज़ निकली, लेकिन वह पूरा शब्द नहीं बोल पाया।

'तुम दौड़ने जा रहे हो?' यह प्रश्न व्यर्थ था। साफ़ दिख रहा था कि वह दौड़ने ही निकला था। लेकिन नोरा को थोड़ी राहत महसूस हुई, क्योंकि थोड़ा ही सही, कहने को कुछ तो था।

'हाँ। मैं बेडफ़ोर्ड हाफ़-मैराथन में हिस्सा ले रहा हूँ। इसी रविवार को है।'

'बढ़िया! मैं भी हाफ़-मैराथन करने की सोच रही थी। फिर मुझे विचार आया कि मुझे दौड़ना पसंद नहीं है।'

यह शब्द कहने से ज़्यादा दिमाग़ में ही मज़ेदार लग रहे थे, परंतु वह नोरा के मुँह से निकल चुका था। उसे दौड़ना नापसंद नहीं था। फिर भी ऐश के गंभीर हाव-भाव देखकर वह बेचैन हो गई। उनके बीच की चुप्पी छा गई। फिर वह मौन किसी और चीज़ में बदल गया।

'तुमने बताया था कि तुम्हारे पास एक बिल्ला है,' ऐश ने कहा।

'हाँ। मेरे पास एक बिल्ल है।'

'मुझे उसका नाम याद है। वोल्टेयर। वह जिंजर टैब्बी है ना?'

'हाँ। मैं उसे वोल्ट्स कहती हूँ। वोल्टेयर को यह नाम दिखावटी लगता है। उसे अठारहवीं शताब्दी के फ्रांसीसी दर्शन और साहित्य में रुचि नहीं है। दरअसल, किसी बिल्ले के हिसाब यह नाम बड़ा व्यावहारिक है।'

ऐश ने नोरा की चप्पलों की ओर देखा।

'मुझे दुख है कि वह मर चुका है।'

'क्या?'

'वह सड़क के किनारे पड़ा है। मैंने कॉलर पर उसका नाम देखा। शायद किसी कार ने टक्कर मारी होगी। मुझे अफ़सोस है, नोरा।'

नोरा को भावनाओं में आए परिवर्तन से डर लग रहा था। वह मुस्कराती रही मानो वह मुस्कान नोरा को ऐसे जीवन में ज़िंदा रख सकती थी, जहाँ वोल्ट्स अब भी मौजूद, जहाँ ऐश को नोरा ने गिटार की गीत-पुस्तकें बेची थीं, और जहाँ उसने दरवाज़े की घंटी किसी और कारण से बजाई थी।

नोरा को याद था कि ऐश एक सर्जन है। पशुओं का नहीं, इंसानों का चिकित्सक। लेकिन अगर उसने कहा कि कोई मर चुका है, तो संभावना यही है कि वह मर चुका है।

'मुझे बहुत दुख है।'

यह दुख नोरा के लिए परिचित था। अब केवल सरट्रालाइन द्वारा ही रोना बंद हो सकता था। 'हे भगवान्!'

वह बैनक्रॉफ़्ट एवेन्यू के गीले फ़र्श पर चलकर बाहर गई। उसकी साँसें धीरे चल रही थीं। फिर नोरा ने निरीह पड़े वोल्ट्स को देखा, जो बारिश में चमकते डामर पर लेटा था। उसका सिर फुटपाथ से टकरा गया था और पैर पीछे की ओर थे, मानो वह किसी काल्पनिक पक्षी का पीछा कर रहा था।

'ओह वोल्ट्स। नहीं! हे भगवान्!'

नोरा जानती थी कि उसे अपने विडाल-मित्र के प्रति दया और निराशा महसूस होनी चाहिए - और ऐसा हो भी रहा था - लेकिन उसे कुछ और भी स्वीकार करना था। वोल्टेयर के चेहरे पर शांति तथा दर्द की अनुपस्थिति को देखकर नोरा के भीतर एक भाव पनप उठा।

ईर्ष्या का भाव।

स्ट्रिंग थ्योरी

मरने का फ़ैसला करने से साढ़े नौ घंटे पहले नोरा दोपहर की शिफ़्ट के लिए स्ट्रिंग थ्योरी देरी से पहुँची।

'माफ़ करना,' उसने कार्यालय में बैठे नील से कहा, 'पिछली रात मेरा बिल्ला मर गया। मुझे उसे दफ़नाना था। किसी ने उसे दफ़नाने में मेरी मदद की थी, लेकिन फिर मैं घर में अकेली रह गई थी। मैं बहुत देर तक सो नहीं पाई और अलार्म लगाना भूल गई। इसलिए नींद नहीं खुली और मुझे आने में देर हो गई।'

यह सब सच था। उसने कल्पना की - बिना मेकअप का चेहरा, ढीली पोनीटेल और पुरानी ग्रीन कॉरडुरॉय पिनाफौर पोशाक जो उसने पूरे सप्ताह पहनी थी, और ऊपर से थकान भरी निराशा - यह रूप उसके कथन की पुष्टि के लिए काफ़ी था।

नील ने कंप्यूटर से नज़र उठाकर ऊपर देखा और फिर कुर्सी पर पीछे की ओर झुक गया। उसने अपने हाथ आपस में जोड़े और अपनी तर्जनी पर ठुड्डी ऐसे टिकाई मानो कि वह कन्फ़्यूशियस हो, जो दुकान का मालिक होने के नाते काम पर देर से आने वाले कर्मचारी से निपटने के बजाय, किसी गहन दार्शनिक सत्य पर विचार कर रहा हो। उसके पीछे दीवार पर एक विशाल फ़्लीटवुड मैक पोस्टर लगा था, जिसका दाहिना कोना कुत्ते के कान की तरह लटक रहा था।

'नोरा, मैं तुम्हें पसंद करता हूँ।'

नोरा को नील से डर नहीं था। वह लगभग पचास साल का गिटार-प्रेमी युवक था, जिसे ख़राब चुटकुले सुनाना और स्टोर में पुराने डायलन गानों को लाइव बजाना पसंद था।

'मुझे पता है कि तुम मानसिक तौर पर परेशान हो।'

'हर कोई मानसिक तौर पर परेशान है।'

'तुम जानती हो कि मेरा क्या मतलब है।'

'मैं बेहतर महसूस कर रही हूँ,' नोरा ने झूठ बोला। 'यह चिकित्सा से जुड़ा मामला नहीं है। डॉक्टर का कहना है कि यह परिस्थितिवश हुआ डिप्रेशन है। मेरे साथ बस इतनी-सी समस्या है कि... मेरी परिस्थितियाँ बदलती रहती हैं। लेकिन

मैंने इस कारण एक दिन की भी छुट्टी नहीं ली। सिवाय जब मेरी माँ... हाँ। इसके अलावा।'

नील ने ठंडी साँस छोड़ी। उसकी नाक से सीटी जैसी आवाज़ निकली। भद्दा-सा बी-फ़्लैट स्वर। 'नोरा, तुम यहाँ कब से काम कर रही हो?'

'बारह साल और...' नोरा को यह अच्छी तरह याद था - '...ग्यारह महीने और तीन दिन। किश्तों में।'

'यह काफ़ी लंबा समय है। मुझे लगता है कि तुम बेहतर कर सकती हो। तुम चालीस साल की होने वाली हो।'

'मैं पैंतीस की हूँ।'

'तुम्हारे साथ बहुत कुछ हो रहा है। तुम लोगों को पियानो सिखाती हो...'

'एक व्यक्ति को।'

'क्या तुमने कल्पना की थी कि तुम अपने शहर की किसी दुकान में काम करोगी? तब जब तुम चौदह वर्ष की थीं? तुमने ख़ुद को किस रूप में देखा था?'

'चौदह साल में? एक तैराक।' वह देश में चौदह साल की ब्रेस्टस्ट्रोक स्टाइल में सबसे तेज़ और फ्रीस्टाइल में दूसरी सबसे तेज़ तैराक रह चुकी थी। उसे याद आया कि वह नैशनल स्विमिंग चैंपियनशिप में पोडियम पर खड़ी थी।

'फिर क्या हुआ?'

'मुझ पर बहुत दबाव था।'

'हालाँकि, दबाव ही हमें सफल बनाता है। पहले तुम कोयला होते हो और फिर वह दबाव ही तुम्हें हीरा बना देता है।'

नोरा ने हीरे के बारे में नील की जानकारी को दुरुस्त नहीं किया। उसने यह नहीं कहा कि कोयला और हीरा दोनों ही कार्बन के रूप हैं, लेकिन कोयला इतना अशुद्ध होता है कि उस पर कितना भी दबाव डाला जाए, वह हीरा नहीं बन सकता। विज्ञान के अनुसार, तुम कोयले बनकर शुरू करते हो और कोयला बनकर ही ख़त्म हो जाते हो। शायद यह वास्तविक जीवन का एक सबक़ था।

उसने अपने कोयला, जैसे काले बालों की एक बिखरी हुई लट को अपनी चोटी की तरफ़ ऊपर की ओर सीधा किया।

'यह क्या कह रहे हो, नील?'

'किसी सपने को पूरा करने के लिए कभी देर नहीं होती।'

'मुझे यक़ीन है कि उस सपने के लिए अब बहुत देर हो चुकी है।'

'तुम योग्य हो, नोरा। दर्शन-शास्त्र में डिग्री...'

नोरा ने अपने बाएँ हाथ के छोटे-से तिल को देखा। वह तिल हमेशा से उसके साथ रहा था। लेकिन, वह सिर्फ़ एक तिल था। 'सच कहूँ नील तो बेडफ़ोर्ड में दार्शनिकों की ज़्यादा माँग नहीं है।'

'तुम विश्वविद्यालय गईं, लंदन में एक साल बिताया, फिर वापस आ गईं।'

'मेरे पास ज़्यादा विकल्प नहीं थे।'

नोरा अपनी दिवंगत माँ के बारे में कोई बात नहीं करना चाहती थी। डैन के बारे में भी नहीं। नील को पता था कि कर्ट और कर्टनी की आकर्षक प्रेम कहानी के बाद नोरा ने दो दिन के नोटिस पर शादी से हाथ वापस खींच लिया था।

'हम सबके पास विकल्प होते हैं, नोरा। इच्छा भी तो कोई चीज़ होती है।'

'हाँ, लेकिन आप यदि ब्रह्मांड के नियतिपरक दृष्टिकोण का समर्थन करते हैं, तो ऐसा नहीं होता।'

'लेकिन *यहाँ* क्यों?'

'मैं यहाँ अथवा किसी पशु-बचाव केंद्र में काम कर सकती थी। यहाँ पैसे ज़्यादा मिल रहे थे। इसके अलावा, तुम्हें तो पता है... संगीत।'

'तुम एक बैंड में काम करती थीं। अपने भाई के साथ।'

'करती थी। द लेबिरिंथ्स। लेकिन उसका कोई भविष्य नहीं था।'

'तुम्हारा भाई तो कुछ और ही कहता है।'

नोरा को हैरानी हुई। 'जो? तुम उसे कैसे...'

'उसने एक एम्प ख़रीदा था। मार्शल डीएसएल 40।'

'कब?'

'शुक्रवार को।'

'वह बेडफ़ोर्ड में था?'

'उम्मीद है वह कोई होलोग्राम नहीं था। ट्यूपैक की तरह।'

वह शायद रवि से मिलने आया होगा, नोरा ने सोचा। रवि उसके भाई का सबसे अच्छा दोस्त था। जो, गिटार छोड़कर एक छोटी-सी आईटी नौकरी के लिए लंदन चला गया, लेकिन रवि, बेडफ़ोर्ड में ही रहा। वह अब स्लॉटरहाउस फ़ोर नाम के कवर बैंड में काम करता है और शहर-भर में घूमता है।

'यह दिलचस्प है।'

नोरा को यक़ीन था कि उसका भाई जानता है कि शुक्रवार को नोरा की छुट्टी होती है।

'मैं यहाँ ख़ुश हूँ।'

'तुम ख़ुश नहीं हो।'

नील ठीक कह रहा था। भीतर से नोरा की आत्मा बीमार थी। उसे उबकाई आने लगी। उसने चेहरे की मुस्कान को फैला लिया।

'मेरा मतलब है कि मैं इस नौकरी से ख़ुश हूँ। ख़ुश मतलब, मैं संतुष्ट हूँ। नील, मुझे इस नौकरी की आवश्यकता है।'

'नोरा, तुम एक नेक इंसान हो। तुम्हें दुनिया की चिंता है। बेघर लोगों की, पर्यावरण की।'

'मुझे नौकरी चाहिए।'

नील, कन्फ़्यूशियस वाली मुद्रा में लौट आया। 'तुम्हें आज़ादी चाहिए।'

'मुझे आज़ादी नहीं चाहिए।'

'यह कोई ग़ैर-लाभकारी संगठन नहीं है। हालाँकि सही बात यह है कि यह तेज़ी से उसी संगठन में बदल रहा है।'

'नील, क्या यह सब इसलिए है कि मैंने पिछले सप्ताह कुछ कह दिया था? इसलिए ही तुम चीज़ों को बदलकर नया करना चाहते हो? मैंने कुछ सोचा है कि हम कैसे युवा लोगों को यहाँ ला सकते हैं?'

'नहीं,' नील ने रक्षात्मक होते हुए कहा। 'यह जगह सिर्फ़ गिटार के लिए थी। स्ट्रिंग थ्योरी, समझीं? मैंने इसका विस्तार किया। काम शुरू किया। बात केवल इतनी है कि मैं इस मुश्किल समय में तुम्हारे नीरस चेहरे से फैल रही निराशा के लिए तुम्हें पैसे नहीं दे सकता।'

'क्या?'

'मुझे दुख है, नोरा' नील ने एक पल रुक कर कहा, 'तुम्हें यह काम छोड़ना होगा।'

जीना मतलब सहना

मरने का फ़ैसला करने से नौ घंटे पहले नोरा, बेडफ़ोर्ड में निरुद्देश्य भटक रही थी। यह शहर, निराशा की कन्वेयर बेल्ट की तरह था। कंकड़-पत्थर से भरा खेल-परिसर, जहाँ उसके मृत पिता ने एक बार उसे तैराकी करते देखा था; एक मैक्सिकन रेस्तरां, जहाँ वह डैन को के साथ गई थी; और वह अस्पताल, जहाँ उसकी माँ का इलाज हुआ था।

डैन ने कल उसे मैसेज किया था।

'नोरा, मैंने बहुत समय से तुम्हारी आवाज़ नहीं सुनी। क्या हम बात कर सकते हैं?'

नोरा ने उससे कहा कि वह बहुत व्यस्त थी (ज़ोरदार हँसी)। कुछ और कहना असंभव था और यह इसलिए नहीं कि वह डैन को पसंद नहीं करती थी बल्कि इसीलिए कि वह उसे महसूस कर सकती थी। वह उसे फिर से चोट पहुँचाने का जोखिम नहीं उठाना चाहती थी। नोरा ने डैन की ज़िंदगी बर्बाद कर दी थी। *मेरा जीवन अस्त-व्यस्त है*, उसने नशे में नोरा से कहा था। यह बात नोरा द्वारा शादी तोड़ने के दो दिन पहले की है।

ब्रह्मांड, अराजकता और एन्ट्रापी का समर्थन कर रहा था। यह थर्मोडायनेमिक्स का बुनियादी सिद्धांत है। शायद यही बुनियादी अस्तित्व भी है।

आपकी नौकरी चली जाती है, फिर स्थिति और बिगड़ जाती है।

हवा, पेड़ों के मध्य से बहती हुई मानो कुछ कह रही थी।

फिर बरसात होने लगी।

वह बारिश से बचने के लिए, एक समाचार एजेंट की दुकान में पहुँच गई। उसके मन में एक *गहन* अहसास उठा कि हालात और ख़राब होने वाले हैं; और वही हुआ भी।

दरवाज़े

मरने का फ़ैसला करने से आठ घंटे पहले नोरा ने न्यूज एजेंट के यहाँ प्रवेश किया।

'बारिश से बचने आई हो?' काउंटर के पीछे खड़ी महिला ने पूछा।

'हाँ।' नोरा का सिर नीचे झुका था। उसकी निराशा का बोझ इतना बढ़ चुका था कि वह उसे सँभाल नहीं पा रही थी।

नैशनल ज्योग्राफ़िक का अंक सामने रखा था।

नोरा ने पत्रिका के मुखपृष्ठ पर बने चित्र पर नज़र डाली – ब्लैक होल का चित्र – उसे लगा कि वह स्वयं भी वैसी ही है। ब्लैक होल की तरह। डूबता हुआ तारा, जो अपने आप में विलीन हो रहा था।

उसके पिता ने इस पत्रिका की सदस्यता ली थी। उसे याद आया कैसे आर्कटिक महासागर में स्थित एक नॉर्वेजियन द्वीप-समूह स्वालबार्ड के बारे में एक लेख ने उसे मंत्रमुग्ध कर दिया था। उसने *कभी ऐसी जगह नहीं देखी* थी। वह ग्लेशियरों, खड़ी चट्टानों के बीच लंबे, सँकरे समुद्री रास्तों और पफ़िन्स पर शोध कर रहे वैज्ञानिकों के बारे में पढ़ती थी। श्रीमती एल्म द्वारा प्रेरित किए जाने के बाद नोरा ने तय किया कि वह ग्लेशियरों का अध्ययन करने वाली वैज्ञानिक बनेगी।

तभी उसने अपने भाई के दोस्त को देखा। वह उनके बैंड में रह चुका था। उसका नाम रवि था और वह एक लेख पढ़ने में व्यस्त था। नोरा कुछ क्षण वहाँ खड़ी रही, और जब वह जाने लगी तो रवि ने उससे कहा, 'नोरा?'

'हैलो रवि, मैंने सुना कि मेरा भाई जो, बेडफ़ोर्ड में ही था?'

रवि ने हलका-सा इशारा किया। 'हाँ।'

'तुमने, क्या उसे देखा?'

'हाँ, मैंने उसे देखा था।'

कुछ पल दोनों चुप रहे। उस चुप्पी से नोरा को पीड़ा हुई। 'उसने मुझे नहीं बताया कि वह आ रहा है।'

'वह जल्दी में था।'

'वह ठीक है?'

रवि चुप रहा। नोरा कभी उसे पसंद किया करती थी। वह उसके भाई का दोस्त था। लेकिन, जो की तरह, उनके बीच भी बाधा थी। दोनों ख़ुशी से अलग नहीं हुए थे। (जब नोरा ने उसे बताया कि वह बैंड छोड़ रही है तो वह रिहर्सल-कक्ष के फ़र्श पर ड्रमस्टिक्स फेंक कर बाहर निकल गया था।) 'मुझे लगता है, वह परेशान है।'

नोरा का दिमाग़ यह सोचकर भारी हो गया कि उसके भाई की स्थिति भी उसी के जैसी थी।

'वह बदल गया है,' रवि ने कहा। 'उसे शेफ़र्ड बुश का अपना घर छोड़ना होगा। वह एक सफल रॉक बैंड में मुख्य गिटारिस्ट की भूमिका नहीं निभा पा रहा था। मेरे पास भी पैसे नहीं हैं। पब गिग्स, इन दिनों भुगतान नहीं करते, भले ही आप शौचालय साफ़ करने के लिए राजी हो जाएँ। नोरा, कभी तुमने पब के शौचालय साफ़ किए हैं?'

'अगर हम ज़्यादा दुखी कौन है, जैसा ओलिंपिक खेल रहे हैं तो तुम्हें बता दूँ कि मेरा समय भी बुरा ही चल रहा है।'

'ओलिंपिक।'

रवि खाँसते हुए हँसने लगा। क्षण-भर के लिए उसके चेहरे पर कठोरता छा गई। 'दुनिया का सबसे छोटा वायलिन बज रहा है।'

नोरा, झगड़े के मूड में नहीं थी। 'क्या तुम लेबिरिंथ्स के बारे में कह रहे हो? अब भी?'

'मेरे लिए इसका बहुत महत्त्व है। और तुम्हारे भाई के लिए भी। हम सबके लिए। हमने यूनिवर्सल के साथ सौदा किया था। ठीक उसी जगह। एल्बम, एकल, टूर, प्रोमो। हमें साथ में कुछ बजाए बहुत समय बीत चुका है।'

'तुम इस बात से नफ़रत करते हो।'

'बात यह नहीं है। हम मालिबू में हो सकते थे। उसके बजाय, आज हम बेडफ़ोर्ड में हैं। और यह इसलिए नहीं कि तुम्हारा भाई तुमसे मिलने के लिए तैयार नहीं है।'

'मुझे *पैनिक अटैक* आते थे। मैंने सबको निराश किया। मैंने कहा था कि मेरे बिना तुम्हारे साथ काम कर ले। मैं गाने लिखने को तैयार थी। इसमें मेरी ग़लती नहीं है। मेरी सगाई हो गई थी। मैं डैन के साथ थी। मेरा संबंध टूट सकता था।'

'अच्छा, तो वह संबंध कैसा रहा?'

'रवि, यह सही बात नहीं है।'

'सही। यह बढ़िया शब्द है।'

काउंटर के पीछे खड़ी महिला उन्हें देखती रही।

'बैंड टिकते नहीं हैं। हम उल्कापात की तरह सिद्ध हुए। शुरू होने से पहले ही ख़त्म!'

'उल्कापात बहुत ख़ूबसूरत होता है।'

'तुम अब भी एला के साथ हो ना?'

'मेरे पास एला और पैसा, दोनों हो सकते थे। हमारे पास मौक़ा था।' उसने हथेली की ओर इशारा करते हुए कहा। 'हमारे गानों में *आग* थी।'

नोरा को अच्छा नहीं लगा, जब ऐश ने मन में 'हमारे' को 'मेरे' कहा।

'मुझे लगता है तुम्हारी समस्या, स्टेज या शादी का डर नहीं, बल्कि *जीवन का* डर था।'

यह प्रहार तीखा था। उन शब्दों ने नोरा का जोश ठंडा कर दिया।

'और मुझे लगता है कि *तुम्हारी* समस्या है,' उसने प्रतिशोध से भरे काँपते स्वर में कहा, 'अपने घटिया जीवन के लिए दूसरों को दोष देना।'

रवि ने सिर हिलाया मानो उसे थप्पड़ पड़ा हो। उसने पत्रिका नीचे रख दी।

'फिर मिलते हैं, नोरा।'

'जो से मेरा हैलो कहना,' नोरा ने कहा। रवि दुकान से बाहर निकल गया। नोरा कहती रह गई, 'प्लीज़।'

उसकी नज़र *योर कैट मैगजीन* के कवर पर पड़ी। जिंजर टैबी। उसके दिमाग़ में स्टर्म और ड्रैंग सिम्फ़नी बजने लगी मानो किसी जर्मन संगीतकार का भूत उसके भीतर क़ैद था, जो अव्यवस्था और तीव्रता-भरा यह अहसास पैदा कर रहा था।

काउंटर के पीछे खड़ी महिला ने कुछ कहा। लेकिन नोरा को सुनाई नहीं दिया।

'आपने कुछ कहा?'

'नोरा सीड?'

उस महिला के सुनहरे, छोटे बाल और गहरा रंग था। वह ख़ुश दिख रही थी। नोरा सोचने लगी कोई ऐसा कैसे हो सकता है। नोरा ने चिड़ियाघर के बंदर की भांति भुजाओं का अगला भाग काउंटर पर टिका दिया।

'हाँ।'

'मैं केरी-ऐनी हूँ। तुम मुझे स्कूल के दिनों से याद हो। तैराक। तेज़ दिमाग़। मिस्टर ब्लैंडफ़ोर्ड ने एक बार कहा था कि तुम ओलिंपिक तक ज़रूर पहुँचोगी।'

नोरा ने सिर हिलाया।

'क्या तुम वहाँ तक पहुँची?'

'मैं तैरना छोड़ दिया था। उन दिनों... संगीत में अधिक रुचि थी। बस, जीवन चलता रहा।'

'तो अब तुम क्या करती हो?'

'मैं... बस, इधर-उधर।'

'तो कोई साथ है? पति? बच्चे?'

नोरा ने सिर हिलाया। काश, वह नीचे गिर जाता! उसका अपना ही सिर। फ़र्श पर। ताकि उसे दोबारा किसी अजनबी से बात नहीं करनी पड़ती।

'ठीक है, लेकिन यूँ मत घूमो। समय निकल रहा है, टिक-टॉक टिक-टॉक।'

'मैं *पैंतीस* की हूँ।' नोरा ने सोचा, काश इज़्ज़ी यहाँ होती। इज़्ज़ी ने कभी इस तरह की बकवास का समर्थन नहीं किया। 'और मुझे नहीं लगा कि मैं यह चाहती हूँ...'

'मैं और जेक खरगोश की तरह तेज़ थे, लेकिन हम भी यहाँ तक पहुँच ही गए हैं। दो शैतान बच्चे हैं। लेकिन जानती हो, यह ज़रूरी है। मुझे लगता है कि मैं अब *पूर्ण* हो गई हूँ। मैं तुम्हें कुछ तसवीरें दिखा सकती हूँ।'

'मुझे सिरदर्द हो जाता है... फ़ोन से।'

डैन को बच्चे चाहिए थे। नोरा इस बारे में अपनी राय को लेकर आश्वस्त नहीं थी। उसे माँ बनने से डर लगता था। गहरे अवसाद का डर। किसी और का क्या, वह अपना भी ख़याल नहीं रख सकती थी।

'तो अब तक बेडफ़ोर्ड में हो?'

'हाँ।'

'सोचा था कि तुम यहाँ से निकल जाओगी।'

'मैं वापस आ गई। मेरी माँ बीमार थीं।'

'अरे, सुनकर दुख हुआ। आशा है, वे अब ठीक हैं?

'मैं अब चलती हूँ।'

'लेकिन बारिश हो रही है।'

नोरा दुकान से बाहर निकली तो उसने चाहा कि आगे दरवाज़ों के अलावा कुछ नहीं हो, जिनसे वह एक-एक करके गुज़र जाए। सब कुछ पीछे छोड़कर।

ब्लैक होल कैसे बनें

मरने का फ़ैसला करने से सात घंटे पहले नोरा नीचे फिसल रही थी। उसके पास बात करने को कोई नहीं था।

उसकी सबसे अच्छी दोस्त इज़ी, उसकी आख़िरी उम्मीद थी। वह ऑस्ट्रेलिया में दस हज़ार मील से ज़्यादा दूर थी। और उन दोनों के बीच अब बातचीत भी नहीं थी।

नोरा ने अपना फ़ोन निकाला और इज़ी को मैसेज भेजा।

हैलो इज़ी, बहुत दिनों से बात नहीं हुई। तुम्हारी कमी खलती है, दोस्त। अगर हम मिल सकें तो बहुत मज़ा आएगा। X

उसने मैसेज में एक और *"X"* जोड़कर उसे भेज दिया।

एक मिनट के भीतर ही इज़ी ने मैसेज देख लिया। नोरा ने जवाब का इंतज़ार किया, लेकिन कुछ नहीं हुआ।

वह सिनेमा हॉल के आगे से गुज़री। वहाँ उस रात रयान बेली की नई फ़िल्म चल रही थी। *लास्ट चांस सैलून* नाम की कॉर्नी काउबॉय रोमांटिक कॉमेडी।

रयान बेली का चेहरा हमेशा ऐसे दिखता था मानो उसे सब *गहन और महत्त्वपूर्ण* चीज़ों की जानकारी थी। नोरा, बेली से उसी समय से प्यार करती थी, जब से उसने बेली को टीवी पर द *एथेनियंस* में प्लेटो की भूमिका में देखा था और बेली ने अपने एक साक्षात्कार में यह कहा था कि उसने दर्शनशास्त्र का अध्ययन किया है। नोरा ने बेली के साथ वेस्ट हॉलीवुड हॉट टब में हेनरी डेविड थोरो को लेकर गहरी बातचीत करने की कल्पना भी की हुई थी।

'अपने सपनों की ओर आत्मविश्वास के साथ आगे बढ़ो,' थोरो ने कहा। 'वह ज़िंदगी जियो, जिसकी तुमने कभी कल्पना की थी।'

थोरो, नोरा का पसंदीदा दार्शनिक था। लेकिन थोरो के अतिरिक्त वह कौन है, जो आत्मविश्वास और गंभीरता के साथ सपनों की दिशा में आगे बढ़ता है? वह बिना बाहरी दुनिया से संपर्क किए चला गया और जंगल में रहने लगा। वह बैठकर लिखता रहता और लकड़ी एवं मछली काटता रहता था। लेकिन शायद दो सदी

पहले, बेडफ़ोर्ड और बेडफ़ोर्डशायर के आधुनिक जीवन की तुलना में कॉनकॉर्ड, मैसाचुसेट्स का जीवन अधिक सहज था।

या शायद नहीं था।

हो सकता है कि जीवन व्यतीत करने की दृष्टि से नोरा ही स्वयं बुरी हो।

कई घंटे बीत गए। उसे एक उद्देश्य की तलाश थी। कुछ ऐसा, जो उसके अस्तित्व की वजह बन सके। लेकिन उसके पास ऐसा कोई काम नहीं था। यहाँ तक कि श्री बनर्जी की दवा लाने जैसा छोटा काम भी नहीं, जो उसने दो दिन पहले ही किया था। वह एक बेघर आदमी को कुछ पैसे देना चाहती थी, लेकिन फिर उसे अहसास हुआ कि उसके पास देने के लिए पैसे ही नहीं थे।

'ख़ुश रहो; शायद ऐसा कभी नहीं होगा,' किसी ने कहा।

कुछ होता ही नहीं, उसने मन ही मन सोचा। *यही तो समस्या थी।*

ऐन्टीमैटर

मरने का फ़ैसला करने से पाँच घंटे पहले, वह घर की ओर चलने लगी। तभी उसका फ़ोन बजने लगा।

शायद वह इज़ी का फ़ोन था। या शायद रवि ने नोरा के भाई को बात करने को कहा हो।

नहीं।

'ओह हैलो, डोरीन।'

'तुम *थीं* कहाँ?'

वह बिलकुल भूल गई थी। *कितना समय हो गया?*

'मेरा दिन बहुत ख़राब बीता। मुझे दुख है।'

'हमने तुम्हारे फ़्लैट के बाहर एक घंटे तक इंतज़ार किया।'

'मैं लौटने पर लियो को पढ़ा दूँगी। मैं पाँच मिनट में आ जाऊँगी।'

'अब देर हो गई है। वह तीन दिन तक अपने पिता के साथ रहेगा।'

'ओह मुझे खेद है। मुझे बहुत दुख है।'

वह क्षमा याचनाओं का जलप्रपात थी। वह ख़ुद में डूबी हुई थी।

'सच कहूँ नोरा तो वह पूरी तरह से हार चुका है।'

'लेकिन वह बहुत अच्छा है।'

'उसे यह पसंद भी था। लेकिन वह व्यस्त रहता है। परीक्षाएँ, दोस्त, फ़ुटबॉल। उसे कुछ तो छोड़ना...'

'वह बहुत प्रतिभावान है। मैंने उसे चॉपिन में शामिल करवाया है। कृपया...'

'बाय, नोरा।'

नोरा कल्पना करने लगी कि धरती फट रही है, और उसे कोई लिथोस्फ़ीयर और मेंटल के बीच से अंदर धकेल रहा था। वह बिना रुके आंतरिक छोर तक पहुँच जाती है और फिर सिमटकर एक ठोस निष्प्राण धातु बन जाती है।

मरने का फ़ैसला करने से चार घंटे पहले, नोरा की मुलाक़ात अपने बुज़ुर्ग पड़ोसी, श्री बनर्जी से हुई।

श्री बनर्जी चौरासी वर्ष के थे। वह कमज़ोर थे, लेकिन कूल्हे की सर्जरी के बाद से थोड़ा चलने-फिरने लगे थे।

'बाहर मौसम ख़राब है ना?'

'हाँ,' नोरा ने धीरे-से कहा।

फिर उन्होंने फूलों पर नज़र डाली। 'हालाँकि, आईरिस तो उग आए हैं।'

नोरा ने जामुनी फूलों की ओर देखा और ज़बरदस्ती मुस्कराई। उसने सोचा ये फूल सांत्वना कैसे दे सकते थे।

बनर्जी की आँखें चश्मे के पीछे से थकी हुई दिख रही थीं। वह दरवाज़े पर खड़े चाबियाँ तलाश रहे थे। उनके बैग में दूध की बोतल थी, जिसका भार उनके लिए ज़्यादा लग रहा था। वह घर से बाहर कम दिखते थे। पहले महीने में नोरा, ऑनलाइन किराने की दुकान शुरू करने में उन्हें मदद करने उनके घर गई थी।

'मेरे पास एक अच्छी ख़बर है,' बनर्जी ने कहा। 'अब तुम्हें मेरी गोलियाँ लाने की आवश्यकता नहीं है। केमिस्ट के पास काम करने वाला लड़का नज़दीक ही रहता है। उसने कहा कि वही गोलियाँ मेरे घर पहुँचा देगा।'

नोरा ने जवाब देने की कोशिश की, लेकिन शब्द नहीं मिले। उसने सिर हिलाकर हामी भर दी।

आख़िर उन्होंने दरवाज़ा खोल लिया, फिर उसे बंद कर दिया और पीछे हटकर घर के भीतर चले गए, उनकी मृत पत्नी के स्मारक में।

किसी को नोरा की ज़रूरत नहीं थी। वह संसार के लिए बेकार थी।

फ़्लैट के अंदर का सन्नाटा, बाहर के शोर से भी अधिक सुनाई दे रहा था। बिल्ली के भोजन की गंध आ रही थी। वोल्टेयर के कटोरे में अब भी आधा खाया हुआ खाना पड़ा था।

नोरा ने पानी लिया और डिप्रेशन की दो गोलियाँ निगल लीं। वह बाक़ी गोलियों को देखते हुए सोच में डूब गई।

मरने का फ़ैसला करने से तीन घंटे पहले, उसके शरीर में पश्चाताप की पीड़ा हो रही थी, मानो मन की निराशा, उसके धड़ और अंगों में व्याप्त हो चुकी थी और मानो वह नोरा के शरीर के हर हिस्से पर कब्ज़ा कर चुका था।

नोरा को याद आया कि हर कोई उसके बिना ख़ुश था। हम ब्लैक होल के निकट जाते हैं तो उसका गुरुत्वाकर्षण, हमें उसकी धूमिल, काली वास्तविकता के अंदर खींच लेता है।

यह विचार दिमाग़ में निरंतर उठी ऐंठन जैसा था, जिसे सहन करना कठिन था। लेकिन उसे नज़रअंदाज़ कर पाना भी संभव नहीं था।

नोरा ने सोशल मीडिया को देखा। कोई संदेश नहीं, कोई टिप्पणी नहीं, कोई नया फ़ॉलोअर नहीं, कोई मित्र-अनुरोध भी नहीं। वह एन्टीमैटर की तरह थी, जिसमें ख़ुद पर दया का तत्त्व शामिल हो गया था।

उसने इंस्टाग्राम खोला और पाया कि उसे छोड़कर लगभग सभी लोग जीने का तरीक़ा सीख चुके थे। उसने फ़ेसबुक पर एक अपडेट पोस्ट कर दिया, जबकि वह उस अकाउंट को उपयोग नहीं करती थी।

मरने का फ़ैसला करने से दो घंटे पहले, उसने शराब की बोतल खोली।

दर्शनशास्त्र की पुरानी पाठ्य पुस्तकें, विश्वविद्यालय की भूतिया साज-सज्जा को देखकर मानो असहज हो रही थीं। उस समय जीवन में कुछ संभावना थी। एक युक्का पौधा और तीन छोटे गमले वाले कैक्टस के पौधे। उसे लगा दिन-भर गमले में अचेतन बनकर बैठना शायद अधिक सरल था।

वह इलेक्ट्रिक पियानो के पास बैठ गई, लेकिन उसने कुछ नहीं बजाया। वह लियो के पास बैठकर उसे ई-माइनर में चॉपिन की प्रस्तावना सिखाने के बारे में सोचने लगी। समय बीत जाए तो ख़ुशी के पल, दर्द में बदल सकते हैं।

एक पुराने संगीतकार का कहना था कि पियानो पर ग़लत नोट्स नहीं होते। लेकिन नोरा का जीवन निरर्थक बातों के कोलाहल से भरा था। ऐसा संगीत जिसे अद्भुत दिशा मिल सकती थी, लेकिन वह कहीं नहीं पहुँचा।

समय बीतता रहा। वह शून्य में देखती रही।

शराब पीने के बाद उसे कुछ अहसास होने लगा। वह ऐसा जीवन जीने लिए नहीं पैदा हुई थी।

हर क़दम ग़लत था, हर फ़ैसला एक दुर्घटना। वह हर दिन अपने उस स्वरूप से दूर होती जा रही थी, जिसकी उसने कभी कल्पना की थी।

तैराक। संगीतकार। दार्शनिक। पत्नी। यात्री। *ग्लेशियोलॉजिस्ट।* प्रसन्न। प्रेम की पात्र।

कुछ भी तो नहीं हो पाया।

वह एक 'बिल्ली की मालकिन' तक नहीं बन पाई। या 'एक घंटा प्रति सप्ताह की पियानो ट्यूटर'। या 'बातचीत करने में एक सक्षम इंसान'।

दवाइयाँ काम नहीं कर रही थीं।

उसने सारी शराब पीकर ख़त्म कर दी।

'मुझे तुम्हारी याद आती है,' उसने शून्य में कहा मानो सब प्रिय लोगों की आत्मा उसके साथ कमरे में मौजूद थीं।

उसने भाई को फ़ोन किया लेकिन उसने फ़ोन नहीं उठाया तो नोरा ने वॉएस-मेल छोड़ दिया।

'जो, मैं तुमसे प्यार करती हूँ। मैं बस तुम्हें यही बताना चाहती थी। तुम्हारी कोई ग़लती नहीं थी। यह मेरी ज़िंदगी है। मेरा भाई होने के लिए धन्यवाद। मैं तुमसे प्यार करती हूँ। अलविदा।'

फिर से बारिश होने लगी। नोरा पर्दा खोलकर बैठ गई और खिड़की के काँच पर बूंदों को गिरते देखती रही।

घड़ी में ग्यारह बजकर बाइस मिनट हुए थे।

उसे बस एक ही बात पता थी : वह कल का दिन नहीं देखना चाहती। वह खड़ी हुई। उसे कलम और काग़ज़ मिल गए।

उसने फ़ैसला किया कि मरने के लिए यह सही समय था।

तुम जो भी हो,

मुझे जीवन में कुछ करने के अनेक मौक़े मिले, लेकिन मैंने हर अवसर गँवा दिया। मेरी लापरवाही और दुर्भाग्य के कारण दुनिया मुझसे दूर हो गई। इसलिए अब यही ठीक है कि मैं इस दुनिया से दूर चली जाऊँ।

अगर मुझे लगता कि रुकना संभव है, तो मैं ज़रूर रुक जाती। लेकिन मुझे ऐसा नहीं लगता। इसलिए मैं नहीं रुक सकती। मेरे कारण लोगों का जीवन बर्बाद हो रहा है।

मेरे पास किसी को देने के लिए कुछ नहीं है। मुझे माफ़ करना।

एक-दूसरे का ख़याल रखना।

अलविदा,
नोरा

00:00:00

पहले कोहरा इतना घना था कि उसे कुछ दिखाई नहीं दे रहा था। फिर उसने देखा कि दोनों तरफ़ खंभे थे। वह स्वयं थी। वह रास्ते पर खड़ी थी। वे खंभे धूसर रंग के थे, जिनमें नीले रंग के धब्बे थे। धुंध छँट गई थी। फिर एक आकृति उभरी।

एक ठोस, आयताकार आकृति।

वह एक भवन था। चर्च या छोटे-से सुपर मार्केट जैसी आकृति। उसका सामने का भाग पत्थर का बना था, जिसका रंग खंभों जैसा था। उसके बीच में एक बड़ा-सा लकड़ी का दरवाज़ा और छत थी, जो अत्यंत भव्य दिख रही थी। सामने की ओर फ्रंट गैबल पर काले रोमन अंकों वाली घड़ी लगी थी, जिसके काँटे, आधी रात के होने का संकेत दे रहे थे। सामने की दीवार पर पत्थर की ईंटों से बनी ऊँची, गहरी धनुषाकार खिड़कियाँ थीं, जिन्हें समान दूरी पर बनाया गया था। नोरा ने पहली बार देखा तो उसे लगा कि उसमें केवल चार खिड़कियाँ थीं, लेकिन फिर दोबारा देखने पर उसने पाया कि वे पाँच थीं। नोरा ने सोचा कि उससे गिनती में ग़लती हुई होगी।

आसपास और कुछ नहीं था। चूंकि वह कहीं और नहीं जा सकती थी, तो नोरा ने सावधानी से आगे क़दम आगे बढ़ाया।

उसने अपनी घड़ी के डिजिटल डिस्प्ले पर नज़र डाली।

00:00:00

घड़ी बता रही थी कि आधी रात का समय हुआ था।

नोरा ने घड़ी में अगला सेकेंड होने की प्रतीक्षा की, लेकिन वह नहीं हुआ। वह इमारत के क़रीब गई। उसने लकड़ी का दरवाज़ा खोल दिया और अंदर क़दम भी रख दिया लेकिन घड़ी का डिस्प्ले नहीं बदला। उसकी या तो घड़ी ख़राब थी या फिर समय ही कुछ गड़बड़ हो रहा था। दोनों में से कुछ भी हो सकता था।

क्या हो रहा है? उसे आश्चर्य हुआ। *यह क्या तमाशा चल रहा है?*

उसने सोचा शायद इसी जगह उसे जवाब मिले। वह अंदर चली गई। भीतर काफ़ी प्रकाश था और फ़र्श का रंग हल्का पीला और भूरे रंग के बीच का-सा था, जैसे कोई पुराना पन्ना। परंतु जो खिड़कियाँ नोरा ने बाहर से देखी थीं, वह अंदर

नहीं थीं। वह कुछ क़दम आगे बढ़ी तो उसे दीवारें नहीं दिख रही थीं। इसके बजाय, वहाँ किताबों की शेल्फ़ थीं। शेल्फ़ों के गलियारे जो छत को छू रहे थे और उनमें से शाखाएँ निकल रही थीं। नोरा उस चौड़े गलियारे में से गुज़र रही थी। उसने एक गलियारे को देखा। उसमें अंतहीन पुस्तकें देखकर नोरा आश्चर्य से भर उठी।

हर जगह किताबें थीं और वे इतनी पतली शेल्फ़ों पर रखी थीं कि उन्हें देखना भी मुश्किल था। सारी किताबें हरे रंग की थीं। तरह-तरह के हरे रंग। इनमें से कुछ खंड दलदली हरे थे, कुछ चमकीले और हल्के हरे, कुछ भड़कीले पन्ना रंग के हरे, तो कुछ गर्मियों के लॉन जैसे दिखते थे।

वे किताबें ग्रीष्मकालीन लॉन से संबंधित थीं : बावजूद इसके कि वे पुरानी थीं, लाइब्रेरी की हवा ताज़ा महसूस हो रही थी। उसमें धूल-भरी गंध नहीं बल्कि घास जैसी रसीली सुगंध थी। वे शेल्फ़, अनंत रूप से सीधी और लंबी थीं, जो दूर क्षितिज की ओर जाती थीं।

नोरा ने यादृच्छिक रूप से एक गलियारा चुना और उसमें चल पड़ी। अगले मोड़ पर, वह बाईं ओर मुड़ी और फिर वहाँ खो-सी गई। उसने बाहर निकलने का रास्ता खोजा, लेकिन निकास का कोई संकेत नहीं था। उसने लौटकर प्रवेश द्वार की ओर जाने की कोशिश की, लेकिन वह भी असंभव हो गया।

आख़िरकार उसने यही निष्कर्ष निकाला कि वह उस जगह से बाहर नहीं निकल पाएगी।

'यह असामान्य है,' उसने ख़ुद से कहा, 'यह निश्चित रूप से असामान्य है।'

नोरा कुछ किताबों के क़रीब पहुँच गई।

किसी किताब की स्पाइन पर पर उसका शीर्षक या लेखक का नाम नहीं लिखा था। रंग अलग होने के अलावा उनमें केवल एक भिन्नता थी : उनका आकार अलग था।

किताबें समान ऊँचाई की थीं, लेकिन चौड़ाई में भिन्न थीं। कोई दो इंच चौड़ी थीं, तो कुछ बहुत पतली थीं। एकाध किताबें तो पैम्फ़लेट जितनी पतली थीं।

नोरा ने जैतून के रंग की एक मध्यम आकार की पुस्तक निकाली। वह धूल से भरी और पुरानी दिख रही थी।

इससे पहले कि नोरा शेल्फ़ से किताब निकाल पाती, उसे पीछे से एक आवाज़ सुनाई दी।

'सावधान!'

नोरा ने मुड़कर देखना चाहा कि वहाँ कौन है।

लाइब्रेरियन

'ध्यान से... तुम्हें सावधान रहना होगा।'

वह महिला अचानक कहीं से निकल आई थी। उसने अच्छे कपड़े पहने थे। उसके बाल छोटे, सफ़ेद थे और उसने हरा पोलो जम्पर पहना था। महिला लगभग साठ वर्ष की थी।

'आप कौन हैं?'

इससे पहले कि वह सवाल पूरा करती, उसे अहसास हुआ कि उसे उत्तर पहले से पता था।

'मैं लाइब्रेरियन हूँ,' महिला ने शर्मीले अंदाज़ में कहा।

उसका चेहरा उदार, किंतु ज्ञान से परिपूर्ण था। बाल हमेशा की तरह छोटे और साफ़-सुथरे थे तथा चेहरा ठीक वैसा ही था, जैसा नोरा ने सोचा था।

नोरा के सामने उसकी पुरानी स्कूल लाइब्रेरियन थी।

'श्रीमती एल्म।'

श्रीमती एल्म धीरे से मुस्कराईं। 'शायद।'

नोरा को बरसात की वो दोपहर याद आ गईं, जब वह बैठकर शतरंज खेला करती थी।

नोरा को याद आया, जब उसके पिता की मृत्यु का हुई थी तो श्रीमती एल्म ने धीरे-से लाइब्रेरी में नोरा को यह ख़बर सुनाई थी। उसके पिता की मृत्यु, लड़कों के बोर्डिंग के रग्बी मैदान पर दिल का दौरा पड़ने से हुई थी, जहाँ वह पढ़ाते थे। नोरा को लगभग आधे घंटे तक कुछ समझ में नहीं आया। वह शतरंज के अधूरे खेल को एकटक देखती रही। ख़बर इतनी गंभीर थी कि नोरा सँभल नहीं पाई। बाद में, उसका असर नोरा पर इस तरह पड़ा कि वह अपने रास्ते से भटक गई। उसने श्रीमती एल्म को ज़ोर से गले लगाया और वह उनके जम्पर में मुँह छिपाकर इतना रोई कि उसका चेहरा रगड़ने से लाल हो गया था।

श्रीमती एल्म ने नोरा को पकड़े रखा और वह बच्चे की तरह उसकी पीठ को सहलाती रहीं। उन्होंने नोरा को किसी तरह की झूठी सांत्वना या दिलासा नहीं दी।

उन्हें नोरा की चिंता थी। नोरा को श्रीमती एल्म की बात याद आ गई : 'सब ठीक हो जाएगा, नोरा। सब ठीक हो जाएगा।'

लगभग एक घंटे में नोरा की माँ उसे लेने आ गईं। गाड़ी की पिछली सीट पर नोरा का भाई, पत्थर की तरह सुन्न बैठा था। नोरा सामने की सीट पर अपनी घबराई हुई माँ के बगल में बैठ गई। नोरा की माँ ने कहा कि वह उससे प्यार करती है लेकिन नोरा ने बदले में कोई उत्तर नहीं दिया।

'यह कौन-सी जगह है? मैं कहाँ हूँ?'

श्रीमती एल्म ने औपचारिक मुस्कान बिखेरते हुए कहा, 'यह निस्संदेह, एक लाइब्रेरी है।'

'यह स्कूल की लाइब्रेरी तो नहीं है। यहाँ से बाहर निकलने का कोई रास्ता भी नहीं है। क्या मैं मर चुकी हूँ? क्या यह मेरा पुनर्जन्म है?'

'ऐसा नहीं है,' श्रीमती एल्म ने कहा।

'मैं समझी नहीं।'

'समझाती हूँ।'

द मिडनाइट लाइब्रेरी

श्रीमती एल्म ने जैसे बोलना शुरू किया, उनकी आँखें जीवंत हो उठीं मानो किसी पोखर में चाँदनी टिमटिमा रही हो।

'जीवन और मृत्यु के बीच एक लाइब्रेरी होती है,' उन्होंने कहा। 'और उस लाइब्रेरी के अंदर, अनंत शेल्फ़ होती हैं। यहाँ रखी हर किताब आपको एक नया जीवन आज़माने का मौक़ा देती है जिसे आप जी सकते थे। यह देखने के लिए कि यदि आपने कुछ और चुना होता तो ज़िंदगी कैसी होती... अगर आपको किसी पर हुआ पछतावा दूर करने का मौक़ा मिलता तो क्या आपने कुछ अलग किया होता?'

'तो, मैं मर चुकी हूँ?' नोरा ने पूछा।

श्रीमती एल्म ने सिर हिलाया। 'नहीं। ध्यान से सुनो। जीवन और मृत्यु के बीच।' फिर उन्होंने गलियारे से आगे जाते रास्ते की ओर अस्पष्ट इशारा करते हुए कहा, 'मृत्यु बाहर है।'

'ठीक है तो मुझे वहाँ जाना चाहिए, क्योंकि मैं मरना चाहती हूँ।' नोरा ने कहकर चलना शुरू कर दिया।

लेकिन श्रीमती एल्म ने सिर हिलाया। 'मृत्यु ऐसे काम नहीं करती।'

'क्यों नहीं?'

'तुम मृत्यु के पास नहीं *जाते।* वह तुम्हारे पास आती है।'

ऐसा लग रहा था कि नोरा मृत्यु को पाने का काम भी ठीक से नहीं कर सकती थी।

यह नोरा के लिए परिचित-सा अहसास था। हर बात में अधूरापन। मनुष्यता की अधूरी पहेली। अधूरा जीना और अधूरा मरना।

'तो मैं मरी क्यों नहीं हूँ? मौत मेरे पास क्यों नहीं आई? मैंने उसे खुला निमंत्रण दिया था। मैं मरना चाहती थी। लेकिन मैं अब भी यहाँ मौजूद हूँ। मैं अब भी चीज़ों को महसूस कर सकती हूँ।'

'ठीक है, अगर तुम्हें यहाँ आरामदायक लगता है, तो तुम मरने *वाली* हो। जो लोग इस लाइब्रेरी से गुज़रते हैं, वे आम तौर पर किसी न किसी कारण से लंबे समय तक यहाँ नहीं रहते।

जब उसने इस बारे में सोचा - और वह सोचती ही गई - नोरा केवल उन चीज़ों के बारे में ही सोच पाई, जो वह नहीं थी। वह सब, जो वह बन नहीं पाई। और ऐसा बहुत कुछ था, जो वह नहीं बनी थी। कुछ बातों का पछतावा उसके दिमाग़ में स्थायी रूप चलता था। *मैं ओलिंपिक तैराक नहीं बन पाई। मैं ग्लेशियोलॉजिस्ट नहीं बनी। मैं डैन की पत्नी नहीं बन सकी। मैं माँ नहीं बनी हूँ। मैं लेबिरिंथ्स की प्रमुख गायिका नहीं बनी। मैं अच्छी या ख़ुश इंसान बनने में भी कामयाब नहीं हुई हूँ। मैं वोल्टेयर की देखभाल नहीं कर पाई।* और आख़िर में, वह मरने में भी कामयाब नहीं हो पाई थी। वास्तव में यह बड़ी दयनीय स्थिति थी कि उसने इतनी संभावनाएँ गँवा दी थीं।

'नोरा, जब तक यह मिडनाइट लाइब्रेरी सुरक्षित है, तुम मृत्यु से बची रहोगी। अब, यह तुम्हें तय करना है कि तुम्हें कैसा जीवन जीना है।'

हिलती अलमारियाँ

नोरा के दोनों ओर की अलमारियाँ हिलने लगीं। शेल्फ़ के कोण नहीं बदले, वे बस क्षैतिज रूप से आगे को सरकती रहीं। ये संभव था कि अलमारियाँ ना हिल रही हों, बल्कि उनमें रखी किताबें हिल रही हों, परंतु यह स्पष्ट नहीं था कि यह क्यों या कैसे हो रहा था। उन्हें चलाने वाला कोई यंत्र नज़र नहीं आ रहा था, और ना ही शेल्फ़ की शुरुआत या उसके अंत में किताबों के गिरने की कोई आवाज़ सुनाई दे रही थी। किताबें जिस शेल्फ़ पर रखीं थीं, उसके आधार पर अलग-अलग गति से खिसक रही थीं, लेकिन उनमें से किसी की भी गति तेज़ नहीं थी।

'यह क्या हो रहा है?'

श्रीमती एल्म के चेहरे पर अभिव्यक्ति का कठोर भाव उभर आया। वह सीधी हो गईं और उनकी ठुड्डी गर्दन के नज़दीक आ गई। वह नोरा के क़रीब आईं और उसके हाथों को जोड़ते हुए बोलीं, 'प्रिय, शुरू करने का समय हो गया है।'

'आपको बुरा नहीं लगे तो पूछ सकती हूँ - क्या शुरू करने का समय हो गया है?'

'हर जीवन में लाखों निर्णय होते हैं। कुछ बड़े, कुछ छोटे। लेकिन हर बार जब किसी एक निर्णय की जगह कोई अन्य निर्णय लिया जाता है तो उसके परिणाम भिन्न होते हैं। इसके चलते एक अपरिवर्तनीय रूपांतरण होता है, जिसके कारण और कई परिवर्तन होने लगते हैं। ये पुस्तकें उन सभी संभावित ज़िंदगियों का प्रवेश-द्वार हैं।'

'क्या?'

'आपके पास उतनी ही ज़िंदगियाँ हैं, जितनी की संभावनाएँ हैं। ऐसे जीवन हैं, जहाँ आप अलग-अलग चुनाव कर सकते हैं। और उन विकल्पों के अलग-अलग परिणाम होते हैं। अगर आपने सिर्फ़ एक काम अलग ढंग से किया होता, तो आज आपके जीवन की कहानी अलग होगी। और वे विकल्प इस मिडनाइट लाइब्रेरी में मौजूद हैं। वे सभी उतने ही वास्तविक हैं, जितना यह जीवन है।'

'समानांतर जीवन?'

'हमेशा समानांतर नहीं; इनमें से कई... *लंबवत हैं।* तो क्या तुम्हें ऐसा जीवन चाहिए, जो तुम जीना चाहती थीं? क्या तुम कुछ अलग करना चाहती हो? क्या कुछ भी ऐसा है, जिसे तुम बदलना चाहोगी? क्या तुमसे कोई काम ग़लत हुआ है?

यह आसान सवाल था। 'हाँ। सब कुछ।'

नोरा के जवाब से लाइब्रेरियन की नाक पर गुदगुदी होने लगी।

श्रीमती एल्म ने अपने पोलो नेक की आस्तीन के अंदर से एक टिश्यू निकाला और उसे जल्दी से अपने चेहरे के पास ले आई। फिर उन्होंने उस टिश्यू में छींक दिया।

'जीती रहो!' नोरा ने कहा। उसने देखा कि लाइब्रेरियन के हाथों से टिश्यू इस्तेमाल होते ही जादू की तरह ग़ायब हो गया।

'चिंता मत करो। टिश्यू भी ज़िंदगी की तरह होते हैं। और मिल जाते हैं।' श्रीमती एल्म अपनी विचार-शृंखला पर लौट आईं। 'एक काम को अलग ढंग से करने का आशय अक्सर यही होता है कि *सब कुछ* अलग तरीक़े से किया जा सकता है। हम कितनी भी कोशिश कर लें, लेकिन किसी काम को जीवन रहते पलटा नहीं जा सकता... लेकिन तुम जीवन के *भीतर* नहीं हो। तुम बाहर निकल आई हो। नोरा, तुम्हारे पास अवसर है कि तुम देख सको कि चीज़ें कैसी हो सकती हैं।'

यह सच नहीं हो सकता, नोरा ने मन में सोचा।

श्रीमती एल्म जानती थीं कि नोरा क्या सोच रही है।

'ओह, यह सच है, नोरा सीड। लेकिन जैसा तुम समझ रही हो यह वैसी सच्चाई नहीं है। बेहतर शब्द है, *बीच में...* यह जीवन नहीं है। यह मृत्यु भी नहीं है। यह पारंपरिक अर्थ में वास्तविक संसार नहीं है। ना ही यह कोई सपना है। इसे यह या वो नहीं कहा जा सकता। संक्षेप में, यह मिडनाइट लाइब्रेरी है।'

धीमी गति से सरकती अलमारियाँ सहसा थम गईं। नोरा ने देखा कि उसके दाहिनी ओर एक अलमारी अलमारी में कंधे की ऊँचाई पर बड़ा अंतर था। उसके आसपास की शेल्फ़ के अन्य सभी स्थानों पर किताबें दबाकर रखी हुई थीं, लेकिन यहाँ पतली-सी सफ़ेद शेल्फ़ पर केवल एक किताब थी।

यह किताब दूसरी किताबों की तरह हरी नहीं थी। यह भूरे रंग की थी। उसी तरह का भूरा रंग, जो उसने इमारत के सामने के पत्थरों पर धुंध के बीच में से देखा था।

श्रीमती एल्म ने किताब को शेल्फ़ से उठाया और नोरा को सौंप दिया। उनके चेहरे पर गर्व की हल्की-सी झलक थी मानो उन्होंने नोरा को क्रिसमस का उपहार दिया हो।

श्रीमती एल्म ने उसे पकड़ा तो वह हल्की लग रही थी, लेकिन वास्तव में वह किताब उससे कहीं अधिक भारी थी। नोरा किताब को खोलने लगी।

श्रीमती एल्म ने सिर हिलाया।

'तुम्हें हमेशा मेरे कहने का इंतज़ार करना चाहिए।'

'क्यों?'

'एक किताब को छोड़कर यहाँ की हर किताब, इस लाइब्रेरी की हरेक किताब तुम्हारी ज़िंदगी का एक रूप है। यह लाइब्रेरी तुम्हारी है। यह तुम्हारे लिए है। देखो, हर किसी के जीवन के अनंत रूप हो सकते थे। शेल्फ़ पर रखी ये पुस्तकें तुम्हारा जीवन हैं। इन सबकी शुरुआत एक ही समय से हो रही है। अभी से। मध्यरात्रि से। मंगलवार, अट्ठाइस अप्रैल। लेकिन आधी रात की ये संभावनाएँ एक-सी नहीं हैं। कुछ समान हैं, कुछ बहुत अलग हैं।'

'यह धमाकेदार है, *एक को छोड़कर? यह वाली?*' नोरा ने भूरे रंग की वह किताब श्रीमती एल्म की ओर झुकाते हुए कहा।

श्रीमती एल्म ने भौंहें उठाकर कहा। 'हाँ। वही। इसे तुमने ही लिखा है, वो भी बिना एक शब्द लिखे हुए।'

'क्या?'

'इस किताब में तुम्हारी सब समस्याओं के कारण हैं और उनके उत्तर भी।'

'लेकिन यह है क्या?'

'इसे कहते हैं, *पश्चाताप की किताब!*'

पश्चाताप की किताब

नोरा ने किताब पर नज़र डाली। उसके मुख-पृष्ठ पर उभरे हुए छोटे टाइपफ़ेस में छपा था।

पश्चाताप की किताब

'तुम जब से पैदा हुई हो, तब से तुम्हारा हर पश्चाताप इस किताब में दर्ज़ है,' श्रीमती एल्म ने किताब के आवरण पर अँगुली फेरते हुए कहा। 'अब मैं तुम्हें इसे खोलने की अनुमति देती हूँ।'

किताब भारी थी; इसलिए नोरा पालथी मारकर फ़र्श पर बैठ गई। फिर वह किताब के पन्ने पलटने लगी।

पुस्तक को उसके जीवन के वर्षों के अनुसार कालानुक्रमिक तरीक़े से अध्यायों में विभाजित किया गया था। 0, 1, 2, 3, से लेकर 35 तक। किताब आगे बढ़ी तो उसके अध्याय साल-दर-साल बड़े होते गए। परंतु नोरा के पश्चाताप, वर्ष से संबंधित नहीं थे।

'पश्चाताप कालक्रम के अनुसार नहीं होते। वे चारों ओर घूमते हैं। इन सूचियों के क्रम में परिवर्तन होता रहता है।'

'हाँ, शायद यह सही बात है।'

उसे जल्द ही अहसास हो गया कि वे पश्चाताप, अत्यंत साधारण ('मुझे खेद है कि मैं आज व्यायाम नहीं कर पाई') से लेकर बड़े और महत्त्वपूर्ण पश्चाताप ('मुझे खेद है कि मैंने अपने पिता के मरने से पहले उन्हें नहीं कहा कि मैं उनसे प्यार करती हूँ') उस किताब में शामिल थे।

उसमें निरंतर होने वाले पश्चाताप भी दर्ज़ थे। 'मुझे लेबिरिंथ्स छोड़ देने का अफसोस है, क्योंकि मैंने अपने भाई को निराश किया।' 'मुझे लेबिरिंथ्स छोड़ देने का अफ़सोस है, क्योंकि मैंने ख़ुद को निराश किया।' 'मुझे खेद है कि मैं पर्यावरण के लिए अधिक काम नहीं कर सकी।' 'सोशल मीडिया पर बिताए समय के लिए मुझे खेद है।' 'मुझे खेद है कि मैं इज़ी के साथ ऑस्ट्रेलिया नहीं गई।' 'मुझे खेद

है कि मैंने बचपन में मौज-मस्ती नहीं की।' 'मुझे पिताजी के साथ हुए विवादों का अफ़सोस है।' 'मुझे खेद है कि मैंने जानवरों के साथ काम नहीं किया।' 'मुझे खेद है कि मैंने यूनिवर्सिटी में फ़िलोसॉफ़ी के बजाय जियोलॉजी नहीं पढ़ी।' 'मुझे खेद है कि मैंने ख़ुश रहना नहीं सीखा।' 'मुझे अपराधबोध से ग्रस्त रहने का अफ़सोस है।' 'मुझे पछतावा है कि मैंने स्पेनिश सीखना बीच में छोड़ दिया।' 'मुझे ए-लेवल में विज्ञान से जुड़े विषय नहीं चुनने का अफ़सोस है।' 'मुझे ग्लेशियोलॉजिस्ट नहीं बन पाने का अफ़सोस है।' 'मुझे शादी नहीं कर पाने का पछतावा है।' 'मुझे खेद है कि मैंने दर्शनशास्त्र में मास्टर डिग्री के लिए कैम्ब्रिज में आवेदन नहीं किया।' 'मुझे अस्वस्थ रहने का अफ़सोस है।' 'मुझे लंदन जाने का अफ़सोस है।' 'मुझे खेद है कि मैं अंग्रेज़ी पढ़ाने पेरिस नहीं जा सकी।' 'मुझे खेद है कि विश्वविद्यालय में शुरू किया हुआ उपन्यास, मैंने पूरा नहीं किया।' 'मुझे लंदन छोड़कर जाने का अफ़सोस है।' 'मुझे खेद है कि मैंने ऐसी नौकरी की, जिसमें तरक्की की गुंजाइश नहीं है।' 'मुझे अफ़सोस है कि मैं एक अच्छी बहन नहीं बन पाई।' 'मुझे अफ़सोस है कि यूनिवर्सिटी के बाद मुझे एक साल का गैप नहीं मिला।' 'मुझे अपने पिता को निराश करने का पछतावा है।' 'मुझे खेद है कि मैं ख़ुद पियानो बजाने से ज़्यादा दूसरों को बजाना सिखाती हूँ।' 'मुझे अपने वित्तीय कुप्रबंधन का अफ़सोस है।' 'मुझे खेद है कि मैं ग्रामीण इलाक़ों में नहीं रह पाई।'

कुछ पछतावे, दूसरों की तुलना में हल्के थे। एक पछतावा अदृश्य-सा था लेकिन फिर वह सहसा चमकने लगा। वह नोरा का ध्यान खींच रहा था। नोरा ने उसे पढ़ा, 'मुझे अफ़सोस है कि मेरे अब तक बच्चे नहीं हुए।'

'यह एक अफ़सोस है जो कभी होता है और कभी नहीं,' श्रीमती एल्म ने समझाया मानो उन्होंने नोरा का मन पढ़ लिया था। 'कुछ ऐसे अफ़सोस भी होते हैं।'

किताब के अंत में सबसे लंबे अध्याय में 34 साल की उम्र के बाद से डैन से जुड़े बहुत-से पश्चाताप थे। ये काफ़ी मज़बूत और महत्त्वपूर्ण पश्चाताप थे, जो नोरा के दिमाग़ में हेडन कंसर्ट में बज रही फ़ोर्टिसिमो कॉर्ड की तरह लगातार चल रहे थे।

'मुझे अफ़सोस है कि मैंने डैन के साथ बुरा व्यवहार किया।' 'मुझे डैन के साथ संबंध तोड़ने का पछतावा है।' 'मुझे डैन के साथ कंट्री पब में नहीं रहने का अफ़सोस है।'

उस किताब के पृष्ठों पर नज़र डालते हुए नोरा, उस आदमी के बारे में सोचने लगी, जिसके साथ उसने लगभग शादी कर ली थी।

पश्चाताप का भार

डैन से नोरा की मुलाक़ात, टूटिंग में इज़ी के साथ रहने के दौरान हुई थी। बड़ी मुस्कान, छोटी दाढ़ी। वह टीवी पर दिखने वाला एक पशु चिकित्सक था। मज़ेदार और जिज्ञासु। वह पीता काफ़ी था, लेकिन इतना अभ्यस्त हो चुका था कि बाद में उसे नशा भी नहीं होता था।

उसने कला-इतिहास का अध्ययन किया था और वह रूबेन्स और टिंटोरेटो से संबंधित अपने गहन ज्ञान का अविश्वसनीय उपयोग करके प्रोटीन फ़्लैपजैक के ब्रांड में जनसंपर्क प्रमुख बन गया था। हालाँकि, उसका एक सपना था कि वह ग्रामीण इलाक़ों में पब खोलना चाहता था। ऐसा सपना जिसे वह नोरा के साथ साझा करना चाहता था।

वह डैन के उत्साह से प्रभावित थी। फिर उनकी सगाई हो गई। लेकिन अचानक नोरा को अहसास हुआ कि वह डैन से शादी नहीं करना चाहती थी।

दरअसल, वह अपनी माँ की तरह बन जाने से डरती थी। वह अपने माता-पिता जैसी शादी दोहराना नहीं चाहती थी।

नोरा, *पश्चाताप की किताब* को देख रही थी। वह सोच रही थी कि माता-पिता को कभी प्यार हुआ भी था या फिर उन्होंने केवल इसलिए शादी की थी, क्योंकि उचित समय पर निकटतम उपलब्ध व्यक्ति से विवाह कर लिया जाता है। यह एक खेल है, जहाँ संगीत बंद होने के बाद आप सबसे पहले सामने आए व्यक्ति को पकड़ लेते हैं।

नोरा, इस खेल को कभी नहीं खेलना चाहती थी।

बर्ट्रेंड रसेल ने लिखा है, 'प्यार से डरना जीवन से डरने जैसा है और जो जीवन से डरते हैं, उनका तो तीन-चौथाई अंश पहले ही मर चुका होता है।' शायद यही नोरा की समस्या थी। शायद वह सिर्फ़ जीने से डरती थी। लेकिन बर्ट्रेंड रसेल को गरम भोजन पकाने से ज़्यादा शादियाँ करने और स्त्रियों से संबंध बनाने का अनुभव था; इसलिए उसे सलाह देने का कोई अधिकार नहीं था।

नोरा की शादी से तीन महीने पहले अपनी माँ के निधन से नोरा बहुत दुखी हुई। हालाँकि उसने शादी की तारीख़ को आगे बढ़ाने का सुझाव दिया था, लेकिन

ऐसा हो नहीं पाया। और फिर नोरा के दुख में अवसाद एवं चिंता के साथ यह अहसास भी घुल गया कि उसका जीवन उसके नियंत्रण से बाहर हो चुका था। उनकी शादी में ऐसी अव्यवस्था फैल गई थी कि नोरा को सदा यही महसूस हुआ कि वह ट्रेन की पटरी से बँधी है, और उन रस्सियों को ढीला करके ख़ुद को मुक्त करने का एकमात्र तरीक़ा यही है कि शादी तोड़ दी जाए। सच कहा जाए तो बेडफ़ोर्ड में रहना और विवाह नहीं करना, ऑस्ट्रेलिया जाने की योजना में इज़ी को निराश करना, स्ट्रिंग थ्योरी में काम करना, और बिल्ला पालना, ये सारे काम आज़ाद रहने की अवधारणा के बिलकुल विपरीत थे।

नोरा के विचारों को बाधित करते हुए श्रीमती एल्म ने कहा, 'अरे नहीं। तुम्हारे लिए यह बहुत ज़्यादा है।'

अचानक नोरा को वही पछतावा फिर महसूस होने लगा। लोगों और ख़ुद को नीचा दिखाने का दर्द, ऐसा दर्द, जिससे वह एक घंटा पहले भागने की कोशिश कर रही थी। सभी पश्चाताप परस्पर जुड़ने लगे। वास्तव में, किताब के खुले पन्नों को देखने का दर्द, बेडफ़ोर्ड के आसपास भटकने की पीड़ा से बदतर था। किताब से एक साथ निकलने वाली पछतावों की शक्ति ने पीड़ा का रूप ले लिया था। अपराध-बोध, पश्चाताप और दुख का भार ज़्यादा हो चुका था। उसने पीछे की ओर कोहनी टिकाई, किताब नीचे गिरा दी और अपनी आँखें बंद कर लीं। उसे मुश्किल से साँस आ रही थी मानो किसी के अदृश्य हाथों ने उसकी गर्दन दबा ली थी।

'इसे रोको!'

'किताब को अभी बंद कर दो,' श्रीमती एल्म ने निर्देश दिया। 'किताब बंद करो, आँख नहीं। यह तुम्हें स्वयं करना होगा।'

नोरा को लगा, जैसे वह बेहोश हो जाएगी। वह फिर से उठकर बैठ गई और उसने अपना हाथ किताब के नीचे रख लिया। उसे वह किताब अब और भारी लग रही थी, लेकिन फिर उसने किताब बंद कर दी और राहत की साँस ली।

जीवन अब से शुरू होता है

'अब?'

श्रीमती एल्म ने अपने हाथ मोड़ लिए। हालाँकि वह उसी श्रीमती एल्म के जैसी दिखती थी, जिसे नोरा ने शुरू से देखा था, लेकिन उनका तरीक़ा पहले से अशिष्ट हो गया था। वह श्रीमती एल्म होकर भी श्रीमती एल्म *नहीं* लग रही थीं। नोरा को भ्रम हो रहा था।

'अब क्या?' नोरा ने कहा। वह अब भी हाँफ रही थी। लेकिन उसे राहत महसूस हो रही थी, क्योंकि उसे सारे पश्चाताप एक साथ महसूस नहीं हो रहे थे।

'तुम्हें किस बात का पछतावा सबसे अधिक है? कौन-सा निर्णय बदलना चाहोगी? कौन-सा जीवन चुनना चाहती हो?'

उसने ठीक यही कहा। चुनना। मानो वह कपड़े की दुकान थी और नोरा के लिए ज़िंदगी को चुनना, टी-शर्ट चुनने जितना आसान था। यह क्रूर क़िस्म का खेल बन चुका था।

'मुझे पीड़ा हो रही थी। ऐसे जैसे मेरा गला घोंट दिया जाएगा। क्या मतलब है इसका?'

नोरा ने जैसे ही ऊपर देखा, उसे पहली बार रोशनी दिखाई दी। छत से जुड़े तारों से बल्ब नीचे लटक रहे थे। छत का रंग हलका भूरा था। वह छत, दीवार तक नहीं जाती थी। यहाँ के फ़र्श की तरह वह भी असीम थी।

'इस बात की बहुत प्रबल संभावना है कि तुम्हारा पुराना जीवन समाप्त हो चुका है। तुम मरना चाहती थीं और तुम मर भी जाओगी। तुम्हें कहीं और जाने की आवश्यकता पड़ेगी। कहीं तो उतरना पड़ेगा। कोई दूसरा जीवन लेना होगा। तो, तुम्हें अच्छी तरह सोचना चाहिए। इस लाइब्रेरी को मिडनाइट लाइब्रेरी इसलिए कहते हैं, क्योंकि यहाँ मौजूद हर नया जीवन बस, अब से शुरू होता है। अभी आधी रात है। यह अब से शुरू हो रहा है। यहाँ यही सबकुछ है। यही बात तुम्हारी पुस्तकें दर्शाती हैं। हर क़िस्म का वर्तमान और आने वाला भविष्य, जो तुम्हारा हो सकता है।'

'तो यहाँ अतीत नहीं हैं?'

'नहीं। यहाँ केवल अतीत का परिणाम है। लेकिन वे किताबें भी लिखी हुई हैं। और मुझे सबके बारे में पता है। लेकिन ये तुम्हारे पढ़ने योग्य नहीं हैं।'

'और प्रत्येक जीवन कब समाप्त होता है?'

'कुछ सेकेंड में हो सकता है, या घंटों में, या कुछ दिन अथवा महीने या फिर उससे भी अधिक। यदि तुम्हें अपनी पसंद का जीवन मिल गया तो तुम्हें बूढ़ा होकर मरने तक उसी को जीना पड़ेगा। यदि तुम्हें सचमुच कठिन जीवन चाहिए तो चिंता करने की ज़रूरत नहीं है। तुम उस जीवन में भी उसी तरह रहोगी, जैसे हमेशा रहती थीं। यह किताब वापस नहीं होगी। यह एक ऋण कम, बल्कि उपहार अधिक है। जिस क्षण तुम तय करोगी कि तुम्हें कोई जीवन चाहिए और तुम सचमुच उसे चाहती हो, तो इस मिडनाइट लाइब्रेरी समेत जो कुछ अभी तुम्हारे दिमाग़ में है, उसकी केवल एक अस्पष्ट और अमूर्त स्मृति तुम्हारे मन में रह जाएगी और तुम्हें उसके होने का अहसास तक नहीं होगा।'

नोरा के सिर के ऊपर रोशनी टिमटिमा रही थी।

'एकमात्र ख़तरा,' श्रीमती एल्म ने बोलना जारी रखा, 'तब होगा जब तुम यहाँ हो। *दो ज़िंदगियों के बीच में।* यदि तुम आगे बढ़ने की इच्छाशक्ति खो देती हो तो यह तुम्हारे मूल जीवन को प्रभावित करेगा। और यह इस स्थान के विनाश का कारण भी बन सकता है। तुम हमेशा के लिए चली जाओगे। तुम मर जाओगी। और इसी के साथ इन विकल्पों तक तुम्हारी पहुँच भी ख़त्म हो जाएगी।'

'यही मैं चाहती हूँ। मैं मरना चाहती हूँ। मैं मर जाऊँगी, क्योंकि मैं मरना चाहती हूँ। इसलिए मैंने दवाई की ज़्यादा ख़ुराक ली थी। मैं मरना चाहती हूँ।'

'हो सकता है, या शायद नहीं भी। फ़िलहाल तो तुम यहीं हो।'

नोरा ने समझने की कोशिश की। 'तो, मैं इस लाइब्रेरी में वापस कैसे आ सकती हूँ? अगर मैं अपने पिछले जीवन से भी बदतर जीवन में फँस गई तो क्या होगा?'

'यह एक सूक्ष्म अहसास है। लेकिन जैसे ही तुम्हें निराशा महसूस होगी तुम यहाँ वापस आ सकती हो। कभी-कभी यह अहसास बहुत धीरे होता है और कई बार तुरंत हो जाता है। यदि तुम्हें ऐसा कुछ महसूस ना हो तो तुम वहीं रहोगी और ख़ुश भी रहोगी। इससे ज़्यादा सरल कुछ नहीं हो सकता। इसलिए कुछ ऐसा चुनो, जो तुमने अलग ढंग से किया होता। मैं वही किताब, यानी वही जीवन, तुम्हारे लिए ढूँढ़ कर दूँगी।'

नोरा ने पीली-भूरी टाइल्स वाले फ़र्श पर पड़ी *पश्चाताप की किताब* को देखा।

उसे याद आया कि एक रात उसके साथ डैन ने एक विचित्र और छोटा-सा पब चलाने पर चर्चा की थी। डैन का उत्साह इतना अधिक था कि वह नोरा का

भी सपना बन गया। 'काश, मैंने डैन को नहीं छोड़ा होता! हम दोनों अब भी साथ होते। मुझे अफ़सोस है कि हम साथ नहीं रह सके और डैन के उस सपने पर काम नहीं कर पाए। क्या कोई ज़िंदगी ऐसी है, जहाँ हम साथ रह सकते हैं?'

'बेशक,' श्रीमती एल्म ने कहा।

लाइब्रेरी में शेल्फ़ पर रखी किताबें सरकने लगीं, मानो वह कोई कन्वेयर बेल्ट थीं। हालाँकि, इस बार धीमी गति के बजाय शेल्फ़, तेज़, और तेज़ और तेज़ी से आगे बढ़ने लगीं और फिर वे दिखना बंद हो गईं। वे केवल हरे रंग की एक धारा की तरह घूम रही थीं।

फिर अचानक, वे रुक गईं।

श्रीमती एल्म झुकीं और उन्होंने बाईं ओर की सबसे निचली शेल्फ़ से एक किताब उठा ली। वह किताब गहरे हरे रंग की थी। उन्होंने किताब नोरा को सौंप दी। यह *पश्चाताप की किताब* से बहुत हल्की थी, भले ही उन दोनों का आकार एक-सा था। इस किताब की स्पाइन पर भी शीर्षक नहीं था, लेकिन सामने की तरफ़ उभरा हुआ एक छोटा-सा शीर्षक दिख रहा था : मेरा जीवन।

'लेकिन यह *मेरा जीवन* नहीं है...'

'ओह नोरा, ये सब तुम्हारे ही जीवन हैं।'

'अब मैं क्या करूँ?'

'किताब खोलो और पहला पन्ना पढ़ो।'

नोरा ने वही किया।

'*ठीक है,*' श्रीमती एल्म ने बड़ी सावधानी से कहा, 'अब, पहली पंक्ति पढ़ो।'

नोरा ने नीचे देखा और पढ़ने लगी।

वह पब से निकली और
ठंडी हवा में बाहर चली गई...

नोरा को सोचने के लिए बस इतना ही समय मिला, 'पब?' और वह सब शुरू हो गया।

अक्षर तेज़ी से घूमने लगे और आगे पढ़ पाना कठिन हो गया। नोरा को कमज़ोरी महसूस हो रही थी। उसने जान-बूझ कर किताब को नहीं छोड़ा। और फिर सहसा वहाँ ना किताब थी और ना ही वह लाइब्रेरी।

घोड़े की तीन नाल

नोरा साफ़ हवा में बाहर खड़ी थी। लेकिन यहाँ बेडफ़ोर्ड की तरह बारिश नहीं हो रही थी।

'मैं कहाँ हूँ?' उसने ख़ुद से कहा।

धीरे-धीरे घूमती हुई सड़क के दूसरी तरफ़ पत्थर के बने सीढ़ीदार घरों की एक छोटी-सी कतार थी। गाँव के किनारे बसे शांत, पुराने घर, जिनकी सभी बत्तियाँ बुझा दी गई थीं, सन्नाटे में लुप्त हो रहे थे। साफ़ खुला आकाश, बिंदी-नुमा सितारे, घटता हुआ अर्धचंद्र। खेतों की गंध। पीले रंग के उल्लुओं की आवाज़। फिर शांति। ऐसी शांति, जिसकी उपस्थिति हवा को शक्ति प्रदान कर रही थी।

सब कितना विचित्र था।

वह बेडफ़ोर्ड में थी। फिर लाइब्रेरी में पहुँच गई। और अब वह इस सुंदर गाँव की सड़क पर। वह भी बिना हलचल के।

सड़क के इस तरफ़ खिड़की से सुनहरी रोशनी छन कर आ रही थी। उसने ऊपर देखा तो उसकी नज़र हवा में धीरे-धीरे हिलते-चरमराते एक सुंदर पब के बोर्ड पर पड़ी। इटैलिक शब्दों में लिखा था : *घोड़े की तीन नाल।*

उसके सामने फ़ुटपाथ पर एक चॉकबोर्ड था।

उसने अपनी लिखावट को पहचान लिया।

घोड़े की तीन नाल

मंगलवार रात - प्रश्नोत्तरी की रात

रात 8.30 बजे

'सच्चा ज्ञान यह जानने में है कि आप कुछ नहीं जानते।'

- सुकरात (हमारी प्रश्नोत्तरी में हारने के बाद !!!!)

यह ऐसा जीवन था, जहाँ उसने एक पंक्ति में चार विस्मयादि बोधक चिह्न लगाए थे। खुश मिज़ाज और कम तनावग्रस्त लोग शायद यही करते हैं।

आशा से भरा एक शगुन।

उसने नीचे देखा कि उसने क्या पहना है। एक डेनिम कमीज़, जिसकी बाँहें कुहनियों तक आधी मुड़ी थीं और जीन्स और वेज-हील वाले जूते। वह असल जीवन में यह सब नहीं पहनती थी। ठंड से उसके रोंगटे खड़े हो रहे थे। साफ़ था कि वह अधिक समय तक बाहर रहने के लिए शारीरिक रूप से तैयार नहीं थी।

उसकी अनामिका में दो अँगूठियाँ थीं। एक नीलम की अँगूठी उसकी सगाई की थी, वही जो उसने एक साल पहले रोते-काँपते उतार दी थी और उसके साथ शादी का एक साधारण चाँदी वाला बैंड था।

पटाखे छूटने लगे।

उसने घड़ी पहन रखी थी। वह डिजिटल घड़ी नहीं, बल्कि रोमन अंकों वाली सुंदर, पतली एनालॉग घड़ी थी। रात को बारह बजकर एक मिनट हुआ था।

यह कैसे हो गया?

उसके हाथ चिकने थे। शायद उसने क्रीम का इस्तेमाल किया था। नाख़ून, पॉलिश के कारण चमक रहे थे। उसे अपने बाएँ हाथ पर जाना-पहचाना छोटा-सा तिल देखकर सुकून मिला।

बजरी पर क़दमों की आहट आई। कोई उसकी ओर आ रहा था। पब की खिड़कियों और अकेले खड़े स्ट्रीटलैंप की रोशनी में एक आदमी दिखाई दिया। गुलाबी गाल, भूरी डिकेंसियन मूँछ और वैक्स जैकेट पहने हुए था। वह सँभलकर चल रहा था, जिससे लगा कि वह नशे में था।

'शुभ रात्रि, नोरा। मैं शुक्रवार को वापस आऊँगा। लोक-गायक के लिए। डैन कह रहा था कि वह अच्छा है।'

नोरा को शायद उसे इस आदमी का नाम पता था। 'सही बात है। हाँ, बिलकुल। शुक्रवार। रात अच्छी बीतना चाहिए।'

उसने देखा कि आदमी सड़क पार कर रहा था। यातायात की कमी के बावजूद वह बार-बार दाएँ-बाएँ देख रहा था, और फिर झोपड़ियों के बीच से एक गली में ग़ायब हो गया।

यह सचमुच घटित हो रहा था। यह नोरा का पब वाला जीवन था। वह सपना हक़ीक़त बन चुका था।

'यह बहुत अजीब है,' उसने कहा। 'बहुत... ही... अजीब।'

तभी तीन लोगों का एक समूह पब से बाहर निकला। उनमें दो महिलाएँ थीं और एक पुरुष। वे नोरा को देखकर मुस्कराए।

‘हम अगली बार जीतेंगे,’ एक महिला ने कहा।

‘हाँ,’ नोरा ने जवाब दिया। ‘अगली बार।’

वह पब तक गई और उसने खिड़की से झाँका। पब अंदर से ख़ाली था, लेकिन बत्तियाँ अब भी जल रही थीं। वह समूह शायद अंत में निकला होगा।

पब बहुत-ही लुभावना था। जोशीला और दिलचस्प। छोटी टेबलों और लकड़ी के बीम और एक दीवार पर लगा इंजन का पहिया। एक भव्य लाल कालीन और बीयर पंप से भरा एक लकड़ी का पैनल वाला बार।

वह खिड़की से पीछे हटी और उसने पब के ठीक आगे एक बोर्ड देखा, जहाँ से फुटपाथ घास में बदल गया था।

वह जल्दी से, आगे गई और उसने बोर्ड को पढ़ा।

लिटलवर्थ

सतर्क ड्राइवरों का स्वागत है

फिर उसकी नज़र बोर्ड के ऊपर बने छोटे-से कोट वाले हाथ पर गई, जिसके चारों ओर *ऑक्सफ़ोर्डशायर काउंटी काउंसिल* लिखा था।

‘हमने कर दिखाया,’ वह धीरे-से बोली। ‘हमने सचमुच कर दिखाया।’

यही वही सपना था, जिसका ज़िक्र डैन ने पेरिस में सीन के किनारे बुलेवार्ड सेंट-मिशेल पर पहली बार किया था।

वह सपना पेरिस का नहीं, बल्कि ग्रामीण इंग्लैंड का था, जहाँ वे एक साथ रहना चाहते थे।

ऑक्सफ़ोर्डशायर ग्रामीण इलाक़े में बसा एक पब।

नोरा की माँ की कैन्सर की बीमारी ने जब आक्रामक रूप ले लिया और वह लिम्फ़ नोड्स से पूरे शरीर में फैल गया तो सपने को ताक पर रख दिया गया और डैन उसके साथ लंदन से वापस बेडफ़ोर्ड चला आया। नोरा की माँ को उनकी सगाई के बारे में पता था और वह शादी होने तक ज़िंदा रहना चाहती थी, लेकिन चार महीने पहले ही उसका निधन हो गया।

शायद यही होता है। शायद यही ज़िंदगी है। शायद इसी को पहली बार या दूसरी बार भाग्यशाली होना कहा जाता है।

नोरा के चेहरे पर आशंका भरी मुस्कान आ गई।

वह उसी रास्ते से वापस लौटी और बजरी पर चलती हुई उस दरवाज़े की ओर गई

जहाँ से नशे में धुत, वैक्स जैकेट पहने वह आदमी हाल ही में गुज़रा था। नोरा ने गहरी साँस ली और अंदर क़दम रखा।

वह जगह गर्म थी। और शांत भी।

वह एक तरह का दालान या गलियारा था। फ़र्श पर टेराकोटा की टाइलें। लकड़ी की नीची चौखट और ऊपर, गूलर के पत्तों के चित्रों से युक्त वॉलपेपर लगा था।

वह छोटे गलियारे से होकर नीचे मुख्य पब में पहुँची। उसने खिड़की से इसी जगह को देखा था। तभी एक बिल्ली कहीं से आ गई, जिसे देखकर नोरा उछल पड़ी।

एक सुंदर, चॉकलेटी रंग की बर्मीज़ बिल्ली। नोरा नीचे झुकी, उसने बिल्ली को सहलाया और उसके कॉलर पर बँधे पट्टे पर खुदा नाम देखा। *वोल्टेयर।*

उसी नाम की कोई अन्य बिल्ली। यह नोरा के प्रिय जिंजर टैबी से अलग थी। उसे संदेह हुआ कि यह वोल्टेयर उसे बचाने आई थी। बिल्ली गुर्राने लगी। 'हैलो, वोल्ट्स नंबर दो। तुम यहाँ ख़ुश नज़र आते हो। क्या हम भी तुम्हारी तरह ख़ुश हैं?'

बिल्ली ने आवाज़ निकाल कर पुष्टि की और फिर नोरा के पैर से अपना सिर रगड़ा। नोरा ने उसे उठाया और बार में चली गई। वहाँ पंप, स्टाउट्स और साइडर और पेल एल्स और आईपीए पर क्राफ़्टबियर की कतार लगी थी। *विकर फ़ेवेरेट। लॉस्ट ऐंड फाउन्ड। मिस मार्पल। स्लीपिंग लेमन्स। ब्रोकन ड्रीम।*

बार पर तितलियों के संरक्षण के लिए एक चैरिटी टिन रखा था।

उसे शीशे के खनकने की आवाज़ आई जैसे कोई डिशवॉशर भर रहा था। चिंता ने नोरा के सीने को कस लिया। यह भी परिचित अनुभूति थी। तभी बैगी रग्बी टॉप पहने लगभग बीस साल का एक आदमी बार के पीछे से निकला। उसने नोरा पर शायद ही ध्यान दिया हो। फिर उसने इस्तेमाल किए हुए गिलास इकट्ठा किए और उन्हें डिशवॉशर में डाल दिया। डिशवॉशर चालू किया और हुक से अपना कोट खींचा, उसे पहना और उसमें से कार की चाबियाँ निकालीं।

'अलविदा, नोरा। मैंने कुर्सियाँ ठीक कर दी हैं और सभी मेज़ों को साफ़ कर दिया है। डिशवॉशर चालू है।'

'शुक्रिया।'

'गुरुवार तक।'

'हाँ,' नोरा ने कहा मानो किसी जासूस की पोल खुलने वाली थी। 'फिर मिलते हैं।'

आदमी के चले जाने के बाद, नोरा ने पब के पीछे क़दमों की आहट सुनी। वह फिर से वहाँ खड़ा था।

इस बार वह अलग दिख रहा था।

उसकी दाढ़ी ग़ायब थी, और आँखों के चारों ओर झुर्रियाँ थीं, काले घेरे पहले से अधिक थे। हाथ में डार्क बीयर का गिलास था, जो लगभग ख़त्म होने वाला था। वह टीवी पर पशु-संबंधी जानकारी देने वाला चिकित्सक लग रहा था।

'डैन,' नोरा ने कहा। 'मैं सिर्फ़ इतना कहना चाहती हूँ कि मुझे तुम पर गर्व है। मुझे हम दोनों पर गर्व है।'

उसने नोरा को भावहीन ढंग से देखा। 'मैं बस चिलर इकाइयों को बंद कर रहा था। कल लाइन साफ़ करनी है।'

नोरा को पता नहीं था कि वह किस विषय में बात कर रहा है। उसने बिल्ली को सहलाया। 'सही बात है। बिलकुल। लाइन की सफ़ाई।'

उसका पति - इस जीवन में तो वह पति ही था - चारों ओर मेज़ों और उलटी रखी कुर्सियों को देखता रहा। उसने फीकी *जॉज़* टी-शर्ट पहनी हुई थी। 'क्या ब्लेक और सोफ़ी घर चले गए?'

नोरा हिचकिचाई। वह शायद काम करने वाले लोगों के बारे में बात कर रहा था। बैगी रग्बी, टॉप वाला युवक शायद ब्लेक था। नोरा को आसपास कोई नज़र नहीं आया।

'हाँ,' नोरा ने विचित्र परिस्थितियों के बावजूद स्वाभाविक बने रहने की कोशिश की। 'मुझे लगता है कि वे चले गए। उनका काम ख़त्म हो गया था।'

'बढ़िया।'

नोरा को याद आया कि उसने डैन के छब्बीसवें जन्मदिन पर उसके लिए *जॉज़* टी-शर्ट ख़रीदी थी। दस साल पहले।

'आज रात के जवाब कुछ अलग थे। पीट और जोली की टीम का मानना था कि माराडोना ने सिस्टीन की छत को पेंट किया है।'

नोरा ने सिर हिलाया और वोल्ट्स नंबर दो को सहलाया मानो वह जानती थी कि पीट और जोली कौन हैं!

'सच कहूँ तो आज का दौर मुश्किल था। अगली बार किसी और वेबसाइट से सवाल लेंगे। मतलब, कारा-व्हाट्रिसट श्रेणी के सबसे ऊँचे पर्वत का नाम कौन जानता है?'

'काराकोरम?' नोरा ने पूछा। 'उसे के2 कहते हैं।'

'ठीक है, ज़ाहिर है तुम्हें पता है,' डैन ने हड़बड़ाते हुए कहा। 'यह बात तो तुम्हें पता ही होगी, क्योंकि ज़्यादातर लोग रॉक संगीत में दिलचस्पी लेते हैं, लेकिन तुम्हें तो *चट्टानें* पसंद हैं।'

‘अरे,’ उसने कहा। ‘मैं तो बैंड में काम करती थी।’

एक बैंड, जो नोरा को याद था, लेकिन डैन को उससे नफ़रत थी।

वह हँसा। नोरा ने उसकी हँसी को पहचान लिया, लेकिन उसे वह हँसी अच्छी नहीं लगी। वह भूल गई थी कि उनके रिश्ते के दौरान कितनी बार डैन के कटाक्ष अन्य लोगों पर और विशेष रूप से नोरा पर केंद्रित होते थे। जब वे दोनों साथ में थे, तो नोरा ने डैन के व्यक्तित्व के इस पहलू को नज़रअंदाज़ करने की कोशिश की। डैन के और कई पहलू थे – जब नोरा की माँ बीमार थी तो वह नोरा का ध्यान रखता था, वह सहजता से किसी भी विषय पर बात कर लेता था, वह भविष्य के सपनों से भरा था, वह आकर्षक था और उससे बात करना सरल था, वह कला को लेकर भावुक था और बेघरों से कहीं भी रुककर बात कर लिया करता था। उसे इस दुनिया की परवाह थी।

वह एक व्यक्ति, शहर की तरह था। आप कुछ कम पसंद आने वाले हिस्सों के कारण पूरे शहर को ख़ुद से दूर नहीं कर सकते। हो सकता है कि कुछ हिस्से आपको नापसंद हों, कुछ ऊबड़-खाबड़ सड़कें और उपनगर, लेकिन बहुत-सी अच्छी चीज़ें भी हैं, जो उसे सार्थक और रहने योग्य बनाती हैं।

डैन ने बहुत सारे बेकार के पॉडकास्ट भी सुने थे, जो शायद नोरा को सुनने चाहिए थे। उसकी हँसी से नोराक को गुस्सा आ जाता था, और वह मुँह में माउथवॉश भरकर ज़ोर-ज़ोर से गरारे करता था। वह नक़ाब पहन लेता था और कभी-कभी कला, फ़िल्म और संगीत पर अपनी राय को लेकर अड़ जाता था, लेकिन उसका स्वभाव ज़्यादा *बुरा* नहीं था। खैर, अब जब नोरा ने इस बारे में सोचा तो उसे लगा कि डैन ने कभी उसके संगीत व्यवसाय का समर्थन नहीं किया और उसे हमेशा सलाह दी कि द लेबिरिंथ्स में रहना और संगीत समझौते पर हस्ताक्षर करना नोरा के मानसिक स्वास्थ्य के लिए बुरा होगा। डैन का यह भी मानना था कि नोरा का भाई थोड़ा स्वार्थी था। लेकिन उस समय नोरा को यह सब बुरा नहीं, बल्कि अच्छा लगता था। वह सोचती थी : डैन को चिंता है और चिंता करने वाले आदमी का साथ होना अच्छा होता है, कोई ऐसा जो प्रसिद्धि और दिखावे को लेकर परेशान नहीं हो और ज़िंदगी की मुश्किलों को पार करने में मदद कर सके। इसलिए जब डैन ने ऑक्सो टॉवर की सबसे ऊपरी मंज़िल पर कॉकटेल बार में नोरा के सामने शादी का प्रस्ताव रखा तो वह तुरंत राज़ी हो गई। शायद उसका यह निर्णय सही भी था।

डैन कमरे में आगे बढ़ा, उसने पल भर के लिए अपना गिलास नीचे रखा और फिर फ़ोन पर कुछ बेहतर प्रश्न खोजने लगा।

नोरा ने देखा कि डैन ने उस रात बहुत शराब पी थी। उसे लगा कि पब का मालिक बनने का सपना दरअसल, असीमित शराब पीने का सपना था!

'बीस भुजा वाले बहुभुज को क्या कहते हैं?'

'मुझे नहीं पता,' नोरा ने झूठ बोल दिया। वह फिर से वही सब नहीं सुनना चाहती थी, जो उसे पल-भर पहले सुना था।

डैन ने फ़ोन जेब में रख लिया।

'हालाँकि, हमने अच्छा किया। उन सभी ने आज रात बहुत पी ली। मंगलवार के लिए यह बुरा नहीं है। स्थिति बेहतर नज़र आ रही है। मतलब, कल बैंक को कुछ कहना है। हो सकता है हमें ऋण चुकाने के लिए और समय मिल जाए...'

उसने गिलास में पड़ी बीयर को देखा, फिर उसे घुमाया और पी गया।

'हालाँकि मुझे ए.जे. को लंच मेन्यू बदलने के लिए कहना है। लिटिलवर्थ में कोई चुकंदर के साथ ब्रॉड बीन सलाद और कॉर्न केक नहीं खाना चाहता। मुझे पता है कि उन्हें नुक़सान हो रहा है, लेकिन मेरे ख़याल से तुमने जो वाइन चुनी थी वह उसके लायक़ नहीं है। विशेषकर, कैलिफ़ोर्निया वाले।'

'ठीक है।'

उसने मुड़कर पीछे देखा। 'बोर्ड कहाँ है?'

'क्या?'

'चॉकबोर्ड। मैंने सोचा तुम उसे अंदर ले आओगी।'

तो वह इसलिए बाहर गई थी!

'नहीं। मैं उसे अभी लेने जा रही हूँ।'

मैंने शायद तुम्हें बाहर जाते देखा था।

नोरा ने मुस्कराकर घबराहट छिपा ली। 'हाँ, ठीक है, मैं गई थी। मुझे... मुझे अपने बिल्ले की चिंता थी। वोल्ट्स। वोल्टेयर। मुझे वह दिखा नहीं इसलिए मैं उसे खोजने बाहर गई थी। फिर वह मुझे मिल गई, है ना?'

डैन बार के पीछे जाकर अपने लिए स्कॉच निकाल रहा था।

वह समझ गया कि नोरा उसका आकलन कर रही है। 'यह तीसरा है। चौथा, शायद। प्रश्नोत्तरी की रात है। तुम्हें पता है, मुझे कॉम्पीरिंग करते हुए घबराहट होती है और शराब मुझे हँसी-मज़ाक़ करने में मदद करती है। मैं मज़ाक़ कर भी रहा था, क्या तुम्हें ऐसा नहीं लगा?'

'हाँ, लगा। तुम पूरी मस्ती में थे।'

उसका चेहरा गंभीर हो गया। 'मैंने तुम्हें एरिन से बात करते देखा। उसने क्या कहा?'

नोरा को समझ नहीं आया कि वह इसका जवाब कैसे दे। 'ओह, ज़्यादा कुछ नहीं। सामान्य-सी बातें। तुम तो एरिन को जानते हो।'

'सामान्य-सी बातें? मुझे नहीं लगता तुमने उससे पहले कभी बात की है।'

'मेरा मतलब एरिन की बात से नहीं, बल्कि रोज़मर्रा की बातें। सामान्य बातचीत...'

'विल कैसा है?'

'हाँ... वह ठीक है,' नोरा ने अनुमान लगाते हुए कहा। 'उसने तुम्हें हैलो कहा है।'

डैन की आँखें आश्चर्य से फैल गईं। 'सच में?'

नोरा को समझ नहीं आया कि वह क्या कहे। शायद विल बच्चा हो। शायद विल कोमा में हो। 'माफ़ करना, नहीं, उसने हैलो नहीं कहा। सॉरी, मेरा ध्यान नहीं था। चलो, मैं... बाहर से बोर्ड ले आती हूँ।'

उसने बिल्ले को फ़र्श पर रखा और बाहर चली गई। इस बार उसे कुछ दिखा, जो उसने अंदर आते समय नहीं देखा था।

वह ऑक्सफ़ोर्ड टाइम्स अख़बार का फ्रेम किया हुआ लेख था। उसमें एक तसवीर थी, जिसमें नोरा और डैन घोड़े की तीन नाल के बाहर खड़े थे। डैन ने नोरा को कमर से पकड़ रखा था। उसने कोई सूट पहना था, जो नोरा ने पहले नहीं देखा था और नोरा ख़ुद एक स्मार्ट पोशाक में थी, जिसे उसने अपने वास्तविक जीवन में कभी नहीं पहना होगा।

पब मालिकों ने सपने को हक़ीक़त में बदला

उस लेख के अनुसार उन्होंने पब को सस्ते दाम में, लेकिन उपेक्षित हालत में ख़रीदा था। फिर उन्होंने अपनी मामूली विरासत और बचत तथा बैंक से मिले ऋण को मिलाकर उसका फिर से निर्माण किया। लेख में उनकी सफलता की कहानी थी, हालाँकि वह दो साल पुराना लेख था।

नोरा बाहर निकली। हवा तेज़ हो रही थी। उस शांत गाँव की सड़क पर हवा के झोंकों ने बोर्ड को रास्ते पर धकेल दिया था और वह लगभग गिरने वाला था। इससे पहले कि नोरा बोर्ड को उठाती, उसे अपनी जेब में रखे फ़ोन की घरघराहट महसूस हुई। उसे ध्यान ही नहीं था कि उसकी जेब में फ़ोन रखा था। उसने फ़ोन निकाला। इज़ी का मैसेज था।

नोरा ने देखा कि फ़ोन के वॉलपेपर पर उसकी और डैन की फ़ोटो लगी थी।

उसने फ़ोन को अनलॉक किया और मैसेज खोला। उसमें एक व्हेल मछली की तसवीर थी, जो पानी के ऊपर उछल रही थी और उसने अपने सफ़ेद फ़व्वारे से शैंपेन की तरह हवा को भिगो दिया था। वह एक शानदार तसवीर थी, जिसे देखकर नोरा मुस्करा उठी।

इज़ी टाइप कर रही थी।

फिर एक और मैसेज आया :

यह तसवीर मैंने कल नाव में से ली थी।

एक और मैसेज :

हंपबैक व्हेल

फिर एक और फ़ोटो : इस बार दो व्हेल थीं, जो पानी की सतह पर वापस गिर रही थीं।

बछड़े के साथ

आख़िरी मैसेज में व्हेल और लहरों के इमोजी भी थे।

नोरा सुखद अहसास से भर उठी। ना केवल तसवीरों के कारण, जो निर्विवाद रूप से बहुत प्यारी थीं, बल्कि इस बात से भी कि वह अब तक इज़ी के संपर्क में थी।

जब नोरा ने डैन के साथ शादी से हाथ पीछे खींच लिया तो इज़ी ने कहा था कि वह उसके साथ ऑस्ट्रेलिया आ जाए।

उन्होंने बायरन बे के पास रहने और व्हेल-वॉचिंग बोट परिभ्रमण में नौकरी करने की योजना भी बना ली थी।

उन्होंने इस नए रोमांच की आशा में हंपबैक व्हेल के अनेक क्लिप साझा किए थे। लेकिन तभी नोरा लड़खड़ाई और पीछे हट गई। ठीक उसी तरह जैसे उसने स्विमिंग व्यवसाय और एक बैंड और एक शादी का समर्थन किया था। लेकिन उन चीज़ों से अलग, इसका कोई कारण नहीं था। हाँ, उसने स्ट्रिंग थ्योरी पर काम करना शुरू कर दिया था और हाँ, उसे अपने माता-पिता की क़ब्र पर जाने की ज़रूरत महसूस हुई, लेकिन वह जानती थी कि बेडफ़ोर्ड में रहना, कोई अच्छा विकल्प नहीं था। होमसिकनेस की कुछ विचित्र भविष्यवाणी के कारण वह अवसाद की पीड़ा झेल रही थी, जिसमें उसे बताया गया था कि अंतत: वह ख़ुश होने लायक़

नहीं रहेगी। फिर भी उसने ऐसा ही किया। उसने डैन को चोट पहुँचाई और अपने ही घरेलू शहर में अवसाद-भरा जीवन उसकी सज़ा थी। उसके पास अब कुछ भी करने की *ऊर्जा* बाक़ी नहीं थी।

वास्तव में, नोरा ने एक बिल्ले के लिए अपने सबसे अच्छे दोस्त की अदला-बदली की थी।

अपने वास्तविक जीवन में, उसका इज़ी से कभी झगड़ा नहीं हुआ था। कुछ भी उतना नाटकीय नहीं। लेकिन इज़ी के ऑस्ट्रेलिया चले जाने के बाद चीज़ें बदल गई थीं। उनके बीच का रिश्ता तब तक धूमिल होता गया, जब तक कि उनकी दोस्ती फ़ेसबुक और इंस्टाग्राम पर छिटपुट लाइक्स और इमोजी से भरपूर जन्मदिन संदेशों तक सिमट कर काफूर नहीं हो गई।

नोरा ने अपने और इज़ी के बीच हुए मैसेज के आदान-प्रदान के माध्यम से अतीत को देखा तो उसे महसूस हुआ कि भले ही उनके बीच दस हज़ार मील की दूरी थी, लेकिन इस जीवन में उनके बीच संबंध बेहतर थे।

वह इस बार बोर्ड लेकर पब में लौटी, लेकिन डैन कहीं दिखाई नहीं दे रहा था। उसने पिछले दरवाज़े को बंद कर दिया और थोड़ी देर पब हॉलवे में इंतज़ार किया। वह इस को लेकर स्पष्ट नहीं थी कि वह सचमुच नशे में चूर अपने पति का वहाँ इंतज़ार करना चाहती थी या नहीं।

उसे इमारत के पिछले हिस्से में दरवाज़े के पार सीढ़ियाँ दिखीं, जिस पर *'केवल स्टाफ़ के लिए'* लिखा था। जैसे ही उसने सीढ़ियों से आगे जाकर कालीन पर क़दम रखा, उसे अपनी पसंदीदा रयान बेली फ़िल्म - *थिंग्स यू लर्न इन द डार्क* - जिसे उसने बेडफ़ोर्ड में ओडियन सिनेमा में देखा था, के फ्रेमयुक्त पोस्टर के पास एक छोटी-सी तसवीर दिखाई पड़ी।

यह उनकी शादी की तसवीर थी। ब्लैक और व्हाइट। रिपोर्ताज-शैली में। वे रंगीन काग़ज़ के टुकड़ों की बौछार के बीच से होते हुए चर्च से बाहर निकले। चेहरों को ठीक से देख पाना मुश्किल था, लेकिन वे हँस रहे थे। तसवीर को देखकर यही लगता था कि वे एक-दूसरे से प्यार करते थे। उसे अपनी माँ की याद आई। ('वह अच्छा इंसान है। तुम ख़ुशक़िस्मत हो। उसे साथ रखना।')

उसने अपने भाई जो को भी देखा। वह तसवीर में गंजा था, लेकिन ख़ुश दिख रहा था। उसके हाथ में शैंपेन का गिलास था। वह अपने अल्पकालिक निवेश-बैंकर और प्रेमी, लुईस के साथ खड़ा था। इज़ी भी साथ थी। वहाँ रवि भी था, जो ड्रमर की जगह, एकाउंटेंट जैसा दिख रहा था। चश्मे वाली एक महिला उसके बगल में खड़ी थी, जिसे नोरा ने पहले कभी नहीं देखा था।

डैन, शौचालय में था और नोरा, बेडरूम में थी। हालाँकि बैंक के साथ हुई मुलाक़ात से साफ़ हो गया था कि उन्हें पैसे की ज़रूरत थी फिर भी कमरे को सजाने में काफ़ी पैसा ख़र्च किया गया था।

खिड़की पर स्मार्ट ब्लाइंड्स लगे थे। एक बड़ा-सा, आरामदायक बिस्तर था। उस पर गरम, साफ़-सुथरी रजाई बिछी थी।

बिस्तर के दोनों ओर किताबें रखी थीं। नोरा ने असल जीवन में पिछले छह महीने में अपने बिस्तर के पास कोई किताब नहीं रखी थी। उसने छह महीने से कुछ नहीं पढ़ा था। शायद इस जीवन में उसकी एकाग्रता बेहतर थी।

उसने एक किताब उठाई, *मेडिटेशन फ़ॉर बिगिनर्स।* उसके नीचे नोरा के पसंदीदा दार्शनिक, हेनरी डेविड थोरो की जीवनी रखी थी। डैन के बिस्तर के पास रखे टेबल पर भी किताबें रखी थीं। आख़िरी किताब, जो उसने डैन को पढ़ते देखा था, टूलूज़-लॉटरेक की जीवनी थी - *टाइनी जाएन्ट।* लेकिन इस जीवन में वह *ज़ीरो टु हीरो : हार्नेसिंग सक्सेस इन वर्क, प्ले ऐंड लाइफ़* नामक एक व्यावसायिक पुस्तक और द *गुड पब गाइड* का नवीनतम संस्करण पढ़ रहा था।

नोरा को अपना शरीर कुछ अलग-सा महसूस हो रहा था। वह स्वस्थ, दृढ़, लेकिन थोड़ी तनावग्रस्त थी। उसने अपने पेट को सहलाया और महसूस किया कि वह काफ़ी व्यायाम करती थी। उसके बाल भी अलग क़िस्म के थे और पीछे की ओर से लंबे थे। उसका मन कुछ उखड़ा-सा था। उसने दो गिलास शराब ज़रूर पी होगी।

फिर नोरा को शौचालय के फ़्लश की आवाज़ सुनाई दी। फिर उसने गरारे की आवाज़ सुनी। कुछ ज़्यादा ही शोर हो रहा था।

'तुम ठीक हो?' डैन ने बेडरूम से बाहर आते हुए पूछा। नोरा ने महसूस किया कि डैन की आवाज़ वैसी नहीं थी, जैसी उसे याद थी। उसमें खोखलापन था और स्वर भी ठंडा था। शायद थकान या तनाव के कारण। या फिर बीयर के कारण ऐसा था। या फिर शादी।

बात कुछ और ही थी।

याद करना मुश्किल था कि डैन की आवाज़ पहले कैसी थी। वह कैसा दिखता था। लेकिन स्मृति की यही विशेषता है। विश्वविद्यालय में उसने 'द प्रिंसिपल्स ऑफ़ हॉब्सियन मेमोरी ऐंड इमेजिनेशन' शीर्षक से निबंध लिखा था। थॉमस हॉब्स ने स्मृति और कल्पना को लगभग एक समान माना है और यह पता लगने के बाद नोरा ने अपनी स्मृति पर कभी पूरी तरह भरोसा नहीं किया।

खिड़की के बाहर जलते स्ट्रीट लैम्प का पीला प्रकाश गाँव की वीरान सड़क को रोशन कर रहा था।

'नोरा? तुम अजीब हरकतें कर रही हो। तुम कमरे के बीच में क्यों खड़ी हो? तुम सोने जा रही हो या खड़ी होकर मेडिटेशन कर रही हो?'

फिर वह हँसने लगा। उसे लगता था कि वह मज़ाक़िया स्वभाव का है।

वह खिड़की के पास गया और उसने पर्दा खींच दिया। फिर उसने जींस उतारकर उसे कुर्सी की पीठ पर लटका दिया। नोरा ने डैन को देखा। उसने आकर्षण महसूस करने की कोशिश की जो उसे कभी बहुत गहराई से महसूस होता था। लेकिन नोरा को इसके लिए बहुत प्रयास करना पड़ा। नोरा को इसकी उम्मीद नहीं थी।

जीवन अनंत दिशाओं में जा सकता है।

डैन, बिस्तर पर धड़ाम से गिरा जैसे व्हेल मछली समुद्र में गिरती है। उसने *जीरो टु हीरो* किताब उठाई और ध्यान केंद्रित करने की कोशिश की। फिर उसे वापस रख दिया। उसने बिस्तर के पास से अपना लैपटॉप उठाया और कान में ईयरफ़ोन लगा लिया। शायद वह पॉडकास्ट सुनने वाला था।

'मैं कुछ सोच रहा हूँ।'

नोरा बेहोश होने वाली थी मानो उसका आधा हिस्सा ही वहाँ मौजूद था। उसे श्रीमती एल्म की बात याद आई कि जीवन की निराशा, उसे लाइब्रेरी में वापस ले आएगी। नोरा के लिए एक ऐसे आदमी के साथ, जिसे उसने दो साल से देखा तक नहीं था, एक ही बिस्तर में सोना बहुत अजीब था।

उसने डिजिटल अलार्म घड़ी में समय देखा। 12:23 ।

डैन ने अब भी कान में ईयरफ़ोन लगा रखे थे। फिर उसने नोरा को देखा और कहा, 'सुनो, तुम्हें पता है ना कि अगर तुम आज रात को भी बच्चा पैदा नहीं करना चाहती तो तुम यह कह सकती हो?'

'क्या?'

'मेरा मतलब मुझे पता है कि अंडे तैयार होने तक हमें एक और महीने इंतज़ार करना होगा...'

'हम बच्चे के लिए कोशिश कर रहे हैं? मुझे बच्चा चाहिए?'

'नोरा, तुम्हें हुआ क्या है? आज तुम इतना अजीब बर्ताव क्यों कर रही हो?'

नोरा ने जूते उतारे। 'मैं ठीक हूँ।'

उसे *जॉज़* टी-शर्ट से जुड़ी कोई बात याद आ गई।

दरअसल, वह एक धुन थी। 'ब्यूटिफुल स्काई'।

उसने जिस दिन डैन के लिए *जॉज़* टी-शर्ट ख़रीदी थी, उसी दिन उसने डैन को एक गाना सुनाया था, जो उसने लेबिरिंथ्स के लिए लिखा था। 'ब्यूटिफुल स्काई'।

नोरा को विश्वास था कि वह गीत उसका लिखा अब तक का सबसे अच्छा गीत था। यह नोरा के जीवन के उस मोड़ पर आशा जगाने वाला ख़ुशनुमा गीत था। यह गीत, डैन के साथ उसके नए जीवन से प्रेरित था। डैन ने उस गीत को लापरवाह-भरी उदासीनता के साथ सुना था। नोरा को यह बात बहुत बुरी लगी थी। वह डैन से इस बारे में ज़रूर बात करती, अगर उस दिन डैन का जन्मदिन नहीं होता!

'हाँ,' डैन बोला था। 'ठीक है।'

नोरा सोचने लगी कि वह पुरानी स्मृति, फीकी पड़ गई टी-शर्ट पर बनी सफ़ेद शार्क की तरह, उस समय अचानक क्यों उभर आई थी।

नोरा को और बातें याद आने लगीं। डैन एक बार लगभग नाराज़ हो गया था, जब नोरा ने उसे ऐश नाम के एक ग्राहक के बारे में बताया था जो सर्जन और शौकिया गिटारवादक था। वह स्ट्रिंग थ्योरी में संगीत-पुस्तक ख़रीदने आया था और यूम ही नोरा के साथ बाहर कॉफ़ी पीने के लिए पूछ लिया था।

('निश्चित रूप से मैंने उसे मना कर दिया था। अब चिल्लाना बंद करो।')

इससे भी बुरा हुआ जब एक व्यक्ति, किसी प्रमुख लेबल के लिए लेबिरिंथ्स के साथ काम करना चाहता था। डैन ने नोरा से कहा कि वे पति-पत्नी के रूप में साथ नहीं रह पाएँगे। उसने विश्वविद्यालय के अपने दोस्त से एक डरावनी कहानी भी सुनी थी, जिसमें यह बताया गया था कि एक बैंड ने ऐसे ही किसी के साथ काम करने के लिए हामी भरी और फिर उस व्यक्ति ने उन्हें बर्बाद कर दिया जिसके बाद वे सभी बेरोज़गार, शराबी आदि बन गए थे।

'मैं तुम्हें अपने साथ ले जा सकती हूँ,' नोरा ने कहा था। 'मैं इसे अनुबंध में इसे डलवा लूँगी। हम हर जगह साथ जा सकेंगे।'

'माफ़ करना, नोरा। लेकिन यह *तुम्हारा* सपना है, मेरा नहीं।'

नोरा को यह सोचकर बुरा लगा कि शादी से पहले उसने ऑक्सफ़ोर्डशायर के ग्रामीण इलाक़े में पब शुरू करने के डैन के सपने को अपना सपना बनाने की भरपूर कोशिश की थी।

डैन हमेशा कहता था कि उसे नोरा की अधिक चिंता थी : वह जब बैंड में थी, तब उसे मंच के पास पहुँचते ही घबराहट होने लगती थी। लेकिन अब नोरा को लगने लगा कि डैन की चिंता में चालाकी मिली हुई थी।

'मैंने सोचा,' डैन कहने लगा, 'कि तुम फिर से मुझ पर भरोसा करने लगी हो।'

'भरोसा? डैन, मैं तुम पर भरोसा क्यों नहीं करूँगी?'

'तुम्हें कारण पता है।'

'बेशक, मुझे पता है,' नोरा ने झूठ बोला। 'मैं तुम्हारे मुँह से सुनना चाहती हूँ।'

'वही एरिन वाले मामले के बाद से।'

नोरा ने डैन को हैरानी से देखा।

'एरिन? जिससे मैं रात को बात कर रही थी?'

'क्या मैं नशे में की एक मूर्खता के लिए ज़िंदगी-भर तुमसे सुनता रहूँगा?'

बाहर सड़क पर हवा की गति तेज़ होने लगी थी। वह पेड़ों के बीच से बहती हुई गरज रही थी मानो कुछ कहना चाहती हो।

यही वह जीवन था, जिसके लिए वह दुख मना रही थी। यही वह ज़िंदगी थी जिसे नहीं जी पाने के लिए वह ख़ुद को कोस रही थी। यह वह समय था, जिसे नहीं देख पाने का उसे पछतावा हो रहा था।

'एक मूर्खतापूर्ण ग़लती?' वह बोली।

'ठीक है, दो।'

बात बढ़ती जा रही थी।

'दो?'

'मेरी हालत ठीक नहीं थी। तुम्हें पता है, मैं दबाव में था। और मैं नशे में था।'

'तुमने किसी और के साथ सेक्स किया और ऐसा लगता नहीं कि तुम्हें इसका कोई खास... पछतावा है।'

'हम इस बात को खींच क्यों रहे हैं? हम पहले भी चर्चा कर चुके हैं। याद है, काउंसलर ने कहा था कि बजाय यह सोचने के कि हम पहले कहाँ थे, हमें यह सोचना चाहिए कि हमें कहाँ पहुँचना है।'

'क्या तुम्हें लगता है कि हम एक-दूसरे के लिए सही नहीं हैं?'

'क्या?'

'मैं तुमसे प्यार करती हूँ, डैन। तुम बहुत अच्छे हो। तुमने मेरी माँ के साथ अच्छा बर्ताव किया था। और हमारे बीच अच्छी बातचीत होती थी - मेरा मतलब है - अब भी होती है। लेकिन क्या तुमने यह महसूस किया है कि हम उस जगह से बहुत आगे निकल चुके हैं, जहाँ हमें होना चाहिए था? हम बदल चुके हैं?'

नोरा पलंग के कोने पर डैन से दूर बैठ गई।

'क्या मुझे पाकर तुम ख़ुद को भाग्यशाली महसूस करते हो? क्या तुम्हें अहसास है कि शादी से दो दिन पहले मैं तुम्हें छोड़ने के कितना क़रीब थी? क्या तुम्हें पता है कि अगर मैं शादी पर नहीं आती तो तुम्हारा कितना बुरा हाल होता?'

'वाह! बहुत ख़ूब, नोरा। तुमने ख़ुद को काफ़ी सम्मान दे लिया है।'

'क्या मुझे ऐसा नहीं करना चाहिए? मतलब, क्या सबको ऐसा नहीं करना चाहिए? आत्म-सम्मान में क्या बुराई है? और इसके अलावा, यह सच भी है। एक

अलग दुनिया है जहाँ तुम मुझे व्हाट्सएप मैसेज भेजते हो कि मेरे बिना तुम कितने परेशान हो, तुम्हें शराब पीने की आवश्यकता महसूस होती है। हालाँकि मुझे लगता है कि मेरे साथ रहकर भी तुम्हें शराब की उतनी ही आवश्यकता पड़ती है। तुम मैसेज में कहते हो कि तुम्हारा मेरी आवाज़ सुनने का मन करता है।'

डैन ने हँसने-चिढ़ने के बीच की-सी आवाज़ निकाली। 'अभी तो मेरा तुम्हारी आवाज़ सुनने का बिलकुल मन नहीं है।'

नोरा केवल जूते उतार पाई थी। डैन के सामने कपड़े उतारना उसके लिए मुश्किल ही नहीं शायद असंभव था।

'और शराब पीने को लेकर बात करना बंद करो।'

'अगर तुम किसी के साथ सेक्स करने के लिए शराब का बहाना बना सकते हो तो मैं भी पीने के बारे में बोलना जारी रख सकती हूँ।'

'मैं इस जगह का मालिक हूँ,' डैन ने उपहास किया। 'और मालिक तो यही करते हैं। वो ख़ुश रहते हैं और अपने द्वारा बेचे जाने वाले पेय पदार्थों का आनंद लेते हैं...'

यह कब से ऐसे बोलने लगा? क्या यह हमेशा ऐसे ही बोलता था?

'भाड़ में जाओ, डैन!'

वह परेशान तक नहीं हुआ। वह जिस दुनिया में जी रहा था, उसके लिए आभारी भी नहीं था। वो दुनिया, जिसमें नहीं रह पाने के लिए नोरा ख़ुद को दोषी महसूस कर रही थी। वह अपना फ़ोन लेने के लिए बढ़ा, जो अभी तक उसके लैपटॉप के पास रजाई पर पड़ा था। नोरा ने फ़ोन स्क्रॉल करते हुए देखा।

'क्या तुमने यही कल्पना की थी? क्या तुम्हारा सपना पूरा हो रहा है?'

'नोरा, अब यह सब बेकार की बात नहीं करते। तुम सो जाओ।'

'क्या तुम ख़ुश हो, डैन?'

'कोई ख़ुश नहीं है, नोरा।'

'कुछ लोग ख़ुश हैं। तुम ख़ुश रहते थे। पब के बारे में बात करते हुए तुम्हारे चेहरे पर चमक आ जाती थी। तब यह तुम्हारे पास नहीं था। तुमने इसी जीवन का सपना देखा था। तुम, मुझे और इसे अपनी ज़िंदगी में लाना चाहते थे और फिर भी तुमने बेवफ़ाई की। तुम बुरी तरह पीते हो और मुझे लगता है कि तुम्हें मेरी याद केवल तब आती है जब मैं तुम्हारे पास नहीं होती। यह अच्छी बात नहीं है। *मेरे सपनों का क्या होगा?*'

वह सुन नहीं रहा था, या शायद दिखा रहा था कि वह सुन नहीं रहा है।

'कैलिफ़ोर्निया में ज़बरदस्त आग लगी है,' उसने ख़ुद से कहा।

'ठीक है, मगर हम तो वहाँ नहीं हैं।'

डैन ने फ़ोन नीचे रख दिया। उसने लैपटॉप बंद कर दिया। 'तुम सोने आ रही हो या नहीं?'

वह दूर हो गई थी, लेकिन डैन को अब भी वह जगह नहीं मिली थी, जिसे वह खोज रहा था।

'इकोसागन,' नोरा ने कहा।

'क्या?'

'प्रश्नोत्तरी। पहले वाली। बीस भुजाओं वाला बहुभुज। बीस भुजाओं वाले बहुभुज को इकोसागन कहते हैं। मुझे जवाब पता था, लेकिन मैंने तुम्हें नहीं बताया क्योंकि मैं नहीं चाहती थी कि तुम मेरा मज़ाक़ उड़ाओ। और अब मुझे परवाह नहीं क्योंकि जो तुम्हें नहीं पता, वह मुझे पता हो, तो भी उससे तुम्हें परेशान नहीं होनी चाहिए। मैं बाथरूम जा रही हूँ।'

डैन का मुँह खुला रह गया और नोरा उसे छोड़कर कमरे से बाहर निकल गई।

वह बाथरूम में पहुँची। उसने बत्ती जलाई। उसके हाथ-पैरों में झनझनाहट हो रही थी मानो विद्युत को किसी स्टेशन की तलाश थी। उसे यक़ीन हो गया कि वह ग़ायब होने वाली थी। यहाँ अधिक समय बाक़ी नहीं था। वह पूरी तरह निराश हो चुकी थी।

वह एक शानदार बाथरूम था। उसमें दर्पण लगा था। नोरा ने अपना प्रतिबिंब देखा। वह पहले से अधिक स्वस्थ, लेकिन बूढ़ी दिख रही थी।

नोरा ने ऐसे जीवन की कल्पना बिलकुल नहीं की थी।

नोरा ने दर्पण में ख़ुद को 'शुभकामनाएँ' दी।

और वह अगले ही क्षण मिडनाइट लाइब्रेरी में लौट आई। श्रीमती एल्म, दूर से उसे देख रही थीं और उनके चेहरे पर जिज्ञासा-भरी मुस्कान थी।

'तो, कैसा रहा?'

ख़ुद को ज़िंदगी और मौत के बीच पाने से पहले नोरा ने एक अपडेट पोस्ट किया था

क्या आपने कभी सोचा कि 'मैं यहाँ कैसे पहुँची?' यह ऐसा है, जैसे आप एक चक्रव्यूह में पूरी तरह खो चुके हैं और यह आपकी ग़लती है, क्योंकि हर मोड़ आपने स्वयं ही चुना। आप जानते हैं कि ऐसे कई रास्ते हैं जो आपकी मदद कर सकते थे, क्योंकि आपने बाहर बहुत-से लोगों को सुना जो इस भूलभुलैया को पार कर चुके हैं। वे मुस्करा रहे हैं। और कभी-कभी आपको उनकी झलक भी मिलती है। पत्तियों के बीच से उभरी कोई आकृति। और वे बहुत ख़ुश दिखते हैं और आप उनसे नहीं बल्कि ख़ुद से नाराज़ हैं कि आप उनकी तरह सक्षम नहीं हैं। क्या आपके साथ ऐसा होता है? या फिर यह भूलभुलैया सिर्फ़ मेरे लिए है?

पुनःश्च- मेरा बिल्ला मर गया।

शतरंज की बिसात

मिडनाइट लाइब्रेरी की शेल्फ़ शांत हो चुकी थीं, मानो उनके हिलने की अब कोई संभावना नहीं थी।

नोरा ने महसूस किया कि वे दोनों लाइब्रेरी के किसी अलग हिस्से में थे – यह अलग कमरा नहीं था क्योंकि वहाँ केवल एक ही कमरा था, जो अनंत प्रतीत होता था। यह कहना मुश्किल था कि वह सचमुच उस लाइब्रेरी के किसी अलग हिस्से में थी, क्योंकि किताबें अब भी हरे रंग की थीं, हालाँकि वह पहले की अपेक्षा गलियारे के अधिक क़रीब थीं। यहाँ से उन किताबों के ढेर के बीच में से कुछ अलग दिख रहा था – कार्यालय मेज़ और कंप्यूटर। यह गलियारे में किसी अस्थायी कार्यालय जैसा दिख रहा था।

श्रीमती एल्म डेस्क पर नहीं बैठी थीं, बल्कि वे नोरा के सामने एक नीची लकड़ी की मेज़ पर बैठीं शतरंज खेल रही थीं।

नोरा ने कहा, 'मेरी कल्पना से बिलकुल अलग था।'

श्रीमती एल्म को देखकर लगा जैसे उनका आधा खेल हो चुका था।

'भविष्यवाणी करना कठिन है ना?' श्रीमती एल्म ने शून्य में देखते हुए पूछा। इस बीच उन्होंने अपने काले ऊँट को आगे बढ़ाकर सामने का सफ़ेद मोहरा उठा लिया। 'वे चीज़ें, जो हमें ख़ुशी दे सकती हैं।'

श्रीमती एल्म ने शतरंज की बिसात को एक सौ अस्सी डिग्री पर घुमाया मानो वे अपने ही विरुद्ध खेल रही थीं।

'हाँ,' नोरा ने कहा। 'यह तो है। लेकिन उसका क्या होगा? *मेरा* क्या? वह कहाँ जाएगी?'

'मुझे कैसे पता? मैं केवल आज के बारे में जानती हूँ। मुझे आज के बारे में बहुत कुछ पता है। लेकिन मुझे कल का नहीं पता।'

'वह बाथरूम में थी और उसे पता ही नहीं लगेगा कि वह उधर कैसे पहुँची।'

'क्या तुम्हारे साथ ऐसा कभी नहीं हुआ कि तुम एक कमरे में गईं और फिर सोचने लगीं कि तुम वहाँ क्यों आई थीं? क्या तुम किसी काम को करके तुरंत उसके

बारे में कभी नहीं भूलीं? क्या कभी ऐसा नहीं हुआ कि याद ही नहीं आया या फिर ग़लत याद रहा कि तुम क्या काम कर रही थीं?'

'हाँ, लेकिन मैं उस ज़िंदगी में आधा घंटा वहीं थी।'

'उस नोरा को याद रहेगा कि तुमने अभी क्या किया और क्या कहा। लेकिन उसे इस तरह याद होगा जैसे उसी ने किया और उसी ने कहा।

नोरा ने गहरी श्वास छोड़ी। 'डैन, पहले ऐसा नहीं था।'

'लोग बदल जाते हैं,' श्रीमती एल्म ने शतरंज की बिसात को देखते हुए कहा। उनका हाथ, ऊँट पर टिका था।

नोरा ने फिर सोचकर कहा, 'या शायद वह ऐसा ही था और मैं ही उसे पहचान नहीं पाई।'

'तो,' श्रीमती एल्म ने नोरा को देखते हुए आश्चर्य से पूछा। 'तुम्हें कैसा महसूस हो रहा है?'

'मैं अब भी मरना चाहती हूँ। मैं काफ़ी पहले से मरना चाहती हूँ। मैंने बहुत सावधानी से यह निष्कर्ष निकाला है कि मेरे जीवित रहने से जो पीड़ा मुझे हो रही है, वह पीड़ा मेरे मरने के बाद किसी और को होने वाली पीड़ा से कहीं अधिक है। मुझे यक़ीन है कि मेरे मरने से सबको राहत मिलेगी। मैं किसी के काम की नहीं हूँ। मैं काम में बुरी थी। मैंने सभी को निराश किया है। सच कहूँ तो मैं कार्बन-पदचिह्न का अपशिष्ट पदार्थ हूँ। मैंने लोगों को चोट पहुँचाई है। मेरा अब कोई नहीं है। बेचारा बूढ़ा वोल्ट्स भी नहीं। वह इसलिए मर गया कि मैं एक बिल्ले की देखभाल भी ठीक से नहीं कर सकी। मैं मरना चाहती हूँ। मेरा जीवन सबके लिए मुसीबत है। मैं इसे ख़त्म कर देना चाहती हूँ। मैं जीने के लिए नहीं बनी। यह सहते रहने का कोई मतलब नहीं है। मेरी क़िस्मत ही ऐसी है कि हर जन्म में मेरा दुखी होना तय है। मैं ऐसी ही हूँ। मैं किसी के काम नहीं आ सकती। मुझे ख़ुद पर दया आती है। मैं मरना चाहती हूँ।'

श्रीमती एल्म ने नोरा को ध्यान से देखा मानो वह किसी पुस्तक का अंश पढ़ रही हों, जिसे वे पहले भी पढ़ चुकी थीं, लेकिन उन्हें उसके अंदर अभी-अभी एक नया अर्थ मिला। उन्होंने नोरा से नपे-तुले ढंग से कहा, 'चाहना' दिलचस्प शब्द है। इसका अर्थ है, अभाव। कभी-कभी ऐसा होता है कि हम एक अभाव को किसी अन्य वस्तु से भर देते हैं तो मूल इच्छा पूरी तरह ग़ायब हो जाती है। हो सकता है कि तुम्हारी समस्या 'चाहना' नहीं हो, बल्कि 'अभाव' तुम्हारी समस्या हो। शायद कोई ऐसी ज़िंदगी हो, जिसे तुम सचमुच जीना चाहती हो।'

'मुझे लगा कि यही वह जीवन होगा। डैन के साथ। लेकिन ऐसा नहीं है।'

'नहीं, वह नहीं था। लेकिन यह तो तुम्हारे अनेक संभावित जीवन में से केवल एक था। यह अनंत में से छोटा-सा अंश था।'

श्रीमती एल्म सुन नहीं रही थीं। 'मुझे बताओ, अब तुम कहाँ जाना चाहती हो?'

'कहीं नहीं।'

'क्या तुम *पश्चाताप की किताब* पर एक और नज़र डालना चाहती हो?'

नोरा ने नाक सिकोड़ी और सिर हिलाया। उसके मन में पछतावों से हुई घुटन की याद ताज़ा हो आई। 'नहीं।'

'तुम्हारे बिल्ले का क्या होगा? उसका क्या नाम था?'

वोल्टेयर। यह नाम थोड़ा दिखावटी है। और उसे दिखावा पसंद नहीं था इसलिए मैं उसे वोल्ट्स कहकर बुलाती थी। अगर मैं ख़ुश होती तो कई बार वोल्टसी। ज़ाहिर है, ऐसा कम होता था। मैं एक बिल्ले का नाम भी ठीक से तय नहीं कर पाई।'

'तुमने कहा था कि तुम्हें बिल्ली पालना नहीं आता। वह कौन-सा काम है, जो तुमने अलग ढंग से किया होता?'

नोरा सोचने लगी। उसे पता था कि श्रीमती एल्म उसके साथ खेल रही थीं। वह उसी नाम की कोई और बिल्ली नहीं, बल्कि अपनी ही बिल्ली को फिर से देखना चाहती थी। वास्तव में, नोरा की यही सबसे बड़ी इच्छा थी।

'ठीक है। मैं वह ज़िंदगी देखना चाहती हूँ, जहाँ मैंने वोल्टेयर को घर के अंदर रखा। मेरा वोल्टेयर। मुझे ऐसा जीवन पसंद आएगा, जहाँ मैंने जी-तोड़ कोशिश ना की हो, जहाँ मैं अपने बिल्ले की अच्छी मालकिन बन पाई और मैंने उसे रात को सड़क पर नहीं जाने दिया। मुझे थोड़ी देर के लिए केवल वही जीवन चाहिए। मिल सकता है ना?'

सीखने का एकमात्र तरीक़ा है, जीना

नोरा ने इधर-उधर देखा। उसने ख़ुद को अपने बिस्तर पर लेटा पाया।

उसने घड़ी में समय देखा। आधी रात के बाद एक मिनट बीता था। उसने लाइट जलाई। *यही* उसका जीवन था, लेकिन यह पहले से बेहतर होने वाला था, क्योंकि इस बार वोल्टेयर जीवित होगा। उसका अपना वोल्टेयर।

लेकिन वह है कहाँ?

'वोल्ट्स?'

वह बिस्तर से बाहर निकली।

'वोल्ट्स?'

उसने पूरे फ़्लैट में घूमकर देखा, लेकिन वोल्ट्स उसे कहीं नहीं दिखा। बारिश की बूँदें खिड़कियों पर टकरा रही थीं -सब पहले जैसा ही था। उसकी डिप्रेशन की दवा का डिब्बा किचन के बाहर रखा था। इलेक्ट्रिक पियानो ख़ामोशी से दीवार के पास रखा था।

'वोल्ट्सी?'

युक्का पौधा और कैक्टस के तीन छोटे गमले रखे थे, उसकी किताबों की शेल्फ़ पहले जैसी थी, उनमें दर्शनशास्त्र पर किताबें थीं, उपन्यास और अनछुए योग मैनुअल और रॉक स्टार जीवनियाँ तथा पॉप विज्ञान की पुस्तकें, पहले की तरह समान अनुपात में मौजूद थीं। *नैशनल ज्योग्राफ़िक* का पुराना संस्करण रखा था, जिसके कवर पर एक शार्क बनी थी और *एल* नाम की पत्रिका की पाँच महीने पुरानी प्रति भी थी, जो उसने मुख्य रूप से रेयान बेली के साक्षात्कार के लिए ख़रीदी थी। लंबे समय से कोई नई किताब शामिल नहीं हुई थी।

बिल्ले का भोजन से भरा कटोरा अब भी वहीं पड़ा था।

नोरा ने हर जगह देखा और उसका नाम पुकारा। फिर वह अपने बेडरूम में आई और उसने बिस्तर के नीचे झाँका तो उसे वह दिखाई दिया।

'वोल्ट्स!'

बिल्ले ने कोई हरकत नहीं की।

चूंकि नोरा के हाथ उस तक पहुँच नहीं पा रहे थे; इसलिए उसने बिस्तर को धक्का दिया।

'वोल्ट्सी। आओ, वोल्ट्सी,' नोरा धीरे-से बोली।

लेकिन नोरा ने जैसे ही उसके ठंडे शरीर को छुआ वह समझ गई। उदासी तथा दुविधा ने उसे घेर लिया। नोरा ने तुरंत ख़ुद को मिडनाइट लाइब्रेरी में श्रीमती एल्म के सामने पाया। वे आरामकुर्सी पर बैठीं किताब पढ़ने में लीन थीं।

'मैं समझी नहीं,' नोरा ने कहा।

श्रीमती एल्म की निगाहें किताब पर टिकी रहीं। 'ऐसी बहुत-सी बातें हैं, जो तुम्हारी समझ में नहीं आएँगी।'

'मैंने उस जीवन की माँग की थी, जिसमें वोल्टेयर जीवित था।'

'दरअसल, तुमने यह नहीं माँगा था।'

'क्या?'

श्रीमती एल्म ने किताब नीचे रख दी। 'तुमने वह जीवन माँगा था, जिसमें तुम उसे घर के अंदर रख सको। यह अलग बात है।'

'सच में?'

'हाँ। बिलकुल। देखो, अगर तुमने वह जीवन माँगा होता, जिसमें वह जीवित था तो मुझे मना करना पड़ता।'

'क्यों?'

'क्योंकि वह अब जीवित नहीं है।'

'मैंने सोचा कि यहाँ हर तरह का जीवन मौजूद है।'

'हर तरह का *संभावित* जीवन। देखो, वोल्टेयर का मामला गंभीर...' श्रीमती एल्म ने किताब में से ध्यान से पढ़कर कहा - *प्रतिबंधात्मक कार्डियो-मायोपैथी* का गंभीर मामला था, और वह यह रोग के साथ पैदा हुआ था, जिसमें कम उम्र में ही हृदय, साथ छोड़ देता है।'

'लेकिन उसकी तो कार से टक्कर हुई थी।'

'नोरा, सड़क पर मरने और कार से टकराने में अंतर है। केवल उस एक जीवन को छोड़कर, जिसे तुमने अभी देखा, वोल्टेयर किसी भी अन्य जीवन में तुम्हारे मूल जीवन की तुलना से अधिक समय जीवित रहा है। यहाँ उसकी मौत तीन घंटे पहले हुई थी। हालाँकि उसके शुरुआती कुछ वर्ष कठिन थे लेकिन जिस साल वह तुम्हारे साथ था, वह उसके जीवन का सर्वश्रेष्ठ साल था। मेरा विश्वास करो, वोल्टेयर ने इससे भी अधिक बुरे जीवन जिए हैं।'

'आपको एक क्षण पल पहले उसका नाम तक नहीं पता था। और अब आपको यह भी पता है कि उसे प्रतिबंधित कार्डियो – जो भी है – नाम का रोग था?'

'मैं उसका नाम जानती थी। और यह केवल एक क्षण पहले की बात नहीं है। अपनी घड़ी देखो।'

'तुमने झूठ क्यों बोला?'

'मैंने झूठ नहीं बोला। मैंने तुमसे पूछा कि तुम्हारे बिल्ले का नाम क्या है। मैंने यह नहीं कहा कि मुझे तुम्हारे बिल्ले का नाम नहीं पता। तुम्हें अंतर समझ में आया? मैं तुम्हारे मुँह से उसका नाम सुनना चाहती थी ताकि तुम्हें वह महसूस हो सके।'

नोरा को गुस्सा आ रहा था। 'यह बुरी बात है! आपने मुझे ऐसे जीवन में भेजा, यह जानते हुए भी कि वोल्ट्स मर जाएगा। और वोल्ट्स मर चुका *था।* कुछ भी तो नहीं बदला!'

श्रीमती एल्म की आँखों में चमक आ गई। 'तुम्हें छोड़कर।'

'क्या मतलब?'

'अब तुम ऐसा नहीं सोचतीं कि तुम एक बिल्ले की अच्छी मालकिन नहीं बन पाईं। तुमने उसकी अच्छी तरह से देखभाल की। उसे भी तुमसे उतना ही प्यार था जितना तुम्हें उससे। शायद वह नहीं चाहता था कि तुम उसे मरता हुआ देखो। तुम्हें पता है, बिल्लियाँ बहुत *समझदार* होती हैं। उनका समय जब समाप्त होने वाला होता है तो उन्हें पता लग जाता है। वह बाहर इसीलिए गया था, *क्योंकि* वह मरने वाला था। उसे यह बात पता लग चुकी थी।'

नोरा ने इस तथ्य को आत्मसात करने की कोशिश की। उसकी बिल्ली के शरीर पर बाहरी चोट का निशान नहीं था। उसने भी वही निष्कर्ष निकाला, जो ऐश ने निकाला था; यह कि सड़क पर मरी बिल्ली *शायद* सड़क पर चलने की वजह से मरी थी। अगर कोई सर्जन यह सोच सकता है, तो साधारण व्यक्ति भी ऐसा ही सोचेगा। दो जमा दो, कार दुर्घटना के बराबर हो सकते हैं।

'बेचारा वोल्ट्स,' नोरा दुखी स्वर में धीरे-से बोली।

श्रीमती एल्म शिक्षिका की तरह मुस्कराईं, जिसका पढ़ाया पाठ समझ आ चुका था।

'वह तुमसे प्यार करता था, नोरा। तुमने उसकी उसी तरह देखभाल की, जैसे कोई और करता। जाओ और *पश्चाताप की किताब* का आख़िरी पन्ना देखो।'

नोरा ने देखा कि किताब फ़र्श पर पड़ी थी। वह उसे लेकर फ़र्श पर बैठ गई।

'मैं इसे दोबारा नहीं खोलना चाहती।'

'चिंता मत करो। इस बार खोलने से कुछ नहीं होगा। बस आख़िरी पन्ने को देखना।'

नोरा ने जब आख़िरी पन्ना पढ़ा। उसका अंतिम पछतावा – 'मैं वोल्टेयर की ठीक से देखभाल नहीं कर पाई' – धीरे-धीरे उस पन्ने पर से ग़ायब हो रहा था। अक्षर, धुंध में ग़ायब होते अजनबियों की तरह लुप्त होते जा रहे थे।

इससे पहले कि उसे बुरा महसूस होता नोरा ने किताब बंद कर दी।

'तो, देखा तुमने? कई बार पछतावा तथ्य पर आधारित नहीं होता। कई बार पछतावा बस...' एल्म ने उपयुक्त शब्द खोजकर कहा। '...*बकवास* बातों का बोझ होता है।'

नोरा ने स्कूली दिनों को याद किया और सोचा क्या श्रीमती एल्म ने पहले कभी 'बकवास' शब्द का प्रयोग किया था। उसे यक़ीन हो गया कि उन्होंने ऐसा कभी नहीं किया था।

'लेकिन मुझे अब भी समझ में नहीं आया कि आपने मुझे उस जीवन में क्यों जाने दिया, जबकि आपको पता था कि वोल्ट्स वैसे भी मरने वाला था? आप मुझे बता सकती थीं। आप यूँ ही कह देतीं कि मैं बुरी मालकिन नहीं थी। आपने ऐसा क्यों नहीं किया?'

'क्योंकि कई बार ज़िंदगी को *जीना* ही सीखने का एकमात्र तरीक़ा होता है।'

'यह मुश्किल है।'

'बैठो,' श्रीमती एल्म ने उससे कहा। 'कुर्सी पर बैठो। यह सही नहीं है कि तुम फ़र्श पर घुटने टेक कर बैठी हो।' और तभी नोरा ने मुड़कर देखा कि पीछे एक कुर्सी है जिस पर उसका पहले ध्यान नहीं गया। वह पुरानी कुर्सी थी – महोगनी लकड़ी और एडवर्डियन चमड़ा। उसके एक हत्थे पर पीतल का बुकस्टैंड जड़ा था। 'खुद को थोड़ा समय दो।'

नोरा बैठ गई।

उसने घड़ी की ओर देखा। कोई फ़र्क़ नहीं पड़ता कि वह ख़ुद को कितना समय दे रही थी, क्योंकि समय तो मध्यरात्रि पर ही रुका हुआ था।

'मुझे अब भी यह अच्छा नहीं लग रहा। दुख से भरा एक जीवन ही काफ़ी था। और ख़तरा उठाने की क्या आवश्यकता है?'

'ठीक है।' श्रीमती एल्म ने कंधे उचकाए।

'क्या हुआ?'

'चलो, फिर हम कुछ नहीं करते। तुम बस इस लाइब्रेरी की शेल्फ़ों में इंतज़ार कर रही इन ज़िंदगियों के साथ बैठी रहो और कुछ मत चुनो।'

नोरा समझ गई कि श्रीमती एल्म उसके साथ खेल रही थीं। लेकिन नोरा भी उनके साथ थी।

'ठीक है।'

नोरा वहीं खड़ी रही। श्रीमती एल्म ने फिर से अपनी किताब उठा ली।

नोरा को यह ग़लत लग रहा था कि श्रीमती एल्म, उन ज़िंदगियों में शामिल हुए बिना ही उन्हें पढ़ सकती थीं।

समय बीतता गया।

हालाँकि तकनीकी तौर पर बेशक, ऐसा नहीं था।

नोरा बिना भूख-प्यास या थकान के हमेशा वहाँ रह सकती थी। लेकिन इसमें ऊब जाने की संभावना थी।

समय रुका रहा और नोरा की अपने आसपास मौजूद ज़िंदगियों के प्रति जिज्ञासा बढ़ती गई। उसके लिए लाइब्रेरी में रहकर भी शेल्फ़ में से किताबों को बाहर नहीं निकालना लगभग असंभव था।

'आप मुझे स्वयं ही कोई अच्छी-सी ज़िंदगी क्यों नहीं दे देतीं?' उसने अचानक कहा।

'यह लाइब्रेरी ऐसे काम नहीं करती।'

नोरा के पास एक और सवाल था।

'मैं अधिकांश ज़िंदगियों में अब सोती ही रहूँगी, है ना?'

'हाँ, अधिकतर में।'

'फिर क्या होता है?'

'पहले तुम सो जाते हो। फिर उस जीवन में जागते हो। चिंता की कोई बात नहीं है। लेकिन अगर तुम्हें घबराहट हो रही है तो तुम कोई ऐसा जीवन भी चुन सकती हो, जिसमें समय कुछ और हो।'

'क्या मतलब?'

'दुनिया में हर जगह तो रात नहीं होती ना?'

'मतलब?'

'ऐसे *अनंत* संभावित जगत हैं जहाँ तुम रहते हो। क्या तुम यह सोच रही हो कि वे सभी ग्रीनविच मीन टाइम पर स्थित हैं?'

'बिलकुल नहीं,' नोरा ने कहा। उसने महसूस किया कि वह कोई और जीवन चुनने वाली थी। उसने हंपबैक व्हेल के बारे में सोचा। उसने अनुत्तरित मैसेजों के बारे में सोचा। 'काश, मैं इज़ी के साथ ऑस्ट्रेलिया चली जाती! मैं उस जीवन का अनुभव करना चाहूँगी।'

'यह अच्छा विकल्प है।'

'क्या? वह बढ़िया जीवन है?

'अरे, मैंने ऐसा नहीं कहा। मुझे केवल लगता है कि तुम्हें बेहतर ढंग से *चुनने* का तरीक़ा आ गया है।'

'क्या वह बुरा जीवन है?'

'मैंने ऐसा भी नहीं कहा।'

शेल्फ दोबारा तेज़ी से चल पड़ीं और फिर कुछ सेकेंड बाद रुक गईं।

'ओह, हाँ, यह रही,' श्रीमती एल्म ने नीचे से दूसरी शेल्फ़ से एक किताब निकालते हुए कहा। उन्होंने तुरंत उसे पहचान लिया। यह बहुत अजीब था, क्योंकि वह किताब भी अन्य किताबों जैसी ही थी।

उन्होंने उसे प्यार से नोरा को सौंप दिया मानो वह उसके जन्मदिन का उपहार हो।

'यह लो। तुम्हें पता है कि तुम्हें अब क्या करना है।'

नोरा हिचकिचाई।

'अगर मैं मर गई तो?'

'मतलब?'

'मेरा मतलब है किसी अन्य जीवन में। मेरे और भी तो जन्म होंगे, जिनमें मैं आज से पहले मर चुकी होऊँगी।'

श्रीमती एल्म उत्सुक दिखीं। 'क्या तुम मरना नहीं चाहती थीं?'

'हाँ, लेकिन...'

'तुम आज से पहले अनगिनत बार मर चुकी हो। कार दुर्घटना, ड्रग ओवरडोज़, डूबना, जानलेवा फूड पॉइजनिंग, सेब खाकर उलझना, बिस्कुट खाकर उलझना, शाकाहारी हॉट डॉग खाकर उलझना, मांसाहारी हॉट डॉग खाकर उलझना, हर वह बीमारी जो तुम्हें हो सकती थी... तुम हर तरीक़े से पहले मर चुकी हो।'

'मैं किताब खोलते ही मर सकती हूँ?'

'नहीं। तुरंत नहीं। वोल्टेयर की तरह यहाँ उपलब्ध जीवन, बस *जीवन* हैं। मेरा मतलब है तुम उस जीवन में *मर* सकती हो लेकिन उसमें प्रवेश करने से *पहले* नहीं, क्योंकि यह मिडनाइट लाइब्रेरी भूतों के लिए नहीं है। यह मृतकों की लाइब्रेरी नहीं है। यह संभावना की लाइब्रेरी है और मृत्यु, संभावना का विलोम है। समझीं?'

'शायद।'

फिर नोरा उस किताब को देखने लगी जो उसे सौंपी गई थी। उसका रंग शंकु हरा था। उसका आवरण चिकना था और ऊपर बड़ा-सा, लेकिन अर्थहीन शीर्षक उभरा हुआ था - **मेरा जीवन।**

उसने किताब को खोला तो पहला पन्ना ख़ाली था। नोरा अगले पन्ने पर पहुँची और सोचने लगी कि इस बार क्या होगा। **'स्विमिंग पूल में सामान्य से कुछ अधिक लोग थे...'**

और फिर नोरा वहाँ पहुँच गई।

आग

वह हाँफने लगी। सहसा उसे कुछ महसूस होने लगा। शोर और पानी। उसका मुँह खुला और दम घुट रहा था। खारे पानी की खटास और झनझनाहट।

उसने पूल के तल पर पैर लगाने की कोशिश की लेकिन गहराई ज़्यादा थी। उसने जल्दी से ब्रेस्टस्ट्रोक का प्रयास किया।

स्विमिंग पूल, लेकिन खारे पानी वाला। समुद्र के किनारे, बाहर की तरफ़। उसे समुद्र-तट से बाहर निकली एक चट्टान को खोदकर बनाया गया था। महासागर ठीक उसके पार दिखाई दे रहा था। ऊपर से सीधी धूप पड़ रही थी। पानी ठंडा था, लेकिन हवा में गर्मी को देखते हुए पानी की शीतलता अच्छी लग रही थी।

एक समय पर वह बेडफ़ोर्डशायर की चौदह वर्षीय सर्वश्रेष्ठ तैराक हुआ करती थी।

उसने राष्ट्रीय जूनियर तैराकी चैंपियनशिप में अपनी आयु वर्ग में दो प्रतियोगिताएँ जीती थीं। फ़्रीस्टाइल 400 मीटर और फ़्रीस्टाइल 200 मीटर। उसके पिता उसे हर दिन स्थानीय पूल ले जाते थे। कभी स्कूल से पहले तो कभी बाद में। लेकिन फिर जब उसके भाई ने निर्वाण ग्रुप के लिए गिटार बजाना शुरू किया तो नोरा तैराकी छोड़कर संगीत सीखने लगी। वह ख़ुद से केवल चॉपिन ही नहीं, बल्कि 'लेट इट बी' और 'रेनी डेज़ ऐंड मंडे' जैसे क्लासिक्स भी बजा लेती थी। उसके भाई के अनुसार लेबिरिंथ्स के अस्तित्व में आने से पहले नोरा ने अपना संगीत तैयार करना भी शुरू कर दिया था।

लेकिन उसने तैरना बंद नहीं किया। वह दबाव में थी।

वह तालाब के किनारे पहुँची। उसने रुककर इधर-उधर देखा। उसे कुछ दूर निचले स्तर पर समुद्र-तट दिखा, जो अर्ध-वृत्त बनाता हुआ रेत पर समुद्र का स्वागत कर रहा था। समुद्र-तट से आगे घास का एक बड़ा था। वह एक पार्क था जो ताड़ के पेड़ों और दूर से कुत्ते घुमाने के लिए आए हुए लोगों से भरा रहता था।

इसके अलावा, घर थे और कम ऊँचाई वाले अपार्टमेंट ब्लॉक तथा सड़क रेंगता ट्रैफ़िक। उसने बायरन बे की तसवीरें देखी थीं और यह जगह वैसी नहीं लग

रही थी। यह जगह, जहाँ भी यह थी, बनावटी थी। हालाँकि वह दिखावटी होने के अलावा शहरी भी थी।

नोरा फिर से पूल को देखने लगी। एक आदमी अपना चश्मा ठीक कर रहा था और उसे देखकर मुस्करा रहा था। क्या वह उसे जानती थी? क्या वह इस जीवन में उसका अभिवादन करेगी? उसे पता नहीं था; इसलिए नोरा ने छोटी-सी विनम्र मुस्कान बिखेर दे दी मानो वह पर्यटक थी जिसके पास नई मुद्रा थी और उसे पता नहीं था कि कितना टिप देना ठीक रहेगा।

फिर स्विमिंग कैप पहने एक बूढ़ी औरत पानी के बीच से उसकी ओर आई।

'गुड मॉर्निंग नोरा,' उसने तैरना जारी रखते हुए कहा।

अभिवादन से पता चलता था कि नोरा नियमित रूप से वहाँ आती थी।

'गुड मॉर्निंग,' नोरा ने कहा।

वह बातचीत से बचने के लिए समुद्र की ओर देखने लगी। सुबह सर्फ़िंग करने वालों का झुंड नीले सागर की लहरों पर तैर रहा था।

यह नोरा के ऑस्ट्रेलियाई जीवन की आशापूर्ण शुरुआत थी। उसने घड़ी की ओर देखा। वह चमकीले नारंगी रंग की कैसियो, जैसी कोई सस्ती-सी घड़ी थी। उसे आशा थी कि ख़ुशनुमा दिख रही वह घड़ी, ख़ुशहाल जीवन की सूचक हो सकती है। सुबह के नौ बजे थे। घड़ी के बगल में कलाई पर प्लास्टिक का बैंड था जिस पर एक चाबी बँधी थी।

तो, यहाँ उसकी सुबह ऐसे होती थी! समुद्र तट के निकट आउटडोर स्विमिंग पूल पर। वह सोचने लगी क्या वह यहाँ अकेली है। उसने इज़ी को खोजने की उम्मीद में पूल को ध्यान से देखा, लेकिन वहाँ कोई नहीं था।

वह तैरकर थोड़ा आगे गई।

उसे तैराकी के बारे में सबसे ज़्यादा पसंद यह था कि वह उसमें पूरी तरह खो जाती थी। पानी के भीतर वह इतनी एकाग्रचित्त होती कि उसे कोई अन्य विचार आता ही नहीं था। स्कूल या घर की चिंता नहीं रहती थी। उसे लगता था कि किसी भी अन्य कला की तरह तैरना भी एक पवित्र कला है। आप जितना अधिक काम पर केंद्रित रहते हैं, आपका ध्यान बाक़ी चीज़ों पर उतना ही कम जाता है। आप ख़ुद से जुदा हो जाते हैं और उस काम के साथ एकात्म स्थापित हो जाता है।

लेकिन जब नोरा ने पाया कि उसके हाथ और छाती में दर्द हो रहा है तो ध्यान केंद्रित करना मुश्किल हो गया। उसे अहसास हुआ कि वह ज़्यादा तैर चुकी थी और शायद पूल से बाहर निकलने का समय हो गया था। उसने एक संकेत

पढ़ा। ब्रोंट बीच स्विमिंग पूल। नोरा को याद आया कि डैन ने, जो अपने गैप ईयर में ऑस्ट्रेलिया गया था, इस जगह के बारे में ज़िक्र किया था। यह नाम - *ब्रोंट बीच* - नोरा के ध्यान में रह गया, क्योंकि उसे याद रखना आसान था। सर्फ़बोर्ड पर जेन आयर!

लेकिन तभी उसके संदेह की पुष्टि हो गई।

ब्रोंट बीच सिडनी में था लेकिन वह बायरन बे का हिस्सा नहीं था।

इसलिए दो बातों में एक का होना तय था। या तो इज़ी, इस जीवन में, बायरन बे में नहीं रहती थी अथवा नोरा, इज़ी के साथ नहीं थी।

नोरा ने देखा कि उसकी त्वचा का रंग हल्का गहरा था।

परेशानी यह थी कि उसे अपने कपड़ों का पता नहीं था। तभी उसे प्लास्टिक रिस्टबैंड की याद आई जिस पर चाबी लगी थी।

57 उसका लॉकर नंबर 57 था। नोरा ने चेंजिंग रूम ढूँढ़ लिया। फिर उसने लॉकर खोलकर देखा कि कपड़ों के अलावा घड़ियों के मामले में भी उसकी पसंद इस जीवन में काफ़ी रंगीन थी। उसके पास अनानास के प्रिंट वाली टी-शर्ट थी। अनानास का भरा-पूरा प्रिंट। गुलाबी-बैंगनी डेनिम शॉर्ट्स। और चेक वाले स्लिप-ऑन पंप जूते।

मैं कौन हूँ? वह आश्चर्यचकित थी। *बच्चों के टीवी कार्यक्रम की प्रस्तुतकर्ता?*

सन-ब्लॉक क्रीम। गुड़हल के रंग का लिप बाम। उसने कोई शृंगार नहीं किया।

उसने अपनी टी-शर्ट ऊपर की तो देखा कि उसके हाथ पर कुछ निशान थे। रेखाओं जैसे निशान। उसने पल-भर के लिए सोचा क्या उसने ख़ुद को आहत किया होगा। उसके कंधे के ठीक नीचे एक टैटू था। फ़ीनिक्स और आग की लपटें। वह भयानक टैटू था। इस जीवन में तो उसे कोई ऐसी चीज़ पसंद नहीं थी। लेकिन पसंद का ख़ुशी से कोई लेना-देना कहाँ होता है?

उसने कपड़े पहने और शॉर्ट्स की जेब से एक फ़ोन निकाला।

यह उसके विवाहित और पब के समय के जीवन की तुलना में पुराने मॉडल का फ़ोन था। सौभाग्य से वह अंगूठा लगाने से खुल गया।

नोरा, चेंजिंग रूम से निकलकर समुद्र-तट के किनारे बने रास्ते पर चलने लगी। उस दिन गर्मी थी। अप्रैल में सूरज खुलकर निकले तो जीवन बेहतर लगने लगता है। इंग्लैंड की तुलना में सबकुछ अधिक उज्ज्वल, अधिक रंगीन और अधिक *सजीव* लग रहा था।

उसने एक तोता देखा - एक आसमानी-नीला और केले के रंग का पीला मकाओ - वह बेंच पर बैठा था और कुछ पर्यटक, उसकी तसवीरें खींच रहे थे।

तभी एक साइकिल-चालक नारंगी रंग की स्मूदी पकड़े, मुसकराता हुआ नोरा को 'सुप्रभात' कहकर आगे निकल गया।

यह जगह निश्चित रूप से बेडफ़ोर्ड नहीं थी।

नोरा ने महसूस किया कि उसके चेहरे पर कुछ परिवर्तन हो रहा था। क्या सचमुच ऐसा हो सकता है? वह *मुस्करा* रही थी। किसी को उसके मुस्कराने की उम्मीद नहीं थी।

फिर नोरा ने एक निचली दीवार पर लिखा देखा - *दुनिया में आग लगी है और एक अन्य दीवार पर लिखा था, एक धरती = एक मौक़ा।* नोरा की मुस्कान फीकी पड़ गई। अलग जीवन का मतलब, अलग ग्रह नहीं होता!

उसे पता नहीं था कि वह कहाँ रहती है या उसने क्या किया या वह स्विमिंग पूल के बाद कहाँ जा रही थी, लेकिन यह सोचना उसे मुक्ति का अहसास दे रहा था। बिना किसी अपेक्षा के जीना। उसने गूगल में अपने नाम के आगे 'सिडनी' जोड़ा ताकि वह देख सके कि इससे क्या नतीजा मिलता है।

इससे पहले कि वह गूगल के परिणाम देख पाती, उसने नज़र ऊपर उठाई और एक आदमी को अपनी ओर आते देखा। वह मुस्करा रहा था। छोटे क़द का साँवला आदमी। बाल पतले थे और उसने ढीली चोटी बना रखी थी। उसकी शर्ट के बटन ठीक से बंद नहीं थे।

'हेलो, नोरा।'

'हेलो,' नोरा ने सहज दिखने की कोशिश की।

'आज कब समय शुरू करना है?'

वह इसका उत्तर कैसे देती? 'अरे! ओह... मैं भूल ही गई।'

वह हँसा। उसकी हँसी पहचानी-सी थी मानो भूल जाना नोरा के स्वभाव में शामिल था।

'मैंने रोटा पर देखा था। मुझे लगता है ग्यारह बजे का समय ठीक रहेगा।'

'सुबह ग्यारह बजे?'

वह हँस पड़ा। 'तुम कौन-सा नशा करती हो? मुझे भी चाहिए।'

'नहीं... कुछ नहीं,' नोरा ने कहा। 'मैंने नशा नहीं किया। अभी नाश्ता नहीं कर पाई हूँ।'

'ठीक है, मिलते हैं...'

'हाँ। पर... जगह कहाँ है?'

वह फिर हँसा। हो सकता है कि नोरा, सिडनी से बाहर चलने वाली व्हेल-साइट क्रूज पर काम करती हो। और शायद इज़ी भी।

नोरा को पता नहीं था कि वह कहाँ रहती है। गूगल पर भी कुछ नहीं दिखा। लेकिन समुद्र से दूर जाना सही मालूम पड़ता था। शायद वह उसी जगह की स्थानीय निवासी थी। शायद घूमते हुए यहाँ चली आई थी। हो सकता है पूल कैफ़े के बाहर खड़ी कोई बाइक उसी की हो। उसने अपने छोटे-से बटुए को टटोला और चाबी ढूँढ़ी लेकिन उसमें केवल घर की एक चाबी थी। ना कार की चाबी, ना बाइक की। इसका मतलब वह बस से या पैदल आई होगी। घर की चाबी पर स्थान की जानकारी नहीं थी। नोरा एक बेंच पर बैठ गई। गर्दन के पीछे तेज़ धूप पड़ रही थी। फिर उसने मैसेज चैक किए।

उसमें ऐसे लोगों के नाम थे, जिन्हें वह पहचानती तक नहीं थी।

एमी, रोधरी, बेला, लुसी पी., केमाला, ल्यूक, लुसी एम.।

ये लोग कौन हैं?

और उनमें केवल एक नाम था, जो बिलकुल अनुपयोगी निकला : 'कार्य'। और 'कार्य' नाम से केवल एक संदेश था, जिसमें लिखा था :

तुम कहाँ हो?

एक नाम था, जिसे वह पहचानती थी।

डैन।

उसने डैन के मैसेज पर क्लिक किया तो उसकी दिल की धड़कन रुक गई।

हैलो नोर! आशा है, ओज़ का बर्ताव तुम्हारे साथ अच्छा होगा। यह सुनने में अटपटा या डरावना लगेगा, लेकिन फिर भी मैं तुम्हें बता रहा हूँ। मैंने उस रात पब के बारे में सपना देखा था। वह कितना अच्छा सपना था! हम बहुत ख़ुश थे! वैसे भी, उस विचित्रता को अनदेखा कर दें तो काम की बात यह है : अंदाज़ लगाओ कि मैं मई में कहाँ जा रहा हूँ? ऑस्ट्रेलिया! दस साल में पहली बार। मैं काम से आ रहा हूँ। मैं एमसीए के साथ काम करता हूँ। यदि तुम्हें सुविधा हो तो कॉफ़ी के लिए ही सही, लेकिन मिलकर मज़ा आएगा। डी एक्स

यह इतना अजीब मैसेज था कि नोरा को हँसी आ गई। लेकिन हँसने के बजाय वह खाँसने लगी। (अब उसे लगा कि शायद यह जीवन उसके लिए ठीक नहीं था।) वह सोचने लगी कि दुनिया में कितने डैन होंग, जो ऐसे सपने देखते होंगे, जो यदि पूरे हो जाएँ तो उन्हें नफ़रत हो जाए।

इंस्टाग्राम ही एकमात्र सोशल मीडिया का मंच था, जहाँ नोरा मौजूद थी और वह केवल कविताओं की तसवीरें पोस्ट करती थी।

उसने रुककर एक कविता पढ़ी :

आग

उसका हर हिस्सा, जो बदल गया
जो खुरचकर उतर गया
स्कूल की हँसी के कारण
या बड़ों की सलाह के चलते
वह समय अब बीत चुका –
और दोस्तों का दर्द कब का मर चुका।
उसने उन टुकड़ों को फ़र्श से बटोरा
लकड़ी के चूरे की तरह।
और उन्हें बदल दिया ईंधन में।
आग में।
और जला दिया।
इतना उजाला **सदा** देखने के लिए काफ़ी था।

यह परेशान करने वाली कविता थी, हालाँकि वह सिर्फ़ एक कविता थी। उसने ईमेल देखे। एक ईमेल शार्लेट के नाम से मिली थी, जो नोरा के स्कॉटलैंड वापस जाने से पहले स्ट्रिंग थ्योरी में नोरा की सीलिड बैंड का एकमात्र दोस्त था।

हैलो चार्ल!

आशा है सब ठीक है।

मुझे ख़ुशी है कि जन्मदिन अच्छा रहा, लेकिन दुख है कि मैं आ नहीं सकी। सिडनी में सब ठीक है। आख़िर नया घर ले लिया है। यह ब्रोंट तट के पास है। पड़ोस में बहुत सारे कैफ़े और आकर्षण के केंद्र हैं। मुझे नई नौकरी भी मिल गई है।

मैं रोज़ सुबह खारे पानी के पूल में तैरने जाती हूँ और शाम को धूप में एक गिलास ऑस्ट्रेलियाई शराब पीती हूँ। जीवन बढ़िया चल रहा है!

पता :
2/29 डार्लिंग स्ट्रीट
ब्रोंट
एनएसडब्ल्यू 2024

ऑस्ट्रेलिया
नोरा एक्स

वह एक अस्पष्ट-सा मैसेज था, जो मानो लंबे समय से खोई हुई किसी चाची को लिखा गया था। *पड़ोस में बहुत सारे कैफ़े और आकर्षण केंद्र* होने वाली बात जैसे ट्रिपएडवाइजर पर लिखी गई थी। उसने शार्लेट - या *किसी से भी* - इस तरह कभी बात नहीं की थी।

इज़ी का कोई जिक्र नहीं था। *आख़िर नया घर ले लिया है।* वह घर हमने लिया या *मैंने?* शार्लेट को इज़ी के बारे में पता था। फिर उसका ज़िक्र क्यों नहीं किया?

वह जल्द पता लगा लेगी। बीस मिनट बाद वह अपने अपार्टमेंट के दालान में खड़ी कचरे के चार थैलों को देख रही थी, जिन्हें फेंकने की ज़रूरत थी। लिविंग रूम छोटा और उदासी से भरा था। सोफ़ा फटा-पुराना था। हल्की फफूंद की गंध भी थी।

दीवार पर वीडियो गेम ऐंजल का पोस्टर लगा था और कॉफ़ी टेबल पर एक पेन रखा था, जिस पर चरस के पत्ते का स्टिकर लगा था। एक महिला स्क्रीन पर देखते हुए लाशों के सिर में गोलियाँ मार रही थी।

उस महिला के बाल छोटे और नीले रंग के थे। एक पल के लिए नोरा को लगा कि वह इज़ी होगी।

'हाय,' नोरा ने कहा।

महिला ने पलटकर देखा। वह इज़ी नहीं थी। उसकी आँखों में नींद भरी थी, चेहरे पर कोई भाव नहीं था मानो उन लाशों का, जिन्हें वह मार रही थी, उस पर भी असर हो गया था। वह अत्यंत सभ्य थी, लेकिन नोरा ने ऐसे किसी व्यक्ति को पहले कभी नहीं देखा था। वह मुस्कराई।

'अरे! नई कविता कैसी है?'

'ओह, हाँ! अच्छी बन रही है। धन्यवाद।'

नोरा, फ़्लैट में घूमने लगी। उसने अचानक एक दरवाज़ा खोला तो पता लगा कि वह बाथरूम था। उसे शौचालय की ज़रूरत नहीं थी, लेकिन उसने सोचने के लिए एक सेकेंड का समय लिया। उसने दरवाज़ा बंद किया और हाथ धोए। उसने देखा कि पानी प्लगहोल के ग़लत रास्ते से नीचे जा रहा था।

उसने शावर की ओर देखा। उस पर पड़ा पीला पर्दा पड़ा था जो किसी छात्र के घर जैसा गंदा था। इस जगह को देखकर उसे वही याद आया। एक छात्र का घर। वह पैंतीस वर्ष की थी और इस जीवन में छात्र बनकर जी रही थी। उसने बेसिन के पास डिप्रेशन की दवाइयाँ - फ़्लुओक्सेटीन - देखीं तो बक्सा उठा लिया। लेबल

के ऊपर लिखा था – *एन. सीड की दवाई।* उसने दोबारा हाथ पर लगे निशान देखे। यह अजीब बात थी कि आपका अपना शरीर रहस्य के सुराग़ दे रहा था।

कूड़ेदान के बगल में फ़र्श पर *नैशनल ज्योग्राफ़िक* पत्रिका पड़ी थी। उस पत्रिका के आवरण पर ब्लैक होल का चित्र था, जिसे वह कल ही दुनिया के दूसरे छोर पर, अपने किसी अन्य जीवन में पढ़ चुकी थी। उसे लगा कि वह उसी की पत्रिका थी, क्योंकि उसे हमेशा वह पढ़ना पसंद रहा। वह उसे कभी ख़रीदकर भी पढ़ती थी, क्योंकि कोई अन्य ऑनलाइन पत्रिका, तसवीरों के साथ वैसा न्याय नहीं कर पाती थी।

उसे याद आया कि वह जब ग्यारह साल की थी तो अपने पिता की कॉपी में आर्कटिक में नॉर्वे के द्वीपसमूह स्वालबार्ड की तसवीरें देखती थी। यह अत्यंत विशाल, निर्जन और शक्तिशाली था। वह सोचती थी कि आलेखों में जिस तरह वैज्ञानिक-अन्वेषक, गर्मियाँ भूवैज्ञानिक अनुसंधान में बिताते हैं, उसी तरह उनके बीच रहना कैसा होगा। उसने तसवीरें काटकर अपने बेडरूम के पिनबोर्ड पर लगा लीं। कई सालों तक स्कूल में, उसने विज्ञान और भूगोल में कड़ी मेहनत की ताकि वह उन वैज्ञानिकों की तरह जमे हुए पहाड़ों में गर्मियाँ बिता सके।

परंतु उसके पिता की मृत्यु के उपरांत और नीत्शे की *बियॉन्ड गुड ऐंड एविल* किताब को पढ़ने के बाद, उसने फ़ैसला किया (क) दर्शनशास्त्र एकमात्र ऐसा विषय था, जो उसकी सहज स्वभावगत तीव्रता से मेल खाता था, और (ख) वह वैज्ञानिक की तुलना में रॉक स्टार बनना चाहती थी।

बाथरूम से निकलने के बाद, वह अपने फ़्लैट के रहस्यमयी साथी के पास लौट आई।

वह सोफ़े पर बैठ गई और प्रतीक्षा करती रही।

तभी उस महिला अवतार के सिर में गोली लगी।

'भाड़ में जाओ, सालों!' महिला ने ख़ुशी से झूमते हुए कहा।

उसने पेन उठाया। नोरा सोचने लगी कि वह उसे कैसे जानती होगी। नोरा को लग रहा था कि वे फ़्लैट में साथ रहते थे।

'तुमने जो कहा था, मैंने उसके बारे में सोचा।'

'मैंने क्या कहा?' नोरा ने पूछा।

'बिल्ले की देखभाल के बारे में। तुम उस बिल्ले की देखभाल करना चाहती थी ना?'

'अरे हाँ। याद आया।'

'बहुत बुरा विचार है।'

'सच में?'

'बिल्लियाँ।'

'बिल्लियों से क्या हुआ?'

'उनमें परजीवी रहते हैं। टोक्सोप्लास- जैसा कुछ।'

नोरा यह बात जानती थी। वह तब से जानती थी जब वह किशोर थी और बेडफ़ोर्ड एनिमल रेस्क्यू सेंटर में कार्य कर रही थी। 'टोक्सोप्लाज़मोसिज़।'

'वही! खैर, मैं वो पॉडकास्ट सुन रही था... और कहते हैं कि अरबपतियों के इस अंतर्राष्ट्रीय समूह ने बिल्लियों को इस परजीवी से संक्रमित किया ताकि वे मनुष्यों को और मूर्ख बनाकर दुनिया पर कब्ज़ा कर सकें। मेरा मतलब है, इस पर सोचो। हर जगह बिल्लियाँ हैं। मैं इस बारे में जेरेड से बात कर रही थी तो उसने कहा, जोजो, तुम कौन-सा नशा करती हो? मैं कहा, वही जो तुमने मुझे दिया था और फिर उसने कहा, हाँ, मुझे पता है। फिर उसने मुझे टिड्डियों के बारे में बताया।'

'टिड्डियाँ?'

'हाँ। क्या तुमने टिड्डियों के बारे में सुना है?' जोजो ने पूछा।

'क्या?'

'वे ख़ुद को मार रहे हैं। यह परजीवी कीड़ा, उनके अंदर बड़ा होता है और एक पूर्ण जलीय जीव बनने की दिशा में आगे बढ़ता है। यह टिड्डे के मस्तिष्क पर कब्ज़ा कर लेता है। टिड्डा सोचता है, ''मुझे पानी पसंद है'' और इस तरह टिड्डे पानी गोता लगाकर मर जाते हैं। लगातार यही हो रहा है। गूगल करो। गूगल पर ''टिड्डियों द्वारा आत्महत्या टाइप'' करो। खैर, बात यह है कि अभिजात्य वर्ग, हमें बिल्लियों के माध्यम से मार रहा है; इसलिए तुम्हें उनके पास नहीं जाना चाहिए।'

नोरा ख़ुद को यह सोचने से रोक नहीं पाई कि यह जीवन उसके कल्पित जीवन से कितना अलग था। उसने कल्पना की थी कि वह इज़ी के साथ बायरन बे के पास नाव पर हम्पबैक व्हेल को देखेगी और यहाँ वह सिडनी के एक छोटे-से गंध-भरे अपार्टमेंट में किसी साज़िश करती महिला के साथ बैठी थी, जो उसे एक बिल्ली तक के पास जाने नहीं दे रही थी।

'इज़ी को क्या हुआ?'

नोरा को अहसास हुआ कि उसने वह सवाल ज़्यादा ज़ोर से पूछ लिया था। जोजो को अचरज हुआ। 'इज़ी? तुम्हारी पुरानी दोस्त इज़ी?'

'हाँ।'

'वही जो मर गई?'

ये शब्द जोजो के मुँह से इतनी तेज़ी से निकले कि नोरा उन्हें आत्मसात ही नहीं कर पाई।

'क्या?'

'वही कार दुर्घटना वाली लड़की?'

'क्या?'

जोजो उलझन में दिख रही थी। उसके चेहरे के सामने धुएँ के लच्छे तैर रहे थे। 'तुम ठीक हो, नोरा?' उसने कश पकड़ा हुआ था। 'कश लोगी?'

'नहीं, मैं ठीक हूँ। शुक्रिया।'

जोजो हँस पड़ी। 'इससे फ़र्क़ पड़ता है।'

नोरा ने फ़ोन उठाया। वह ऑनलाइन गई और सर्च बॉक्स में 'इसाबेल हर्श' टाइप किया। फिर 'न्यूज' पर क्लिक किया।

वहाँ ख़बर मौजूद थी। हेडलाइन की तरह। इज़ी के साँवले मुसकराते चेहरे वाली तसवीर के ऊपर।

एनएसडब्ल्यू सड़क दुर्घटना में ब्रिटिश महिला की मौत

कॉफ़्स हार्बर के दक्षिण में कल रात एक महिला की मौत हो गई। उसकी उम्र 33 साल थी। तीन और लोगों को अस्पताल में भर्ती कराया गया है। यह दुर्घटना उस समय हुई, जब उस महिला की टोयोटा कोरोला कार पैसिफ़िक हाईवे पर विपरीत दिशा से आती एक अन्य कार से टकरा गई।

महिला चालक की पहचान ब्रिटिश नागरिक इसाबेल हर्श के रूप में की गई है। उसकी मौत रात 9 बजे से पहले दुर्घटना-स्थल पर ही हो गई थी। वह टोयोटा कार में अकेली सवार थी।

इसाबेल के साथ रहने वाली नोरा सीड ने बताया कि इसाबेल, नोरा की जन्मदिन की पार्टी में शामिल होने ब्रिसबेन से वापस बायरन बे जा रही थी। इसाबेल ने हाल में बायरन बे व्हेल वॉचिंग टूअर्स के लिए काम करना शुरू किया था।

'मैं पूरी तरह तबाह हो गई,' नोरा ने कहा। 'हम एक महीने पहले ही ऑस्ट्रेलिया गए थे और इज़ी ने लंबे समय तक यहाँ रहने की योजना बनाई थी। वह बहुत उत्साही थी और उसके बिना रहने की कल्पना करना असंभव है। वह

अपनी नई नौकरी को लेकर बहुत ख़ुश थी। यह अत्यंत दुखद है और इसे समझ पाना बहुत ही कठिन है।'

दूसरी कार के सभी यात्रियों को चोटें आई थीं और उसके ड्राइवर क्रिस डेल को एयरलिफ़्ट करके बोरिंगा के अस्पताल में पहुँचाना गया था।

न्यू साउथ वेल्स की पुलिस, दुर्घटना के चश्मदीद गवाह से पूछताछ में मदद करने का आग्रह कर रही है।

'हे भगवान,' नोरा धीरे-से बोली। उसे लगा वह बेहोश हो जाएगी। 'ओह, इज़ी!'

नोरा जानती थी कि इज़ी उसके किसी जीवन में मरी नहीं थी। लेकिन इस जीवन में यह सच हो गया था और नोरा को सचमुच बहुत दुखहो रहा था। वह दुखपरिचित, बेहद भयानक और अपराध-बोध से भरा था।

इससे पहले कि नोरा ठीक से कुछ समझ पाती, उसका मोबाइल बज उठा। स्क्रीन पर नाम था 'कार्य'।

एक आदमी की आवाज़ आई। एक धीमी-सी आह। 'तुम कहाँ हो?'

'क्या?'

'तुम्हें आधे घंटे पहले यहाँ होना चाहिए था।'

'कहाँ?'

'नौका टर्मिनल पर। तुम टिकट बेच रही हो। यह सही नंबर है ना? क्या मैं नोरा सीड से बात कर रहा हूँ?'

'हाँ, उनमें से एक से,' नोरा ने आह भरी और वह धीरे-धीरे धुँधली पड़ गई।

मछलियों का टैंक

चालाक आँखों वाली लाइब्रेरियन फिर से शतरंज की बिसात लगाकर बैठ गई थी। उसने नोरा के वापस आने पर शायद ही उसे देखा हो।

'वह डरावना था।'

श्रीमती एल्म कुटिलतापूर्वक मुस्कराईं। 'तुम्हें समझ में आ गया ना?'

'क्या समझ में आ गया?'

'यही कि तुम विकल्प चुन सकते हो, लेकिन उसका परिणाम नहीं। फिर भी मैं अपनी बात पर क़ायम हूँ। वह अच्छा चुनाव था। बस, उसका परिणाम वैसा नहीं मिला जैसा तुमने सोचा था।'

नोरा ने श्रीमती एल्म के चेहरे को ध्यान से देखा। क्या उन्हें इस सब में *आनंद* आ रहा था?

'मैं वहाँ क्यों रुकी?' नोरा ने पूछा। 'उसके मरने के बाद मैं लौटकर घर क्यों नहीं आई?'

श्रीमती एल्म ने कंधे उचकाते हुए कहा, 'तुम फँस गई थीं। तुम शोक में थीं, उदास थीं। तुम्हें तो पता है कि डिप्रेशन कैसा होता है।'

नोरा समझ गई। उसे ध्यान आया कि उसने मछली के बारे में पढ़ा था। लोग जितना सोचते हैं, मछलियाँ उससे कहीं अधिक इंसानों जैसी होती हैं।

मछलियों को भी डिप्रेशन होता है। उन्होंने ज़ेब्राफ़िश के साथ परीक्षण किया था। उनके पास मछलियों का टैंक था और उन्होंने मार्कर पेन से उसके किनारे पर एक रेखा खींच दी। अवसादग्रस्त मछलियाँ रेखा के नीचे रहीं। लेकिन उन्हीं मछलियों को प्रोज़ैक नाम की दवा दी गई तो वे रेखा के ऊपर टैंक की सतह पर तरोताज़ा नज़र आने लगीं।

उत्तेजना का अभाव हो तो मछलियाँ उदास हो जाती हैं। हर चीज़ का *अभाव।* टैंक में तैरने जैसा और कुछ नहीं हो सकता।

हो सकता है कि ऑस्ट्रेलिया, उसका ख़ाली टैंक रहा हो, जहाँ एक बार इज़ी गई थी। शायद रेखा के ऊपर तैरने का उसे प्रोत्साहन नहीं मिला। और शायद

प्रोज़ैक – या फ़्लुओक्सेटीन – भी उसे ऊपर उठाने में मदद नहीं कर पाई। इसलिए वह जोजो के साथ उस फ़्लैट में रहने लगी और तब तक वहाँ से नहीं हिली जब तक उसे देश छोड़ने को नहीं कहा गया।

आत्महत्या, उसे शायद अधिक सक्रिय विकल्प लगा होगा। जीवन में आप इधर-उधर तैरते रहते हैं और आपको किसी चीज़ की उम्मीद नहीं होती और आप बदलने की कोशिश भी नहीं करते। शायद अधिकांश जीवन ऐसा ही था।

'हाँ,' नोरा ने ज़ोर से कहा। 'शायद मैं फँस गई थी। शायद मैं हर जीवन में ही फँस जाती हूँ। मेरा मतलब है, शायद यही मैं हूँ। स्टारफ़िश, अपने हर जीवन में स्टारफ़िश रहती है। ऐसा कोई जीवन नहीं, जहाँ स्टारफ़िश एरोस्पेस इंजीनियरिंग की प्रोफ़ेसर हो। और शायद कोई जीवन ऐसा नहीं है जहाँ मैं फँसी नहीं हूँ।'

'मुझे लगता है कि तुम ग़लत सोचती हो।'

'ठीक है। फिर मैं उस जीवन को आज़माना चाहूँगी, जहाँ मैं फँसी नहीं हूँ। वह कैसा जीवन होगा?'

'क्या तुम्हें यह बात *मुझे* नहीं बतानी चाहिए?'

श्रीमती एल्म ने रानी को आगे बढ़ाकर एक मोहरा मार दिया और फिर बोर्ड को घुमा लिया। 'मैं विवश हूँ, क्योंकि मैं सिर्फ़ लाइब्रेरियन हूँ।'

'लाइब्रेरियन के पास ज्ञान होता है। वे आपको सही किताबों की ओर ले जाते हैं। सही दुनिया में। वे आत्मा के संवर्द्धन के लिए सर्च इंजन की तरह सबसे अच्छे स्थान ढूंढ़ सकते हैं!'

'सही बात है। लेकिन तुम्हें भी पता होना चाहिए कि तुम्हें क्या पसंद है। यह कि लाक्षणिक सर्च बॉक्स में क्या टाइप करना है। और कई बार ख़ुद स्पष्ट होने से पहले अन्य चीज़ों को आज़माना पड़ता है।'

'मुझमें सहनशक्ति नहीं है। मुझे नहीं लगता कि मैं यह कर सकती हूँ।'

'सीखने का एकमात्र तरीक़ा है, ज़िंदगी को जीना।'

'हाँ। यह तो आप कहती रहती हैं।'

नोरा ने ज़ोर से साँस छोड़ी। उसे देखकर अच्छा लगा कि वह लाइब्रेरी में साँस छोड़ सकती थी और पूरी तरह अपने शरीर में साँस को महसूस भी कर सकती थी। इससे नोरा सहज हो गई, क्योंकि उस जगह पर सहज होना सरल नहीं था। और नोरा का भौतिक रूप भी वहाँ नहीं था। वह हो भी नहीं सकता था। परंतु फिर भी वह समस्त उद्देश्यों और कारणों के लिए उस जगह मौजूद था, क्योंकि वह स्वयं – किसी अर्थ में – वहाँ मौजूद थी।

'ठीक है,' नोरा ने कहा। 'मुझे ऐसा जीवन चाहिए, जिसमें मैं सफल हूँ।'

श्रीमती एल्म ने अस्वीकृति व्यक्त की। 'किसी ऐसे व्यक्ति की नज़र से, जिसने बहुत सारी किताबें पढ़ी हैं, तुम्हारे शब्दों का चयन विशिष्ट नहीं हैं।'

'क्या मतलब?'

'सफलता का तुम्हारे लिए क्या अर्थ है? धन?'

'हो भी सकता है। लेकिन यह महत्त्वपूर्ण विशेषता नहीं है।'

'ठीक है। फिर सफलता क्या है?'

नोरा को पता नहीं था कि सफलता क्या होती है। वह इतने लंबे समय से असफलता ही को सह रही थी।

श्रीमती एल्म धैर्यपूर्वक मुसकराईं। 'क्या तुम फिर से *पश्चाताप की किताब* देखना चाहोगी? क्या उन बुरे फ़ैसलों के बारे में सोचना चाहोगी, जिन्होंने तुम्हें उस वस्तु से दूर रखा, जिसे तुम सफलता मानती हो?'

नोरा ने तेज़ी से सिर हिलाया, जैसे कुत्ता शरीर पर से पानी को झाड़ता है। वह नहीं चाहती थी कि ग़लतियों और ग़लत निर्णयों की लंबी अंतहीन सूची का उसे फिर से सामना करना पड़े। वह उदास थी। इसके अलावा, उसे जीवन के पछतावों के बारे में पता था। पश्चाताप पीछा नहीं छोड़ते। वे मच्छर के डंक की तरह नहीं होते। उनमें हमेशा खुजली होती रहती है।

'नहीं, वे पीछा नहीं छोड़ते,' श्रीमती एल्म ने नोरा का मन पढ़ते हुए कहा। 'तुम्हें इस बात का पछतावा नहीं है कि तुम अपनी बिल्ली के साथ कैसे रहती थीं। और तुम्हें इज़ी के साथ ऑस्ट्रेलिया नहीं जाने का भी अफ़सोस नहीं है।'

नोरा ने सिर हिलाया। श्रीमती एल्म की बात सही थी।

नोरा ने ब्रोंट बीच पूल में तैरने के बारे में सोचा। वह कितना अच्छा अनुभव था।

श्रीमती एल्म ने कहा, 'शुरुआती उम्र से ही तुम्हें तैरने के लिए प्रोत्साहित किया जाता था।'

'हाँ।'

'तुम्हारे डैड को तुम्हें पूल तक ले जाने में हमेशा ख़ुशी होती थी।'

नोरा को ध्यान आया, यह काम उन कुछ कामों में से एक था, जिसमें उसके पिता को ख़ुशी मिलती थी।

उसने अपने पिता की स्वीकृति को तैराकी के साथ जोड़ लिया था और उसे पानी की शब्दहीनता आनंदित करती थी, क्योंकि इसमें उसे अपने माता-पिता का एक-दूसरे पर चिल्लाना नहीं सुनना पड़ता था।

'तुमने तैरना क्यों छोड़ दिया?' श्रीमती एल्म से पूछा।

'मैंने जैसे ही स्विमिंग में जीतना शुरू किया, लोग मुझे देखने लगे और मुझे यह पसंद नहीं था। और सिर्फ़ दिखना नहीं, बल्कि उस उम्र में स्विमसूट में दिखना! उस उम्र में आप अपने शरीर को लेकर आत्म-मुग्ध होते हो। किसी ने कहा कि मेरे कंधे लड़कों जैसे हैं। यह बेवकूफ़ी-भरी बात थी, लेकिन ऐसी बहुत-सी बेवकूफ़ी भरी बातें होती हैं और आप उस उम्र में सबकुछ महसूस करते हो। किशोरावस्था में मुझे अदृश्य हो जाना पंसद था। लोग मुझे मछली कहते थे। यह प्रशंसा नहीं थी। दरअसल, मैं शर्मीली थी। यही कारण था कि मुझे खेल के मैदान की तुलना में लाइब्रेरी में रहना अधिक पसंद था। यह बात मामूली लगती है, लेकिन ऐसी जगह मिल जाने से सचमुच बहुत मदद मिली।'

श्रीमती एल्म ने कहा, 'छोटी चीज़ों के बड़े महत्त्व को कम नहीं समझना चाहिए। यह हमेशा याद रखना।'

नोरा ने अपने अतीत के बारे में सोचा। शर्माने और नज़र आने का कैशोर्य संयोजन एक समस्याग्रस्त मिश्रण रहा, लेकिन उसे कभी किसी ने तंग नहीं किया शायद इसलिए कि हर कोई उसके भाई जो को जानता था। और उसका भाई हिम्मती तो नहीं था, लेकिन अत्याचार को सहने की उसकी क्षमता के कारण वह अत्यंत लोकप्रिय था और शांत भी।

नोरा ने स्थानीय और राष्ट्रीय प्रतियोगिताएँ जीतीं, लेकिन पंद्रह वर्ष की होने तक उसे यह सब ज़्यादा लगने लगा। रोज़ तैरना, तैरना और बस तैरते रहना।

'फिर मुझे तैराकी छोड़नी पड़ी।'

श्रीमती एल्म ने सिर हिलाया। 'और तुम्हारे पिता के साथ बना संबंध कमज़ोर पड़ने लगा और फिर वह पूरी तरह टूट गया।'

'हाँ, यही हुआ।'

नोरा को रविवार की सुबह बेडफ़ोर्ड लीजर सेंटर के बाहर कार में बैठे अपने पिता का चेहरा याद आया, जब उसने उन्हें कहा था कि वह प्रतियोगिताओं में और तैरना नहीं चाहती। उसे अपने उसके पिता का निराशा और हताशा भरा चेहरा याद आया।

'लेकिन तुम अपने जीवन में सफल हो सकती थीं,' उन्होंने कहा था। नोरा को याद आया। 'लेकिन यह सच है कि तुम कभी पॉप स्टार नहीं बन सकोगी। तैराकी तुम्हारे सामने है। यदि प्रशिक्षण जारी रखो तो ओलिंपिक तक जा सकती हो। इतना मुझे पता है।'

नोरा उनसे लिपट गई थी। सुखी जीवन का रास्ता बहुत सँकरा था और यही रास्ता नोरा के पिता ने उसके लिए तय किया था। लेकिन पंद्रह साल की उम्र में

नोरा जो बात पूरी तरह समझ नहीं सकी, वह यह थी कि पछतावा कितना बुरा हो सकता है। नोरा ने पिता ने उस सपने के क़रीब होने का दर्द महसूस किया था। वह इतना क़रीब था कि उसे लगभग छुआ जा सकता था।

यह सही है कि नोरा के पिता का स्वभाव बहुत कठोर था।

तैराकी को छोड़कर नोरा ने जो किया, जो वह चाहती थी और जो वह मानती थी, उसके पिता ने हर उस चीज़ की आलोचना की। नोरा ने यह भी महसूस किया कि उनकी उपस्थिति में रहना ही एक तरह से अपराध करने जैसा था। जब से लिगामेंट की चोट ने नोरा के पिता का रग्बी करियर समाप्त किया था, तब से उन्हें विश्वास हो गया था कि समूचा ब्रह्मांड उनके ख़िलाफ़ है। नोरा ने तो यही महसूस किया था कि वह भी उसी सार्वभौमिक योजना का हिस्सा थी। तब से नोरा को यही लगा कि वह अपने पिता के बाएँ घुटने में हो रहे दर्द का विस्तार मात्र थी। एक चलता-फिरता घाव।

लेकिन शायद उन्हें पता था कि आगे क्या होगा। शायद वह देख सकते थे कि कैसे एक पश्चाताप, से दूसरा पैदा होता है और अचानक नोरा के भीतर कुछ नहीं बचेगा। वह पश्चाताप की किताब बनकर रह जाएगी।

'ठीक है, श्रीमती एल्म। मैं जानना चाहती हूँ कि उस जीवन में क्या हुआ, जिसमें मैंने वो किया जो मेरे पिता चाहते थे। जहाँ मैंने जितना यथासंभव प्रशिक्षण लिया। जहाँ मैं सुबह पाँच बजे से शाम नौ बजे तक अभ्यास करती थी। जहाँ मैं रोज़ तैरती थी और मैंने तैराकी छोड़ने के बारे में कभी नहीं सोचा। जहाँ मुझे संगीत या अधूरे उपन्यास लिखने के शौक ने मार्ग से नहीं भटकाया। जहाँ मैंने फ्रीस्टाइल तैराकी की वेदी पर अपना सबकुछ कुर्बान कर दिया। जहाँ मैंने हार नहीं मानी। जहाँ मैंने ओलिंपिक में पहुँचने के लिए सब सही ढंग से किया। मुझे *उस* जीवन में ले चलो।'

एक पल के लिए लगा जैसे श्रीमती एल्म ने नोरा की बातों पर ध्यान नहीं दिया था, क्योंकि वह शतरंज की बिसात को देख रही और यह सोच रही थीं कि ख़ुद ही को कैसे हराया जाए।

'हाथी मेरा पसंदीदा मोहरा है,' उन्होंने कहा। 'आप सोचते हो कि उस पर ध्यान देने की आवश्यकता नहीं है। वह सीधा चलता है। तुम्हाई नज़र रानी, घोड़ों और ऊँटों पर रहती है, क्योंकि वे छिपकर वार करते हैं। लेकिन हाथी अक्सर मात देता है। यह उतना सीधा नहीं है, जितना दिखता है।'

नोरा को अहसास हुआ कि श्रीमती एल्म केवल शतरंज की बात नहीं कर रही थीं। तभी शेल्फ़ खिसकने लगीं। ट्रेनों की तरह तेज़।

श्रीमती एल्म ने समझाया, 'जो जीवन तुमने माँगा है, वह पब के स्वप्न और ऑस्ट्रेलियाई रोमांच से अलग है। इस जीवन में अनेक विकल्प शामिल हैं, जो समय-रेखा में काफ़ी पीछे हैं। इसलिए यह किताब थोड़ी दूर है, समझीं?'

'अच्छा।'

'पुस्तकालयों में एक प्रणाली होनी चाहिए।'

किताबें धीमी हो गईं। 'लो, हम पहुँच गए।'

इस बार श्रीमती एल्म खड़ी नहीं हुईं। उन्होंने अपना बायाँ हाथ उठाया और एक किताब उड़कर उनके पास आ गई।

'यह आपने कैसे किया?' नोरा ने पूछा।

'मुझे नहीं पता। लेकिन यह वही जीवन है, जो तुमने माँगा है। अब जाओ।'

नोरा ने किताब पकड़ ली। वह हल्के, ताज़े, नींबू के रंग की थी। नोरा ने पहला पन्ना खोला। इस बार उसे कुछ महसूस नहीं हुआ।

वह आख़िरी अपडेट नोरा ने तब किया था जब वह ज़िंदगी और मौत के बीच खड़ी थी

मुझे अपना बिल्ला याद आता है। मैं थक चुकी हूँ।

सफल जीवन

वह सोई हुई थी।

गहन, स्वप्नरहित, शून्यता में। और फिर फ़ोन के अलार्म की घंटी से जाग गई। उसे पता नहीं था कि वह कहाँ है।

उसे फ़ोन देखकर पता लगा कि सुबह के 6:30 बज चुके थे। फ़ोन की स्क्रीन की रोशनी में उसे बिस्तर के पास एक लाइट स्विच दिखाई दिया, जिसे चालू करके उसने देखा कि वह एक होटल के कमरे में है। यह नीले कॉर्पोरेट स्टाइल की आलीशान जगह थी।

एक सेब या शायद नाशपाती की पेंटिंग दीवार पर लगी थी।

बिस्तर के बगल में पानी से आधी भरी सिलेंडर के आकार की काँच की बोतल रखी थी। और बिस्कुट का एक बंद डिब्बा था। कुछ प्रिंटेड काग़ज़ थे, जो एक साथ स्टेपल किए हुए रखे थे। वह एक तरह की समय-सारिणी थी।

नोरा ने उन काग़ज़ों को देखा।

नोरा सीड परिणाम-आधारित शिक्षण, यात्रा कार्यक्रम, अतिथि वक्ता, गुलिवर अनुसंधान इंस्पाइरिंग सक्सेस स्प्रिंग सम्मेलन

सुबह 8.45 बजे, प्रिया नवुलुरी (गुलिवर रिसर्च) और रोरी लॉन्गफ़ोर्ड (सेलिब्रिटी स्पीकर्स) और जे के साथ इंटरकांटिनेंटल होटल की लॉबी में मुलाक़ात

प्रातः 9.00 बजे साउंड चैक।

सुबह 9.05 बजे तकनीकी पूर्वाभ्यास।

सुबह 9.30 बजे नोरा का वीआईपी क्षेत्र में प्रतीक्षा करना या मुख्य हॉल में पहले वक्ता को देखना (जेपी ब्लीथ, मीटाइम ऐप के आविष्कारक और *यॉर लाइफ़, यॉर टर्म्स* के लेखक)

सुबह 10.15 बजे नोरा का अभिभाषण

10.45 बजे श्रोताओं के साथ प्रश्नोत्तर

पूर्वाह्न 11.00 बजे मिलन एवं अभिवादन

प्रातः 11.30 बजे समापन

नोरा सीड परिणाम-आधारित शिक्षण

सफलता के प्रेरणा-सूत्र

तो एक जीवन *था*, जिसमें नोरा सफल थी। यह अच्छी बात है।

वह सोचने लगी कि 'जे' और वे अन्य लोग कौन हैं, जिनसे उसे लॉबी में मिलना था। फिर उसने काग़ज़ नीचे रख दिया और बिस्तर से बाहर निकल गई। उसके पास काफ़ी समय था। वह सुबह 6:30 बजे क्यों उठी? शायद वह हर सुबह तैरने जाती हो। यह बात समझ में आती है। उसने एक बटन दबाया तो पानी तथा गगनचुंबी इमारतों और ओ2 क्षेत्र के सफ़ेद गुंबद का दृश्य उभर आया। उसने ऐसा सटीक दृश्य पहले कभी नहीं देखा था। लंदन। कैनरी घाट। लगभग बीस मंज़िल ऊपर।

वह बाथरूम में गई। भूरे रंग की टाइलें, बड़ा शॉवर क्यूबिकल, नर्म सफ़ेद तौलिये। नोरा ने महसूस किया कि उसे यह सब उतना बुरा नहीं लग रहा था, जितना आमतौर पर सुबह लगता था। सामने वाली दीवार के आधे हिस्से पर एक दर्पण लगा था। वह अपना रूप देखकर सहम गई। और फिर हँस पड़ी। वह हास्यास्पद, लेकिन स्वस्थ लग रही थी। और तंदुरुस्त भी। इस जीवन में उसके रात में पहनने वाले कपड़ों (पायजामा, सरसों जैसा पीला और हरा, प्लेड) की पसंद बहुत ख़राब थी।

बाथरूम काफ़ी बड़ा था। नीचे लेटकर व्यायाम करने की बहुत जगह थी। उसने एक बार में दस पुश-अप मारे। फिर प्लैंक किया और उसे एक हाथ से भी आजमाया। फिर दूसरी तरफ़ से लेकिन यह था। फिर उसने कुछ बर्पीज़ किए।

कोई समस्या नहीं हुई।

बहुत ख़ूब!

वह खड़ी हुई और उसने अपने सख़्त पेट पर एक थपकी दी। उसे याद आया कि कल ही एक ऊँची सड़क पर चलते समय अपने मूल जीवन में उसकी साँस फूल रही थी।

किशोर होने के बाद से उसने ख़ुद को इतना चुस्त कभी महसूस नहीं किया था। वास्तव में, वह बहुत फ़िट और मज़बूत थी।

'इसाबेल हर्श' को फ़ेसबुक पर खोजते हुए उसे पता चला कि उसकी पुरानी दोस्त जीवित थी और अब भी ऑस्ट्रेलिया में रहती थी। यह जानकर नोरा को ख़ुशी हुई। उसे इसकी भी परवाह नहीं थी कि वे सोशल मीडिया पर मित्र नहीं थे, क्योंकि इस बात की काफ़ी संभावना थी कि इस जीवन में नोरा ब्रिस्टल विश्वविद्यालय नहीं गई थी। और अगर वह गई होती तो उसने वह कोर्स नहीं लिया होता। यह सोचकर उसे अच्छा लगा कि भले ही यह इसाबेल हर्श, नोरा सीड से कभी नहीं मिली हो, फिर भी वह काम वही कर रही थी, जो वह नोरा के मूल जीवन में करती थी।

उसने डैन को भी चैक किया। ऐसा प्रतीत हुआ कि वह जीना नाम की एक स्पिन-क्लास प्रशिक्षक से शादी करके सुखी था। 'जीना लॉर्ड (विवाह पूर्व शार्प)।' उन्होंने सिसिली में शादी की थी।

इसके बाद नोरा ने 'नोरा सीड' को गूगल किया।

उसके विकिपीडिया पेज (उसका विकिपीडिया पेज भी था!) से पता लगा कि उसने सचमुच ओलिंपिक में जगह बनाई थी। दो बार। और वह फ्रीस्टाइल में माहिर थी। उसने आठ मिनट, पाँच सेकेंड में 800 मीटर फ्री-स्टाइल में स्वर्ण पदक और 400 मीटर में रजत पदक जीता था।

उस समय वह बाईस वर्ष की थी। छब्बीस वर्ष की आयु में उसने 4x100 मीटर रिले में भाग लेकर एक और रजत पदक भी जीता था। यह और भी मज़ेदार था जब उसने पढ़ा कि वह वर्ल्ड एक्वेटिक चैंपियनशिप में महिलाओं की 400 मीटर फ्रीस्टाइल में कुछ समय के लिए विश्व रिकॉर्ड धारक भी रह चुकी थी। फिर उसने अट्ठाइस साल की उम्र में अंतर्राष्ट्रीय प्रतियोगिताओं से संन्यास ले लिया था।

वह अब तैराकी के कार्यक्रमों को कवर करने के लिए बीबीसी के साथ काम करती थी, टीवी शो, *ए क्वेश्चन ऑफ़ स्पोर्ट* में भी आती थी, उसने *सिंक ऑर स्विम* नामक आत्मकथा लिखी, ब्रिटिश स्विमिंग जीबी में सामयिक सहायक कोच के पद पर काम किया और अब भी वह रोज़ दो घंटे तैरती थी।

उसने धर्मार्थ कारणों के लिए मैरी क्यूरी कैन्सर केयर को काफ़ी पैसा दिया और मरीन कंजर्वेशन सोसाइटी के लिए ब्राइटन पियर के इलाक़े में चैरिटी स्विमथॉन का आयोजन भी किया था। पेशेवर खेल से संन्यास लेने के बाद वह दो बार तैरकर चैनल पार कर चुकी थी।

खेल में स्टैमिना के महत्त्व और प्रशिक्षण तथा जीवन के बारे में दी गई टेड वार्ता का भी लिंक था। उसे दस लाख से ज़्यादा बार देखा गया था। नोरा ने जैसे ही उसे देखना शुरू किया तो उसे लगा कि वह किसी और को देख रही है। वह महिला आत्मविश्वासी थी, मंच पर कमान सँभालती थी, उसकी मुद्रा शानदार थी, बोलते

समय वह स्वाभाविक रूप से मुस्कराती थी और सही मौक़े पर भीड़ को मुस्कराने, हँसने, उनसे ताली बजवाने और सिर हिलवाने में कामयाब थी।

वह बोल रही थी, 'स्टैमिना वाले लोग किसी अलग तरीक़े के नहीं होते। अंतर केवल इतना है कि उनके मन में लक्ष्य स्पष्ट होता है और वे उसे पाने के लिए कृतसंकल्प होते हैं। व्याकुलता-भरे जीवन में केंद्रित रहने के लिए स्टैमिना होना आवश्यक है। यह किसी कार्य को करते रहने की क्षमता दर्शाता है, जबकि आपका शरीर और मन अधिकतम सीमा पर काम कर रहा होता है, जैसे अपना सिर को नीचे रखने की क्षमता, बिना इधर-उधर देखे अपनी लेन में तैरना और यह सोचना कि कौन आपसे आगे निकल सकता है...'

यह व्यक्ति कौन *था*?

उसने वीडियो को थोड़ा और आगे बढ़ाया और तब भी वह दूसरी नोरा, जोन ऑफ़ आर्क की भाँति विश्वास से बात कर रही थी।

'यदि आप कुछ ऐसा बनने का लक्ष्य रखते हैं, जो आप नहीं हैं, तो आप असफल हो जाएँगे। आप जो हैं वही बनने का लक्ष्य रखें। अपने जैसा दिखने, कार्य करने और सोचने का लक्ष्य रखें। अपना ही सच्चा संस्करण बनने का लक्ष्य रखें। उस अपनेपन को गले लगाइए। उसका अनुमोदन कीजिए। उसे प्यार कीजिए। उस पर कड़ी मेहनत कीजिए। लोग मज़ाक़ उड़ाएँ तो परवाह मत कीजिए। अधिकांश बातचीत ईर्ष्या का ही रूप है। विनम्र रहिए। अपना स्टैमिना बनाए रखिए। तैरते रहिए...'

'तैरते रहिए...' नोरा धीरे-से बोली और इस बीच वह सोच रही थी कि क्या होटल में पूल होगा।

वीडियो ग़ायब हो गया और एक सेकेंड बाद नोरा का फ़ोन बजने लगा।

एक नाम सामने आया। 'नादिया'।

वह मूल जीवन में किसी नादिया को नहीं जानती थी। उसे अंदाज़ा नहीं था कि वह नाम देखकर नोरा ख़ुश होगी या डर जाएगी।

पता लगाने का केवल एक ही तरीक़ा था।

'हैलो?'

'जानेमन,' उधर से आवाज़ आई। नोरा उसे पहचान नहीं सकी। एक आवाज़, जो क़रीब थी लेकिन उसमें अपनापन नहीं था। उच्चारण शायद रूसी था। 'आशा है तुम ठीक हो।'

'हैलो नादिया। धन्यवाद। मै ठीक हूँ। मैं अभी होटल में हूँ। एक कांफ्रेंस के लिए तैयार हो रही हूँ।' उसने ख़ुशी भरे लहजे में कहा।

'अरे हाँ, कान्फ्रेंस। एक वार्ता के लिए पंद्रह हज़ार पाउंड। सुनने में अच्छा लगता है।'

यह हास्यास्पद था। लेकिन नोरा ने यह भी सोचा कि नादिया – जो भी वह थी – इस बात को कैसे जानती थी।

'अरे हाँ।'

'जो ने बताया।'

'जो?'

'हाँ। सुनो, मुझे तुम्हारे पिता के जन्मदिन के बारे में बात करनी है।'

'क्या?'

'मुझे पता है कि उन्हें अच्छा लगेगा अगर तुम आकर मिल सको।'

नोरा का शरीर ठंडा और कमज़ोर पड़ने लगा मानो उसने भूत देख लिया हो।

उसे अपने पिता का अंतिम संस्कार याद था। उसने अपने भाई को भी गले लगाया था।

'मेरे पिता?'

मेरे पिता। मेरे पिता जो मर चुके हैं।

'वह बगीचे से अभी वापस आएँ है। क्या तुम उनसे बात करना चाहती हो?'

यह अजीब था। दुनिया मानो बिखरने वाली थी। यह बात उसके स्वर से मेल नहीं खा रखी थी। उसने यह लापरवाही से कहा था, जैसे कुछ हुआ ही नहीं हो।

'क्या?'

'क्या तुम पिताजी से बात करना चाहती हो?'

नोरा को सँभलने में एक पल लगा। वह अचानक संतुलन खोने वाली थी।

'मैं...'

नोरा से बोला नहीं जा रहा था। उसे साँस भी नहीं आ रही थी। वह नहीं जानती कि उसे क्या कहना है। सब अवास्तविक-सा लग रहा था। यह समय-यात्रा जैसा था मानो वह दो दशक पीछे लौट गई हो।

जवाब देने में देर हो चुकी थी, क्योंकि उसने नादिया को कहते सुना : 'वह यहीं हैं...'

नोरा ने फ़ोन लगभग रख दिया था। शायद उसे रख देना चाहिए था। लेकिन उसने ऐसा नहीं किया। वह जानती थी कि यह एक संभावना थी। उसे फिर से अपने पिता की आवाज़ सुनाई दी।

पिता के साँस लेने की आवाज़ पहले आई।

फिर वह बोले : 'हैलो नोरा, कैसी हो?'

बस यूँ ही। आकस्मिक, ग़ैर-ज़रूरी, रोज़मर्रा की तरह। यह उसके पिता थे। यह उन्हीं की आवाज़ थी। उनकी मजबूत आवाज़, लेकिन इस बार वह थोड़ी पतली, शायद, कमज़ोर भी थी। अपनी उम्र से पंद्रह साल ज़्यादा बूढ़ी आवाज़।

'डैड,' नोरा बोली। उसकी फुसफुसाहट-भरी आवाज़ में हैरानी का पुट था। 'यह आप हैं।'

'तुम ठीक हो, नोरा? क्या लाइन ख़राब है? क्या तुम फ़ेस-टाइम करना चाहती हो?'

फ़ेस-टाइम। उनका चेहरा देखने के लिए। नहीं, यह ज़्यादा हो जाता। पहले ही काफ़ी कुछ हो चुका था। यह विचार ही विचित्र था कि फ़ेसटाइम के आविष्कार के बाद के किसी काल-खंड में नोरा के पिता जीवित थे। उसके पिता तो लैंडलाइन की दुनिया से ताल्लुक रखते थे। उनकी जब मृत्यु हुई तो वह केवल ईमेल और मैसेज को ही समझते थे।

'नहीं,' नोरा ने कहा। 'मैं ही हूँ। मैं कुछ सोच रही थी। मैं थोड़ा दूर हूँ। क्षमा कीजिए। आप कैसे हैं?'

'अच्छा हूँ। हम सैली को कल पशु-चिकित्सक के पास ले गए थे।'

नोरा ने मान लिया कि सैली, कुत्ते का नाम होगा। उसके माता-पिता के पास कभी कुत्ता या कोई पालतू जानवर नहीं रहा। नोरा बचपन में कुत्ते या बिल्ली की ज़िद करती थी लेकिन उसके पिता कहते थे कि लोग, पशु से बँध जाते हैं।

'उसे क्या हुआ था?' नोरा ने स्वाभाविक दिखने की कोशिश की।

'बस वही, उसके कान। उसका संक्रमण बार-बार लौट आता है।'

'ओह हाँ,' उसने कहा मानो वह सैली और कानों की समस्या को जानती थी। 'बेचारी सैली! मैं... मैं आपसे प्यार करती हूँ, डैड। मैं बस आपसे यही कहना चाहता थी कि...'

'तुम ठीक हो, नोरा? तुम थोड़ा... भावुक... लग रही हो।'

'मैंने आपसे कहा नहीं... मैं आपको यह ज़्यादा नहीं कहती। मैं बस चाहती हूँ कि आपको पता हो कि मैं आपसे प्यार करती हूँ। आप अच्छे हैं। और अपने उस दूसरे जीवन के लिए, जहाँ मैंने तैरना छोड़ दिया, बहुत पछता रही हूँ।'

'नोरा?'

नोरा को पूछना अजीब लगा, लेकिन यह जानना ज़रूरी था। भीतर से प्रश्न ऐसे निकल रहे थे जैसे गीज़र से पानी निकलता है।

'आप ठीक हैं, डैड?'

'मुझे क्या हुआ?'

'ऐसे ही। आपको पता है... आपको अक्सर सीने के दर्द होने की चिंता रहती थी।'

'तबियत ठीक होने के बाद से मुझे वह तकलीफ़ दोबारा नहीं हुई। वह वर्षों पहले की बात है। तुम्हें याद है। मेरा स्वास्थ्य बिगड़ गया था? ओलिंपियनों के साथ घूमने से हो जाता है। मुझे रग्बी ने फिर से स्वस्थ कर दिया। सोलह साल पहले शराब पीना भी बंद कर दिया। डॉक्टर कहते हैं, कोलेस्ट्रॉल और ब्लड प्रेशर भी कम है।'

'हाँ, बिलकुल... मुझे याद है।' और फिर उसके मन में एक और सवाल आया। उसे सोच नहीं पाई कि वह प्रश्न कैसे पूछे इसलिए उसने सीधा सवाल किया।

'आप कितने समय से नादिया के साथ हैं?'

'क्या तुम्हें याददाश्त की समस्या हो रही है या कुछ और बात है?'

'नहीं। अच्छा, हाँ, शायद। मैं हाल में जीवन के बारे में ज़्यादा सोचने लगी हूँ।'

'क्या तुम दार्शनिक हो गई हो?'

'मैंने इसका अध्ययन किया है।'

'कब?'

'जाने दीजिए। मुझे याद नहीं आ रहा कि आप और नादिया कैसे मिले थे।'

नोरा ने फ़ोन पर एक अजीब-सी आह सुनी। उसके पिता तनाव में थे। 'तुम जानती हो कि हम कैसे मिले थे... अब यह बातें क्यों उठा रही हो? क्या कोई चिकित्सक यह बता रहा है? तुम मेरी भावनाओं को पहले से जानती हो।

मैं एक चिकित्सक को जानता हूँ।

'सॉरी, डैड।'

'कोई बात नहीं।'

'मैं सिर्फ़ यह जानना चाहती हूँ कि आप ख़ुश हैं।'

'बेशक मैं ख़ुश हूँ। मेरी बेटी ओलिंपिक चैंपियन है और आख़िर मुझे वह भी मिल गया, जिससे मैं प्यार करता हूँ। और तुम भी दोबारा अपने पैरों पर खड़ी हो रही हो। मेरा मतलब है, मानसिक रूप से। पुर्तगाल वाली घटना के बाद।'

नोरा जानना चाहती थी कि पुर्तगाल में क्या हुआ था, लेकिन पहले उसे एक और सवाल पूछना था।

'माँ का क्या हुआ? क्या आपको उनसे प्यार नहीं था?'

'कभी हुआ करता था। लेकिन चीज़ें बदल जाती हैं, नोरा। तुम बड़ी हो गई हो, सब समझती हो।'

'मैं...'

नोरा ने स्पीकर ऑन कर दिया। फिर उसने अपने विकिपीडिया पेज पर दोबारा क्लिक किया। उसके पिता ने जब यूक्रेनी पुरुष तैराक, येगोर वैंको की माँ, नादिया वैंको के साथ संबंध बनाया तो नोरा के माता-पिता का तलाक़ हो चुका था। 2011 में उसकी माँ की मृत्यु हो गई थी। और यह सब इसलिए हुआ, क्योंकि नोरा ने बेडफ़ोर्ड की कार पार्किंग में बैठकर अपने पिता से कभी नहीं कहा कि वह प्रतिस्पर्धी तैराक नहीं बनना चाहती।

उसने फिर से उसी भावना को महसूस किया मानो वह लुप्त होती जा रही थी। उसे लगा कि यह जीवन भी उसके लिए ठीक नहीं था। वह फिर से लाइब्रेरी में लौटने वाली थी। लेकिन वह जहाँ थी, वहीं रही। उसने पिता को अलविदा कहा, कॉल ख़त्म किया और अपने बारे में पढ़ना जारी रखा।

वह अकेली थी, हालाँकि उसने तीन साल तक अमेरिकी ओलिंपिक पदक विजेता गोताखोर स्कॉट रिचर्ड्स के साथ संबंध बनाए रखे और कुछ समय वह उसके साथ कैलिफ़ोर्निया में भी रही, जहाँ वे ला जोला, सैन डिएगो में रहते थे। वह ख़ुद अब पश्चिमी लंदन में रहती थी।

पूरा पेज पढ़ने के बाद नोरा ने फ़ोन रख दिया और पता लगाने का फ़ैसला किया क्या वहाँ कोई पूल है। वह उस काम को करना चाहती थी, जिसे इस जीवन में करती। उसे तैरना था। शायद पानी ही यह सोचने में उसकी मदद करे कि उसे क्या कहना है।

वह तैरने लगी। तैरने से उसे रचनात्मक प्रेरणा मिली और मृत पिता के साथ हुई बातचीत के बाद वह शांत भी हो गई। उसके पास अपना एक पूल था। उसने सोचे बिना ब्रेस्टस्ट्रोक स्टाइल में पूल को बार-बार इधर-उधर तक तैर कर पार किया। वह भीतर से बेहद सशक्त महसूस कर रही थी। फ़िट और मज़बूत। उसे पानी पर जैसे महारथ हासिल थी। उसने क्षण भर के लिए अपने पिता और भाषण देने के विषय में सोचना छोड़ दिया, जिसके लिए वह तैयार नहीं थी।

लेकिन तैरने से उसका मिजाज़ बदल गया। उसने उन बीते वर्षों के बारे में सोचा जो उसके पिता को मिले थे, लेकिन उसकी माँ ने उन्हें गँवा दिया। यह सोचकर उसे अपने पिता पर और गुस्सा आया तथा वह और तेज़ी से तैरने लगी। उसने हमेशा कल्पना की थी कि उसके माता-पिता को अपने तलाक़ पर गर्व था इसलिए उनकी नाराजगी अपने बच्चों पर, विशेष रूप से नोरा पर निकलती थी।

इस जीवन में उसने अपने पिता को ख़ुश रखने के लिए एक व्यवसाय चुना, जबकि उसने रिश्तों का, संगीत का, प्यार का, अपने जीवन का भी बलिदान दे दिया था। उसके पिता ने बदले में नादिया नाम की औरत के साथ संबंध बनाए और

नोरा की माँ को छोड़ दिया। फिर भी वह नोरा से चिढ़ते थे। इतना होने के बाद भी। उसने सोचा, उन्हें छोड़ो। कम-से-कम इस रूप पर उनके बारे में विचार मत करो।

उसने फ्रीस्टाइल से तैरना शुरू किया तो उसे महसूस हुआ कि यह उसकी ग़लती नहीं थी कि उसके माता-पिता बिना शर्त उसे प्यार नहीं कर पाए। यह उसकी ग़लती नहीं थी कि उसकी माँ ने हमेशा उसके कानों की विषमता से लेकर उसकी अन्य कमियों पर ही केवल ध्यान दिया। यह सब पहले से चल रहा था। पहली समस्या यह थी कि नोरा ऐसे समय पर अस्तित्व में आई जब उसके माता-पिता का वैवाहिक संबंध कमज़ोर था। उसकी माँ अवसाद से ग्रस्त थी और उसके पिता अकेले बैठकर शराब पीते रहते थे।

उसने तीस बार पूल पार किया, फिर उसका मन शांत हो गया। वह उन्मुक्त महसूस करने लगी। उस समय केवल वह थी और पानी था।

लेकिन जब वह अंततः पूल से बाहर निकली और कमरे में वापस गई तो उसने अपने होटल के कमरे में साफ़ कपड़े पहने और अपने सूटकेस के अंदर देखा। उसके सूटकेस से अकेलापन बाहर झाँक रहा था। उसकी अपनी किताब की एक प्रति रखी थी। कवर बाहर से दिख रहा था, जिसमें वह स्विमसूट पहने हुए थी। उसने किताब को उठाया और देखा, छोटे प्रिंट में, 'अमांडा सैंड्स के साथ सह-लेखन' छपा था।

इंटरनेट ने बताया कि अमांडा सैंड्स, 'खेल हस्तियों के बारे में लिखने वाली छद्म-लेखक' थी।

फिर उसने घड़ी की ओर देखा। लॉबी में जाने का समय हो गया था।

वहाँ उसके इंतज़ार में दो लोग खड़े थे, जिन्हें वह पहचानती नहीं थी। एक और व्यक्ति था जिसे वह पहचानती थी। उसने सूट पहना था और वह इस जीवन में क्लीन शेव था, उसने बालों की एक तरफ़ माँग निकाली थी, लेकिन वह जो ही था। उसकी काली भौहें हमेशा की तरह काफ़ी घनी थीं - 'तुम्हारे अंदर इतालवी गुण है,' उसकी माँ कहा करती थीं।

'जो?'

वह उसे देखकर मुस्करा रहा था। एक बड़ी-सी, भाई वाली, सीधी-सादी मुस्कान।

'गुड मॉर्निंग, बहन,' उसने कहा। वह नोरा के आलिंगन की अवधि से थोड़ा अचंभित था।

आलिंगन पूरा हुआ तो उसने अपने साथ खड़े दो अन्य लोगों का परिचय कराया।

'यह गुलिवर रिसर्च से प्रिया हैं; ज़ाहिर तौर पर यही सम्मेलन आयोजित करवा रहे हैं। और यह सेलिब्रिटी स्पीकर्स की ओर से रॉरी है।'

'हाय प्रिया!' नोरा ने कहा। 'हैलो रॉरी। आपसे मिल कर ख़ुशी हुई।'

'हाँ,' प्रिया ने मुस्कराते हुए कहा। 'हम भी आपको साथ देखकर बहुत ख़ुश हैं।'

'आप ऐसे कह रही हैं, जैसे हम पहले कभी नहीं मिले!' रॉरी ने ज़ोर से हँसते हुए कहा।

नोरा अपनी बात से पीछे हटते हुए कहा, 'हाँ, मैं जानती हूँ कि *हम पहले भी मिल* चुके हैं, रॉरी। मैं मज़ाक़ कर रही हूँ। आप मेरा मज़ाक़िया स्वभाव तो जानते ही हैं।'

'आपका स्वभाव मज़ाक़िया है?'

'यह अच्छा था, रॉरी!'

'ठीक है,' उसके भाई ने मुस्कराते हुए कहा। 'क्या तुम जगह देखना चाहती हो?'

वह अब भी मुस्करा रही थी। यह उसका भाई था। वह भाई, जिसे उसने दो साल से नहीं देखा था और बहुत समय से उसके साथ अच्छे संबंध भी नहीं थे। लेकिन वह स्वस्थ और ख़ुश दिख रहा था और नोरा को *पसंद* करता था। 'जगह?'

'हाँ। वही हॉल। तुम्हें बोलना है।'

'सब इंतज़ाम हो चुका है,' प्रिया ने जोड़ा।

'बहुत बड़ा हॉल है,' रॉरी ने काग़ज़ के कॉफ़ी कप को मोड़ते हुए कहा।

नोरा सहमत हो गई। वे उसे विशाल नीले सम्मेलन कक्ष में ले गए, जहाँ मंच काफ़ी चौड़ा था। वहाँ लगभग एक हज़ार ख़ाली कुर्सियाँ रखी थीं। काली पोशाक में एक तकनीशियन पास आया और उसने पूछा : आपको क्या पसंद है? लैपल या हेडसेट या हैंडहेल्ड?

'क्या?'

'आपको किस तरह का माइक चाहिए?'

'ओह!'

'हेडसेट,' नोरा के भाई ने कह दिया।

'हाँ। हेडसेट ठीक है,' नोरा ने कहा।

'मैं कार्डिफ़ में माइक्रोफ़ोन वाली घटना के बारे में सोच रहा था,' उसके भाई ने कहा।

'हाँ, बिलकुल। वह बहुत भयानक था।'

प्रिया उसे देखकर मुस्करा रही थी। वह कुछ पूछना चाहती थी। 'क्या मैं सही सोच रहा हूँ कि आपके पास कोई मल्टीमीडिया नहीं है? कोई स्लाइड या कुछ भी?'

'वो, मैं...'

नोरा का भाई और रॉरी, नोरा को देख रहे थे। उन्हें चिंता हुई। इस सवाल का जवाब नोरा को पता होना चाहिए था, लेकिन उसे पता नहीं था।

'हाँ,' उसने कहा, फिर अपने भाई की ओर देखा। 'मैं... नहीं। मेरे पास नहीं है। मेरे पास कोई मल्टीमीडिया नहीं है।'

उन सभी ने नोरा को विचित्र ढंग से देखा। लेकिन नोरा मुस्करा दी।

पुदीना चाय

दस मिनट बाद वह अपने भाई के साथ 'वीआईपी बिज़नेस लाउंज' में बैठी थी। वह एक छोटा-सा, घुटन-भरा कमरा था, जिसमें कुछ कुर्सियाँ और एक टेबल रखी थी जिस पर उस दिन के कुछ चुने हुए समाचार-पत्र रखे थे। कुछ अधेड़ उम्र के सूटधारी पुरुष लैपटॉप पर टाइप कर रहे थे।

इतनी देर में नोरा ने जान लिया कि उसका भाई उसका मैनेज़र था। और नोरा के पेशेवर तैराकी छोड़ देने के बाद से वह सात साल तक उसका मैनेजर रहा।

'क्या तुम्हें यह ठीक लग रहा है?' उसके भाई ने कॉफ़ी मशीन से दो ड्रिंक निकालने के बाद पूछा। उसने एक टीबैग निकालने के लिए पाउच को फाड़ा। वह पुदीना चाय का पाउच था। उसने वह चाय कॉफ़ी मशीन से निकाले गर्म पानी के कप में डाल दी।

फिर उसने वह कप नोरा को पकड़ा दिया।

नोरा ने जीवन में कभी पुदीना चाय नहीं पी थी। 'यह मेरे लिए है?'

'हाँ। उनके पास यही एक हर्बल चाय थी।'

भाई ने अपने लिए कॉफ़ी ली, जिसे देखकर नोरा का मन ललचाने लगा। वह शायद उस जीवन में कैफ़ीन नहीं लेती थी।

'क्या तुम्हें यह ठीक लग रहा है?'

'क्या ठीक लग रहा है?'

'आज का भाषण।'

'ओह, हाँ। यह कितना लंबा है?'

'चालीस मिनट।'

'अच्छा।'

'काफ़ी पैसा मिल रहा है। मैंने इसे दस से बढ़वाया है।'

'तुमने अच्छा किया।'

'मुझे अब भी अपना बीस प्रतिशत मिलता है। यह बलिदान नहीं है।'

नोरा सोचने लगी कि वह उनके साझा इतिहास को कैसे जान सकती थी। वह

कैसे पता लगा सकती थी कि इस जीवन में वे एक साथ क्यों बैठे और मिल कर चल रहे थे। इसका कारण पैसा हो सकता था, लेकिन उसका भाई कभी पैसे से प्रेरित नहीं हुआ। हाँ, जब नोरा रिकॉर्ड कंपनी का समझौता छोड़कर चली गई थी तो वह ज़रूर परेशान हुआ था, लेकिन सिर्फ़ इसलिए कि वह जीवन-भर द लेबिरिंथ्स ग्रुप में गिटार बजाना और रॉक स्टार बनना चाहता था।

नोरा ने चाय का टीबैग पानी में कई बार डुबाने के उसे पानी में छोड़ दिया। 'क्या तुमने कभी सोचा कि हमारा जीवन अलग कैसे हो सकता था? मानो लो अगर मैं तैराकी में नहीं उलझी होती?'

'नहीं, मैंने नहीं सोचा।'

'मेरा मतलब है, तुम्हें क्या लगता है, अगर तुम मेरे मैनेजर ना होते तो क्या करते?'

'मैं दूसरे लोगों को भी मैनेज करता हूँ, तुम्हें तो पता है।'

'हाँ, बेशक मुझे पता है। सही बात है।'

'मुझे लगता है मैं तुम्हारे बिना किसी को मैनेज नहीं कर पाता। मेरा मतलब है, तुम पहली थीं। और तुम्हीं ने मुझे काई और नताली से मिलवाया। और फिर एली, इसलिए...'

नोरा ने सिर हिलाया मानो उसे पता था कि काई और नताली और एली कौन थे। 'सच है, लेकिन शायद तुम्हें कोई और रास्ता मिल जाता।'

'कौन जाने? शायद मैं अभी भी मैनचेस्टर में होता, मुझे नहीं पता।'

'मैनचेस्टर?'

'हाँ।' तुम्हें याद है मुझे वहाँ ऊपर कितना अच्छा लगता था। उनी में।

यह सब सुनकर भी चकित नहीं होने का दिखावा करना कठिन था। वह जिस भाई से मिल रही थी, वह जिसके साथ काम कर रही थी, वह भाई जो विश्वविद्यालय गया था। अपने असल जीवन में उसके भाई ने ए-लेवल किया और इतिहास पढ़ने के लिए मैनचेस्टर जाने का आवेदन किया, लेकिन उसके पास पर्याप्त ग्रेड नहीं थे। शायद इसलिए कि वह हर रात रवि के साथ व्यस्त रहता था। फिर उसने तय किया कि उसे उनी जाना ही नहीं है।

उन्होंने थोड़ी देर और बातचीत की।

एक समय पर उसका ध्यान फ़ोन पर चला गया।

नोरा ने देखा कि उसके भाई के फ़ोन के स्क्रीनसेवर पर एक गोरा, सुंदर, मुस्कराता आदमी था, जिसे उसने पहले नहीं देखा था। फिर उसने अपने भाई की शादी की अँगूठी देखी। लेकिन वह तटस्थ दिखने का दिखावा करती रही।

‘तो, विवाहित ज़िंदगी कैसी चल रही है?’ नोरा ने पूछा।

जो मुस्कराया। वह वास्तव में ख़ुश दिख रहा था। नोरा ने सालों से भाई को इस तरह मुस्कराते नहीं देखा था। अपने असल जीवन में, जो प्यार के मामले में बदक़िस्मत रहा। हालाँकि वह जानती थी कि उसका भाई किशोरावस्था से समलैंगिक था, लेकिन बाइस वर्ष का होने के बाद ही उसने आधिकारिक रूप से यह बात सबको बताई थी। उसका कभी कोई संबंध लंबा नहीं चला। नोरा को यह सोचकर ग्लानि हुई कि उसमें अपने भाई के जीवन को सार्थक तरीक़े से आकार देने की शक्ति थी।

‘ओह, तुम इवान को तो जानते हो।’

नोरा मुस्कराई जैसे वह जानती थी कि इवान कौन और कैसा था। ‘हाँ। वह बहुत अच्छा है। मैं तुम दोनों के लिए बहुत ख़ुश हूँ।’

जो हँसा। ‘हमारी शादी को पाँच साल हो चुके हैं। तुम ऐसे बात कर रही हो जैसे मैं और वो अभी मिले हों।’

‘नहीं, ऐसा नहीं है। मैं कभी-कभी सोचती हूँ तुम भाग्यशाली हो। तुम्हें प्यार हो गया और तुम ख़ुश हो।’

‘वह एक कुत्ता रखना चाहता है,’ जो मुस्कराया। इसी पर हमारी आजकल बहस चल रही है। मेरा मतलब है, मैं कुत्ते को बुरा नहीं मानता। लेकिन मुझे रखवाली करने वाला कुत्ता चाहिए। मैं किसी माल्टिपू या बिचॉन को नहीं रखना चाहता। मुझे भेड़िया चाहिए। कोई ढंग का कुत्ता।

नोरा को वोल्टेयर का खयाल आ गया। ‘जानवर अच्छे साथी होते हैं...’

‘हाँ। तुम्हें अब भी कुत्ता चाहिए?’

‘हाँ, या एक बिल्ली।’

‘बिल्लियाँ, बात नहीं मानतीं,’ उसने कहा। वह अब उस भाई की तरह लग रहा था जो नोरा को याद था। ‘कुत्ते अपनी जगह पहचानते हैं।’

‘अवज्ञा, स्वतंत्रता की सच्ची नींव है। आज्ञाकारी को गुलाम होना पड़ता है।’

वह हैरान दिख रहा था। ‘यह कहाँ से आया? क्या यह कोई उद्धरण है?’

‘हाँ। हेनरी डेविड थॉरो। तुम्हें तो पता है कि वह मेरा पसंदीदा दार्शनिक है।’

‘तुम्हें दर्शनशास्त्र में कब से रुचि हो गई?’

निस्संदेह, नोरा ने इस जीवन में दर्शनशास्त्र की कोई डिग्री नहीं ली होगी। वह असल जीवन में ब्रिस्टल के एक बदबूदार छात्रावास में रहकर थोरो और लाओ त्जु और सार्त्र की किताबों को पढ़ रही थी, जबकि मौजूदा जीवन में वह बीजिंग में ओलिंपिक पोडियम पर खड़ी थी। यह बहुत अजीब था कि उसे अपने इस जीवन

के लिए, जिसमें उसे थोरो के *वाल्डेन* की सरल सुंदरता या मार्कस ऑरेलियस की ध्यान-पद्धति से प्यार नहीं हुआ, उतना ही दुख था, जितना उस जीवन से सहानुभूति थी, जिसमें वह अपनी ओलिंपिक क्षमता को पूरा प्राप्त नहीं कर पाई थी।

'ओह, मुझे नहीं पता... मैंने इंटरनेट पर उसका लिखा देखा था।'

'बढ़िया है। मैं भी देखूँगा। तुम उसमें से कुछ अपने भाषण में डाल सकती हो।'

नोरा का रंग उड़ने लगा। 'मैं आज कुछ अलग करने के बारे में सोच रही हूँ। मैं इसमें थोड़ा सुधार करूँगी।'

सुधार करने का तो वह अभ्यास कर ही रही थी।

'मैंने एक रात ग्रीनलैंड के बारे में वृत्तचित्र देखा था। मुझे याद है, जब तुम्हें आर्कटिक बहुत पसंद था और तुमने ध्रुवीय भालू आदि की कुछ तसवीरें काटकर रखी थीं।'

'हाँ, श्रीमती एल्म ने कहा था कि आर्कटिक एक्सप्लोरर बनने का सबसे अच्छा तरीक़ा ग्लेशियोलॉजिस्ट बनना है। मैं वही बनना भी चाहती थी।'

'श्रीमती एल्म,' वह धीरे-से बोला। 'मुझे कुछ याद आ रहा है।'

'स्कूल लाइब्रेरियन।'

'तुम तो उस लाइब्रेरी में जाती थीं ना?'

'हाँ, बहुत ज़्यादा।'

'ज़रा सोचो, अगर तुम तैराकी से नहीं जुड़ी होतीं, तो तुम इस समय ग्रीनलैंड में होतीं।'

'स्वालबार्ड,' नोरा बोली।

'क्या कहा?'

'यह एक नार्वेजियन द्वीपसमूह है। आर्कटिक महासागर में ऊपर की तरफ़।'

'ठीक है, तो तुम नॉर्वे में होतीं।'

'शायद। या मैं अब भी बेडफ़ोर्ड में ही होती। साफ़-सफ़ाई करती। बेरोज़गार होती। किराया चुकाने के लिए संघर्षरत।'

'बेवकूफ मत बनो। तुमने कुछ बड़ा काम किया होता।'

वह अपने बड़े भाई की मासूमियत पर मुस्कराई। 'कुछ जन्मों में तुम और मैं शायद मिल भी नहीं पाते।'

'बकवास!'

'काश ऐसा होता!'

जो, असहज हो रहा था। वह विषय को बदलना चाहता था।

'बताओ, मैंने एक दिन किसे देखा?'

नोरा ने कंधे उचकाए। उसे उम्मीद थी कि यह कोई ऐसा व्यक्ति होगा, जिसके बारे में उसने सुना होगा।

'रवि। क्या तुम्हें रवि याद है?'

नोरा ने रवि के बारे में सोचा। अभी कल ही तो न्यूज़एजेंट में वह उससे मिली थी। 'अरे हाँ, रवि!'

'वह मुझे अचानक मिल गया।'

'बेडफ़ोर्ड में?'

'अरे! नहीं। वहाँ तो मैं कई वर्षों से गया ही नहीं हूँ। यह बात ब्लैकफ़्रायर्स स्टेशन की है। वह अचानक मिल गया। मैंने उसे एक दशक से नहीं देखा था। इतना समय तो हुआ ही होगा। वह पब जाना चाहता था तो मैंने कहा कि मैं अब शराब नहीं पीता। फिर मुझे बताना पड़ा कि पहले मैं शराब पीता था और यह भी कि मैंने कई सालों से एक गिलास वाइन तक नहीं पी।' नोरा ने सिर हिलाया मानो उसे जो की हर बात पर यक़ीन हो रहा था। 'माँ के मरने के बाद मैं परेशानी में था। मुझे लगता है वह सोचता होगा, यह आदमी कौन है? लेकिन अब वह ठीक है। वह कहीं पर कैमरामैन का काम करता है। साथ में संगीत का भी कुछ काम है। रॉक नहीं, बल्कि कुछ डीजे-जैसा। तुम्हें वो बैंड याद है, जिसमें मैं और वो थे? द लेबिरिंथ्स?'

दिखावा करना आसान होता जा रहा था। 'अरे हाँ। लेबिरिंथ्स। बिलकुल, याद है। उस समय वह ज़बरदस्त बैंड था।'

'हाँ। मुझे समझ में आ गया कि वह उन दिनों को याद करता है। भले ही हम बेकार थे और मैं गा नहीं सकता था।'

'तुम्हें क्या लगता है? क्या तुमने कभी सोचा कि अगर लेबिरिंथ्स ने बड़ा नाम कमाया होता तो क्या होता?'

वह हँसा लेकिन वह कुछ उदास भी था। 'मुझे नहीं पता। *कुछ भी हो सकता था।'*

'शायद तुम्हें एक और व्यक्ति की आवश्यकता थी। मैं वही की-बोर्ड बजाता था, जो तुम्हें माँ और डैड ने दिया था।'

'सच? तुम्हारे पास इसके लिए समय कहाँ था?'

संगीत बिना जीवन। मनपसंद किताबों बिना जीवन जिन्हें वह पढ़ नहीं पाई।

लेकिन यह भी : ऐसा जीवन जहाँ वह अपने भाई के साथ रही। ऐसा जीवन जहाँ उसे अपने भाई को निराश नहीं करना पड़ा।

'रवि हैलो कहना चाहता था। वह संग बैठना भी चाहता था। वह यहाँ से केवल एक ट्यूब-स्टॉप की दूरी पर काम करता है। इसलिए कोशिश करेगा कि तुम्हारे भाषण के लिए पहुँच जाए।'

'क्या? ओह... काश वह ऐसा नहीं करे।'

'क्यों?'

'मुझे वह पसंद नहीं है।'

जो ने भौंहें सिकोड़ी। 'सच में? मुझे याद नहीं कि मैंने तुमसे ऐसी कोई बात कभी सुनी... वह ठीक है। अच्छा आदमी है। हो सकता है, उन दिनों थोड़ा चिड़चिड़ा रहा हो लेकिन शायद उसने अपना काम-काज सा ठीक कर लिया है...'

नोरा बेचैन थी।

'जो?'

'हाँ।'

'तुम्हें पता है माँ की मृत्यु कब हुई?'

'हाँ।'

मैं कहाँ थी?'

'क्या मतलब? तुम आज ठीक तो हो? क्या नई गोलियाँ असर कर रही हैं?'

'गोलियाँ?'

वह अपना बैग टटोलने लगी। बैग में डिप्रेशन की गोलियों का छोटा-सा डिब्बा था। नोरा का दिल डूबने लगा।

'मैं बस यह जानना चाहती थी कि क्या मैंने मरने से पहले माँ के साथ समय बिताया था?'

जो अब भी वहीं था। वह अपनी बहन को समझ नहीं पा रहा था। वह वास्तविकता से बचना चाहता था। 'तुम्हें पता है कि हम वहाँ नहीं थे। सब इतनी जल्दी हुआ। उसने हमें नहीं बताया कि वह कितनी बीमार थी। हमारी ख़ातिर। या शायद इसलिए कि वह नहीं चाहती थी कि हम उसे शराब पीने से रोकें।'

शराब? माँ शराब पीती थीं?

जो की चिंता और बढ़ गई। 'बहन, क्या तुम्हें भूलने की बीमारी हो गई है? नादिया के बीच में आने के बाद से माँ रोज़ एक बोतल जिन पीती थी।'

'हाँ। बिलकुल, मुझे याद है।'

'इसके अलावा तुम्हारी यूरोपियाई चैंपियनशिप नजदीक आ रही थी और माँ उसमें हस्तक्षेप नहीं करना चाहती थी...'

'हे यीशु! मुझे वहाँ होना चाहिए था। हम दोनों में से किसी एक को वहाँ होना चाहिए था। हम दोनों...'

उसके हाव-भाव अचानक ठंडे पड़ गए। 'तुम कभी माँ के इतना क़रीब नहीं थीं, ना? फिर अचानक यह...'

'मैं माँ के क़रीब हो गई थी। मेरा मतलब है, मैं उनके नजदीक आ जाती। मैं...'

'तुम मुझे पागल कर दोगी। तुम ऐसे तो कभी बर्ताव नहीं करतीं।'

नोरा ने सिर हिलाया। 'हाँ, मैं ... हाँ, मुझे लगता है तुम ठीक कह रहे हो... मेरे ख़याल से यह गोलियों का असर है...'

उसने याद किया कि उसकी माँ अंतिम महीनों में कहती थी : 'मुझे नहीं पता मैं तुम्हारे बिना क्या करती।' माँ ने शायद यही बात जो से भी कही होगी। लेकिन इस जीवन में, उनके पास दोनों में से कोई भी नहीं था।

तभी प्रिया कमरे में आ गई। वह मुस्करा रही थी। उसने हाथ में फ़ोन और क्लिपबोर्ड पकड़ रखा था।

'नोरा, समय हो गया,' उसने कहा।

वृक्ष जो हमारा जीवन है

पाँच मिनट बाद नोरा होटल के विशाल सम्मेलन-कक्ष में बैठी थी। कम-से-कम एक हज़ार लोग उस पहले वक्ता को अपनी प्रस्तुति समाप्त करते देख रहे थे। *ज़ीरो टु हीरो* की लेखक। किसी अन्य जन्म में, वह किताब डैन के बिस्तर के पास रखी थी। लेकिन नोरा सुन नहीं रही थी, क्योंकि वह आगे की पंक्ति में अपनी आरक्षित सीट पर बैठी थी। वह अपनी माँ को लेकर परेशान थी, भाषण को लेकर घबराई हुई थी। इसलिए उसने सिर्फ़ उन शब्दों या वाक्यांशों को उठाया जो उसके दिमाग़ में चल रहे थे, जैसे 'अल्पज्ञात तथ्य', 'महत्त्वाकांक्षा', 'आपको यह सुनकर आश्चर्य होगा', 'अगर मैं यह कर सकती हूँ', 'मुश्किल की दस्तक' आदि।

उस कमरे में साँस लेना तक दूभर हो गया था। कस्तूरी इत्र और नए कालीन की महक आ रही थी।

नोरा ने शांत रहने की कोशिश की।

वह अपने भाई की ओर झुकते हुए धीरे-से बोली, 'मुझे नहीं लगता मैं यह कर पाऊँगी।'

'क्या?'

'मुझे लगता है मुझे पैनिक अटैक आने वाला है।'

डैन ने नोरा की ओर मुस्कराते हुए देखा। नोरा ने किसी अन्य जीवन में उसकी आँखों में कठोरता देखी थी। उसे याद आया कि बेडफ़ोर्ड के पब में द लेबिरिंथ्स के साथ उनके शुरुआती हँसी-मज़ाक़ के बीच उसे ऐसे ही दौरा पड़ा था। 'तुम्हें कुछ नहीं होगा।'

'मुझे नहीं पता कि मैं यह कर सकती हूँ या नहीं। मुझे कुछ नहीं सूझ रहा।'

'तुम बहुत ज़्यादा सोच रही हो।'

'मुझे चिंता हो रही है। मेरे पास सोचने को कुछ नहीं है।'

'चलो। हमें निराश मत करना।'

हमें निराश मत करना।

'लेकिन...'

उसने संगीत के बारे में सोचने की कोशिश की।

संगीत के बारे में सोचने से शांति मिलती थी।

उसे एक धुन याद आई। वह थोड़ा शर्मिंदा भी थी, क्योंकि उसके दिमाग़ में 'ब्यूटीफुल स्काई' गाना चल रहा था। वह ख़ुशमिजाज़ और आशावादी गीत था, जो उसने लंबे समय से नहीं गाया था। *आसमान काला हो जाता है/नीले के ऊपर काला/फिर भी तारे हिम्मत करते हैं/चमकने के लिए* –

लेकिन नोरा जिसके बगल में बैठी थी, वह लगभग पचास साल की व्यावसायिक महिला थी, जिसने कस्तूरी इत्र लगा रखा था। वह धीरे-से नोरा से बोली, 'आपके साथ जो हुआ, उसके लिए मुझे बहुत खेद है। वही पुर्तगाल वाली घटना...'

'कौन-सी घटना?'

तभी दर्शकों की तालियों बजीं और उस गड़गड़ाहट में उस महिला का जवाब दब गया।

'क्या?' नोरा ने फिर पूछा।

देर हो चुकी थी। नोरा को मंच पर बुलाया जा रहा था। और उसका भाई नोरा को कोहनी मारकर इशारा कर रहा था।

उसके भाई ने लगभग दहाड़ती आवाज़ में कहा : 'वे तुम्हें बुला रहे हैं। जाओ!'

नोरा मंच की ओर बढ़ी और उसने मुस्कराते हुए स्क्रीन पर दिख रहे अपने विशाल चेहरे की ओर देखा। उसके गले में स्वर्ण पदक लटक रहा था।

उसे सदा इस बात से नफ़रत रही कि लोग उसे देखते थे।

'हैलो,' उसने माइक्रोफ़ोन पर घबराते हुए कहा। 'यहाँ आकर बहुत अच्छा लग रहा है...'

लगभग एक हज़ार चेहरे उसकी ओर देख रहे थे।

उसने एक साथ इतने लोगों से कभी बात नहीं की थी। यहाँ तक कि जब वह द लेबिरिंथ्स में थी, तब भी उसने सौ से अधिक लोगों के लिए एक समय पर संगीत नहीं बजाया और वह गानों के बीच यथासंभव कम बात करती थी। हालाँकि स्ट्रिंग थ्योरी में काम करते हुए वह ग्राहकों के साथ आराम से बात कर लेती थी। वह कर्मचारियों की बैठकों में भी कम ही बोलती थी। विश्वविद्यालय में इज़ी, बढ़िया प्रेजेंटेशन देती थी, जबकि नोरा को हफ़्तों पहले चिंता हो जाती थी।

जो और रॉरी, चकित भाव से नोरा को देख रहे थे।

उन्होंने टेडटॉक में जिस नोरा को देखा था, यह वो नोरा नहीं थी। उन्हें संदेह था कि वह कभी उस नोरा जैसी बन सकती है।

'नमस्ते। मेरा नाम नोरा सीड है।'

उसका मक़सद मज़ाक़ करना नहीं था लेकिन पूरा हॉल हँस पड़ा। स्पष्ट था कि उसे अपना परिचय देने की आवश्यकता नहीं थी।

'जीवन बहुत अजीब है,' उसने कहा। हम इसे एक बार में जी लेते हैं। सीधी रेखा की तरह। लेकिन वास्तव में यह पूरी तसवीर नहीं दिखाता, क्योंकि जीवन, केवल उन चीज़ों से नहीं बनता जो हम करते हैं, बल्कि उनसे भी बनता है जो हम नहीं कर पाते। हमारे जीवन का हर पल... एक मोड़ की तरह है।

किसी ने अब तक कुछ नहीं कहा।

'इस पर सोचो। यह सोचो कि हम कैसे शुरुआत करते हैं... जैसे ज़मीन में बोए पेड़ का बीज। और फिर हम... हम विकसित हुए... हम और विकसित हुए... शुरू में हम पेड़ का तना होते हैं...'

अब तक भी किसी ने कुछ नहीं कहा।

'लेकिन फिर पेड़ में – वह पेड़ जो हमारा जीवन है – शाखाएँ विकसित होती हैं। उन शाखाओं के बारे में सोचें जो अलग-अलग ऊँचाई पर निकल रही हैं। फिर उन शाखाओं के बारे में सोचें, जो फिर नई शाखाओं में बँट रही हैं और विपरीत दिशाओं में उग रही हैं। उन शाखाओं के बारे में भी सोचें जो अन्य शाखाओं और टहनियाँ में बदल रही हैं। एक ही जगह से आरंभ हुई उन शाखाओं में से प्रत्येक के अंत के विषय में सोचें। जीवन ऐसा ही है, लेकिन इसका पैमाना बड़ा है। हर दिन, हर सेकेंड, नई शाखाएँ निकलती हैं। हमारे नजरिए से – हर किसी के नजरिए से – यह एक... एक निरंतरता की तरह है। प्रत्येक टहनी ने केवल एक यात्रा तय की है। लेकिन अभी अन्य टहनियाँ शेष हैं। और इसी तरह कई 'आज' भी हैं। कई ऐसे जीवन जो अलग होते, अगर आपने कोई अलग दिशा चुनी होती। यह जीवन का वृक्ष है। बहुत सारे धर्मों और पौराणिक कथाओं ने जीवन के वृक्ष के बारे में बताया है। इसका उल्लेख बौद्ध धर्म, यहूदी धर्म और ईसाई धर्म में भी है। बहुत से दार्शनिकों और लेखकों ने वृक्ष को रूपक बनाकर बात कही है। सिल्विया प्लाथ के लिए, अस्तित्व, अंजीर का पेड़ है और हर संभव जीवन जो वह जी सकती थी – सुखी-विवाहित जीवन, सफल-कवि का जीवन – मीठी रसदार अंजीर था, लेकिन वह उस अंजीर का स्वाद नहीं ले सकी और वे सब उसके सामने सड़ गईं। आप यह सोचकर पागल हो सकते हैं कि ऐसे कितने ही जीवन हैं जो हम जीते नहीं पाते।

'उदाहरण के लिए, मैं अपने अधिकांश जन्मों में इस पोडियम पर खड़ी होकर आपसे सफलता के बारे में बात नहीं करती मैं अधिकांश जन्मों में ओलिंपिक स्वर्ण

पदक विजेता नहीं होती।' नोरा को याद आया कि श्रीमती एल्म ने उसे मिडनाइट लाइब्रेरी में यह बताया था। 'एक काम को अलग तरीक़े से करना, अक्सर हर चीज़ को अलग तरीक़े से करने के समान होता है। कर्मों को जीवन में बदला नहीं जा सकता, चाहे हम कितनी भी कोशिश कर लें...'

लोग अब सुन रहे थे। उन्हें अपने जीवन में एक श्रीमती एल्म की आवश्यकता थी।

'सीखने का एकमात्र तरीक़ा है, उसे जीना।'

और वह अगले बीस मिनट तक इसी तरह बोलती रही। उसने श्रीमती एल्म कि बातों को याद किया। उसने अपने हाथों को देखा जो रोशनी में चमक रहे थे।

उसकी नज़र मांस की उभरी हुई, पतली गुलाबी रेखा पर पड़ी। वह जानती थी कि वह निशान ख़ुद लगाई चोट का था। उसने नोरा के प्रवाह को रोक दिया, बल्कि उसे एक नया मोड़ दे दिया।

'और बात है ...बात यह है कि... जिसे हम अपने लिए सबसे सफल मार्ग मानते हैं, वह दरअसल है ही नहीं, क्योंकि अक्सर सफलता को लेकर हमारा नज़रिया उपलब्धि के बाहरी पक्ष के बारे में होता है – एक ओलिंपिक पदक, आदर्श पति, अच्छा वेतन। और हमारे पास ये सभी मापदंड हैं, जिन्हें हम पाने की कोशिश करते हैं। जबकि वास्तव में सफलता कोई ऐसी चीज नहीं है जिसे आप माप सकते हैं, और ना जीवन कोई दौड़ है जिसे आप जीत सकते हैं। यह सब... कोरी बकवास है...'

लोग असहज होने लगे। स्पष्ट तौर पर, यह वो भाषण नहीं था जिसकी उन्हें अपेक्षा थी। नोरा ने भीड़ को देखा। उनमें केवल एक चेहरा उसकी ओर देखकर मुस्करा रहा था। उसने नीले रंग की सूती कमीज़ पहनी थी और बेडफ़ोर्ड के जीवन की तुलना में उसके बहुत छोटे बाल थे। यह देखकर नोरा समझ गई कि वह रवि था। यह रवि देखने में मित्र लग रहा था, लेकिन नोरा उस दूसरे रवि को भुला नहीं सकी, जो कभी एक पत्रिका का ख़र्च उठाने में सक्षम नहीं था और इसके लिए वह नोरा को दोष देकर समाचार एजेंसी से बाहर चला गया था।

'मुझे पता है कि आप लोग यह उम्मीद कर रहे थे कि मेरा भाषण सफलता के मार्ग को लेकर होगा। लेकिन सच यह है कि सफलता एक छलावा है। एक भ्रम है। हाँ, ऐसी चीज़ें हैं जिन पर हम क़ाबू पा सकते हैं। उदाहरण के लिए, मैं उनमें से हूँ जिसे मंच से डर लगता है और फिर भी, मैं यहाँ मंच पर खड़ी हूँ। मेरी तरफ़ देखो... मंच पर! और किसी ने मुझे अभी बताया कि मेरी समस्या वास्तव में यह नहीं है कि मुझे मंच से डर *लगता* है। मेरी समस्या यह है कि मुझे जीवन से डर लगता है। क्या आपको पता है? वे सही कहते हैं, क्योंकि जीवन सचमुच डरावना

है और इस डर का कारण यह है कि हमें जीवन की कोई भी शाखा मिले, हम सड़ा हुआ पेड़ बने रहते हैं। मैं जीवन में बहुत कुछ करना चाहती थी। अनेक तरह की चीज़ें। लेकिन अगर आपका जीवन सड़ा हुआ है, तो आप जो भी करेंगे वह सड़ा हुआ ही रहेगा। यह सड़ा हुआ जीवन हर चीज़ को सड़ा देता है...'

जो हताश दिख रहा था। वह अपना हाथ घुमाते हुए, भाषण को ख़त्म करने का इशारा कर रहा था।

'उदार बनो... और बस, उदार बनो। मुझे लगता है कि मैं जाने वाली हूँ इसलिए मैं सिर्फ़ इतना कहना चाहती हूँ कि मैं अपने भाई से बहुत प्यार करती हूँ। मैं तुमसे प्यार करती हूँ, भाई, और मैं इस हॉल में मौजूद सभी लोगों से प्यार करती हूँ। मुझे यहाँ आकर बहुत अच्छा लगा।'

और जैसे ही नोरा ने कहा कि उसे वहाँ आकर अच्छा लगा, वह जा चुकी थी।

सिस्टम की भूल

नोरा मिडनाइट लाइब्रेरी में लौट आई।

लेकिन इस बार वह किताबों की शेल्फ़ से दूर थी। यह कार्यालय क्षेत्र था जिसे उसने पहले एक गलियारे में देखा था। डेस्क, प्रशासनिक ट्रे से ढँकी थी जिस पर काग़ज़ों और बक्सों के ढेर और कंप्यूटर पड़े थे।

कंप्यूटर, पुराने जमाने का बादामी रंग का डिब्बा था, जो डेस्क पर काग़ज़ों के पास उसी तरह रखा था, जैसे श्रीमती एल्म ने कभी उसे स्कूल के लाइब्रेरी में रखा होगा। वह कीबोर्ड पर तेजी से कुछ टाइप कर रही और मॉनिटर को देख रही थी, क्योंकि नोरा पीछे ही खड़ी थी।

तारों से नीचे लटक रहे बल्ब टिमटिमा रहे थे।

'मेरे पापा मेरी वजह से ज़िंदा थे। लेकिन उनका भी किसी से अफ़ेयर था और मेरी माँ का पहले ही निधन हो चुका था। मैं अपने भाई के साथ रहने लगी। लेकिन मेरा वह भाई अब भी वैसा ही था, वास्तव में, वह मेरे साथ ठीक से रहता था, क्योंकि मैं पैसे कमाने में उसकी मदद करती थी...और... यह ओलिंपिक का सपना नहीं था, जिसकी मैंने कल्पना की थी। मैं वही थी। पुर्तगाल में कुछ हुआ था। मैंने शायद ख़ुद को मारने की कोशिश की थी या कुछ और किया होगा... क्या सचमुच कोई और जीवन है या केवल इसकी साज-सज्जा ही बदलती है?'

श्रीमती एल्म सुन नहीं रही थीं। नोरा ने डेस्क पर कुछ देखा। एक पुराना प्लास्टिक का नारंगी फ़ाउंटेन पेन था। ठीक उसी तरह का जो कभी नोरा के पास स्कूल में हुआ करता था।

'नमस्ते? श्रीमती एल्म, क्या आप मुझे सुन सकती हैं?'

लाइब्रेरियन के चेहरे पर चिंता थी। वह स्क्रीन को पढ़ रही थी। 'सिस्टम की भूल।'

'श्रीमती एल्म? नमस्ते? क्या आप मुझे देख सकती हैं?'

नोरा ने एल्म का कंधा थपथपाया। इससे बात बन गई।

श्रीमती एल्म कंप्यूटर से दूर हटीं तो उनके चेहरे पर राहत नज़र आई। 'ओह नोरा, तुम आ गईं?'

'क्या आपको यह उम्मीद नहीं थी? आपने सोचा कि मैं वही जीवन जीना चाहती थी?'

श्रीमती एल्म ने बिना हिले-डुले अपना सिर हिलाया। 'नहीं। यह वो ही जीवन नहीं है। बस, थोड़ा नाजुक लगा।'

'क्या नाजुक लगा?'

'स्थानांतरण।'

'स्थानांतरण?'

'किताब से यहाँ तक। तुम्हारे द्वारा *चुने गए जीवन से* यहाँ तक आना। लगता है कोई गड़बड़ है। पूरे सिस्टम में गड़बड़ है। कुछ है जो मेरे नियंत्रण से परे है। यह कोई *बाहरी तत्त्व* है।'

'आपका मतलब है, मेरे वास्तविक जीवन में?'

उन्होंने वापस स्क्रीन पर देखा। 'हाँ। मिडनाइट लाइब्रेरी केवल इसलिए मौजूद है, क्योंकि तुम मौजूद हो।'

'तो, मैं मर रही हूँ?'

श्रीमती एल्म हताश दिखीं। 'यह एक संभावना है। कहने का मतलब है कि यह एक संभावना है कि हम संभावना के अंत तक पहुँचने वाले हैं।'

नोरा ने सोचा कि पूल में तैरते हुए उसे कितना अच्छा लग रहा था। कितना सजीव और जीवंत। फिर उसके भीतर कुछ हुआ। अजीब-सा अहसास। उसके पेट में खिंचाव उठा। एक भौतिक परिवर्तन। एक बदलाव। मृत्यु के विचार ने उसे परेशान कर दिया। तभी ऊपर लगी रोशनी पहले से तेज़ चमकने लगी।

श्रीमती एल्म ने कंप्यूटर स्क्रीन पर नई जानकारी को आत्मसात करते हुए ताली बजाई।

'ओह, यह वापस आ गया। अच्छी बात है। गड़बड़ दूर हो गई है। हम फिर से दौड़ने लगे हैं। इसके लिए तुम्हारा धन्यवाद।'

'क्या मतलब?'

'कंप्यूटर बता रहा है कि मेज़बान के भीतर का मूल कारण अस्थायी रूप से ठीक कर लिया गया है। और वह मूल कारण तुम हो। तुम मेज़बान हो।' वह मुस्कराई। नोरा ने पलकें झपकाईं, और जब उसने आँखें खोलीं तो वह और श्रीमती एल्म दोनों लाइब्रेरी के एक अलग हिस्से में खड़े थे। फिर उसी किताबों के ढेर के बीच। वे दोनों अकड़कर, अजीब तरह से, एक-दूसरे के सामने खड़े थे।

'ठीक है। अब, शांत हो जाओ,' एक गहरी और अर्थपूर्ण साँस छोड़ने से पहले श्रीमती एल्म ने कहा। वह ख़ुद से बात कर रही थी।

'मेरी माँ की मृत्यु अलग-अलग जन्मों में अलग-अलग तारीख़ों पर हुई थी। मुझे ऐसा जीवन चाहिए जहाँ वह अब भी जीवित हों। क्या ऐसा जीवन मौजूद है?'

श्रीमती एल्म का ध्यान नोरा की ओर गया।

'शायद हो।'

'बढ़िया!'

'लेकिन तुम वहाँ नहीं जा सकतीं।'

'क्यों नहीं?'

'क्योंकि यह लाइब्रेरी तुम्हारे निर्णय से जुड़ी है। तुम्हारे पास ऐसा कोई विकल्प नहीं था जिसके द्वारा वह बीते हुए कल के बाद जीवित रहतीं। मुझे माफ़ करना।'

नोरा के सिर के ऊपर लगा बल्ब टिमटिमा रहा था। लेकिन शेष लाइब्रेरी जस की तस थी।

'तुम्हें कुछ और सोचना होगा, नोरा। पिछले जीवन में ऐसा क्या था जो अच्छा था?'

नोरा ने सिर हिलाया। 'तैरना। मुझे तैरना पसंद था। लेकिन मुझे नहीं लगता मैं उस जीवन में ख़ुश थी। मुझे नहीं पता कि मैं वास्तव में किसी भी जीवन में ख़ुश हूँ या नहीं।'

'क्या ख़ुशी पाना तुम्हारा लक्ष्य है?'

'मुझे नहीं पता। मैं चाहती हूँ कि मेरे जीवन का कुछ मतलब हो। मैं कुछ अच्छा करना चाहती हूँ।'

'तुम एक बार ग्लेशियोलॉजिस्ट बनना चाहती थीं,' श्रीमती एल्म को याद आया।

'हाँ।'

'तुमने इस बारे में बात की थी। तुमने कहा था कि तुम्हारी आर्कटिक में रुचि है इसलिए मैंने सुझाव है कि तुम्हें ग्लेशियोलॉजिस्ट बनना चाहिए।'

'मुझे याद है। मुझे यह सुनकर ही पसंद आ गया था। हालाँकि मेरे माता-पिता को यह कभी पसंद नहीं आया।'

'क्यों?'

'मुझे नहीं पता। उन्होंने तैराकी को प्रोत्साहित किया। पिताजी ने किया। लेकिन जिसमें भी अकादमिक काम शामिल था, वे उसका मज़ाक़ बनाते थे।'

नोरा उदास महसूस कर रही थी। उसके जीवन में आने के बाद से उसके माता-पिता ने उसके भाई की तुलना में उसे अलग तरीक़े से देखा था।

'तैराकी के अलावा, जो को आगे बढ़ने की उम्मीद थी,' नोरा ने श्रीमती एल्म को बताया। 'मेरी माँ ने मुझे हर उस चीज़ से दूर कर दिया जो मुझे उनसे दूर कर सकती थी। पिताजी की तरह उन्होंने मुझे कभी तैरने के लिए प्रेरित नहीं किया। लेकिन निश्चित रूप से कोई ऐसा जीवन ज़रूर होगा, जहाँ मैंने अपनी माँ की बात नहीं मानी और मैं आर्कटिक शोधकर्ता बनी। सब से बहुत दूर। एक उद्देश्य के साथ। इस ग्रह की सहायता के लिए। जलवायु परिवर्तन के प्रभाव पर शोध करने के लिए। सबसे आगे।'

'तो, तुम चाहती हो कि मैं तुम्हारे लिए वह जीवन खोजूँ?'

नोरा ने आह भरी। उसे अब भी नहीं पता था कि वह क्या चाहती है। लेकिन कम-से-कम आर्कटिक सर्कल कुछ अलग तो होगा।

'हाँ, ठीक है।'

स्वालबार्ड

नोरा की नींद खुली तो वह एक नाव पर छोटे-से केबिन में छोटे-से बिस्तर पर थी। वह जानती थी कि यह नाव है, क्योंकि वह हिल रही थी, और उसके धीमे-धीमे हिलने ने नोरा को जगा दिया था। वह केबिन, बहुत बुनियादी-सा था। उसने ऊन का मोटा स्वेटर और लंबी जॉन पहन रखी थी। उसने कंबल को वापस खींचा तो पाया कि उसके सिर में दर्द था और मुँह इतना सूखा कि गाल, दाँतों से चिपक गए थे। उसने खाँसी की। उसे लगा वह ओलिंपियन के शरीर से लाखों पूलों की दूरी पर है। उसकी अँगुलियों से तंबाकू की गंध आ रही थी। वह उठकर बैठी तो देखा कि एक गोरी, हृष्ट-पुष्ट, कठोर स्वभाव वाली महिला दूसरे बिस्तर पर बैठी उसे देख रही थी।

'गुड मॉर्गन, नोरा।'

वह हँसी। उसे आशा थी कि इस जीवन में वह किसी भी स्कैंडिनेवियाई भाषा में धाराप्रवाह नहीं बोल पाएगी।

'गुड मॉर्निंग।'

उसने महिला के बिस्तर के पास फ़र्श पर वोदका की आधी खाली बोतल और एक मग देखा। एक डॉग कैलेंडर (अप्रैल : स्प्रिंगर स्पैनियल) बिस्तरों के बीच रखी मेज़ पर टिका था। उसके ऊपर रखी सभी तीन पुस्तकें अंग्रेज़ी में थीं। महिला के सबसे क़रीब रखी थी, *प्रिंसिपल्स ऑफ़ ग्लेशियर मैकेनिक्स।* दो किताबें नोरा पर थीं : *ए नैचुरिस्ट गाइड टु द आर्कटिक* और द *सागा ऑफ़ वोल्सुंग्स : द नोर्स एपिक ऑफ़ सिगुर्ड द ड्रैगन स्लेयर* का पेंगुइन क्लासिक संस्करण। उसने कुछ और भी देखा। वह ठंडा था। काफ़ी ठंडा। ऐसी ठंड जो लगभग जला देती है, जो हाथ और पैर की अँगुलियों को चोट पहुँचाती है और गालों को सख़्त कर देती है। थर्मल अंडरवियर की पर्तों के बावजूद। स्वेटर के बावजूद। दो इलेक्ट्रिक हीटरों के बावजूद। हर साँस से एक बादल बन रहा था।

'तुम यहाँ क्यों आई हो, नोरा?' महिला ने भारी लहजे वाली अंग्रेज़ी में पूछा।

यह मुश्किल सवाल है, जब आपको यह नहीं पता हो कि 'यहाँ' आख़िर कहाँ है।

'क्या दर्शन के लिए अभी जल्दी नहीं है?' नोरा हँस दी।

उसने पोरथोल के बाहर बर्फ़ की एक दीवार देखी, जो समुद्र में से बाहर निकल रही थी। नोरा या तो बहुत दूर उत्तर में थी या बहुत दूर दक्षिण में। वह कहीं बहुत दूर थी।

वह महिला अब भी उसे देख रही थी। नोरा को कोई अंदाज़ नहीं था कि वे दोनों दोस्त हैं या नहीं। महिला सख़्त, साफ़ बात करने वाली लग रही थी, लेकिन उसका साथ दिलचस्प हो सकता था।

'मेरा मतलब दर्शनशास्त्र से नहीं था। मेरा मतलब यह भी नहीं कि तुम्हें ग्लेशियोलॉजिकल रिसर्च करके क्या मिला। हालाँकि संभव है कि दोनों एक ही बात हों। मेरा मतलब है, तुमने सभ्यता से दूर जाने का विकल्प क्यों चुना? तुमने मुझे कभी नहीं बताया।'

'मुझे नहीं पता,' उसने कहा। 'मुझे ठंड पसंद है।'

'ऐसी ठंड किसी को पसंद नहीं होती बशर्ते उसे परपीड़ा से सुख नहीं मिलता हो।'

उसकी बात में दम था। नोरा ने बिस्तर के कोने पर पड़ा स्वेटर उठाया और पहने हुए स्वेटर के ऊपर पहन लिया। तभी उसकी नज़र वोदका की बोतल के बगल में फ़र्श पर एक पट्टी पर पड़ी।

इंग्रिद स्किर्बेक
प्रोफ़ेसर (भूविज्ञान)
अंतर्राष्ट्रीय ध्रुवीय अनुसंधान संस्थान

'मैं नहीं जानती, इंग्रिद। मुझे बस ग्लेशियर पसंद हैं। मैं उन्हें समझना चाहती हूँ कि वे... पिघल क्यों रहे हैं।'

इंग्रिद की उभरी हुई भौंह को देखकर पता लगता था कि वह ग्लेशियर विशेषज्ञ जैसी बिलकुल नहीं लग रही थी।

'और तुम?' उसने उम्मीद से पूछा।

इंग्रिद ने आह भरी और हथेली को अँगूठे से रगड़ा। पेर के मरने के बाद मेरे लिए ओस्लो में रहना मुश्किल हो गया था। बहुत-से लोग थे, जो उसके जैसे नहीं थे। यूनिवर्सिटी में कॉफ़ी शॉप थी जहाँ हम जाते थे। हम बस एक साथ बैठते लेकिन चुप रहते थे। इस चुप में भी ख़ुशी थी। अख़बार पढ़ना, कॉफ़ी पीना। ऐसी जगहों से बचना मुश्किल था। हम हर जगह घूमते थे। पेर की परेशान आत्मा हर गली में भटकती थी... मैं उसे भूल जाने को कहती, लेकिन ऐसा हो नहीं पाया। दुख बहुत

ख़राब चीज़ है। अगर मैं वहाँ थोड़ा और रुक जाती तो मुझे इंसानियत से ही नफ़रत हो जाती। इसलिए जब स्वालबार्ड में शोध से जुड़ा एक काम सामने आया तो मैंने सोचा, हाँ, यह मुझे बचाने आया है... मैं वहाँ जाना चाहती थी, जहाँ वह कभी नहीं गया था। मैं किसी ऐसा जगह रहना चाहती थी, जहाँ मुझे उसके होने का अहसास नहीं हो। लेकिन सच्चाई यह है कि इससे पूरा काम नहीं बनता। जगह, जगह होती है, यादें, यादें और जीवन, कमबख़्त जीवन होता है।

नोरा ने यह सब सुन लिया। इंग्रिद स्पष्ट रूप से नोरा को यही सोचकर बता रही थी मानो वह उसे अच्छी तरह से जानती है। लेकिन नोरा अजनबी थी। उसे यह बहुत अजीब-सा लगा। बहुत ग़लत। जासूस होने पर भी कुछ ऐसा ही लगता होगा। लोग तुम पर भरोसा करते हैं, लेकिन वह एक बुरे निवेश की तरह होता है। आपको हमेशा यही लगता है कि आप लोगों से उनका कुछ लूट रहे हैं।

इंग्रिद मुस्कराई। 'पिछली रात के लिए धन्यवाद... हमारी बातचीत अच्छी रही। इस नाव पर बहुत-से बेवकूफ़ लोग हैं, लेकिन तुम उनके जैसी नहीं हो।'

'ओह, धन्यवाद! तुम भी नहीं!'

तभी नोरा का ध्यान एक भारी-भरकम भूरे रंग के हैंडल वाली बड़ी-सी राइफ़ल पर गया जो कोट के हुक के नीचे कमरे के कोने में दीवार के पास रखी थी।

इस दृश्य ने नोरा को ख़ुश कर दिया। उसे महसूस कराया कि वह ग्यारह साल की होती तो उसे कितना गर्व होता। ऐसा लग रहा था कि वह कोई *साहसिक कार्य* कर रही थी।

ह्यूगो लेफ़ेवरे

नोरा के सिर में दर्द था और हैंगओवर का भी असर था। वह एक छोटे-से डाइनिंग हॉल में गई, जिसमें मसालेदार मछली की गंध आ रही थी। कुछ शोध वैज्ञानिक वहाँ बैठकर नाश्ता कर रहे थे।

नोरा ने अपने लिए एक ब्लैक कॉफ़ी और सूखी राई की रोटी लेकर बैठ गई।

खिड़की के बाहर चारों ओर, सुंदर दृश्य था, जो उसने पहले कभी नहीं देखा था। कोहरे के बीच साफ़ और शुद्ध सफ़ेद चट्टानों की तरह चमकते बर्फ़ के द्वीप दिखाई दे रहे थे। नोरा ने गिनती की। डाइनिंग हॉल में सत्रह लोग थे। ग्यारह पुरुष, छह महिलाएँ। नोरा अकेली बैठ गई, लेकिन पाँच मिनट के भीतर ही छोटे बाल और दाढ़ी वाला एक आदमी उसकी मेज़ पर आकर बैठ गया। उसने कमरे के अधिकांश लोगों की तरह पारका पहन रखा था, लेकिन वह पहनावे में शायद असहज महसूस कर रहा था और उसके लिए रिवेरा का डिजाइनर शॉर्ट्स और एक गुलाबी पोलो शर्ट अधिक उपयुक्त होता। वह नोरा को देखकर मुस्कराया। नोरा ने मुस्कान को समझने की कोशिश की; वह जानना चाहती थी कि उनके बीच किस तरह का रिश्ता था। वह थोड़ी देर उसे देखता रहा, फिर उसके सामने बैठ गया। नोरा सोचने लगी क्या उसे उस व्यक्ति का नाम जानना चाहिए।

'मैं ह्यूगो हूँ,' उसने कहा। 'ह्यूगो लेफ़ेवरे। आप नोरा हो ना?'

'हाँ।'

'मैंने आपको स्वालबार्ड के शोध केंद्र में देखा था, लेकिन कभी बात नहीं की। वैसे भी, मैं सिर्फ़ कहना चाहता था कि मैंने ग्लेशियरों को स्पंदित करने के बारे में आपका लेख पढ़ा और उसने मुझे हिलाकर रख दिया।'

'सच में?'

'हाँ। मतलब, यह बात मुझे हमेशा रोमांचित करती है कि वे ऐसा केवल यहीं करते हैं, और कहीं नहीं। यह कितनी अजीब बात है।'

'जीवन अजीब घटनाओं से भरा है।'

हमारी बातचीत रोचक, लेकिन ख़तरनाक थी। नोरा ने एक छोटी, विनम्र मुस्कान बिखेरी और फिर खिड़की से बाहर देखा। बर्फ़ के द्वीप वास्तविक द्वीपों

में बदल गए थे। बर्फ़ की लकीर जैसी छोटी, नुकीली पहाड़ियाँ, जैसे पहाड़ों की चोटियाँ या धरती की टेढ़ी-मेढ़ी प्लेटें। और उनके आगे, वो ग्लेशियर था, जिसे नोरा ने केबिन से देखा था। वह अब उसके आकार का बेहतर अंदाज़ लगा सकती थी, हालाँकि उसका ऊपरी भाग बादल के नीचे छिपा था। उसके अन्य हिस्से कोहरे से पूरी तरह मुक्त थे। वह दृश्य अतुलनीय था।

आप टीवी पर या किसी पत्रिका में ग्लेशियर की तसवीर देखते हैं तो आपको सफ़ेद रंग की एक चिकनी गाँठ दिखाई देती है। लेकिन इसकी बनावट पहाड़ जैसी थी। वह काला-भूरा और सफ़ेद रंग का था। और सफ़ेद की अनंत क़िस्में थीं, वह भिन्नता का एक संपूर्ण दृश्य था - सफ़ेद-सफ़ेद, नीला-सफ़ेद, फ़िरोज़ी-सफ़ेद, स्वर्णिम-सफ़ेद, चाँदी-सा सफ़ेद, पारभासी-सफ़ेद - चमकदार और प्रभावशाली। निश्चित रूप से नाश्ते से अधिक प्रभावशाली।

निराशाजनक है ना?' ह्यूगो ने कहा।

'क्या?'

'यही बात कि दिन ख़त्म नहीं होता।'

इस बात से नोरा बेचैन हो गई। 'किस मायने में?' जवाब देने से पहले उसने एक पल का इंतज़ार किया।

'कभी नहीं ख़त्म होने वाली रोशनी,' उसने बिस्कुट खाने से पहले कहा। 'अप्रैल से शुरू हुई। यह अंतहीन दिन को जीने जैसा है... मुझे इससे नफ़रत है।'

'मुझे इसके बारे में और बताओ।'

'तुमने सोचा था वो छेद वाले परदे देंगे। मैं जब से इस नाव पर सवार हुआ हूँ, तब से मुश्किल से ही सो पाया हूँ।'

नोरा ने सिर हिलाया। 'कितना समय हो गया?'

वह हँसा। उसकी हँसी अच्छी थी। मुँह बंद था। सभ्य। उसे हँसी मुश्किल से ही कहा जा सकता था।

'मैंने कल रात इंग्रिद के साथ ज़्यादा पी ली। वोदका ने मेरी याददाश्त कमज़ोर कर दी है।'

'क्या तुम्हें यक़ीन है कि यह वोदका का असर है?'

'और क्या हो सकता है?'

उसकी आँखों में जिज्ञासा थी जिसे देखकर नोरा को ग्लानि महसूस हुई।

उसने इंग्रिद को देखा। वह कॉफ़ी पी रही और लैपटॉप पर कुछ टाइप कर रही थी।

'वह हमारी तीसरी रात थी,' ह्यूगो ने कहा। 'हम रविवार से द्वीपसमूह के चारों ओर घूम रहे हैं। हाँ, रविवार। तभी हम लोंगयेरब्येन से निकले थे।'

नोरा ने ऐसा चेहरा बनाया मानो वह सब जानती थी। 'रविवार हमेशा दूर ही लगता है।'

ऐसा लगा नाव मुड़ रही थी। नोरा को मजबूरन अपनी सीट पर झुकना पड़ा।

'बीस साल पहले अप्रैल में स्वालबार्ड में शायद ही कहीं इतना पानी था। अभी देखें तो यह भू-मध्यीय सागर में घूमने जैसा है।'

नोरा ने सहज रूप से मुस्कराने की कोशिश की। 'ऐसा तो नहीं है।'

'वैसे, मैंने सुना कि आज वह मुश्किल काम तुम्हें करने को मिला है?'

नोरा ने सहज दिखने की कोशिश की। 'सच में?'

'तुम आज स्पॉटर हो ना?'

नोरा को नहीं पता था कि वह किस बारे में बात कर रहा है, लेकिन वह उसकी आँखों की चमक से डर रही थी।

'हाँ,' उसने जवाब दिया। 'हाँ, मैं स्पॉटर हूँ।'

ह्यूगो की आँखें आश्चर्य से फैल गईं। या दिखावटी आश्चर्य से। दोनों में अंतर बता पाना कठिन था।

'स्पॉटर?'

'हाँ।'

नोरा जानना चाहती थी कि स्पॉटर का क्या काम था, लेकिन वह पूछ नहीं सकी।

'चलो, तुम्हें इसके लिए शुभकामनाएँ,' ह्यूगो ने टकटकी लगाते हुए कहा।

नोरा बाहर चमक रही आर्कटिक रोशनी और उस परिदृश्य को देख रही थी, जो उसने पहले केवल पत्रिकाओं में देखा था। फिर वह बोली, 'मैं इस चुनौती के लिए तैयार हूँ।'

गोल घूमना

एक घंटे बाद नोरा बर्फ़ से ढँके ढाँचे पर खड़ी थी। वह द्वीप कम और चट्टान जैसा अधिक था। वह जगह इतनी छोटी और निर्जन थी कि उसका कोई नाम नहीं था, हालाँकि एक बड़ा द्वीप – जिसका नाम बियर द्वीप था – बर्फ़ीले ठंडे पानी के पार दिखाई दे रहा था। नोरा एक नाव के पास खड़ी थी। वह *बड़ी नाव* नहीं थी, जिस पर उसने नाश्ता किया था, बल्कि एक छोटी मोटर बोट थी जिसे रूने नामक एक आदमी ने लगभग अकेले ही पानी से बाहर खींच लिया था। उस आदमी का नाम स्कैंडिनेवियाई ज़रूर था, लेकिन वह पश्चिम-तटीय अमेरिकी लहज़े में बोलता था।

नोरा के पैरों के पास एक पीला रकसैक पड़ा था और ज़मीन पर एक विंचेस्टर राइफ़ल रखी थी, जो केबिन में दीवार के सहारे टिकी रहती थी। यह *उसकी* बंदूक थी। इस जीवन में, उसके पास बंदूक थी। बंदूक के बगल में एक सॉस पैन था, जिसके अंदर एक करछुल पड़ा था। उसके हाथों में एक और लेकिन हल्की बंदूक थी – एक सिग्नल पिस्तौल – जो चलने के लिए तैयार थी।

नोरा को पता लग गया था कि वह किस तरह की 'स्पॉटिंग' कर रही थी। नौ वैज्ञानिक इस छोटे-से द्वीप पर जलवायु-ट्रैकिंग फ़ील्ड-का कार्य कर रहे थे और इस बीच नोरा, ध्रुवीय भालुओं की तलाश में थी। ज़ाहिर तौर पर इसकी बड़ी संभावना थी। अगर उसे भालू दिख गया तो सबसे पहले फ़ायर करना था। इसके दो उद्देश्य थे (क) भालू डर जाता और (ख) दूसरों के लिए यह चेतावनी होती।

इसमें ग़लती की भी गुंजाइश थी। मनुष्य, स्वादिष्ट प्रोटीन का स्रोत होते हैं और भालू निडरता के लिए विख्यात हैं। विशेष रूप से हाल के वर्षों में आवास और खाद्य स्रोतों में आई कमी ने उन्हें और अधिक कमज़ोर लेकिन लापरवाह होने पर विवश कर दिया था।

'जैसे ही बंदूक दागो,' समूह में पीटर नाम का सबसे वरिष्ठ तेज़-तर्रार व्यक्ति और उस इलाक़े का अगुआ बोला, 'पैन को करछुल से पीटना। पागलों की तरह पीटना और चीख़ना। वे आवाज़ के प्रति संवेदनशील होते हैं। वे बिल्लियों जैसे होते हैं। दस में से नौ बार वे शोर से डर जाते हैं।'

'और दसवीं बार?'

उसने राइफ़ल देखकर सिर हिलाया। 'इससे पहले कि वह तुम्हें मार डाले, तुम उसे मार देना।'

नोरा बंदूक वाली अकेली नहीं थी। सभी के पास बंदूकें थीं। वे सभी सशस्त्र वैज्ञानिक थे। पीटर हँसा और इंग्रिद ने उसकी पीठ थपथपाई।

'मैं आशा करता हूँ,' इंग्रिद ने हँसते हुए कहा, 'वे तुम्हें खा नहीं जाएँ। मुझे तुम्हारी याद आएगी। अगर तुम्हें मासिक धर्म नहीं हुआ तो तुम ठीक ही रहोगी।'

'हे भगवान, क्या कहा?'

'भालुओं को एक मील दूर से ख़ून की गंध आ जाती है।'

कापड़ों में बुरी तरह लिपटे एक अन्य व्यक्ति ने दूर से आवाज़ देकर नोरा को 'शुभकामनाएँ' दीं।

'हम पाँच घंटे में वापस आ जाएँगे...' पीटर ने कहा। वह फिर हँसा। नोरा को उम्मीद थी कि इस हँसी का मतलब भी मज़ाक़ ही था। 'ख़ुद को गर्म रखने के लिए गोल घूमती रहना।'

और फिर वे नोरा को वहाँ छोड़कर पथरीली ज़मीन पर चलते हुए और कोहरे में ग़ायब हो गए।

एक घंटे तक कुछ नहीं हुआ। नोरा गोल घूमती रही। कोहरा कुछ कम हुआ तो वह बाहर के नजारे देखने लगी। उसने सोचा कि वह लाइब्रेरी में वापस क्यों नहीं गई। वह *बेकार* की ज़िंदगी थी। निश्चित रूप से कुछ ऐसे जीवन होंगे जहाँ वह धूप में किसी स्विमिंग पूल के पास बैठी थी, जहाँ वह संगीत बजा रही या गर्म लैवेंडर-सुगंधित स्नान का आनंद ले रही या किसी के साथ सेक्स कर रही या मेक्सिको में समुद्र-तट के निकट बैठी पढ़ रही या मिशेलिन-तारांकित रेस्तरां में खाना खा रही या पेरिस की सड़कों पर टहल रही, या रोम में घूम रही, या क्योटो के पास किसी मंदिर को शांति से देख रही, या फिर किसी के साथ ख़ुशहाल जीवन की गर्माहट का आनंद ले रही थी।

अधिकांश जीवन में, वह शारीरिक रूप से *सहज* थी। फिर भी, उसे यहाँ कुछ नया महसूस हो रहा था। या शायद कुछ पुराना, जो उसने लंबे समय से दबा रखा था। ग्लेशियल लैंडस्केप उसे याद दिला रहे थे कि वह किसी ग्रह पर रहने वाली पहली और सबसे महत्त्वपूर्ण मनुष्य थी। उसने अपने जीवन में जो कुछ भी किया था, उसका उसे अहसास हुआ -लगभग हर चीज़ उसने ख़रीदी थी, उसके लिए काम किया था और उपभोग किया था - उसे इस समझ से और भी दूर ले गई थी कि वह और सभी मनुष्य वास्तव में नौ मिलियन प्रजातियों में से सिर्फ़ एक हैं।

थोरो ने *वाल्डेन* में लिखा, 'यदि कोई आत्मविश्वास के साथ अपने सपनों की दिशा में आगे बढ़ता है और उस जीवन को जीने का प्रयास करता है, जिसकी उसने कल्पना की थी, तो उसे अप्रत्याशित सफलता मिलेगी।' उन्होंने यह भी कहा कि यह सफलता अकेले रहने का नतीजा थी। 'मुझे एकांत जैसा बढ़िया साथी कभी नहीं मिला।'

नोरा ने उस पल में भी ऐसा ही महसूस किया। हालाँकि उस समय वह केवल एक घंटे के लिए अकेली थी, लेकिन निर्जन प्रकृति के बीच उसने इस स्तर का एकांत कभी अनुभव नहीं किया था।

उसने रात के समय सोचा था कि एकांत उसकी समस्या है। लेकिन यह इसलिए लगा कि वह सच्चा एकांत नहीं था। व्यस्त शहर में एकांत मन संबंध बनाने को तरसता है, क्योंकि वह सोचता है कि मानव-से-मानव का संबंध ही हर चीज़ का उद्देश्य है। लेकिन शुद्ध प्रकृति के बीच (या थोरो के अनुसार 'जंगलीपन का टॉनिक') एकांत ने एक अलग स्वरूप धारण कर लिया। यह अपने आप में एक तरह का संबंध बन गया था। उसके और दुनिया के बीच का संबंध। और उसका ख़ुद से संबंध।

उसे ऐश के साथ हुई बातचीत याद आ गई। वह थोड़ा अजीब, लेकिन प्यारा था और उसे हमेशा अपने गिटार के लिए नई गीतपुस्तिका की ज़रूरत रहती थी।

यह बातचीत दुकान में नहीं, बल्कि अस्पताल में हुई थी, जब उसकी माँ बीमार थी। डिम्बग्रंथि के कैन्सर के कुछ समय बाद उसे सर्जरी की ज़रूरत पड़ी। नोरा अपनी माँ को बेडफ़ोर्ड के जनरल अस्पताल के सलाहकारों को दिखाने के लिए ले गई थी, और उसने उन कुछ हफ़्तों में उसने अन्य सभी रिश्तों की तुलना में अपनी माँ का हाथ अधिक थामा था।

जब नोरा की माँ की सर्जरी चल रही थी, तब नोरा अस्पताल की कैंटीन में इंतज़ार करती थी। और ऐश ने पहचान लिया कि स्ट्रिंग थ्योरी में कई मौक़ों पर उसकी नोरा से बात हुई थी। ऐश ने देखा कि नोरा चिंतित थी तो वह उसे हैलो कहने के लिए अंदर आ गया।

ऐश, अस्पताल में सर्जन था। नोरा ने उससे उसके काम के बारे में बहुत सारे सवाल पूछे (उस दिन उसने एक अपेंडिक्स और पित्त नली की सर्जरी की थी)। उसने सर्जरी के बाद ठीक होने वाले समय और प्रक्रिया के बारे में पूछा, और वह उसे लेकर बहुत आश्वस्त था। ऐश ने नोरा से लंबे समय तक हर उस चीज़ के बारे में बात की जिसके बारे में उसे लगा कि नोरा को उसकी आवश्यकता होगी। ऐश ने नोरा ने स्वास्थ्य-संबंधी लक्षणों के बारे में गूगल पर ज़्यादा जानकारी नहीं लेने की सलाह दी। फिर वे सोशल मीडिया के बारे में बात करने लगे। ऐश का मानना

था कि लोग सोशल मीडिया पर जितने अधिक जुड़े हैं, समाज उतना ही अकेलापन महसूस करता है।

'इसलिए आजकल हर कोई एक-दूसरे से नफ़रत करता है,' उसने कहा। 'क्योंकि उन पर ऐसे मित्रों का बोझ ज़्यादा है जो वास्तव में मित्र हैं ही नहीं। तुमने डनबर अंक के बारे में सुना है?'

और फिर उसने उसे ऑक्सफ़ोर्ड विश्वविद्यालय में रोजर डनबर नामक एक आदमी के बारे में बताया था, जिसने यह पता लगाया था कि मनुष्य का दिमाग़ केवल डेढ़ सौ लोगों को जान सकता है, क्योंकि शिकारी-संग्रहकर्ता समुदायों का औसत आकार इतना ही होता था।

'और डोम्सडे बुक,' ऐश ने अस्पताल की कैंटीन में नोरा से कहा था, 'यदि तुम डोमस्डे बुक को देखो तो उस समय एक अंग्रेज़ी समुदाय का औसत आकार डेढ़ सौ लोगों का ही था। केंट को छोड़कर, जहाँ सौ ही लोग थे। मैं केंट से हूँ। हमारा डीएनए, असामाजिक है।'

'मैं केंट गई हूँ,' नोरा ने कहा। 'मैंने इस बात पर ग़ौर किया है। लेकिन मुझे यह सिद्धांत पसंद है। मैं एक घंटे में इतने लोगों से इंस्टाग्राम पर ही मिल सकती हूँ।'

'बिलकुल। यह स्वास्थ्य के लिए अच्छा नहीं है! हमारा दिमाग़ इसे संभाल नहीं सकता। यही कारण है कि हम आमने-सामने बातचीत करने के लिए अधिक लालायित रहते हैं। और... यही कारण है कि मैं अपने साइमन और गारफ़ंकल गिटार कॉर्ड की किताबें ऑनलाइन कभी नहीं ख़रीदता!'

वह उसे याद करके मुस्कराई। तभी छपाक की आवाज़ हुई जिसे सुनकर वह उस आर्कटिक परिदृश्य की वास्तविकता में लौट आई।

नोरा से कुछ मीटर की दूरी पर, जिस चट्टानी स्केरी पर वह खड़ी थी और द्वीप के बीच, वहाँ एक और छोटी चट्टान थी, जो पानी से बाहर निकली हुई थी। समुद्र के फेन से कुछ बाहर निकल रहा था। कुछ भारी-सा गीला और वज़नदार पत्थर पर थपेड़े मार रहा था। उसका पूरा शरीर काँप रहा था, वह बंदूक दागने को तैयार हो गई, लेकिन वहाँ कोई ध्रुवीय भालू नहीं था। वह एक वॉलरस था। मोटा, भूरे रंग का झुर्रीदार जानवर जो बर्फ़ पर फँस गया था। वह नोरा को देखकर देखने लगा। वह नर या मादा जो भी था, बूढ़ा लग रहा था। वॉलरस शरमाता नहीं है वह और अनिश्चित काल तक किसी को देख सकता था। नोरा डर गई। वह वॉलरस के बारे में केवल दो ही बातें जानती थी : वे चालाक हो सकते हैं, और यह कि वे लंबे समय तक अकेले नहीं रहते।

वहाँ शायद और भी वॉलरस थे जो पानी से बाहर निकलने वाले थे।

नोरा ने सोचा क्या उसे बंदूक दागनी चाहिए।

वॉलरस जहाँ था वहीं दानेदार रोशनी में भूत की तरह रुका रहा, लेकिन फिर धीरे-धीरे कोहरे की पर्त के पीछे ग़ायब हो गया। कुछ समय बीत गया। नोरा ने कपड़ों की सात परतें पहनी थीं, लेकिन उसे अपनी पलकें कड़क महसूस हो रही हैं और उसे लगा अगर वह उन्हें बहुत देर तक बंद रखेगी तो वह जम जाएँगी। फिर उसने दूसरे लोगों की आवाज़ें सुनीं और कुछ ही देर में उसके सहकर्मी इतने क़रीब आ गए कि वह उनमें से कुछ को देख पा रही थी। कोहरे में लिपटे ज़मीन पर झुकी हुई छाया, जो उपकरणों की मदद से बर्फ़ के नमूने पढ़ रही थी, जिसे नोरा के लिए समझना मुश्किल था। फिर वे ग़ायब हो गए। उसने अपने बैग में से प्रोटीन बार निकालकर खा ली। वह टॉफ़ी की तरह ठंडी और सख़्त थी। नोरा ने अपना फ़ोन चेक किया, लेकिन सिग्नल ही नहीं था।

सब तरफ़ बहुत शांति थी।

उस शांति ने नोरा को अहसास कराया कि दुनिया में हर जगह कितना शोर है। यहाँ पर शोर का कुछ अर्थ था। यदि आपने यहाँ कुछ सुना तो आपको उस पर ध्यान देना पड़ेगा।

वह प्रोटीन बार चबा रही थी कि एक और छपाक की आवाज़ हुई, लेकिन इस बार वह आवाज़ किसी अन्य दिशा से आई थी। कोहरे और कमज़ोर रोशनी के मेल में कुछ देख पाना मुश्किल था। लेकिन वह वॉलरस नहीं था। यह तब स्पष्ट हुआ, जब उसने देखा कि उसकी ओर आने ने वाली छाया काफ़ी बड़ी थी। वॉलरस से बड़ी और इंसान से काफ़ी बड़ी।

सहसा प्रकट हुआ संकट का क्षण

'बकवास!' नोरा ठंड में धीरे-से बोली।

लाइब्रेरी नहीं मिलने की हताशा जब सचमुच उसकी आवश्यकता हो

कोहरा साफ़ हुआ तो एक विशाल सफ़ेद भालू दिखाई दिया। वह सीधा खड़ा था। फिर वह चारों पैरों पर आश्चर्यजनक वेग तथा भारी-भरकम उत्साह के साथ उसकी ओर बढ़ने लगा। नोरा ने कुछ नहीं किया। उसका मन घबराहट से भर गया। वह उस चट्टान की तरह स्थिर थी, जिस पर वह खड़ी थी।

लानत है।

भाड़ में जाओ।

भाड़ में जाओ, भाड़ में जाओ।

भाड़ में जाओ, भाड़ में जाओ।

आख़िरकार जान बचाने के लिए भीतरी आवेग ने नोरा को सचेत किया। उसने पिस्तौल से फ़ायर कर दिया। गोली, छोटे धूमकेतु की तरह निकली और पानी में ग़ायब हो गई। उसकी चमक नोरा की आशा के साथ फीकी पड़ गई। वह जीव अब भी उसकी ओर आ रहा था। नोरा घुटनों के बल नीचे बैठी और पैन पर करछुल को पीटने लगी। फिर वह ज़ोर-ज़ोर से चिल्लाने लगी।

'भालू! भालू! भालू!'

भालू एक क्षण के लिए रुक गया।

'भालू! भालू! भालू!'

अब वह फिर से आगे बढ़ रहा था।

पैन को पीटना काम नहीं आया। भालू क़रीब आ चुका था। वह सोच रही थी कि क्या वह राइफ़ल तक पहुँच सकती है, जो बर्फ़ पर थोड़ी दूरी पर पड़ी थी। उसे भालू के विशाल पंजे वाले पैर, बर्फ़ से ढकी चट्टान में चलते नज़र आ रहे थे। उसका सिर नीचे था और उसकी काली आँखें सीधे नोरा को देख रही थीं।

'लाइब्रेरी!' नोरा चीख़ पड़ी। *'श्रीमती एल्म! मुझे वापस ले जाओ! यह जीवन ठीक नहीं है! यह वास्तव में, सचमुच ग़लत है! मुझे वापस ले चलो! मुझे रोमांच नहीं चाहिए! लाइब्रेरी कहाँ है?! मुझे लाइब्रेरी जाना है!'*

भालू की नज़र में किसी तरह की घृणा नहीं थी। उसके लिए नोरा सिर्फ़ भोजन थी। मांस! और उस आतंक ने नोरा को विनम्रता से भर दिया। उसका दिल तेज़ी से धड़क रहा था। जैसे किसी गीत का अंत होने वाला हो। आख़िर उस क्षण में नोरा को स्पष्ट हो गया :

वह मरना नहीं चाहती थी।

और यही समस्या थी। मृत्यु सामने हो तो जीवन अधिक आकर्षक लगता है। और अब जबकि जीवन अधिक आकर्षक लग रहा था तो वह मिडनाइट लाइब्रेरी में वापस कैसे जा सकती थी? दूसरी किताब के साथ फिर नई कोशिश करने के लिए उसे जीवन में भयभीत नहीं, बल्कि निराश होने की ज़रूरत थी।

सामने मृत्यु थी। हिंसक, बेख़बर मौत, भालू के रूप में। उसकी काली आँखें नोरा को देख रही थीं। और उस समय किसी और चीज़ से ज़्यादा नोरा यह जानती थी कि वह मरने के लिए तैयार नहीं थी। यह ज्ञान डर से बड़ा हो गया, क्योंकि नोरा एक ध्रुवीय भालू के सामने खड़ी थी जो भूखा था और ख़ुद को बचाने के लिए व्याकुल था। नोरा ने सॉस पैन पर करछुल को फिर पीटा। जोर से। धम्म, धम्म, धम्म!

मैं भयभीत नहीं हूँ।
मैं भयभीत नहीं हूँ।
मैं भयभीत नहीं हूँ।
मैं भयभीत नहीं हूँ।
मैं भयभीत नहीं हूँ।
मैं भयभीत नहीं हूँ।

भालू खड़ा होकर नोरा को देखता रहा, ठीक उसे तरह जैसे वॉलरस देख रहा था। नोरा ने बंदूक पर नज़र डाली। वह बहुत दूर थी। वह जब तक उसे पकड़कर यह पता लगाती है कि उसे कैसे फ़ायर किया जाना है तब तक देर हो सकती थी। वैसे भी उसे संदेह था कि वह उस ध्रुवीय भालू को मार पाएगी। इसलिए उसने फिर से करछुल को पीटना शुरू कर दिया।

नोरा ने आँखें बंद कर लीं और लाइब्रेरी लौटने की कामना करते हुए शोर मचाती रही। उसने आँखें खोलीं तो भालू सिर के बल पानी में फिसल रहा था। वह उस जीव के ग़ायब हो जाने के बाद भी बर्तन को पीटती रही। लगभग एक मिनट बाद, उसने कोहरे के बीच से कुछ लोगों को उसका नाम पुकारते हुए सुना।

द्वीप

वह सदमे में थी। लेकिन यह नाव पर सवार अन्य लोगों की तुलना में थोड़ा अलग तरह का सदमा था। यह मौत के क़रीब होने का सदमा नहीं था। यह सदमा इस बात महसूस करने से लगा था कि वह सचमुच जीना चाहती थी।

वे एक छोटे से द्वीप से गुज़रे, जो प्रकृति से सराबोर था। चट्टानों पर फैले हरे शैवाल। छोटे औक्स और पफ़िन्स पक्षी एक साथ झुंड में आर्कटिक हवा के ख़िलाफ़ इकट्ठा होकर उड़ रहे थे। परिस्थितियाँ जीवन के विपरीत थीं। ह्यूगो ने नोरा को अपने फ़्लास्क से ताज़ा कॉफ़ी दी जो नोरा ने पी ली। तीन जोड़ी दस्तानों के नीचे भी उसका ठंडापन महसूस हो रहा था।

प्रकृति का हिस्सा बनना, जीने की इच्छा का हिस्सा बनने जैसा था।

जब आप किसी जगह पर बहुत देर तक रुक जाते हैं, तो आपको ध्यान नहीं रहता कि दुनिया कितनी बड़ी है। आपको देशांतरों और अक्षांशों की लंबाई का बोध नहीं रहता। नोरा मानती थी कि किसी एक व्यक्ति के अंदर की विशालता का बोध होना कठिन है।

लेकिन जब आप एक बार विशालता को महसूस कर लेते हैं, एक बार जब कोई चीज़ आपके सामने आ जाती है, तो आप चाहें या नहीं चाहें, मन में आशा जग जाती है और आपसे उस तरह चिपकी रहती है, जैसे शैवाल चट्टान पर चिपकी रहती है।

स्थायी तुषार भूमि

स्वालबार्ड में सतही हवा का तापमान वैश्विक दर की तुलना में दोगुना अधिक गर्म होने लगा था। यहाँ का जलवायु परिवर्तन पृथ्वी पर लगभग किसी भी अन्य जगह से तेज़ गति से हो रहा था।

बैंगनी रंग की ऊनी टोपी पहने को अपनी भौंहों तक नीचे खींचे एक महिला, एक हिमखंड द्वारा की गई कलाबाज़ी की बात कर रही थे। कुछ ऐसा हुआ जिसके चलते गर्म पानी ने उस हिमखंड को नीचे से खंडित कर दिया था, जिससे उसका ऊपरी हिस्सा भारी हो गया था।

एक और समस्या यह थी कि वहाँ की स्थायी तुषार भूमि पिघल रही थी, जिससे ज़मीन नरम हो रही थी और भूस्खलन तथा हिमस्खलन होने लगे थे। इसके कारण स्वालबार्ड के सबसे बड़े शहर लोंगयेरब्येन में बने लकड़ी के घर नष्ट हो सकते थे। इससे स्थानीय क़ब्रिस्तान में शवों के बाहर निकाल आने का भी ख़तरा था।

वैज्ञानिकों पता करने की कोशिश में थे कि ग्रह पर क्या हो रहा था। इस दौरान, हिमनदों और जलवायु गतिविधि का निरीक्षण करना प्रेरणादायक था। ऐसा करने से पृथ्वी पर जीवन संबंधी जानकारी प्रदान करने और उसकी रक्षा करने में मदद मिल रही है।

मुख्य नाव पर, नोरा भोजन के स्थान पर चुपचाप बैठी रही, क्योंकि सभी भालू वाली मुठभेड़ के लिए उससे सहानुभूति व्यक्त कर रहे थे। वह उन्हें यह बताने में असमर्थ थी कि वह उस अनुभव के लिए कृतज्ञ महसूस कर रही थी। इसलिए वह विनम्रतापूर्वक मुस्कराई और उसने बातचीत से बचने की कोशिश की।

बिना किसी समझौते के जीवन बड़ा गंभीर था। उस समय तापमान शून्य से सत्रह डिग्री कम था और उसे एक ध्रुवीय भालू ने लगभग खा लिया था। शायद उसके मूल जीवन की आंशिक समस्या, नीरसता थी।

उसकी कल्पना औसत दर्ज़े की थी और निराशा ही उसकी नियति थी।

दरअसल, नोरा को हमेशा इस बात का अहसास था कि वह पछतावे और कुचली हुई उम्मीदों की एक लंबी कतार में से निकलकर आई थी, जिसकी गूँज हर पीढ़ी में सुनाई देती थी।

उदाहरण के लिए, उसकी माँ की ओर से उसके दादा को लोरेंजो कोंटे कहा जाता था। वे 1960 के दशक में पुगलिया को छोड़कर लंदन आ गए थे।

ब्रिंडिसि के उजाड़ बंदरगाह शहर के अन्य पुरुषों की तरह, वह लंदन ब्रिक कंपनी में नौकरी के लिए ब्रिटेन चले गए। लोरेंजो ने, अपने भोलेपन में, एक अद्भुत जीवन की कल्पना की थी – वह पूरे दिन ईंटें बनाएँगे, फिर किसी दिन शाम को द बीटल्स के साथ रहेंगे और जीन श्रीम्पटन या मैरिएन फ़ेथफुल के साथ कार्नेबी स्ट्रीट पर हाथ में हाथ डालकर घूमेंगे। एकमात्र समस्या यह थी कि अपने नाम के बावजूद, लंदन ब्रिक कंपनी, वास्तव में लंदन में नहीं थी। यह स्थान बेडफ़ोर्ड में साठ मील उत्तर में स्थित था, जो अपने सभी मामूली आकर्षणों के लिए उतना शानदार नहीं था जितना लोरेंजो ने चाहा होगा। लेकिन उन्होंने अपने सपनों से समझौता किया और वहीं बस गए। काम भले ही शानदार नहीं रहा हो, लेकिन उससे पैसा अच्छा मिला।

लोरेंजो ने पेट्रीसिया ब्राउन नामक एक स्थानीय अंग्रेज़ी महिला से शादी की, जो जीवन की निराशाओं से अभ्यस्त हो चुकी थी। उसने दैनिक थिएटर के लिए एक अभिनेत्री होने के अपने सपने को छोड़कर उपनगरीय गृहिणी का सांसारिक जीवन चुन लिया। उसका पाक-कौशल हमेशा उसकी मृत पुग्लियन सास और उसके बनाए प्रसिद्ध स्पेगेटी व्यंजन की भूतिया छाया में रहा। वह लोरेंजो की नज़र में कभी अपनी सास से बेहतर भोजन नहीं पका सकी।

शादी के एक साल बाद उनकी एक बच्ची हुई – नोरा की माँ – जिसका नाम उन्होंने डोना रखा।

डोना अपने माता-पिता के साथ बहस करते हुए बड़ी हुई और इसके परिणामस्वरूप उसने मान लिया कि शादी ऐसी चीज़ है जो अपरिहार्य है लेकिन साथ ही दुखदायी भी है। वह एक क़ानूनी फ़र्म में सचिव बनी और फिर बेडफ़ोर्ड काउंसिल में संचार अधिकारी। लेकिन तब उसके अनुभव की कभी चर्चा नहीं हुई, कम से कम नोरा के साथ तो नहीं। उसी समय अवसाद को पहली बार अनुभव किया – यह बाद में उसे कई बार फिर हुआ – जिसके कारण उसे घर पर रहना पड़ा और हालाँकि वह ठीक हो गई, फिर भी वह काम पर वापस नहीं गई।

नोरा की माँ ने विफलता की एक अदृश्य विरासत नोरा को सौंपी थी। शायद इसीलिए उसने बहुत-सी चीज़ों को छोड़ दिया था। क्योंकि यह उसके डीएनए में लिखा था कि वह असफल हो जाएगी।

नोरा ने इसके बारे में सोचा। इस बीच उनकी नाव आर्कटिक समुद्र में चलती रही और समुद्री पक्षी – जो इंग्रिद के अनुसार काले पैरों वाले किटीवेक थे – ऊपर से उड़ते रहे।

उसके दोनों परिवारों में यह अटूट विश्वास था कि जीवन कष्ट सहने के लिए ही है। नोरा का पिता, ज्योफ़, ने निश्चित ही ऐसा जीवन जिया था, जिसमें वह अपने लक्ष्य से चूक गया था। वह केवल माँ के साथ बड़ा हुआ, क्योंकि जब वह सिर्फ़ दो साल का था तो उसके पिता की हार्ट अटैक से मृत्यु हो गई थी। नोरा की नानी का जन्म ग्रामीण आयरलैंड में हुआ था, लेकिन वे स्कूल में सफ़ाई कर्मचारी काम करने इंग्लैंड चली गईं, उन्हें *मौज-मस्ती* की तो बात ही छोड़िए भोजन लायक़ पैसा कमाने के लिए भी काफ़ी संघर्ष करना पड़ा।

ज्योफ़ को शुरुआती जीवन में काफ़ी परेशान किया गया था, लेकिन वह इतना लंबा-चौड़ा हो गया कि उसने आसानी से दबंगों को क़ाबू में कर लिया। उसने कड़ी मेहनत की और वह फुटबॉल, शॉट पुट और रग्बी का अच्छा खिलाड़ी था। वह बेडफोर्ड ब्लूज़ युवा टीम के लिए खेला और उनका सर्वश्रेष्ठ खिलाड़ी बना। संपार्श्विक लिगामेंट की चोट के कारण उसे खेल छोड़ना पड़ा वरना उसमें काफ़ी प्रतिभा थी। फिर वह शारीरिक विज्ञान का अध्यापक बन गया। उसके मन में ब्रह्मांड के प्रति बहुत आक्रोश था। उसने हमेशा यात्रा का सपना देखा, लेकिन *नैशनल ज्योग्राफ़िक* की सदस्यता और साइक्लेड्स कभी-कभार छुट्टी मनाने के अलावा वह कुछ नहीं कर पाया - नोरा ने उसे नक्सोस में सूर्यास्त के समय अपोलो मंदिर की एक तसवीर खींचते हुए याद किया।

शायद सभी जीवन ऐसे ही थे। हो सकता है कि अत्यंत गहन और योग्य जीवन का अंत भी ऐसा ही होता हो। निराशा, नीरसता, दर्द और प्रतिद्वंद्विता लेकिन आश्चर्य और सुंदरता की चमक से भरा। शायद यही एक अर्थ मायने रखता हो। संसार होना और स्वयं का साक्षी होना। शायद उसके भाई और माता-पिता के दुख का कारण उसकी उपलब्धियों की कमी नहीं था। शायद कुछ पाने की अपेक्षा करना असल कारण था। उसे वास्तव में इस बारे में कोई जानकारी नहीं थी। लेकिन नाव पर उसे कुछ अहसास हुआ। वह अपने माता-पिता को पहले से कहीं अधिक प्यार करती थी और उसी समय, उसने उन्हें पूरी तरह माफ़ कर दिया।

लोंगयेरब्येन में एक रात

लोंगयेरब्येन के बंदरगाह पर लौटने में दो घंटे लग गए। यह लगभग दो हज़ार लोगों की आबादी वाला नॉर्वे – और दुनिया का भी – सबसे उत्तरी शहर था।

ये मूलभूत बातें नोरा अपने असल जीवन से ही जानती थी। वह जब ग्यारह वर्ष की थी तब से दुनिया के इस हिस्से से प्रभावित थी, लेकिन उसका ज्ञान पत्रिकाओं में पढ़े गए लेखों से अधिक नहीं था और वह अब भी बात करने से घबराती थी।

वापसी की नाव यात्रा ठीक थी, क्योंकि चट्टान और बर्फ़ और पौधों के नमूनों पर चर्चा करने में उसकी अक्षमता, या 'धारीदार बेसाल्ट बेडरॉक' और पोस्ट-ग्लेशियल आइसोटोप' जैसे वाक्यांशों को समझने में उसकी असमर्थता ध्रुवीय भालू से उसकी मुठभेड़ के असर को कम नहीं कर पाई थी।

और यह सच था कि नोरा एक तरह से सदमे में *थी।* लेकिन यह वह सदमा नहीं था जिसकी उसके सहकर्मी कल्पना कर रहे थे। सदमा इस बात का नहीं था कि उसे लगा वह मरने वाली है। मिडनाइट लाइब्रेरी में पहली बार प्रवेश के बाद से वह मरने ही वाली थी। सदमा इस बात का था कि उसे लगा वह जीने वाली है। या कम से कम, यह कि वह फिर से *जीवित* होने की कल्पना कर सकती थी। और वह उस जीवन में कुछ अच्छा करना चाहती थी।

स्कॉटिश दार्शनिक डेविड ह्यूम के अनुसार, ब्रह्मांड की नज़र में किसी मनुष्य का जीवन एक सीप से अधिक महत्त्वपूर्ण नहीं है।

लेकिन अगर डेविड ह्यूम के लिए इस विचार को लिखना महत्त्वपूर्ण था, तो शायद यह इतना महत्त्वपूर्ण तो था ही कि कुछ अच्छा करने का लक्ष्य रखा जाए। जीवन के सभी स्वरूपों को संरक्षित करने में मदद करना ज़रूरी है।

नोरा ने जो समझा उसके अनुसार वह दूसरी नोरा और उसके साथी वैज्ञानिक, वह बर्फ़ और ग्लेशियर के उस क्षेत्र में पिघलने की गति को निर्धारित करने से जुड़ा कुछ काम कर रहे थे ताकि जलवायु परिवर्तन की त्वरण दर का पता लगाया जा सके। इसके अलावा और भी बहुत कुछ था, लेकिन नोरा के ख़याल से यही इसके मूल में था।

तो इस जीवन में, नोरा ग्रह को बचाने के लिए अपना योगदान दे रही थी। या कम से कम, लोगों को पर्यावरणीय संकट के तथ्यों के प्रति सचेत करने के लिए ग्रह की निरंतर तबाही की निगरानी तो कर ही रही थी। वह निराशाजनक था, लेकिन यह एक अच्छा और संतोषजनक काम था। इस काम का एक उद्देश्य था, एक अर्थ था।

अन्य लोग नोरा से प्रभावित भी थे। उसकी ध्रुवीय भालू वाली कहानी को सुनकर। नोरा एक तरह से नायिका बन गई थी – ओलिंपिक-तैराकी-चैंपियन वाली नायिका नहीं, बल्कि कुछ ऐसे ही ढंग की नायिका।

इंग्रिद का हाथ नोरा के कंधे पर था। 'तुम सॉसपैन योद्धा हो। मुझे लगता है कि हमें तुम्हारी निडरता, और अपने महत्त्वपूर्ण निष्कर्षों के लिए जश्न मनाना चाहिए। अच्छा भोजन करके! और साथ में वोदका। क्या कहते हो, पीटर?'

'अच्छा भोजन? लोंगयेरब्येन में? यहाँ मिलेगा?'

पता लगा कि वहाँ भोजन उपलब्ध था।

वे सूखी भूमि पर वापस ग्रुवेलगेरेट नामक एक जगह पर बनी लकड़ी की झोंपड़ी में चले गए, जो एक बर्फ़ीली घाटी में सुनसान सड़क पर बसी थी। नोरा ने आर्कटिक एले पिया और मेन्यू में शाकाहारी भोजन करके अपने सहयोगियों को आश्चर्यचकित कर दिया, जिसमें रेनडियर स्टेक और मूस बर्गर शामिल थे। नोरा थकी हुई होगी, क्योंकि उसके कुछ सहयोगियों ने उसे बताया कि वह थकी हुई दिख रही थी। लेकिन शायद इसका कारण सिर्फ़ यह था कि उनकी बातचीत में ऐसा कुछ था जहाँ वह आत्मविश्वास के साथ भाग ले सकती थी। वह व्यस्त जंक्शन पर खड़ी प्रशिक्षु चालक की तरह महसूस कर रही थी, जो सड़क के ख़ाली और साफ़ हो जाने की प्रतीक्षा में थी।

ह्यूगो वहीं था। वह उसे ऐसे देख रहा था मानो एँटिबेस या सेंट ट्रोपेज़ में हो। उसे इस तरह देखता देखकर नोरा को थोड़ी बेचैनी हो रही थी।

जल्दबाजी में वे अपने आवास पर वापस चले गए। इसने नोरा को विश्वविद्यालय-निवास के हॉल की याद दिला दी, जहाँ ह्यूगो ने दौड़कर पकड़ लिया था।

'यह दिलचस्प है,' उन्होंने कहा।

'क्या रोचक है?'

'आज सुबह के नाश्ते में तुम्हें पता कैसे नहीं चला कि मैं कौन हूँ।'

'क्यों? आप भी नहीं जानते थे कि मैं कौन हूँ।'

'बिलकुल, मुझे पता था। हम कल लगभग दो घंटे तक बातें कर रहे थे।'

नोरा को लगा वह किसी तरह के जाल में फँस गई है। 'हमने की थी?'

'मैंने यहाँ आने से पहले नाश्ते पर ही तुम्हें जान लिया था, लेकिन आज तुम कुछ अलग दिखीं।'

'यह अच्छी बात नहीं है, ह्यूगो। नाश्ते पर महिलाओं के बारे में जानना।'

'और मैंने कई चीज़ों पर ध्यान दिया।'

नोरा ने अपना दुपट्टा चेहरे पर उठा लिया। 'बहुत ठंड है। क्या हम इस बारे में कल बात कर सकते हैं?'

'मैंने देखा कि तुम में बदलाव हो रहा है। सारा दिन तुम्हारी किसी बात में प्रतिबद्धता नज़र नहीं आई।'

'यह सच नहीं। मैं सदमे में हूँ। तुम्हें पता है, वो भालू वाली बात।'

'नहीं। मैं भालू से पहले की बात कर रहा हूँ। और भालू के बाद भी। पूरा दिन।'

'मुझे नहीं पता कि तुम क्या...'

'यह नज़र में होता है। मैंने इसे पहले अन्य लोगों में भी यह देखा है। मैं इसे कहीं भी पहचान सकता हूँ।'

'मुझे नहीं पता तुम किस बारे में बात कर रहे हो।'

'ग्लेशियर क्यों स्पंदित होते हैं?'

'क्या?'

'यह तुम्हारे अध्ययन का क्षेत्र है। तुम यहाँ इसीलिए आए हो ना?'

'विज्ञान इसे पूरी तरह मानता नहीं है।'

'ठीक है। अच्छा। मेरे आसपास के ग्लेशियरों में से एक का नाम बताओ। ग्लेशियरों के नाम हैं। एक का नाम बताओ।... कोंग्सब्रीन? नथार्स्टब्रिन? कुछ याद आया?'

'मुझे यह बात नहीं करनी।'

'क्योंकि तुम वही व्यक्ति नहीं हो जो कल थीं, है ना?'

'कोई नहीं है,' नोरा ने फुर्ती से कहा। 'हमारा दिमाग़ बदल जाता है। इसे न्यूरोप्लास्टिसिटी कहते हैं। ह्यूगो, एक ग्लेशियोलॉजिस्ट को ग्लेशियरों के बारे में मत बताओ।'

ह्यूगो थोड़ा पीछे हट गया और उसे थोड़ी ग्लानि महसूस हुई। एक मिनट तक दोनों मौन रहे। बर्फ़ में उनके पैरों के चलने की आवाज़ आ रही थी। वे आवास पर लगभग वापस आ गए थे और अन्य लोग भी अधिक पीछे नहीं थे।

लेकिन फिर, ह्यूगो ने कहा, 'मैं तुम्हारी तरह हूँ, नोरा। मैं पाँच दिनों से इस जीवन को जी रहा हूँ। लेकिन मैं कई अन्य जी चुका हूँ। मुझे एक अवसर दिया गया - एक दुर्लभ अवसर। मैं एक लंबे समय तक अनेक ज़िंदगियों के बीच रह चुका हूँ।'

इंग्रिद ने नोरा की बांह पकड़ ली।

'मेरे पास कुछ वोदका बाक़ी है,' उसने दरवाज़े पर पहुँचते ही कहा। फिर उसने अपने की-कार्ड को स्कैनर पर लगाया। दरवाज़ा खुल गया।

'सुनो,' ह्यूगो षड्यंत्रपूर्ण तरीक़े से बुदबुदाया, 'यदि तुम और जानना चाहती हो, तो पाँच मिनट बाद मुझे सामुदायिक रसोई में मिलो।'

नोरा के दिल की धड़कन तेज़ हो गई, लेकिन इस बार पीटने को कोई पैन या करछुल नहीं था। उसे ह्यूगो विशेष रूप से पसंद नहीं आया था, लेकिन वह ह्यूगो की बात सुनने के लिए बहुत उत्सुक थी। और वह यह भी जानना चाहती थी कि क्या ह्यूगो पर भरोसा किया जा सकता था।

'ठीक है,' नोरा ने कहा। 'मैं वहाँ पहुँच जाऊँगी।'

अपेक्षा

नोरा को हमेशा ख़ुद को स्वीकार करने में परेशानी होती थी। जहाँ तक उसे याद था, उसे यही महसूस होता था कि वह अपने आप में पर्याप्त नहीं है। उसके माता-पिता ने, जिनके मन में अपनी-अपनी असुरक्षा का भाव समाहित था, नोरा के मन में उस विचार को प्रोत्साहित किया था।

नोरा कल्पना करने लगी कि ख़ुद को पूरी तरह से स्वीकार करना कैसा होगा। हर वो ग़लती, जो उसने की थी। उसके शरीर पर मौजूद हर निशान। हर सपना जिसे वह पूरा नहीं कर पाई थी या दर्द, जिसे उसने महसूस किया था। हर वासना या लालसा जिसे उसने दबाया था।

उसने कल्पना में सबकुछ स्वीकार कर लिया, जिस तरह उसने प्रकृति को स्वीकार किया था। जिस तरह उसने एक ग्लेशियर या पफ़िन या एक व्हेल का उल्लंघन स्वीकार किया था।

उसने ख़ुद को प्रकृति की एक शानदार रचना के रूप में देखा मानो वह केवल एक संवेदनशील प्राणी थी जो अपनी तरफ़ से पूरी कोशिश कर रही थी।

और इस दौरान वह कल्पना करने लगी कि आज़ाद होना कैसा लगता है।

जीवन और मृत्यु और क्वांटम तरंग प्रकार्य

ह्यूगो के साथ होने की वजह से वह लाइब्रेरी नहीं था।

'यह एक वीडियो स्टोर है,' वह एक सस्ती-सी अलमारी के आगे झुकते हुए बोला जहाँ कॉफ़ी रखी हुई थी। 'यह बिलकुल उस वीडियो स्टोर जैसा दिखता है जहाँ मैं ल्योन के बाहरी इलाक़े में जाता था - वीडियो लुमीएर - जहाँ मैं बड़ा हुआ। लुमीएर बंधु ल्योन के हीरो हैं और वहाँ की बहुत-सी चीज़ें उनके नाम पर हैं। उन्होंने वहाँ सिनेमा का आविष्कार किया। वैसे, यह मुद्दे की बात नहीं है। असल बात यह है कि मेरे द्वारा चुना गया हर जीवन एक पुराना वीडियो टेप है, जिसे मैं स्टोर में चलाता हूँ, और जिस क्षण भी वह शुरू होता है - जिस क्षण फ़िल्म शुरू होती है - उसी क्षण मैं ग़ायब हो जाता हूँ।'

नोरा ने अपनी हँसी दबा ली।

'इसमें हँसने की क्या बात है?' ह्यूगो थोड़ा आहत होते हुए बोला।

'कुछ नहीं। कुछ भी नहीं। यह सुनने में कुछ मनोरंजक लगा। वीडियो स्टोर।'

'ओह? और लाइब्रेरी, पूरी तरह सही होता है?'

'हाँ, वह ज़्यादा सही होता है। मेरा मतलब है, कम से कम आप किताबों का उपयोग तो कर सकते हैं। आजकल वीडियो कौन देखता है?'

'दिलचस्प है। मुझे नहीं पता था कि जीवन के मध्य में दंभ जैसी कोई चीज़ भी होती है। तुमसे सीखने को मिल रहा है।'

'माफ़ करना, ह्यूगो। चलो, मैं एक बेहतर सवाल पूछती हूँ। क्या वहाँ कोई और भी है? कोई व्यक्ति जो जीवन को चुनने में तुम्हारी मदद करता है?'

उसने सहमति में सिर हिलाया। 'अरे हाँ। मेरे अंकल फ़िलिप हैं। वह वर्षों पहले मर गए थे। उन्होंने कभी वीडियो स्टोर में काम भी नहीं किया। यह बड़ा विचित्र है।'

फिर नोरा ने उसे श्रीमती एल्म के बारे में बताया।

'स्कूल लाइब्रेरियन?' ह्यूगो ने मज़ाक़ उड़ाते हुए कहा। 'यह भी बहुत अजीब है।'

नोरा ने उसकी बात को नज़रअंदाज़ कर दिया। 'क्या तुम मानते हो कि वे भूत हैं? मार्गदर्शक आत्माएँ? स्वर्गदूत? क्या हैं वे?'

वैज्ञानिक सुविधा केंद्र में इस तरह की बात करना हास्यास्पद था।

ह्यूगो ने संकेत करते हुए कहा मानो हवा में से सही शब्द खोजने की कोशिश कर रहा हो, 'वे एक क़िस्म से धारणा हैं।'

'धारणा?'

ह्यूगो ने कहा, 'मैं अपने जैसे अन्य लोगों से मिला हूँ। मैं लंबे समय से इस बीच की स्थिति में हूँ। मुझे कुछ अन्य स्लाइडरों का सामना भी करना पड़ा है। मैं उन्हें इसी नाम से पुकारता हूँ। हम स्लाइडर हैं। हमारे पास एक मूल जीवन है, जिसमें हम कहीं पड़े हुए हैं, बेहोश, जीवन और मृत्यु के बीच लटके हुए, और फिर अचानक हम किसी जगह पर पहुँच जाते हैं। यह हर बार कुछ अलग-सा होता है। एक लाइब्रेरी, एक वीडियो स्टोर, एक आर्ट गैलरी, एक कैसीनो, एक रेस्तरां... तुम्हें यह सुनकर क्या लगता है?'

नोरा ने कंधे उचकाए। और सोचने लगी। 'कि यह सब बकवास है? कि इसमें से कोई सच्चाई नहीं है?'

'नहीं। क्योंकि प्रारूप हमेशा एक-सा रहता है। उदाहरण के लिए : वहाँ हमेशा कोई और होता है - एक मार्गदर्शक। केवल एक व्यक्ति। वे हमेशा ऐसा व्यक्ति होता है जिसने अपने जीवन में महत्त्वपूर्ण समय पर तुम्हारी की मदद की होती है। यह पूरी व्यवस्था हमेशा भावनात्मक संबंध से जुड़ी होती है। और बात आमतौर पर मूल जीवन या उसकी शाखाओं की होती है।'

नोरा को उस बात का खयाल आया कि जब उसके पिता की मृत्यु हुई थी तो श्रीमती एल्म ने ही उसे सांत्वना दी थी। वह नोरा के साथ रहीं, उसे दिलासा दिलाई। इतनी दयालुता शायद उसे किसी ने नहीं दिखाई थी।

'और विकल्पों की हमेशा एक सीमा होती है,' ह्यूगो ने आगे कहा। 'असंख्य वीडियो टेप, किताबें, पेंटिंग, भोजन... अब, मैं एक वैज्ञानिक हूँ। और मैंने कई वैज्ञानिक जीवन जिए हैं। मूल जीवन में मेरे पास जीव-विज्ञान की डिग्री है। दूसरे जन्म में, मैं नोबेल पुरस्कार विजेता रसायनज्ञ भी रहा हूँ। मैं ग्रेट बैरियर रीफ़ की रक्षा करने का प्रयास करने वाला एक समुद्री जीवविज्ञानी रह चुका हूँ। लेकिन भौतिकी हमेशा मेरी कमज़ोरी रही है। पहले मुझे नहीं पता था यह कैसे पता लगाया जाए कि मेरे साथ क्या हो रहा है। यह मुझे तब समझ में आया जब मैं अपने किसी जीवन में एक महिला से मिला, जो उसी दौर से गुज़र रही थी, जिससे हम गुज़र रहे हैं, और वह अपने मूल जीवन में क्वांटम भौतिक विज्ञानी थी। मोंटपेलियर विश्वविद्यालय में काम करने वाली प्रोफेसर डोमिनिक बिसेट। उसने मुझे सब समझाया। क्वांटम भौतिकी की बहु-विश्व व्याख्या। तो इसका मतलब है कि हम...'

एक उदार, गुलाबी त्वचा और भूरे रंग की दाढ़ी वाला आदमी, जिसका नाम नोरा नहीं जानती थी, रसोई में एक कॉफ़ी का कप लेने आया और फिर उन्हें देखकर मुस्कराया।

'कल मिलते हैं,' उसने अमेरिकी (शायद कैनेडियाई) लहजे में कहा।

'ठीक है,' नोरा ने कहा।

'मिलते हैं,' ह्यूगो दबी आवाज़ में बोला। 'यूनिवर्सल वेव सच है, नोरा। प्रोफ़ेसर बिसेट ने यही कहा था।'

'क्या?'

ह्यूगो ने अँगुली ऊपर की। यह थोड़ा चिढ़ाने वाला संकेत था मानो एक-मिनट प्रतीक्षा करने को कहा रहा हो। नोरा ने उसे पकड़कर मरोड़ने की प्रबल इच्छा को दबा लिया। 'इरविन श्रोडिंगर...'

'वो बिल्ली वाला।'

'हाँ। बिल्ली वाला। उसने अनुसार क्वांटम भौतिकी में हर वैकल्पिक संभावना एक साथ घटित होती है। यकायक। एक ही स्थान पर। इसे क्वांटम सुपरपोजिशन कहते हैं। बॉक्स में बिल्ली, जीवित और मृत दोनों है। आप बॉक्स खोलकर देख सकते हैं कि वह जीवित है या मृत। ऐसे ही चलता है, लेकिन एक तरह से बॉक्स के खुले होने के बाद भी बिल्ली जीवित और मृत दोनों है। हर ब्रह्मांड, एक दूसरे ब्रह्मांड के ऊपर मौजूद है। सभी एक ही फ्रेम में थोड़े बदलाव के हैं, ट्रेसिंग पेपर पर एक लाख चित्रों की तरह। क्वांटम भौतिकी की बहु-जगत व्याख्या से पता चलता है कि अलग-अलग समांतर ब्रह्मांड की अनंत संख्या है। अपने जीवन के हर पल में आप एक नए ब्रह्मांड में प्रवेश करते हैं। अपने लिए हर निर्णय के साथ। और परंपरागत रूप से यह माना जाता था कि इन अनेक संसारों के बीच कोई संचार या स्थानांतरण नहीं हो सकता, भले ही वे एक ही स्थान पर हों, भले ही वे हमसे कुछ मिलीमीटर की दूरी पर हों।'

'लेकिन हमारा क्या? हम वही तो कर रहे हैं।'

'बिलकुल। मैं यहाँ हूँ लेकिन मुझे यह भी पता है कि मैं यहाँ नहीं हूँ। मैं पेरिस के एक अस्पताल में एन्यूरिज्म से पीड़ित मरीज भी हूँ। और एरिजोना में स्काइडाइविंग भी कर रहा हूँ। दक्षिण भारत में भी घूम रहा हूँ। ल्योन में शराब चख रहा और कोटे डी'ज़ूर से दूर एक नौका पर लेटा आराम भी कर रहा हूँ।'

'मैं जानती थी!'

'व्रेमेंट?'

नोरा ने मान लिया कि वह काफ़ी सुंदर था।

'तुम आर्कटिक में साहसिक कार्य की तुलना में क्रोसेट में टहलने के लिए अधिक उपयुक्त लगते हो।'

उसने अपना दाहिना हाथ तारामछली की तरह फैलाया। 'पाँच दिन! मुझे इस जीवन में रहते हुए पाँच दिन हो गए। वह मेरा रिकॉर्ड है। शायद यही मेरे लिए सही जीवन है...'

'दिलचस्प! तुम्हारा जीवन बहुत नीरस रहने वाला है।'

'कौन जानता है? शायद तुम्हारा भी... मेरा मतलब है, अगर भालू तुम्हें लाइब्रेरी में वापस नहीं ले गया तो शायद और कोई नहीं ले जा पाएगा।' उसने केतली को भरना शुरू कर दिया। 'विज्ञान हमें बताता है कि जीवन और मृत्यु के बीच का ग्रे ज़ोन एक रहस्यमय स्थान है। एक विलक्षण बिंदु है, जहाँ हम एक या दूसरी चीज़ नहीं हैं। बल्कि हम दोनों हैं। ज़िंदा और मृत। उस पल में दो बायनेरिज़ के बीच, कभी-कभी, हम ख़ुद को श्रोडिंगर की बिल्ली में बदल देते हैं, जो ना केवल जीवित या मृत हो सकता है, बल्कि हर क्वांटम संभावना हो सकती है, जो सार्वभौमिक तरंग समारोह के अनुरूप मौजूद है। वहाँ हम लोंगयेरब्येन की एक साझा रसोई में सुबह एक बजे बातें कर रहे हैं...'

नोरा यह सब आत्मसात कर रही थी। उसने वोल्ट्स के बारे में सोचा, जो बिस्तर के नीचे बेजान और सड़क के किनारे पड़ा था।

'लेकिन कभी-कभी बिल्ला बस मर जाता है।'

'क्या मतलब?'

'कुछ नहीं। केवल इतना कि.... मेरा बिल्ला मर गया। फिर मैंने एक और जीवन आजमाया लेकिन उसमें भी वह बिल्ला मरा हुआ ही था।'

'यह दुख की बात है। मेरे साथ भी ऐसा ही एक लैब्राडोर के संदर्भ में हुआ था। लेकिन बात यह है कि हमारे जैसे और भी हैं। मैंने बहुत से जीवन देखे हैं और इस तरह के कुछ लोगों से मिला हूँ। कभी-कभी अपने जैसे अन्य लोगों को खोजने के लिए अपने सच को ज़ोर से कह देना काफ़ी होता है।'

'यह सोचकर अजीब लगता है कि ऐसे और भी लोग हो सकते हैं... तुमने क्या नाम बताया था?'

'स्लाइडर?'

'हाँ, वही।'

'ऐसा हो सकता है लेकिन मुझे लगता है हम दुर्लभ हैं। मैंने एक बात देखी है कि मैं जिन अन्य लोगों से मिला हूँ - लगभग दर्जन भर होंगे - वे सभी हमारी उम्र के आसपास थे। सब तीस या चालीस या पचास के क़रीब होंगे। एक उनतीस का

था। उन सब में अलग-अलग काम करने की इच्छा थी। उन्हें पछतावा था। कुछ लोगों को लगा कि मर जाना बेहतर होगा, लेकिन उनके भीतर अपने किसी अन्य रूप को जीने की इच्छा भी थी।'

'श्रोडिंगर का जीवन। दिमाग़ में दोनों मृत और जीवित।'

'बिलकुल ठीक! और उन पछतावे ने हमारे मस्तिष्क पर जो भी असर डाला – एक न्यूरोकेमिकल घटना घटी, मृत्यु और जीवन के लिए भ्रमित करने वाली तड़प, हमें पूरी तरह *इस बीच की स्थिति में* भेजने के लिए पर्याप्त थी।'

केतली से आती आवाज़ तेज़ हो गई थी। उसमें रखा पानी नोरा के विचारों की तरह उबल रहा था।

'हमें वहाँ हमेशा एक ही व्यक्ति क्यों दिखता है? उस जगह... लाइब्रेरी में। या वो जो कुछ भी है।'

ह्यूगो ने कंधे उचकाए। 'अगर मैं धार्मिक होता तो कहता कि वह भगवान था। और भगवान को हम देख या समझ नहीं सकते तो वह – पुरुष या स्त्री जो भी है – किसी अच्छे व्यक्ति की छवि बनकर हमारे सामने आ जाता है, जिसे हम जानते हैं। और अगर मैं धार्मिक नहीं होता – जो मैं नहीं हूँ – मुझे लगता कि मानव मस्तिष्क किसी क्वांटम तरंग फ़ंक्शन की जटिलता को संभाल नहीं सकता है, इसलिए वह इस जटिलता को उस रूप में अनुवादित कर देता है, जिसे वह समझता है। लाइब्रेरी में लाइब्रेरियन। वीडियो स्टोर में कोई चाचा, आदि।'

नोरा ने मल्टीवर्स के बारे में पढ़ा था और वह गेस्टाल्ट मनोविज्ञान के बारे में भी थोड़ा जानती थी कि कैसे मानव मस्तिष्क दुनिया के बारे में जटिल जानकारी प्राप्त करके इसे सरल बनाता है। इसी कारण जब कोई व्यक्ति एक पेड़ को देखता है तो वह पत्तियों और शाखाओं के जटिल द्रव्यमान को 'वृक्ष' नामक चीज़ में बदल देता है। मनुष्य बनने के लिए संसार को समझने योग्य कहानी में बदलना और चीज़ों को सरल करके देखना ज़रूरी है।

नोरा जानती थी कि मनुष्य *जो भी* देखता है, वह सरलीकृत रूप है। मनुष्य दुनिया को तीन आयामों में देखता है। यही सरलीकरण है। मनुष्य मूल रूप से सीमित सोच वाला प्राणि है, जो सब कुछ सामान्य करके देखता है, ऑटो-पायलट पर रहता है और वह अपने दिमाग़ में घुमावदार चीज़ों को सीधा करता रहता है। यही कारण है कि मनुष्य हमेशा कहीं खो जाते हैं।

नोरा ने कहा, 'यह ऐसा है, जैसे इंसान, घड़ी की टिक-टिक के बीच सेकेंड वाली सुई को कभी नहीं देख पाते।'

'क्या?'

उसने देखा कि ह्यूगो की घड़ी एनालॉग क़िस्म की थी। 'आज़मा कर देखो। तुम यह नहीं कर सकते। मस्तिष्क, उस चीज़ को देख नहीं पाता जिसे वह सँभाल नहीं सकता।'

ह्यूगो ने सिर हिलाया। उसने अपनी घड़ी देखी।

'तो,' नोरा ने कहा, 'ब्रह्मांड के बीच जो कुछ है, वह लाइब्रेरी नहीं है लेकिन मेरे लिए इसे समझने का यही सबसे आसान तरीक़ा है। वह मेरी परिकल्पना होगी। मुझे सच्चाई का सरलीकृत संस्करण दिखाई देता है। लाइब्रेरियन सिर्फ़ एक तरह का मानसिक रूपक है। सब कुछ ही रूपक है।'

'क्या यह मज़ेदार नहीं है?' ह्यूगो ने कहा।

नोरा ने आह भरी। 'मैंने पिछले जन्म में अपने मृत पिता से बात की थी।'

ह्यूगो ने कॉफ़ी का एक जार खोला और उसके दानों को दो मग में निकाल लिया।

'और मैंने कॉफ़ी नहीं पी। मैंने पुदीना चाय पी थी।'

'यह तो बुरा हुआ।'

'वह सहने योग्य थी।'

'एक और अजीब बात है,' ह्यूगो ने कहा। 'इस बातचीत के दौरान किसी भी समय तुम या मैं ग़ायब हो सकते हैं।'

'क्या तुमने ऐसा होते देखा है?' नोरा ने वह मग लिया, जो ह्यूगो ने उसे दिया था।

'हाँ। कभी-कभी। यह अजीब है, लेकिन किसी और को पता नहीं लगता। उनकी आख़िरी दिन की याददाश्त थोड़ी अस्पष्ट हो जाती है, लेकिन तुम्हें आप हैरान होगी। यदि तुम अभी लाइब्रेरी वापस जाओ और मैं अब भी रसोई में तुमसे बात करता रहूँ तो तुम कुछ ऐसा कहोगी, मेरा दिमाग़ काम नहीं कर रहा - हम किस बारे में बात कर रहे थे? और तब मुझे अहसास होगा कि हमारे साथ क्या हुआ और फिर मैं कहूँगा कि हम ग्लेशियरों के बारे में बात कर रहे थे। फिर तुम मुझ पर इस विषय पर तथ्यों की बौछार कर दोगी। तुम्हारा दिमाग़ इस अंतराल को भरने की कोशिश करेगा और अभी जो हुआ, उसे लेकर कोई कहानी गढ़ने लगेगा।'

'हाँ, लेकिन उस ध्रुवीय भालू का क्या? आज रात के भोजन का क्या? क्या मैं - दूसरी वाली मैं - क्या उसे याद होगा कि मैंने क्या खाया था?'

'जरूरी नहीं। लेकिन मैंने ऐसा होते देखा है। यह आश्चर्यजनक है कि दिमाग़ क्या गढ़ सकता है और वह क्या भूल जाना स्वीकार कर लेता है।'

'तो, मैं कैसा था? मेरा मतलब है, कल? '

उसने आँखें बंद कर लीं। उसकी आँखें सुंदर थीं। नोरा को क्षण भर के लिए लगा कि पृथ्वी के उपग्रह की तरह वह ह्यूगो की कक्षा में खिंची जा रही थी।

'अति सुंदर, आकर्षक, बुद्धिमान, बहुत सुंदर। जैसे अभी हो।'

'फ्रेंच लोगों की तरह मत करो।'

दोनों के बीच अजीब-सी चुप्पी छा गई।

'तुमने कितने जीवन जिए हैं?' नोरा ने आख़िरकार कहा। 'तुमने कितने अनुभव किए हैं?'

'ढेर सारे। तीन सौ के क़रीब।'

'तीन सौ?'

'मैं बहुत-सी चीज़ें कर चुका हूँ। पृथ्वी पर, हर महाद्वीप पर। और फिर भी मुझे अपने लिए जीवन नहीं मिला। मैं हमेशा इस तरह रहने को तैयार हूँ। ऐसा कोई जीवन नहीं होगा जिसे मैं हमेशा के लिए जीना चाहूँगा। मुझे बहुत उत्सुकता होती है। मुझे दूसरे तरीक़े से जीने की बहुत लालसा है। और इसके लिए तुम्हें वह चेहरा बनाने की ज़रूरत नहीं है। इसमें दुख की कोई बात नहीं है। मैं इस तरह अधर में रहकर ख़ुश हूँ।'

'लेकिन अगर किसी दिन वीडियो स्टोर नहीं हुआ तो क्या होगा?' नोरा को कंप्यूटर पर घबराई हुई और लाइब्रेरी में टिमटिमाती रोशनी में बैठी श्रीमती एल्म का ध्यान आ गया। 'क्या होगा अगर एक दिन तुम ग़ायब हो जाओ? इससे पहले कि तुम्हें कोई स्थायी जीवन मिल सके?'

ह्यूगो ने कंधे उचकाए। 'तो मैं मर जाऊँगा। इसका मतलब है मैं वैसे भी पहले वाले जीवन में मर गया होता। मुझे स्लाइडर बनकर रहना पसंद है। मुझे अपूर्णता अच्छी लगती है। मुझे मौत को विकल्प के रूप में रखना पसंद है। मुझे व्यवस्थित नहीं होना कभी रास नहीं आया।'

'मेरे ख़याल से मेरी स्थिति तुमसे अलग है। मुझे लगता है मेरी मृत्यु अधिक निकट है। अगर मुझे जल्द ही कोई जीवन नहीं मिला, तो शायद मैं चली जाऊँगी।'

उसने पिछली बार वापस लौटने को लेकर हुई समस्या के बारे में बताया।

'ओह। हाँ, यह बुरा भी हो सकता है। लेकिन ऐसा नहीं होता। क्या तुम्हें पता है कि यहाँ अनंत संभावनाएँ हैं? मेरा मतलब है, मल्टीवर्स का अर्थ सिर्फ़ कुछ ब्रह्मांड नहीं है। यह मुट्ठी भर ब्रह्मांड की बात नहीं है। यह बहुत सारे ब्रह्मांड की बात भी नहीं है। यह एक लाख या एक अरब या एक खरब ब्रह्मांड के भी बात नहीं है। यह *अनंत* ब्रह्मांड की बात है। उनमें भी तुम हो। तुम दुनिया के किसी भी रूप में तुम हो सकते हो, भले ही वह दुनिया कितनी भी असंभावित क्यों नहीं हो। तुम

केवल अपनी कल्पना के स्तर पर सीमित हो। तुम जिन पछतावों को निरस्त करना चाहते हो उनके साथ काफ़ी रचनात्मक भी हो सकते हो। मुझे किशोरावस्था में एक काम नहीं कर पाने का अफ़सोस था – एयरोस्पेस इंजीनियरिंग करके अंतरिक्ष यात्री बनना – इसे मैंने निरस्त कर दिया था और फिर मैं अपने एक जीवन में अंतरिक्ष यात्री बन गया। मैं अंतरिक्ष में नहीं गया, लेकिन मैं वो बन गया जो मैं थोड़ी देर के लिए था। तुम्हें एक बात याद रखनी है कि यह एक दुर्लभ अवसर है और हम अपनी किसी भी ग़लती को निरस्त कर सकते हैं तथा जैसा चाहें, वैसा जीवन जी सकते हैं। कोई भी जीवन। बड़ा सोचो... तुम जो चाहो, बन सकते हो। क्योंकि किसी एक जीवन में तुम वो हो।'

नोरा ने कॉफ़ी पी। 'मैं समझ रही हूँ।'

'लेकिन अगर तुम जीवन का अर्थ खोजते रहे तो तुम कभी सचमुच जी नहीं पाओगे,' उसने समझदारी से कहा।

'तुम कामू को उद्धृत कर रहे हो।'

'तुम सही समझे।'

वह उसे देख रहा था। नोरा को अब उससे कोई फ़र्क़ नहीं पड़ रहा था, लेकिन वह अपने बारे में थोड़ा चिंतित थी। 'मैं दर्शनशास्त्र की छात्रा थी,' उसने ह्यूगो से नज़र बचाते हुए कहा।

वह अब नोरा के क़रीब था। ह्यूगो का सान्निध्य कष्टप्रद भी था और आकर्षक भी। उसके व्यक्तित्व से घमंडी अनैतिकता की गंध आती थे, जिसके चलते परिस्थितियों के आधार पर, उसके चेहरे पर थप्पड़ या चुंबन कुछ भी दिया जा सकता था।

'अपने एक जीवन में हम एक-दूसरे से सालों से परिचित हैं और विवाहित हैं' उसने कहा।

'मैं अपने ज़्यादातर जन्मों में तुम्हें बिलकुल नहीं जानती,' उसने जवाब दिया। नोरा अब सीधे उसे देख रही थी।

'ये बहुत दुख की बात है।'

'मुझे ऐसा नहीं लगता।'

'सच में?'

'सच में।' वह मुस्कराई।

'हम ख़ास हैं, नोरा। हमें चुना गया था। हमें कोई नहीं समझता।'

'कोई किसी को नहीं समझता। हमें चुना नहीं गया।'

'मैं इस जीवन में केवल तुम्हारे कारण हूँ...'

नोरा ने आगे बढ़कर उसे चूम लिया।

अगर मेरे साथ कुछ हो रहा है, तो मुझे वहाँ मौजूद रहना है

यह अनुभूति बहुत सुखद थी। दोनों, चुंबन और यह पता होना कि वह इतना आगे भी बढ़ सकती है। इस बात के ज्ञान ने कि संभवतः जो कुछ हो सकता है, वह उसके साथ कहीं न कहीं, किसी न किसी जीवन में हो चुका था, उसे कुछ निर्णय लेने से रोक दिया था। यह सार्वभौमिक तरंग क्रिया की वास्तविकता थी। उसने सोचा कि जो कुछ भी हो रहा था, वह क्वांटम भौतिकी के अंतर्गत आ सकता है।

'मैं कमरा साझा नहीं करता,' ह्यूगो ने कहा।

नोरा ने उसे निडरता से देखा जैसे कि उसे ध्रुवीय भालू का सामना करने की क्षमता मिल गई हो, जिसके बारे में उसे कभी पता नहीं था। 'ह्यूगो, शायद तुम्हें यह आदत बदल लेनी चाहिए।'

लेकिन सेक्स के बाद निराशा हुई। कामू का एक उद्धरण बीच में उसे याद आ गया।

मैं इस बारे में निश्चित नहीं था कि मुझे किस चीज़ में दिलचस्पी थी, लेकिन इस बात पर पूरी तरह यक़ीन था कि मुझे किस बात में दिलचस्पी नहीं थी।

उनकी रात में मुलाक़ात चल रही थी, यह शायद इस बात का अच्छा संकेत नहीं था कि वह अस्तित्ववादी दर्शन के बारे में सोच रही थी, या यह उद्धरण विशेष रूप से उसके दिमाग़ में आया था। लेकिन क्या कामू ने यह भी नहीं कहा था, 'अगर मेरे साथ कुछ होने वाला है, तो मैं वहाँ मौजूद रहना चाहता हूँ'?

नोरा ने निष्कर्ष निकाला कि ह्यूगो एक अजीब आदमी था। वह बातचीत में बहुत घनिष्ठ और गहरा था, लेकिन उस क्षण में पूरी तरह विरक्त था। संभव है कि जब आप उसके जितने जीवन जी लेते हों तो आपका संबंध केवल अपने साथ ही अंतरंग हो सकता है। उसे लगा जैसे वह उस जगह थी ही नहीं।

और कुछ ही पलों में, वह सचमुच वहाँ नहीं थी।

ईश्वर और अन्य लाइब्रेरियन

'आप कौन हैं?'

'तुम मेरा नाम जानती हो। मैं श्रीमती एल्म हूँ। लुईस इसाबेल एल्म।'

'क्या आप ईश्वर हैं?'

वह मुस्कराई। 'मैं वही हूँ, जो मैं हूँ।'

'और वह कौन है?'

'लाइब्रेरियन।'

'लेकिन आप वास्तविक व्यक्ति नहीं हैं। आप बस एक ...*तंत्र।*'

'क्या हम सभी तंत्र नहीं हैं?'

उस तरह से नहीं। आप मेरे दिमाग़ और मल्टीवर्स के बीच किसी विचित्र वार्ता का उत्पाद हैं, क्वांटम वेव फ़ंक्शन का सरलीकरण या वो जो भी है।

श्रीमती एल्म इस बात से परेशान दिखीं। 'बात क्या है?'

नोरा को नीचे फ़र्श का पीले-भूरे पत्थर देखते हुए ध्रुवीय भालू का ख़याल आ गया। 'मैं लगभग मर गई थी।'

'और याद रखना, अगर तुम किसी जीवन में मर गईं तो फिर यहाँ वापस आने का कोई रास्ता नहीं है।'

'यह सही नहीं है।'

'लाइब्रेरी के नियम सख़्त हैं। पुस्तकें अनमोल हैं। तुम्हें उनके साथ सावधानी से व्यवहार करना होगा।'

'लेकिन ये दूसरे जीवन हैं। मेरे दूसरे संस्करण। मैं *मैं* नहीं।'

'हाँ, लेकिन जब *तुम* उन्हें अनुभव करते हो तो उनके परिणाम भी *तुम्हें* भुगतने होंगे।'

'ठीक है, लेकिन सच कहूँ तो यह बहुत बकवास है!'

लाइब्रेरियन की मुस्कान मुरझाए पत्ते की तरह होंठ के किनारों पर सिकुड़ गई। 'यह बहुत रोचक है।'

'क्या रोचक है?'

'यही कि तुमने मरने के प्रति अपना दृष्टिकोण कितना बदल दिया है।'

'क्या मतलब?'

'तुम पहले मरना चाहती थीं, लेकिन अब नहीं।'

नोरा को अहसास हुआ कि श्रीमती एल्म कुछ ठीक हो सकती हैं, लेकिन पूरी तरह नहीं। 'मुझे अब भी लगता है कि मेरा वास्तविक जीवन जीने लायक़ नहीं है। बल्कि इस अनुभव से इसकी पुष्टि हो गई है।'

श्रीमती एल्म ने सिर हिलाया। 'मुझे नहीं लगता कि तुम ऐसा लग रहा है।'

'मुझे ऐसा ही लगता है। इसलिए मैंने ऐसा कहा।'

'नहीं। *पश्चाताप की किताब* हल्की होती जा रही है। अब इसमें बहुत-सी सफ़ेद जगह है... जिसका मतलब है कि तुमने अपना सारा जीवन ऐसी बातें कहने में बिताया है, जो तुम सचमुच नहीं सोच रहे थीं। तुम्हारी अनेक बाधाओं में से ये एक है।'

'बाधाएँ?'

'हाँ। तुम्हारी बहुत-सी बाधाएँ हैं। वे आपको सच्चाई देखने से रोकते हैं।'

'किस बारे में?'

'अपने बारे में। और तुम्हें सच में यह प्रयास शुरू करना होगा। सच्चाई देखने के लिए, क्योंकि यह बहुत ज़रूरी है।'

'मैंने सोचा था कि चुनने के लिए हमारे पास असंख्य जीवन हैं।'

'तुम्हें उस जीवन को चुनना है, जिसमें तुम सबसे ज़्यादा ख़ुश होगे। अन्यथा जल्द ही कोई विकल्प शेष नहीं रहेगा।'

'मैं एक ऐसे व्यक्ति से मिली थी जो लंबे समय से इसी तरह जी रहा है और उसे अभी भी ऐसा जीवन नहीं मिला जिससे वह संतुष्ट हो...'

'देखो, ह्यूगो के पास विशेषाधिकार है, जो तुम्हें नहीं मिल सकता।'

'ह्यूगो? तुम्हें कैसे...'

फिर नोरा को याद आया कि श्रीमती एल्म उससे कहीं अधिक जानती थीं।

लाइब्रेरियन ने बोलना जारी रखा, 'तुम्हें सावधानी से चयन करने की आवश्यकता है। एक दिन यह लाइब्रेरी यहाँ नहीं होगा और तुम हमेशा के लिए चली जाओगी।'

'मेरे पास कितने जीवन हैं?'

'यह जादू का चिराग नहीं है और मैं कोई जिन्न नहीं हूँ। इसकी कोई निर्धारित संख्या नहीं है। हो सकता है एक हो। सौ भी हो सकते हैं। लेकिन तुम्हारे पास चुनने के लिए असीमित संख्या में जीवन केवल तभी तक हैं, जब तक इस लाइब्रेरी में

समय *मध्यरात्रि* पर रुका हुआ है, क्योंकि मध्यरात्रि में तुम्हारा जीवन - तुम्हारा असल जीवन - जीवन और मृत्यु के बीच कहीं रुका हुआ है। अगर समय चल पड़ा तो इसका मतलब कुछ बहुत... ' एल्म ने एक शब्द खोजा '...*निर्णायक* घटा है। कुछ ऐसा जो मिडनाइट लाइब्रेरी को नष्ट कर सकता है और हमें अपने साथ ले जा सकता है। इसलिए सावधानी रखनी ज़रूरी है। तुम कहाँ रहना चाहती हो, इस बारे में बहुत ध्यान से सोचना होगा। मैं बता सकती हूँ कि तुमने स्पष्ट रूप पर प्रगति की है। तुम्हें आपको लगता है कि जीवन जीने लायक़ हो सकता है, बशर्ते तुम्हें रहने के लिए सही जीवन मिल जाए। लेकिन तुम यह नहीं चाहते कि ऐसा होने से पहले फाटक बंद हो जाए।'

वे दोनों बहुत देर तक चुप रहे। नोरा ने अपने चारों ओर रखी किताबों को देखा। वे सारी संभावनाएँ थीं। वह शांतिपूर्वक धीरे-धीरे गलियारे में चलती सोच रही थी कि प्रत्येक पुस्तक के कवर के परे क्या होगा और यह कि हरे रंग की वे किताबें किसी प्रकार का सुराग़ तो प्रदान करेंगी।

'अब, तुम्हें कौन-सी किताब पसंद है?' पीछे से श्रीमती एल्म ने कहा।

नोरा को ह्यूगो की बात याद आ गई।

बड़ा सोचो।

लाइब्रेरियन की नज़र तेज़ थी। 'नोरा सीड कौन है? और वह क्या चाहती है?'

नोरा ने ख़ुशी के बारे में सोचा, तो उसे संगीत का विचार आया। वह अब भी कभी-कभी पियानो और कीबोर्ड बजाती थी, लेकिन उसने संगीत *रचना* छोड़ दिया था। उसने गाना छोड़ दिया था। उसे 'ब्यूटीफुल स्काई' बजाने वाले उन शुरुआती पब गिग्स का ख़याल आया। उसने अपने भाई के बारे में सोचा जो उसके और रवि और एला के साथ मंच पर झूम रहा था।

तो अब नोरा को पता था कि उसे कौन-सी किताब चाहिए।

यश

उसे पसीना आ रहा था। पहली नज़र में उसे यही दिखा। उसके शरीर में एड्रेनलीन प्रवाहित हो रहा था और उसके कपड़े शरीर से चिपक रहे थे। आसपास लोग थे, जिनमें से कुछ के पास गिटार थे। वह शोर सुन सकती थी। ऊँचा शक्तिशाली शोर - जीवंत शोर जो धीरे-धीरे लय और आकार पा रहा था। मंत्र बन रहा था।

उसके सामने एक औरत खड़ी थी जो अपना चेहरा पोंछ रही थी।

'शुक्रिया,' नोरा ने मुस्कराते हुए कहा।

महिला चौंक गई मानो भगवान ने उससे बात की हो।

नोरा ने ड्रमस्टिक पकड़े हुए एक व्यक्ति को पहचान लिया। वह रवि था। उसके बाल सफ़ेद-सुनहरे रंगे हुए थे और उसने एक इंडिगो सूट पहना था, जिसके नीचे उसका सीना दिख रहा था, जहाँ शर्ट होनी चाहिए थी। वह उस व्यक्ति से पूरी तरह से अलग लग रहा था जो पिछले दिन बेडफ़ोर्ड में संगीत पत्रिकाओं को देख रहा था, या नीले रंग की शर्ट पहने कॉर्पोरेट लड़का जो नोरा को इंटरकांटिनेंटल होटल में विध्वंसक बातें करते सुन रहा था।

'रवि,' उसने कहा, 'तुम कमाल के लग रहे हो!'

'क्या?'

रवि शोर में नोरा को सुन नहीं पाया लेकिन अब नोरा का सवाल कुछ और था।

'जो कहाँ है?' उसने चिल्लाकर पूछा।

रवि क्षण भर के लिए भ्रमित, या डरा हुआ दिख रहा था। नोरा ने ख़ुद को किसी भयानक सच सुनने के लिए तैयार कर लिया। लेकिन रवि ने कुछ नहीं कहा।

'शायद वही। विदेशी प्रेस के साथ इसे साझा कर रहा होगा।'

नोरा को पता नहीं था क्या चल रहा है। वह शायद अब भी बैंड का हिस्सा था लेकिन इतना नहीं कि उनके साथ मंच पर प्रदर्शन कर सकता। और अगर वह बैंड में *नहीं* था, तो बैंड छोड़ने का कारण कुछ भी रहा हो लेकिन वह उसके ग़ायब हो जाने का कारण नहीं था। रवि ने जो कहा और जिस तरह कहा, उससे लगता था

कि जो अब भी टीम का हिस्सा था। हालाँकि एला वहाँ नहीं थी। बास पर एक गंजा और टैटू वाला एक मांसल-सा आदमी था। नोरा इस बारे में और जानना चाहती थी, लेकिन उसके लिए यह समय ठीक नहीं था।

रवि ने हाथ हवा में घुमाते हुए इशारा किया कि नोरा के सामने अब एक बहुत बड़ा मंच था।

वह अभिभूत थी। उसे पता नहीं था कि उसे कैसा महसूस होना चाहिए।

'दोहराने का समय हो गया,' रवि ने कहा।

नोरा ने सोचने की कोशिश की। उसे मंच पर *कुछ किए* हुए काफ़ी समय हो गया था। और यह कार्यक्रम एक पब के तहख़ाने में लगभग बारह अनिच्छुक लोगों की भीड़ के सामने हो रहा था।

रवि झुक गया। 'तुम ठीक हो, नोरा?'

यह थोड़ा अजीब लगा। जिस तरह से रवि ने नोरा का नाम लिया उसके लगा कि उसके मन में उसी तरह की नाराज़गी थी, जो उसने पहले सुनी थी जब वह उसे किसी अन्य जीवन में मिली थी।

'हाँ,' नोरा ने चिल्लाकर कहा। 'बिलकुल। यह सिर्फ़... मुझे नहीं पता कि दोहराने के लिए हमें क्या करना चाहिए।'

रवि ने कंधे उचकाए। 'वही जो हमेशा करते हैं।'

'हम्म। हाँ। ठीक है।' नोरा ने सोचने की कोशिश की। उसने बाहर मंच को देखा। उसे एक विशाल वीडियो स्क्रीन नज़र आई, जिसमें *'द लेबिरिंथ्स'* लिखा चमक रहा था। वाह, उसने सोचा। *हम* काफ़ी बड़े है। किसी स्टेडियम जैसे। उसने कीबोर्ड और वह स्टूल देखा जिस पर वह बैठी थी। उसके बैंड के साथी, जिनके नाम वह नहीं जानती थी, मंच पर आने वाले थे।

'हम कहाँ हैं?' उसने शोर के बीच पूछा। 'मुझे कुछ याद नहीं आ रहा।'

बास पकड़े हुए गंजे व्यक्ति ने कहा : 'साओ पाउलो।'

'हम ब्राजील में हैं?'

उन्होंने नोरा को ऐसे देखा मानो वह पागल हो।

'तुम पिछले चार दिनों से कहाँ थीं?'

''ब्यूटीफुल स्काई'', नोरा ने कहा। उसे लगा कि शायद वह अब भी अधिकांश शब्दों को याद कर सकती है। 'चलो, वही करते हैं।'

'फिर से?' रवि हँसा। उसका चेहरा पसीने से चमक रहा था। 'हमने इसे दस मिनट पहले किया था।'

'ठीक है। सुनो,' नोरा ने कहा, उसकी आवाज़ अब भीड़ के शोर से भी तेज़ हो गई थी। 'मैं सोच रही थी कि हम कुछ अलग करते हैं। सब मिला दो। मैं सोच रही हूँ कि क्या हम हमेशा की तरह कोई अलग गाना कर सकते हैं।'

बैंड के एक दूसरे सदस्य ने कहा, 'हमें ''हाउल'' करना है। एक गिटार उसके शरीर पर बंधा हुआ था। 'हम हमेशा ''हाउल'' करते हैं।'

नोरा ने पहले कभी ''हाउल'' के बारे में नहीं सुना था।

'हाँ, मुझे पता है,' उसने झाँसा देते हुए कहा, 'लेकिन चलो हम इसे मिला देते हैं। कुछ ऐसा करते हैं, जिसकी उन्हें उम्मीद नहीं है। उन्हें चकित कर देंगे।'

'तुम ज़्यादा सोच रही हो, नोरा,' रवि ने कहा।

'मैं और कुछ नहीं सोच पा रही हूँ।'

रवि ने कंधे उचकाए। 'तो हमें क्या करना चाहिए?'

नोरा सोचने लगी। उसने ऐश के बारे में सोचा। फिर उसे साइमन ऐंड गारफ़ंकल गिटार सॉन्गबुक की याद आई। 'चलो, ''ब्रिज ओवर ट्रबल्ड वॉटर'' करते हैं।'

रवि को विश्वास नहीं हुआ। 'क्या?'

'मुझे लगता है हमें वही करना चाहिए। लोग हैरान रह जाएँगे।'

उसकी महिला साथी ने कहा, 'मुझे वह गाना पसंद है। और वह मुझे पता भी है।'

'उसे सब जानते हैं, इमानी,' रवि ने बात को ख़ारिज करते हुए कहा।

'बिलकुल,' नोरा ने रॉक स्टार की तरह बोलने की कोशिश की। 'आओ, वही करते हैं।'

आकाशगंगा

नोरा मंच पर चली गई।

पहले तो वह चेहरों को नहीं देख पाई, क्योंकि सभी लाइटें उसकी ओर थीं और चकाचौंध से परे सब तरफ़ अंधकार लग रहा था। वह केवल कैमरा के फ़्लैश और फ़ोन टॉर्च से भरी मंत्रमुग्ध कर देने वाली आकाशगंगा को देख सकती थी।

हालाँकि, वह लोगों की आवाज़ सुन रही थी।

जब बहुत-से लोग एक साथ मिलकर काम करते हैं तो वे कुछ और ही बन जाते हैं। उस सामूहिक दहाड़ ने नोरा को पूरी तरह से किसी दूसरे ही क़िस्म के जानवर की याद दिलाने पर मजबूर कर दिया। पहले उसे डर लगा मानो वह हरक्यूलिस थी, जो कई सिर वाले हाइड्रा का सामना कर रही थी, जो उसे मारना चाहता था, लेकिन फिर नोरा को समझ में आया कि वह समर्थन-भरी दहाड़ थी, और उसने नोरा को एक तरह की ताक़त प्रदान की।

उस पल में, नोरा ने महसूस किया कि वह जितना सोचती थी, उससे कहीं ज़्यादा सक्षम थी।

प्रचंड और उन्मुक्त

नोरा की–बोर्ड के पास पहुँची, फिर वह स्टूल पर बैठ गई और माइक्रोफ़ोन को थोड़ा पास ले आई।

'धन्यवाद, साओ पाउलो,' उसने कहा। 'वी लव यू।'

और ब्राजील ने पलटकर शोर किया।

लगा कि यह ताक़त है। प्रसिद्धि की ताक़त। उन पॉप आइकॉनों की तरह जो सोशल मीडिया पर एक शब्द कहकर लाखों लाइक और शेयर प्राप्त कर सकते थे। पूर्ण प्रसिद्धि तब मिलती है जब आप उस जगह पहुँच जाते हैं, जहाँ नायक या प्रतिभावान या भगवान की तरह दिखने के लिए न्यूनतम प्रयास की आवश्यकता होती है। लेकिन इसका दूसरा पहलू यह है कि यह बहुत अनिश्चित होता है। उस जगह से नीचे गिरना, शैतान या खलनायक या मूर्ख दिखना भी उतना ही आसान हो सकता है।

नोरा का दिल धड़क उठा मानो वह नट की रस्सी पर पैर रखने वाली थी।

वह अब भीड़ में कुछ चेहरे देख सकती थी। अंधेरे में से हज़ारों चेहरे उभर रहे थे। छोटे और अजीब कपड़े पहने हुए और उनके शरीर लगभग अदृश्य थे। वह लगभग बीस हज़ार सिरों को देख रही थी।

नोरा का मुँह सूख गया। वह मुश्किल से बोल पा रही थी। वह सोचने लगी कि वह कैसे गाएगी। तभी उसे डैन मॉक विन्सिंग की याद आई, जो उसने उसके लिए गाया था।

भीड़ का शोर थम चुका था।

समय हो गया था।

'ठीक है,' उसने कहा। 'एक गाना है, जो आपने पहले सुना होगा।'

यह कहना मूर्खता थी। सभी ने इस संगीत कार्यक्रम के लिए टिकट इसलिए ख़रीदे थे, क्योंकि उन्होंने पहले से इन गीतों में से बहुत कुछ सुना हुआ था।

'यह एक गाना है जो मेरे और मेरे भाई के लिए बहुत मायने रखता है।'

चारों तरफ़ पहले से बहुत शोर था। लोग चिल्लाए और ताली बजाने लगे। उनकी प्रतिक्रिया अभूतपूर्व थी। नोरा ने ख़ुद को क्लियोपेट्रा जैसा महसूस किया। डरी हुई क्लियोपेट्रा।

ई-फ़्लैट मेज़र पर अपने हाथ को रखते हुए उसकी नज़र क्षण भर के लिए अपने रोम-रहित हाथ के अगले हिस्से पर बने एक टैटू पर चली गई। उसमें सुंदर कोणीय अक्षरों में कुछ लिखा था। यह हेनरी डेविड थोरो का एक उद्धरण था। *सभी अच्छी चीज़ें प्रचंड और उन्मुक्त होती हैं।* नोरा ने अपनी आँखें बंद कर लीं और तय किया कि गाना ख़त्म होने तक वह अपनी आँखें नहीं खोलेगी।

उसे समझ आ गया कि चॉपिन को अँधेरे में बजाना क्यों पसंद था। यह आसान होता है।

प्रचंड, उसने मन ही मन सोचा। *उन्मुक्त।*

उसने जैसे ही गाना शुरू किया वह सजीव हो उठी। उसे ओलिंपिक-चैंपियन वाले शरीर से भी ज़्यादा सजीव महसूस हुआ।

वह सोचने लगी कि वह भीड़ के सामने गाने से इतना क्यों डर रही थी। उसे यह बहुत अच्छा लग रहा था।

गीत के अंत में रवि उसके पास आया। वे अब भी मंच पर थे। 'वह बहुत ज़बरदस्त था, यार!' वह उसके कान में चिल्लाया।

'अहा! बढ़िया,' नोरा ने कहा।

'अब इसे चरम पर ले जाते हैं और ''हाउल'' करते हैं।'

नोरा ने सिर हिला दिया और फिर इससे पहले कि किसी और को कुछ कहने का मौक़ा मिले, उसने माइक्रोफ़ोन में कहा, 'आप सबका यहाँ आने के लिए धन्यवाद! आशा करती हूँ आपकी शाम अच्छी रही होगी। अब आप सकुशल घर जा सकते हैं।'

'सकुशल घर जा सकते हैं?' रवि ने होटल वापस जाते समय कोच में कहा। उसे याद नहीं था कि रवि इतना मूर्ख हो सकता है। वह नाख़ुश लग रहा था।

'इसमें क्या ग़लत था?' उसने ज़ोर से कहा।

'यह तुम्हारा सामान्य तरीक़ा नहीं है।'

'नहीं है?'

'मतलब शिकागो से यह थोड़ा विपरीत था।'

'क्यों? मैंने शिकागो में क्या किया था?'

रवि हँसा। 'क्या तुमने याददाश्त के लिए सर्जरी करवाई है?'

नोरा ने अपने फ़ोन को देखा। इस जीवन में उसके पास फ़ोन का नवीनतम मॉडल था।

यह इज़ी का मैसेज था।

यह वही मैसेज था, जो उसे पब में डैन के साथ वाले जीवन में मिला था। इसमें लिखा कुछ नहीं था, बल्कि एक व्हेल की तसवीर थी। दरअसल, यह व्हेल की अलग फ़ोटो रही होगी। यह दिलचस्प बात थी। वह इज़ी के साथ अपने असल जीवन में दोस्ती नहीं करके इस जीवन में दोस्ती क्यों कर रही थी? उसे पूरा यक़ीन था कि उसने इस जीवन में डैन से शादी नहीं की थी। उसने अपने हाथ को ठीक से देखा और यह देखकर उसे राहत महसूस हुई कि उसने अनामिका अँगुली में कुछ नहीं पहना था।

नोरा को विश्वास था कि ऐसा इसलिए था, क्योंकि इज़ी के ऑस्ट्रेलिया जाने का फ़ैसला करने से *पहले* ही वह द लेबिरिंथ्स के साथ अत्यंत प्रसिद्ध हो चुकी थी। इसलिए नोरा के नहीं जाने का फ़ैसला समझना आसान था। या हो सकता है कि इज़ी को प्रसिद्ध व्यक्ति से दोस्ती करने का विचार पसंद आया हो।

इज़ी ने व्हेल की तसवीर के नीचे कुछ लिखा।

सब अच्छी चीज़ें प्रचंड और उन्मुक्त होती हैं।

उसे टैटू के बारे में पता होना चाहिए था।

उसे एक और मैसेज मिला।

'आशा है कि ब्राजील ज़बरदस्त रहा। मुझे यक़ीन है, तुमने सबको हिला दिया होगा! और ब्रिस्बेन के टिकट के लिए बहुत धन्यवाद। जैसा कि हम गोल्ड कोस्टर कहते हैं, मैं बिलकुल स्तब्ध हूँ!'

मैसेज में व्हेल, दिल, धन्यवाद, एक माइक्रोफ़ोन तथा संगीत नोट वाले कुछ इमोजी भी थे।

नोरा ने इंस्टाग्राम चेक किया। इस जीवन में उसके 11.3 मिलियन फ़ॉलोअर थे।

वह बेहद आकर्षक लग रही थी। उसके कुदरती काले बालों में सफ़ेद पट्टी बंधी थी। वैम्पायर जैसा मेकअप था। वह थकी हुई थी, लेकिन उसे लगा कि यह थकान घूमने का नतीजा है। इस थकान में भी एक क़िस्म का ग्लैमर था। बिली इलिश की मस्त आंटी की तरह।

उसने एक सेल्फ़ी ली। हालाँकि वह फ़िल्टर की गई अपनी तसवीरों की तरह नहीं दिख रही थी, जो मैगज़ीन शूट के लिए ली जाती हैं, फिर भी उसे लगा कि वह असल से कहीं ज़्यादा सहज दिख रही थी। अपने ऑस्ट्रेलियाई जीवन की तरह,

वह अपनी कविताएँ भी ऑनलाइन डालती थी। हालाँकि इस जीवन में अंतर यह था कि प्रत्येक कविता को लगभग आधा मिलियन लाइक मिले थे। एक कविता का शीर्षक 'आग' भी था, लेकिन यह दूसरी कविता से भिन्न थी।

उसके अंदर आग थी।
वह सोच रही थी कि आग उसे गरमाहट देगी या नष्ट कर देगी।
तब उसे अहसास हुआ।
आग का कोई मक़सद नहीं होता।
वह उसे केवल प्राप्त कर सकती थी।
शक्ति उसके पास थी।

उसके बगल में एक महिला बैठी थी। यह महिला बैंड में नहीं थी, लेकिन वह देखने से महत्त्वपूर्ण लग रही थी। वह लगभग पचास वर्ष की थी। शायद वह मैनेजर थी। शायद वह रिकॉर्ड कंपनी के लिए काम करती थी। वह बिलकुल चुप बैठी थी लेकिन उसने मुस्कान के साथ बात शुरू की।

'बुद्धिमानी भरा काम,' उसने कहा। 'साइमन ऐंड गारफ़ंकेल वाली बात। तुम पूरे दक्षिण अमेरिका में ट्रेंड कर रही हो।'

'वाह!'

'इसके बारे में तुम्हारे अकाउंट से पोस्ट किया है।'

उसने यह ऐसा कहा, जैसे यह बिलकुल सामान्य बात थी। 'ओह। अच्छा। ठीक है।'

'होटल में आज रात कुछ प्रेस वाला आख़िरी काम है। फिर कल जल्दी शुरू करना है...हम पहले रियो के लिए उड़ान भरेंगे फिर आठ घंटे प्रेस के साथ। सब कुछ होटल में।'

'रियो?'

'तुम इस सप्ताह के कार्यक्रम की गति के साथ चलाने के लिए करने तैयार हो ना?'

'एक तरह से, हाँ। क्या तुम मुझे फिर से याद दिला सकती हो?'

उसने मुस्कराते हुए आह भरी मानो नोरा को कार्यक्रम के बारे में नहीं पता होना सामान्य बात थी। 'ज़रूर। कल रियो। दो रातें। फिर ब्राजील में अंतिम रात - पोर्टो एलेग्रे - फिर सैंटियागो, चिली, ब्यूनस आयर्स, फिर लीमा। और वह दक्षिण अमेरिका का अंतिम चरण है। अगले हफ़्ते एशिया लेग की शुरुआत है - जापान, हांगकांग, फ़िलीपींस, ताइवान।'

पेरू? 'हम पेरू में प्रसिद्ध हैं?'

'नोरा, तुम पहले भी पेरू जा चुकी हो, याद है? पिछले साल। वे बेक़ाबू हो गए थी। पंद्रह हज़ार की भीड़। यह उसे जगह पर है। रेसकोर्स।'

'रेसकोर्स, हाँ। मुझे याद है। शानदार रात थी। सच में बहुत अच्छी।'

नोरा को महसूस हुआ कि यह जीवन शायद इसी तरह महसूस होता है। एक बड़ा-सा रेसकोर्स। घोड़ों की दौड़ का मैदान। लेकिन उसे यह पता नहीं था कि वह इस दौड़ में घोड़ा थी या जॉकी।

रवि ने महिला के कंधे पर थपकी दी। 'जोआना, कल पोडकास्ट कितने बजे है?'

'ओह! दरअसल, वह आज ही रात है। समय का चक्कर। माफ़ करना। मैं कहना भूल गई। लेकिन उन्हें सिर्फ़ नोरा से बात करनी है। तुम चाहो तो रात जल्दी सो सकते हो।'

रवि ने निराशा से कंधे उचकाए, 'ज़रूर। हाँ।'

जोआना ने आह भरी। 'संदेशवाहक को मत मारना। हालाँकि तुम पहले भी ख़ुद को रोक नहीं पाए हो।'

नोरा ने फिर सोचा कि उसका भाई कहाँ है, लेकिन जोआना और रवि के बीच तनाव के चलते कुछ ऐसा पूछना ग़लत लगा, जो उसे ख़ुद पता होना चाहिए था। इसलिए वह खिड़की से बाहर देखती रही। कोच फ़ोर-लेन हाईवे पर चल रहा था। अंधेरे में कारों और लॉरियों और मोटरबाइकों की चमकती टेल-लाइटें लाल आँखों जैसी लग रही थीं। दूर की गगनचुंबी इमारत गहरे आकाश और गहन बादलों की आर्द्र पृष्ठभूमि में रोशनी के कुछ छोटे-छोटे वर्गों के साथ दिख रही थी। राजमार्ग के मध्य में लगी पेड़ों की छायादार पंक्ति ने यातायात को दो दिशाओं में विभाजित कर दिया था।

यदि वह कल शाम को भी इस जीवन में होती, तो उससे संगीत कार्यक्रम के गाने की उम्मीद की जाती, जिनमें से अधिकांश को वह वास्तव में नहीं जानती थी। उसे हैरानी हुई कि वह कितनी जल्दी उस सेट की सूची को याद कर सकती थी।

उसका फ़ोन बजा। वीडियो कॉल था। फ़ोन करने वाला 'रयान' था।

जोआना ने नाम देखा तो वह थोड़ा मुस्कराई। 'बेहतर होगा तुम बात कर लो।'

नोरा ने फ़ोन उठाया लिया हालाँकि उसे पता नहीं था कि यह रयान कौन था। स्क्रीन पर उसकी छवि बहुत धुँधली थी; इसलिए नोरा उसे पहचान नहीं पाई।

वह सामने था। एक चेहरा, जो नोरा ने कई बार फ़िल्मों और कल्पना में देखा था।

'हैलो! मैं बस एक दोस्त की जाँच कर रहा हूँ। हम अब भी दोस्त हैं ना?'

वह उस आवाज़ को भी पहचानती थी।

अमेरिकी, असभ्य, आकर्षक। प्रसिद्ध।

नोरा ने जोआना को कोच में किसी से धीमे से कहते सुना : 'वह रयान बेली से फ़ोन पर बात कर रही है।'

रयान बेली

रयान बेली।

रयान बेली *वाला* रयान। उसकी कल्पना वाला रयान बेली जिसके साथ नोरा ने अपने वेस्ट हॉलीवुड हॉट टब में भाप के बीच प्लेटो और हाइडेगर के बारे में बात की थी।

'नोरा? यह तुम हो? तुम डरी हुए लग रही हो।'

'हाँ। मैं हूँ... हाँ... मैं हूँ... मैंने बस... मैं यहाँ हूँ... एक बस में... एक बड़ा कार्यक्रम... हाँ, हाय।'

'बताओ मैं कहाँ हूँ?'

नोरा को पता नहीं था कि उसे क्या चाहिए। उत्तर में 'हॉट टब' कहना पूरी तरह ग़लत था। मुझे सच में नहीं पता।

उसने फ़ोन को एक विशाल और भव्य विला के चारों ओर घुमाया, जिसमें चमकीली साज-सज्जा और टेराकोटा टाइलें थीं और मच्छरदानी में चार-पोस्टर वाला डबल बेड था।

'नायरिट, मेक्सिको।' रयान ने मैक्सिको के 'एक्स' को स्पेनिश पैरोडी में 'एच' की तरह बोला। वह फ़िल्मों वाले रयान बेली से थोड़ा अलग दिख रहा था। थोड़ा फूला हुआ। थोड़ा पुराना। शायद, शराबी। 'शूटिंग वाली जगह पर। उन्होंने मुझसे *सैलून 2* की शूटिंग करवाई है।'

'*लास्ट चांस सैलून 2?* ओह, मैं पहले वाली देखना चाहती हूँ।'

वह ऐसे हँसा जैसे नोरा ने उसे कोई चुटकुला सुनाया था।

'हमेशा की तरह वही रूखा-सा, नोनो।'

नोनो?

'कासा डी मीता में रह रहा हूँ,' उसने आगे कहा। 'याद है? हमने वहाँ सप्ताहांत बिताया था? उन्होंने मुझे उसी विला में ठहराया है। तुम्हें याद है? मैं तुम्हारे सम्मान में मेज़कल मार्गरिटा खा रहा हूँ। तुम कहाँ हो?'

'ब्राजील में। हम साओ पाउलो में एक संगीत कार्यक्रम कर रहे थे।'

'बहुत ख़ूब। वही जगह। यह अच्छा है। बहुत बढ़िया।'

'यह सच में अच्छा था,' नोरा ने कहा।

'तुम बहुत औपचारिक सुनाई दे रही हो।'

नोरा को पता था कि आधी बस उनकी बात सुन रही थी। बीयर की बोतल पीते हुए रवि भी उसे देख रहा था।

'मैं .... तुम्हें पता है... बस में हूँ... मेरे आसपास लोग हैं।'

'लोग,' रयान ने आह भरी, मानो उसने कोई गाली दे दी थी। 'लोग तो हमेशा होते हैं। कमबख़्त यही मुश्किल है। लेकिन मैं हाल ही में कुछ सोच रहा था। जिमी फ़ॉलन के बारे में तुमने जो कहा, उसके बारे में...'

नोरा ने अभिनय करने की कोशिश की मानो रयान का कहा हर वाक्य सड़क पर दौड़ने वाला कोई जानवर नहीं था।

'मैंने क्या कहा था?'

'तुम जानती हो कि वॉ बस कैसे हो गया। मैं और तुम। हमारे बीच कोई मतभेद नहीं था। मैं सिर्फ़ इतना कहने के लिए तुम्हें धन्यवाद देना चाहता हूँ, क्योंकि मैं जानता हूँ कि मैं बुरा हूँ और मेरे साथ बात करना मुश्किल है। मुझे यह पता है। लेकिन मैं उसके लिए कुछ कर रहा हूँ। मैं जिस चिकित्सक से मिल रहा हूँ वह वास्तव में बहुत अच्छा है।'

'यह... बढ़िया है।'

'मुझे तुम्हारी याद आती है, नोरा। हमने बहुत अच्छा समय बिताया है। लेकिन जीवन में बढ़िया सेक्स के अलावा और भी बहुत कुछ है।'

'हाँ,' नोरा ने अपनी कल्पना पर क़ाबू रखने की कोशिश की। 'बिलकुल।'

'हमने सब तरह के बढ़िया काम किए। लेकिन तुमने इसे ख़त्म करके ठीक किया। तुमने चीज़ों के लौकिक क्रम में उन्हें सही ढंग से किया है। उसमें *अस्वीकृति* नहीं, केवल *पुनर्निर्देशन* है। तुम्हें पता है, मैं बहुत सोचता हूँ। ब्रह्मांड के बारे में। मैं ट्यूनिंग कर रहा हूँ। और ब्रह्मांड मुझे बता रहा है कि मुझे अपनी ज़िंदगी को ठीक करने की ज़रूरत है। यह संतुलन है। हमारे पास जो था वह बहुत ज़्यादा था और हमारा जीवन बहुत गंभीर है। यह डार्विन वाले गति के तीसरे नियम की तरह है। एक क्रिया की प्रतिक्रिया होने जैसा। और वॉ तुम थीं, जिसने इसे देखा और अब हम ब्रह्मांड में तैरते हुए कण हैं, जो एक दिन शैटो मार्मोंट में फिर से मिल सकते हैं...'

नोरा को समझ नहीं आया कि उसे क्या कहना चाहिए। 'मुझे लगता है कि वह न्यूटन था।'

'क्या?'

'गति का तीसरा नियम।'

उसने सिर झुका लिया। 'क्या?'

'कोई बात नहीं। इससे कोई फ़र्क़ नहीं पड़ता।'

रयान ने आह भरी।

'खैर, मैं इस मार्गरीटा को पूरा करूँगा, क्योंकि मुझे जल्दी ट्रेनिंग सेशन पर जाना है। टकीला नहीं, मैकजैल। नया ट्रेनर मिला है। एमएमए का लड़का है। वह बहुत तेज़ है।

'ठीक है।'

'और नोनो...'

'हाँ?'

'क्या तुम मुझे मेरे विशेष नाम से दोबारा बुला सकती हो?'

'ओह...'

'तुम जानती हो।'

'ज़ाहिर तौर से। हाँ। बिलकुल।' नोरा ने सोचने की कोशिश की कि वह नाम क्या हो सकता है।*रय-रय? रय ब्रेड? प्लेटो?*

'मैं नहीं बोल सकती।'

'लोग?'

उसने चारों ओर देखने का बहाना बनाया। 'हाँ। लोग। और तुम जानते हो। अब जबकि हम जीवन में आगे बढ़ चुके हैं तो यह थोड़ा-सा ग़लत... लगता है।'

उसने एक उदास मुस्कान बिखेरते हुए कहा। 'सुनो। मैं एलए शो के अंतिम शो में रहूँगा। आगे की पंक्ति में। स्टेपल्स के बीच। तुम मुझे रोक नहीं पाओगी, समझीं?'

'तुम बहुत प्यारे हो।'

'हम हमेशा दोस्त रहेंगे?'

'हाँ, हमेशा दोस्त रहेंगे।'

नोरा ने महसूस किया कि बातचीत का अंत निकट था तो नोरा ने अचानक कुछ पूछ लिया।

'क्या तुम सचमुच दर्शनशास्त्र पढ़ चुके हो?'

रयान को डकार आ गई। नोरा को यह बात अजीब लगी कि रयान बेली, जैसे इंसान को भी गैस बन सकती थी।

'क्या?'

'दर्शन। वर्षों पहले, जब तुम द *एथेनियंस* में प्लेटो की भूमिका निभा रहे थे तो तुमने एक साक्षात्कार में कहा था कि तुमने बहुत दर्शनशास्त्र पढ़ा है।'

'मैंने जीवन पढ़ा है और जीवन, एक दर्शन है।'

नोरा को समझ नहीं आया कि उसका क्या मतलब था, लेकिन एक ए-लिस्ट मूवी स्टार को छोड़ देने के लिए उसे ख़ुद पर गर्व था।

'मुझे लगता है कि तुमने यह उस समय कहा था, जब तुमने मार्टिन हाइडेगर को पढ़ा था।'

'मार्टिन हॉट डॉग कौन है? ओह, यह शायद सिर्फ़ प्रेस की बकवास थी। तुम्हें पता है कि तुम हर तरह की बकवास करती हो।'

'हाँ। बिलकुल।'

'अलविदा, दोस्त।'

'अलविदा, रयान।'

और वह चला गया। जोआना नोरा को देखकर मुस्करा रही थी, लेकिन उसने कुछ नहीं कहा।

जोआना का व्यक्तित्व कुछ शिक्षक जैसा और सुकून देने वाला था। नोरा ने कल्पना की कि वह इस जन्म में जोआना को पसंद करती थी। लेकिन फिर उसे याद आया कि उसे बैंड की ओर से एक पॉडकास्ट करना था, जहाँ वह उसके पचास प्रतिशत सदस्यों या उनके अंतिम एल्बम का शीर्षक या उनका *किसी भी* एल्बम का नाम नहीं जानती थी।

उनका कोच शहर के बाहर एक भव्य दिखने वाले होटल के सामने रुका। काली खिड़कियों वाली फ़ैंसी गाड़ियाँ। रोशनी में लिपटे ताड़ के पेड़। यह किसी दूसरे ही ग्रह की वास्तुकला दिखती थी।

'यह पहले एक महल था,' जोआना ने कहा। एक शीर्ष के ब्राजीलियाई वास्तुकार द्वारा डिजाइन किया गया है। मैं उसका नाम भूल गई। फिर उसने एक पल रुककर कहा, 'ऑस्कर नीमेयेर। वह आधुनिकतावादी है, लेकिन यह उसके सामान्य डिज़ाइन से अधिक भव्य है। ब्राजील का सबसे अच्छा होटल...'

और फिर नोरा ने लोगों की भीड़ को, कटोरे थामे भिखारियों की तरह, हाथ फैलाए देखा। वे उसके आगमन की फ़िल्म बना रहे थे।

सब कुछ होने के बावजूद भी हो सकता है आपके पास कुछ नहीं हो।
@NoraLabyrinth, 74.8 हज़ार रीट्वीट, 485.3 हज़ार लाइक

हनी केक की सिल्वर ट्रे

किसी तार में सिर्फ़ एक संगीत के स्वर की तरह, मल्टीवर्स में अपने इस जीवन के साथ ही अन्य जीवन के सह-अस्तित्व की कल्पना करना पागलपन जैसा था।

नोरा के लिए यह विश्वास करना लगभग असंभव था कि जहाँ एक जीवन में वह किराए का भुगतान करने के लिए संघर्ष कर रही थी, वहीं दूसरे जीवन में उसने दुनिया भर के लोगों को उत्तेजित कर रखा था।

मुट्ठी भर प्रशंसक जिन्होंने टूर बस को फ़िल्माया था, होटल पहुँचकर अब नोरा के ऑटोग्राफ़ लेने की प्रतीक्षा कर रहे थे। वे बैंड के अन्य सदस्यों के बारे में अधिक परेशान नहीं थे लेकिन नोरा के साथ बातचीत करने के लिए वे बहुत बेताब दिखे।

नोरा ने बजरी पर चलते हुए एक फ़ैन को देखा। उस लड़की के शरीर पर टैटू थे और उसने कुछ ऐसे क़िस्म के कपड़े पहने हुए थे मानो वह किसी विध्वंसक युद्ध के बाद साइबरपंक संस्करण में फँस गई थी। उसके बालों का स्टाइल बिलकुल नोरा की तरह था।

'नोरा! नोरा, आह! नमस्ते! हम तुमसे बहुत प्यार करते हैं! ब्राजील आने के लिए धन्यवाद! तुम ज़बरदस्त हो!' और फिर लोग नारे लगाने लगे : 'नोरा! नोरा! नोरा!'

नोरा जब ऑटोग्राफ़ दे रही थी तो एक युवक ने अपनी टी-शर्ट उतार दी और नोरा को अपने कंधे पर हस्ताक्षर करने के लिए कहा।

'यह टैटू के लिए है,' वह बोला।

'सच में?' उसने युवक के शरीर पर नाम लिखते हुए पूछा।

'यह मेरे जीवन का सबसे बड़ा आकर्षण है,' वह धीरे से बोला। 'मेरा नाम फ्रांसिस्को है।'

नोरा युवक की त्वचा पर नाम लिखते हुए सोचने लगी कि उसका लिखा किसी के अस्तित्व का मुख्य आकर्षण कैसे हो सकता है।

'आपने मेरी जान बचाई। ''ब्यूटीफुल स्काई'' ने मेरी जान बचाई। उस गाने ने। वह बहुत शक्तिशाली है।'

'ओह। अरे वाह। ''ब्यूटीफुल स्काई?'' आप ब्यूटीफुल स्काई के बारे में जानते हैं?'

वह युवक ज़ोर से हँसने लगा। 'आप बहुत ही मज़ाक़िया हैं! इसलिए आप मेरी आदर्श हैं! मैं आपसे प्यार करता हूँ! मैं ''ब्यूटीफुल स्काई'' के बारे में जानता हूँ? ये बहुत ख़ूब कहा आपने!'

नोरा को समझ नहीं आया कि उसे क्या कहना चाहिए। ब्रिस्टल विश्वविद्यालय में जब वह उन्नीस वर्ष की थी तब उसने एक छोटा-सा गीत लिखा था, जिसने ब्राजील में एक व्यक्ति के जीवन को बदल दिया था। यह सोचकर नोरा भावुक हो गई।

स्पष्ट रूप से, यह जीवन ही उसके लिए नियत था। उसे संदेह था कि वह फिर कभी लाइब्रेरी में वापस जाएगी। वह इतनी प्रशंसा का सामना कर सकती थी। यह बेडफ़ोर्ड में 77 नंबर की बस में खिड़की के पास बैठकर उदास धुनें गुनगुनाने से बेहतर था।

नोरा ने सेल्फ़ी के लिए कई पोज़ दिए।

एक युवती लगभग रोती हुई दिखी। उसके पास नोरा की रेयान बेली को चूमते हुए एक बड़ी तसवीर थी।

'जब तुमने उसे छोड़ा तो मुझे बहुत दुख हुआ!'

'मुझे पता है। हाँ, यह दुखद था। लेकिन आपको पता होगा कि यह सब होता है। यह... सीखने की अवस्था है।'

जोआना नोरा की बाँह थामकर उसे धीरे से होटल की ओर ले गई।

वह जैसे ही सुरुचिपूर्ण, चमेली के सुगंध से महकती लॉबी (संगमरमर, झूमर, पुष्प प्रदर्शन) में पहुँची तो उसने देखा कि बैंड के अन्य सदस्य पहले से ही बार में मौजूद थे। लेकिन उसका भाई कहाँ था? हो सकता है, वह प्रेस को कहीं और झांसा देने गया हो।

जैसे ही वह बार की ओर बढ़ने लगी, उसे अहसास हुआ कि सब लोग - दरबान, रिसेप्शनिस्ट, मेहमान - उसे देख रहे थे।

नोरा अपने भाई के बारे में पूछने ही वाली थी कि तभी जोआना का ध्यान एक व्यक्ति पर गया जिसने टी-शर्ट पहनी हुई थी, जिस पर रेट्रो साइ-फ़ाई मूवी फ़ॉन्ट में 'द लैबिरींथ्स' छपा था। वह लड़का शायद चालीस वर्ष के आसपास था उसकी सफ़ेद दाढ़ी और बाल पतले थे, लेकिन वह नोरा की उपस्थिति से डरा हुआ लग रहा था। नोरा से हाथ मिलाते हुए वह हल्का-सा झुका।

'मैं मार्सेलो हूँ,' उसने कहा। 'साक्षात्कार देने पर राज़ी होने के लिए धन्यवाद।'

नोरा ने मार्सेलो के पीछे एक और आदमी को देखा – छोटे टैटू और एक बड़ी मुस्कान लिए। उसने रिकॉर्डिंग उपकरण पकड़े थे। जोआना ने कहा, 'हमने बार में एक शांत जगह आरक्षित की है।' 'लेकिन यहाँ... लोग हैं। मुझे लगता है हमें नोरा के सुइट में ही इसे करना चाहिए।'

'बढ़िया,' मार्सेलो ने कहा। 'शानदार!'

जैसे ही वे लिफ़्ट में गए, नोरा ने बार पर नज़र डाली और बैंड के अन्य सदस्यों को देखा। 'तुम्हें पता है, शायद तुम दूसरों से भी बात करना चाहो?' उसने मार्सेलो से कहा। 'उन्हें वे चीज़ें याद हैं जो मुझे याद नहीं हैं। बहुत सी चीज़ें।'

मार्सेलो मुस्कराया। उसने सिर हिलाया और नाजुक ढंग से कहा, 'मुझे लगता है... यही बेहतर है।'

'ओह, ठीक है,' उसने कहा।

लिफ़्ट आने का इंतज़ार करते हुए सबकी निगाहें उन दोनों पर टिकी थीं। जोआना, नोरा पर झुक गई।

'आप ठीक हैं ना?'

'बिलकुल। हाँ। क्यों?'

'मुझे नहीं पता। बस, आज रात आप अलग लग रही हैं।'

'अलग कैसे?'

'बस... अलग।'

जैसे ही वे लिफ़्ट में चढ़े, जोआना ने एक अन्य महिला को, जिसे नोरा ने कोच में देखा था, बार से पेय, पॉडकास्टरों के लिए दो बियर, नोरा के लिए एक मिनरल वॉटर और ख़ुद के लिए एक कैपिरिन्हा लाने को कहा।

'और उन्हें सुइट में ले आओ, माया।'

संभवत: मैं इस जीवन में शराब नहीं पीती, नोरा ने सोचा। फिर वह लिफ़्ट से बाहर निकली और आलीशान गुलाबी कालीन पर चलते हुए अपने सुइट में चली गई। जैसे ही उसने कक्ष में प्रवेश किया उसने ऐसे दिखाया मानो यह सब बिलकुल सामान्य था। यह विशाल कमरा, एक और विशाल कक्ष की ओर जाता है, जो एक विशाल बाथरूम में खुलता है। फूलों का एक बड़ा-सा गुलदस्ता रखा था और साथ में होटल प्रबंधक द्वारा हस्ताक्षरित एक नोट भी था।

वाह, उसने ख़ुद को कहने से रोक लिया। चारों ओर भव्य साज-सज्जा, फ़र्श से छत तक के पर्दे, एक एकड़ जितना सफ़ेद बिस्तर, एक छोटे सिनेमा के आकार का टीवी, बर्फ़ पर शैंपेन, चांदी के ट्रे में 'ब्राजीलियाई हनी केक' रखे थे।

'यह मत सोचना कि आप इसमें से कुछ भी खा लोगे,' जोआना ने ट्रे से कुछ व्यंजन उठाते हुए कहा। 'अब आप नए डाइट प्लान पर हैं। हार्ले ने कहा है कि मुझे आप पर नज़र रखनी है।'

नोरा ने जोआना को केक काटकर खाते देखा तो सोचा कि किसी भी प्लान में अगर ब्राजीलियाई हनी केक जैसा स्वादिष्ट खाना शामिल नहीं हो तो वह प्लान अच्छा कैसे हो सकता है। उसे पता नहीं था कि हार्ले कौन है, लेकिन इतना तय था कि वह उसे पसंद नहीं करती थी।

'और... जैसा कि आपको पता है, एलए में अब भी आग लगी है और वे कैलाबास के आधे हिस्से को ख़ाली कर रहे हैं, लेकिन उम्मीद है कि वह आपके यहाँ तक नहीं पहुँचेगी...'

नोरा को समझ नहीं आया कि उसे एलए में घर होने के विचार से ख़ुश होना चाहिए या इस बात से चिंतित कि वह घर आग में जलने वाला था।

ब्राजील के पॉडकास्ट वाले दोनों लोगों को अपने उपकरण सेट करने में कुछ समय लगा। नोरा, जोआना के साथ वहाँ रखे विशालकाय सोफ़े में धँसकर बैठ गई। जोआना ने नोरा को बताया कि उनका संगीत पॉडकास्ट, *ओ सोम* ब्राजील में सबसे लोकप्रिय था।

'यहाँ ज़बरदस्त लोग हैं,' जोआना ने उत्साह से कहा। 'और उनकी संख्या आसमान छू रही है। हमें इसे ज़रूर करना चाहिए।'

फिर पोडकास्ट शुरू होते ही वह एक बाज़ की तरह रुककर सबकुछ देखती रही।

खुलासों भरा पॉडकास्ट

'तो, यह आपके लिए बहुत व्यस्त साल रहा है,' मार्सेलो ने बहुत अच्छी अंग्रेज़ी में शुरुआत की।

'हाँ। काफ़ी भागदौड़ रही,' नोरा ने रॉक स्टार की तरह बोलने की कोशिश की।

'अब, अगर मैं एल्बम के बारे में पूछूँ... *पॉटर्सविल*... आपने उसके सारे गीत लिखे?'

नोरा ने अनुमान लगाया, 'हाँ, ज़्यादातर,' उसने अपने बाएँ हाथ पर छोटे-से परिचित तिल को देखते हुए।

'इन्होंने सभी गाने लिखे हैं,' जोआना ने हस्तक्षेप किया।

मार्सेलो ने सिर हिलाया, जबकि दूसरा लड़का, मुस्करा रहा था और लैपटॉप की ध्वनि का स्तर ठीक कर रहा था।

ड्रिंक आते ही मार्सेलो ने कहा, 'मुझे लगता है कि फ़ेदर्स मेरा पसंदीदा ट्रैक है।'

'जानकर ख़ुशी हुई कि आपको यह पसंद आया।'

नोरा सोच रही थी कि वह इस इंटरव्यू से बचकर कैसे बाहर निकल सकती है।

सिरदर्द? ख़राब पेट?

'लेकिन मैं जिसके बारे में पहले बात करना चाहता हूँ वह पहला गाना है जिसे आपने रिलीज करने का फ़ैसला किया। ''स्टे आउट ऑफ़ माय लाइफ़''। मुझे यह बहुत निजी क़िस्म का वक्तव्य लगा।'

नोरा ज़बरदस्ती मुस्करा दी। 'गीत के बोल सच में सबकुछ बयाँ कर देते हैं।'

'इस बारे में कुछ अटकलें लगाई गई हैं कि क्या यह... इसे आप अंग्रेज़ी में कैसे कहेंगे?'

'निरोधक आदेश?' जोआना ने मदद करते हुए कहा।

'हाँ! निरोधक आदेश।'

'ओह,' नोरा ने अचंभित होकर कहा। 'देखिए, मैं इसे गाने में बाहर लाना पसंद करती हूँ। मेरे इस बारे में बात करना मुश्किल है।'

'हाँ, मैं समझता हूँ। बात बस इतनी है कि अपने हाल के *रॉलिंग स्टोन* साक्षात्कार में आपने अपने पूर्व प्रेमी डैन लॉर्ड के बारे में उल्लेख किया था कि... कि... कि उसके ख़िलाफ़ निरोधक आदेश लाने में कितनी मुश्किल हुई थी, जब उसने आपका पीछा किया था... क्या उसने आपके घर में घुसने की कोशिश नहीं की? और फिर पत्रकारों को बताया कि ''ब्यूटीफुल स्काई'' के गीत उसने लिखे थे?'

'हे भगवान।'

नोरा आँसू और हँसी के दोराहे पर खड़ी रही, लेकिन उसने दोनों में से कोई प्रतिक्रिया नहीं दी।

'मैंने यह तब लिखा था, जब मैं उसके साथ थी। लेकिन उसे यह सब पसंद नहीं था। उसे मेरा बैंड में होना पसंद नहीं था। उसे इससे नफ़रत थी। वह मेरे भाई से नफ़रत करता था। वह रवि से नफ़रत करता था। वह एला से भी नफ़रत करता था, जो मूल सदस्यों में से एक थी। ख़ैर, डैन बहुत ईर्ष्यालु था।'

यह सपने जैसा था। अपने एक जीवन में डैन नोरा के साथ शादी से इतना ऊब गया था कि उसका अफ़ेयर चल रहा था, जबकि इस जीवन में वह उसके घर में घुस गया, क्योंकि वह उसकी सफलता को बर्दाश्त नहीं कर पाया।

'वह मूर्ख है,' नोरा ने कहा। 'मुझे बुरे व्यक्ति के लिए पुर्तगाली भाषा में गाली नहीं आती।'

'कैब्राओ! इसका मतलब कि वह मूर्ख है।'

'या गधा,' साथ में बैठे छोटे लड़के ने कहा।

'हाँ, वह कैब्राओ है। वह पूरी तरह से बदल गया। यह बहुत अजीब है। आपका जीवन बदलता है तो लोग बिलकुल अलग तरह से बर्ताव करते हैं। मुझे लगता है कि प्रसिद्धि की यही क़ीमत है।'

'और आपने ''हेनरी डेविड थोरो'' नामक एक गीत लिखा था। बहुत कम गीत दार्शनिकों के नाम पर लिखे जाते हैं...'

'मुझे पता है। मैं जब विश्वविद्यालय में दर्शनशास्त्र का अध्ययन करती थी तो वे मुझे सबसे ज़्यादा पसंद थे। इसलिए मेरा टैटू भी वही है। और यह शीर्षक, ''इमैनुएल कांट'' की तुलना में थोड़ा बेहतर लगता है।'

नोरा अब इस प्रवाह को समझ गई थी। किसी ऐसे जीवन का अभिनय करना बहुत कठिन नहीं लगा जो उसके लिए नियत था।

'और निस्संदेह ''हाउल''। इतना शक्तिशाली गीत है। बाइस देशों में नंबर एक पर। हॉलीवुड ए-लिस्ट कास्ट के साथ ग्रैमी पुरस्कार विजेता वीडियो। मुझे लगता है आप इसके बारे में बात कर चुकी हैं?'

'शायद, हाँ।'

जोआना अपने लिए एक और हनी केक लेने चली गई।

मार्सेलो धीरे से मुस्कराया और बोला, 'मुझे यह बहुत असल लग रहा था। मेरा मतलब है, गीत। जैसे तुमने सब बाहर निकाल दिया। और तब मुझे पता चला कि तुमने वह गीत उसी रात लिखा था जिस रात तुमने अपने पिछले मैनेजर को निकाल दिया था। जोआना से पहले वाला, जब तुम्हें पता चला कि वह तुम्हीं को नुक़सान पहुँचा रहा था...'

'हाँ। वह अच्छा नहीं था,' नोरा ने सुधार करते हुए कहा। 'एक तरह का विश्वासघात था।'

'मैं 'हॉउल' से पहले लेबिरिंथ्स का बड़ा प्रशंसक था। लेकिन मेरे लिए वही असल गीत बना। वह फिर ''लाइटहाउस गर्ल।'' ''हाउल'' सुनकर मुझे लगा, *नोरा सीड जीनियस है।* यह गीत बहुत सारगर्भित है, लेकिन जिस तरह से तुमने अपने गुस्से को बाहर निकाला वह अत्यंत भावपूर्ण और शक्तिशाली था। यह ऐसा था मानो क्योर के साथ फ्रैंक ओशन और द कारपेंटर्स और तम इम्पाला को एक साथ मिला दिया गया हो।'

नोरा ने बात को समझने की कोशिश की लेकिन वह समझ नहीं पाई।

अचानक मार्सेलो ने गाना शुरू करके सभी को आश्चर्यचकित कर दिया : ''धुन को बेहतर बनाने के लिए संगीत को शांत करो/नक़ली मुस्कान छोड़ो और चाँद पर गरजो...''

नोरा मुस्कराई और उसने सिर हिलाया, जैसे वह इन गीतों को जानती थी। 'हाँ। हाँ...मैं बस चिल्ला रही थी।'

मार्सेलो का चेहरा गंभीर हो गया। वह सच में नोरा के लिए चिंतित लग रहा था। 'पिछले कुछ वर्षों में तुम काफ़ी परेशान रही हो। पीछा करने वाले लोग, ख़राब मैनेजर, झगड़े, कोर्ट केस, कॉपीराइट के मुद्दे, रयान बेली के साथ ब्रेक-अप, अंतिम एल्बम, पुनर्वसन, टोरंटो वाली घटना... उस समय तुम पेरिस में थक कर गिर गई थीं, निजी त्रासदी, नाटक, नाटक, नाटक। और ऊपर से मीडिया की घुसपैठ। तुम्हें क्या लगता है, प्रेस वाले तुमसे इतनी नफ़रत क्यों करते हैं?'

नोरा को बेचैनी होने लगी। क्या ऐसी थी शोहरत? प्रशंसा और हमले के खट्टे-मीठे कॉकटेल की तरह? यह आश्चर्य की बात नहीं थी। हर तरफ़ से निंदा मिले तो प्रसिद्ध लोग भी पटरी से उतर जाते हैं। यह ऐसा था, मानो कोई एक ही साथ थप्पड़ मारे और चूम भी ले।

'मैं... मुझे नहीं पता...'

'मेरा मतलब है, क्या तुमने कभी सोचा है कि अगर तुमने कोई और रास्ता चुना होता तो तुम्हारा जीवन कैसा होता?'

नोरा ने यह बात सुनी। उसके मिनरल वाटर में बुलबुले उठ रहे थे।

'मुझे लगता है यह कल्पना करना आसान है कि रास्ते सरल होते हैं,' उसने पहली बार कुछ महसूस करते हुए कहा। 'लेकिन शायद कोई रास्ता सरल नहीं होता। एक जीवन में, मेरी शादी हो सकती है। दूसरे में, मैं किसी दुकान पर काम कर रही हो सकती हूँ। मैंने शायद उस प्यारे से लड़के को हाँ कह दिया होता जिसने मुझसे कॉफ़ी के लिए पूछा था। किसी और जीवन में मैं आर्कटिक सर्कल में ग्लेशियरों पर शोध कर सकती हूँ। और किसी में, मैं ओलिंपिक तैराकी चैंपियन हो सकती हूँ। कौन जानता है? हर दिन, हर सेकेंड, हम एक नई दुनिया में प्रवेश कर रहे होते हैं। और हम इतना समय यही चाहने में लगा देते हैं कि हमारा जीवन अलग हो, हम अपनी तुलना अन्य लोगों से या अपनी किसी और ज़िंदगी से करते हैं, जबकि वास्तव में अधिकांश जीवन में अच्छे और बुरे दोनों अंश मौजूद हैं।'

मार्सेलो और जोआना और ब्राजील का दूसरा लड़का, नोरा को देख रहे थे, लेकिन वह अब उन्मुक्त ढंग से बोल रही थी। धारा प्रवाह।

'जीवन के प्रारूप होते हैं...लय होती है। केवल एक ही जीवन में फँसकर यह कल्पना करना आसान है कि दुखया त्रासदी या असफलता या भय का समय उस विशिष्ट ज़िंदगी का नतीजा है। यह जीने के बजाय, निश्चित तरीक़े से जीने का उपोत्पाद है। मेरा मतलब है, यह चीज़ों को आसान बना देता अगर हम यह समझते कि जीने का कोई तरीक़ा आपको उदासी से नहीं बचा सकता। और वह दुख, सुख के ही ताने-बाने का हिस्सा है। एक के बिना दूसरा हो नहीं सकता। बेशक, वे अलग-अलग मात्रा में आते हैं। लेकिन ऐसा कोई जीवन नहीं जहाँ आप हमेशा के लिए ख़ुशी की स्थिति में रह सकें। और यह कल्पना करना कि ऐसी स्थिति हो सकती है, आपके जीवन में और अधिक दुख पैदा करता है।'

'यह शानदार जवाब है,' मार्सेलो ने कहा, जब उसे यक़ीन हो गया कि नोरा बोल चुकी थी। 'लेकिन आज रात मैं यही कहूँगा कि संगीत के कार्यक्रम में तुम ख़ुश लग रहे थीं। "हाउल" के बजाय "ब्रिज ओवर ट्रबल वाटर" बजाना अपनी बात को कहने का बहुत शक्तिशाली तरीक़ा था। उसमें यह कहा गया : *मैं शक्तिशाली हूँ।* ऐसा लगा जैसे तुम हमें और अपने प्रशंसकों को बता रही थीं कि तुम ठीक हो। तो टूर कैसा चल रहा है?'

'ठीक है, बहुत अच्छा है। और हाँ, मैंने सोचा था कि मैं यह मैसेज भेजूँगी कि मैं यहाँ बेहतरीन जीवन जी रही हूँ, लेकिन मुझे कुछ समय बाद घर की याद आने लगती है।'

'कौन-सा घर?' मार्सेलो ने चुटीली मुस्कान के साथ पूछा। 'मेरा मतलब है, तुम्हें लंदन, या एलए, या अमाल्फ़ी तट वाले कौन-से घर की याद सबसे ज़्यादा आती है?'

नोरा को लग रहा था कि इसी जीवन में उसकी मौजूदगी सबसे अधिक थी।

'मुझे नहीं पता। शायद, लंदन वाला।'

मार्सेलो ने गहरी साँस ली मानो अगला सवाल बहुत कठिन था। उसने अपनी दाढ़ी खुजलाई। 'अच्छा, लेकिन मुझे लगता है यह तुम्हारे लिए थोड़ा मुश्किल होगा, क्योंकि मुझे पता है तुम उस फ़्लैट में अपने भाई के साथ रहती थीं।'

'मुश्किल क्यों?'

जोआना ने नोरा को जिज्ञासु नज़र से देखा।

मार्सेलो ने नोरा को भावुकता से देखा। उसकी आँखें चमकीली थीं। 'मेरा मतलब है,' उसने बीयर का एक घूँट पीने के बाद कहा, 'तुम्हारा भाई, तुम्हारे जीवन का बड़ा हिस्सा था, बैंड का इतना बड़ा हिस्सा था...'

था।

इतने छोटे से शब्द में इतना खौफ! जैसे कोई पानी में कोई पत्थर गिरा हो।

उसे याद आया कि उसने गाना दोहराने से पहले रवि से अपने भाई के बारे में पूछा था। उसे लोगों की प्रतिक्रिया याद आई, जब उसने मंच पर अपने भाई का ज़िक्र किया था।

वह अब भी आसपास ही है। वह आज रात यहीं था।

'नोरा का मतलब है कि वह उसे महसूस कर सकती है,' जोआना ने कहा। 'वे सभी महसूस कर सकते हैं। वह बहुत मज़बूत था। परेशान, लेकिन मजबूत... वह बहुत दुखद है कि शराब, ड्रग्स और पूरी ज़िंदगी उसे अंत में लील गई...'

'क्या बात कर रहे हो?' नोरा ने पूछा। वह अब अभिनय नहीं कर रही थी। वह वास्तव में जानना चाहती थी।

मार्सेलो उदास लग रहा था। 'तुम्हें पता है, उसकी मृत्यु को केवल दो साल हुए हैं... ओवरडोज़...'

नोरा हाँफने लगी।

वह लाइब्रेरी में तुरंत वापस नहीं गई, क्योंकि वह इसे आत्मसात नहीं कर पाई थी। वह उठ खड़ी हुई। स्तब्ध। और फिर लड़खड़ाते हुए अपने सुइट से बाहर निकल गई।

'नोरा?' जोआना, घबराहट से हँसी। 'नोरा?'

नोरा लिफ़्ट में गई और बार में चली गई। रवि के पास।

'तुमने कहा था रवि मीडिया को झाँसा दे रहा है।'

'क्या?'

'तुमने कहा था। मैंने जब तुमसे पूछा कि जो क्या कर रहा है तो तुमने कहा, ''मीडिया को बेवक़ूफ़'' बना रहा है।

रवि ने बीयर नीचे रखी और नोरा को किसी पहेली की तरह देखने लगा। 'मैं सही कह रहा था। वह मीडिया को झाँसा दे रही थी।'

'रही थी?'

रवि ने जोआना की ओर इशारा किया, जो लॉबी में आते हुए हैरान दिख रही थी।

'हाँ। जो। वह प्रेस के ही साथ थी।'

और तब नोरा को दुख महसूस हुआ।

'ओ नहीं,' उसने कहा। 'ओह जो!... ओह जो...ओह!...'

और सहसा वह भव्य होटल बार ग़ायब हो गया। टेबल, ड्रिंक्स, जोआना, मार्सेलो, साउंड मैन, होटल के मेहमान, रवि, अन्य लोग, संगमरमर का फ़र्श, बारमैन, वेटर, झूमर, फूल, वहाँ कुछ नहीं रहा।

'हाउल'

सर्दियों के जंगल में
कहीं जाने को नहीं
वह लड़की दौड़ती है
वह सब जानती है

दबाव ऊपर की ओर बढ़ता है
दबाव बढ़ता है (यह रुकेगा नहीं)

वे तुम्हारा शरीर चाहते हैं
वे तुम्हारी आत्मा चाहते हैं
वे नक़ली मुस्कान चाहते हैं
वे रॉक ऐंड रोल चाहते हैं
भेड़ियों ने तुम्हें घेर लिया
बुखार जैसा सपना
भेड़ियों ने तुम्हें घेर लिया
चीख़ना शुरू कर दो

गरजो, रात में,
गरजो, रोशनी होने तक,
गरजो, लड़ने की तुम्हारी बारी है,
गरजो, और इसे ठीक कर दो

गरजो गरजो गरजो गरजो

तुम हमेशा नहीं लड़ सकते
तुम्हें पालन करना होगा
अगर तुम्हारे जीवन में कुछ नहीं हो रहा
तो तुम्हें पूछना होगा, ऐसा क्यों

याद रखो
जब हम इतने छोटे थे कि
आने वाले कल का डर नहीं था
या बीते कल का दुख नहीं था
और हम,
बस, हम थे
और समय
बस, अभी था
और हम,
जी रहे थे
आस्तीन में से बाँहों की तरह बाहर नहीं निकले
क्योंकि हमारे पास समय था
हमारे पास जीने के लिए समय था

बुरा समय सामने है
बुरा समय आ गया है
लेकिन जीवन समाप्त नहीं हो सकता
क्योंकि वह शुरू ही नहीं हुआ
झील चमकती है और पानी ठंडा है
जो कुछ चमकता है वह सोने में बदल सकता है
धुन को बेहतर बनाने के लिए संगीत को शांत करो
नक़ली मुस्कान छोड़ो और चाँद पर गरजो

गरजो, रात में,
गरजो, रोशनी होने तक,
गरजो, लड़ने की तुम्हारी बारी है,
गरजो, और इसे ठीक कर दो

गरजो गरजो गरजो गरजो (स्वर धीमा करते हुए दोहराएँ)

प्रेम और पीड़ा

'मुझे इससे नफ़रत है... इस प्रक्रिया से,' नोरा ने श्रीमती एल्म को सशक्त आवाज़ में कहा। 'मैं इसे रोकना चाहती हूँ!'

'कृपया शांत रहो,' श्रीमती एल्म ने अपने हाथ में एक सफ़ेद मोहरा पकड़ा था। वह अपनी चाल पर ध्यान केंद्रित करते हुए बोली, 'यह लाइब्रेरी है।'

'यहाँ केवल हम दोनों हैं!'

'बात यह नहीं है। यह अब भी लाइब्रेरी है। यदि तुम गिरजाघर में हो तो इसलिए शांत रहते हो, क्योंकि तुम गिरजाघर में हो, इसलिए नहीं कि वहाँ अन्य लोग भी होते हैं। लाइब्रेरी के साथ भी ऐसा ही है।'

'ठीक है,' नोरा ने धीमी आवाज़ में कहा। 'लेकिन मुझे यह पसंद नहीं है। मैं इसके रोकना चाहती हूँ। मैं लाइब्रेरी की अपनी सदस्यता रद्द करना चाहती हूँ। मुझे लाइब्रेरी का कार्ड लौटाना है।'

'तुम ही लाइब्रेरी कार्ड *हो।*'

नोरा अपने असल बात पर लौट आई। 'मैं इसे रोकना चाहती हूँ।'

'नहीं, तुम नहीं चाहतीं।'

'हाँ, मैं चाहती हूँ।'

'तो फिर तुम अब तक यहाँ क्यों खड़ी हो?'

'क्योंकि मेरे पास कोई और विकल्प नहीं है।'

'मुझ पर भरोसा करो, नोरा। यदि तुम वास्तव में यहाँ नहीं रहना चाहते चाहतीं तो तुम आप यहाँ नहीं होतीं। मैंने शुरुआत में ही तुम्हें बता दिया था।'

'मुझे यह पसंद नहीं है।'

'क्यों?'

'क्योंकि यह बहुत कष्टदायक है।'

'कष्टदायक क्यों?'

'क्योंकि यह सब असली है। एक जन्म में मेरा भाई मर चुका है।'

लाइब्रेरियन का चेहरा गंभीर हो गया। 'और एक जीवन में – उसके जीवन में से एक – तुम मर चुकी हो। क्या यह उसके लिए पीड़ादायक होगा?'

'मुझे नहीं लगता। वह इन दिनों मेरे साथ कुछ नहीं करना चाहता। उसका अपना जीवन है और वह उस अधूरे जीवन के लिए मुझे दोष देता है।'

'तो, यह सारी बात तुम्हारे भाई के बारे में है?'

'नहीं। यह हर चीज़ के बारे में है। लोगों को चोट पहुँचाए बिना जीना असंभव है।'

'ऐसा इसलिए है, क्योंकि ऐसा ही है।'

'तो आख़िर हम क्यों जीते हैं?'

'सच कहूँ तो मरने से लोगों को भी दर्द होता है। अब तुम आगे कौन-सा जीवन चुनना चाहती हो?'

'मुझे नहीं चाहिए।'

'क्या?'

'मुझे अब दूसरी किताब नहीं चाहिए। मुझे दूसरा जीवन नहीं चाहिए।'

श्रीमती एल्म का चेहरा पीला पड़ गया था, जैसा वर्षों पहले हुआ था जब उन्हें नोरा के पिता के बारे में फ़ोन आया था।

नोरा को अपने पैरों के नीचे सिहरन महसूस हुई। मामूली-सा भूकंप। किताबें फ़र्श पर गिरने लगीं तो नोरा और श्रीमती एल्म ने शेल्फ़ का सहारा ले लिया। रोशनी टिमटिमाई और फिर पूरी तरह अंधेरा हो गया। शतरंज की बिसात और मेज़ भी उलट गई।

'अरे नहीं,' श्रीमती एल्म ने कहा। 'दोबारा नहीं।'

'बात क्या है?'

'तुम्हें पता है कि बात क्या है। यह पूरी जगह तुम्हारे कारण मौजूद है। तुम शक्ति का स्रोत हो। जब उस शक्ति-स्रोत में गंभीर व्यवधान उत्पन्न होता है तो लाइब्रेरी ख़तरे में पड़ जाता है। यह तुम हो, नोरा। तुम सबसे ख़राब क्षण में हार मान रही हो। तुम हार नहीं मान सकतीं, नोरा। तुम्हारे पास अभी बहुत कुछ बाक़ी है। तुम्हें और अवसर मिलेंगे। अभी तुम्हारे बहुत जीवन शेष हैं। याद करो, ध्रुवीय भालू वाली घटना के बाद तुम्हें कैसा लगा था। याद करो कि तुम जीवन को कितना चाहती थीं।'

ध्रुवीय भालू।

ध्रुवीय भालू।

'क्या तुम्हें दिख नहीं रहा कि ये बुरे अनुभव भी एक उद्देश्य की पूर्ति कर रहे हैं?'

नोरा देख रही थी। वह अपने जीवन का अधिकांश समय जिन पछतावे के साथ जी रही थी, वे सब व्यर्थ थे।

'हाँ।'

भूकंप थम गया।

किताबें हर जगह, फ़र्श पर बिखरी पड़ी थीं। रोशनी वापस आ गई थी।

'माफ़ करना,' नोरा ने कहा। वह किताबों को उठाकर वापस जगह पर रखने की कोशिश करने लगी।

'नहीं,' श्रीमती एल्म बोलीं। 'उन्हें मत छुओ। उन्हें नीचे रखो।'

'माफ़ कीजिए।'

'और माफ़ी माँगना बंद करो। तुम अब मेरी मदद कर सकती हो। अब सब सुरक्षित है।'

नोरा ने श्रीमती एल्म को शतरंज के मोहरे उठाने में मदद की और एक नए खेल के लिए बोर्ड लगाने लगी। उसने टेबल को भी वापस उसी जगह पर रख दिया।

'ज़मीन पर पड़ी सभी किताबों का क्या होगा? क्या हम उन्हें ऐसे छोड़ देंगे?'

'तुम्हें क्या परवाह? मुझे लगा तुम चाहती थीं कि वे पूरी तरह से ग़ायब हो जाएँ।'

श्रीमती एल्म, भले ही क्वांटम ब्रह्मांड की जटिलता को सरल बनाने का एक तंत्र मात्र रही हों, लेकिन उस समय – अपने शतरंज बोर्ड के पास किताबों की आधी ख़ाली हो चुकी शेल्फ़ के बीच बैठकर और नए खेल के लिए तैयार – वह उदास, बुद्धिमान और मनुष्य जैसी दिख रही थीं।

'मेरा इरादा इतना कठोर होने का नहीं था,' श्रीमती एल्म कामयाब रहीं।

'कोई बात नहीं।'

'मुझे याद है जब हमने स्कूल की लाइब्रेरी में शतरंज खेलना शुरू किया था, तो तुम अपने सर्वश्रेष्ठ मोहरे एकदम खो देती थीं,' श्रीमती एल्म ने कहा। 'तुम अपनी रानी या हाथियों को सीधे बाहर ले आती थीं और वे मारे जाते थे। और फिर तुम ऐसा बर्ताव करती थीं मानो तुम खेल इसलिए हार गईं, क्योंकि तुम्हारे पास सिर्फ़ प्यादे और एक या दो घोड़े बचे थे।'

'आप अब इस बात का जिक्र क्यों कर रही हैं?'

श्रीमती एल्म ने अपने कार्डिगन पर एक ढीला धागा देखा तो उसे आस्तीन के अंदर दबा लिया। लेकिन फिर उन्होंने दोबारा उसे ढीला छोड़ दिया।

'अगर तुम्हें शतरंज में जीतना है तो एक बात समझनी होगी,' एल्म ने कहा मनाओ नोरा के पास सोचने के लिए और कुछ नहीं था। 'और समझने वाली बात यह है : खेल तब तक ख़त्म नहीं होता जब तक वह सचमुच ख़त्म नहीं हो जाता। और यह तब तक ख़त्म नहीं होता, जब तक पर अभी भी एक मोहरा बाक़ी है। यदि एक तरफ़ केवल एक मोहरा और राजा बाक़ी हैं, और दूसरी तरफ़ सारे मोहरे बचे हुए हैं, तब भी खेल चल रहा है। और यहाँ तक कि अगर तुम प्यादे हो - शायद हम सब हैं - तो तुम्हें याद रखना चाहिए कि प्यादा, खेल का सबसे जादुई मोहरा है। यह छोटा और साधारण दिखता है, लेकिन ऐसा है नहीं, क्योंकि मोहरा सिर्फ़ मोहरा नहीं होता। प्यादा, रानी बन जाने के इंतज़ार में रहता है। तुम्हें बस आगे बढ़ते रहने का रास्ता ढूँढ़ना है। एक खाने के बाद अगला। और तुम दूसरी तरफ़ पहुँचकर अपनी समस्त शक्ति को हासिल कर सकते हो।'

नोरा ने आसपास राखी किताबों को देखा। 'तो, क्या आप कह रही हैं कि मेरे पास खेलने के लिए केवल प्यादे हैं?'

'मैं यह कह रही हूँ कि जो चीज़ सबसे साधारण दिखती है, अंत में वही चीज़ तुम्हें जीत की ओर ले जा सकती है। तुम्हें चलते रहना है। उस दिन की तरह, नदी में। तुम्हें याद है?'

बेशक, उसे याद था।

वह कितने साल की थी? सत्रह वर्ष की रही होगी, क्योंकि उसने प्रतियोगिताओं में तैरना छोड़ दिया था। वह भयावह समय था जब उसके पिता हर समय उसके साथ झगड़ते थे और उसकी माँ अवसाद से गुज़र रही थी। उसका भाई, रवि के साथ सप्ताह के अंत में महाविद्यालय से घर वापस आया था। वह अपने दोस्त को बेडफ़ोर्ड के नज़ारे दिखाता था। जो ने नदी के किनारे संगीत और बीयर और ढेर सारी गांजे के साथ पार्टी का आयोजन किया था और लड़कियाँ इस बात से परेशान थीं कि जो की उनमें कोई दिलचस्पी नहीं थी। नोरा को भी न्यौता दिया गया था। उसने बहुत पी ली थी और वह रवि से तैरने के बारे में बात करने लगी।

'तो, क्या तुम तैर कर नदी पार कर सकती हो?' उसने उससे पूछा।

'ज़रूर।'

'नहीं, तुम नहीं कर सकतीं,' किसी ने कहा।

और मूर्खता भरे उस क्षण में, नोरा ने उन्हें ग़लत साबित करने का फ़ैसला किया। और इससे पहले कि नशे में धुत उसके बड़े भाई को पता चलता कि वह क्या कर रही है, बहुत देर हो चुकी थी। वह बढ़िया तैर रही थी।

नोरा को जैसे ही यह याद आया, लाइब्रेरी का गलियारा बहते पानी में बदल गया। उसके चारों ओर अलमारियाँ यथावत रहीं, लेकिन पैरों के नीचे की टाइलों पर घास उगने लगी और ऊपर की छत आसमान बन गई। इसके विपरीत जब वह वर्तमान के दूसरे संस्करण में ग़ायब हुई तो श्रीमती एल्म और किताबें मौजूद रहीं। नोरा, आधी लाइब्रेरी में और आधी स्मृति के अंदर थी।

वह गलियारा बन चुकी नदी में किसी को देख रही थी। यह पानी के अंदर, नोरा का ही छोटा प्रतिबिंब था। गर्मियों के सूरज की किरण अँधेरे में घुल रही थी।

समदूरस्थ

नदी ठंडी थी, और धारा तेज़।

उसे ख़ुद को देखा तो उसे याद आया कि उसके कंधों और बाँहों में दर्द हो रहा था। उसे उनका भारीपन महसूस हुआ, मानो उसने कवच पहन रखा हो। उसे समझ में नहीं आ रहा था कि इतने प्रयास के बाद भी, गूलर के पेड़ों का आकार उतना ही क्यों बना रहा और नदी के तट की दूरी भी उतनी ही रही। उसे याद आया कि उसने थोड़ा गंदा पानी निगल लिया था और वह दूसरे किनारे की ओर देख रही थी, जहाँ से वह आई थी और वह अब जहाँ खड़ी देख रही थी। उसके साथ उसके भाई और दोस्तों के छुटपन के रूप थे। वह अपने वर्तमान स्वरूप और दोनों ओर लगी किताबों की शेल्फ़ से बेख़बर थी।

उसे याद आया कि कैसे उस बेसुधी में उसने सम दूरस्थ शब्द के बारे में सोचा था। एक शब्द जो कक्षा की नैदानिक सुरक्षा से संबंधित है। समदूरस्थ। इस तरह का एक तटस्थ, गणितीय शब्द, एक अटका हुआ विचार बन गया, जो ख़ुद को ध्यान की तरह दोहराते हुए अपनी सारी शक्ति का इस्तेमाल करते हुए रुका रहा, जहाँ वह स्वयं खड़ी थी। समदूरस्थ। समदूरस्थ। समदूरस्थ। जो किसी एक या दूसरे तट के साथ संबद्ध नहीं हो ।

उसे जीवन के अधिकांश समय ऐसा ही महसूस होता था।

बीच में फँसी हुई। संघर्षरत, भागने में व्यस्त, जीवित रहने की कोशिश करते हुए, जिसे यह भी नहीं पता कि उसे किस रास्ते जाना है। बिना पछताए, किस रास्ते पर चलना है।

उसने दूसरी तरफ़ के तट को देखा - अब वहाँ अतिरिक्त किताबों की शेल्फ़ थीं, लेकिन अब भी एक गूलर के पेड़ की बड़ी-सी परछाईं, जो चिंतित माता-पिता की भाँति पानी पर झुकी हुई थी और हवा, इसकी पत्तियों के बीच से बह रही है।

'लेकिन तुमने संकल्प किया था,' श्रीमती एल्म ने नोरा के विचारों को सुन लिया। 'और तुम बच गईं।'

किसी अन्य का स्वप्न

'जीवन एक क्रिया जैसा है,' श्रीमती एल्म ने कहा। वे उसके भाई को दोस्तों द्वारा पानी के किनारे से वापस खींचते हुए देख रहे थे। उसने एक लड़की को, जिसका नाम वह लगभग भूल चुकी थी, आपातकालीन क्रिया करते देखा। 'और तुमने वह काम उस समय किया, जब उसकी सचमुच आवश्यकता थी। तुम तैर कर किनारे तक गईं। तुमने ख़ुद को बाहर निकाल लिया। तुमने हिम्मत नहीं हारी। तुम्हें हाइपोथर्मिया हो गया था, लेकिन तुमने अविश्वसनीय बाधाओं के बावजूद नदी पार कर ली। तुमने उस उस दिन अपने भीतर कुछ नया पाया था।'

'हाँ। जीवाणु। मैं हफ़्तों तक बीमार रही। मेरे शरीर में बहुत-सा गंदा पानी चला गया था।'

'लेकिन तुम ज़िंदा रहीं। तुमने आशा नहीं छोड़ी।'

'हाँ, ठीक है लेकिन मैं रोज़ थोड़ी-थोड़ी आशा खो रही थी।'

उसने नीचे घास को वापस पत्थर में बदल जाते देखा और देखा कि झिलमिलाते पानी के साथ गूलर का पेड़, उसका भाई, उसके दोस्त और उसका अपना युवा स्वरूप हवा में घुल गया।

लाइब्रेरी फिर से लाइब्रेरी की तरह ही दिखने लगी। लेकिन अब सारी किताबें वापस शेल्फ़ में आ चुकी थीं और रोशनी ने टिमटिमाना बंद कर दिया था।

'मैंने इस तरह पानी में कूदकर बहुत बड़ी मूर्खता की थी। मैं लोगों को प्रभावित करना चाहती थी। मुझे हमेशा लगता था कि जो मुझसे बेहतर है। मैं चाहती थी कि वह मुझे पसंद करने लगे।'

'तुम ऐसा क्यों सोचती थीं कि वह तुमसे बेहतर है? सिर्फ़ इसलिए कि तुम्हारे माता-पिता ऐसा सोचते थे?'

श्रीमती एल्म की सीधी टिप्पणी पर नोरा को गुस्सा आया। लेकिन शायद उनकी इस बात में दम था। 'उन्हें प्रभावित करने के लिए मुझे हमेशा वह करना पड़ता था, जो वे चाहते थे। ज़ाहिर है कि जो की अपनी दिक्कतें थीं। और मैं वास्तव में उन बातों को तब तक नहीं समझ पाई जब तक कि मुझे यह नहीं पता लगा कि वह समलैंगिक है। लेकिन वे कहते हैं कि भाई-बहनों में प्रतिद्वंद्विता उनके कारण नहीं

बल्कि माता-पिता के कारण होती है। मुझे हमेशा से यही लगा कि मेरे माता-पिता ने जो के सपनों को थोड़ा अधिक महत्त्व दिया।'

'जैसे संगीत?'

'हाँ।'

'जब उसने और रवि ने तय किया कि वे रॉक स्टार बनना चाहते हैं, तो मम्मी और पापा ने जो को पहले गिटार और फिर एक इलेक्ट्रिक पियानो ख़रीदकर दिया।'

'उसका नतीजा कैसा रहा?'

'गिटार ठीक था। वह उसे लेने के एक सप्ताह के भीतर ''स्मोक ऑन द वॉटर'' बजाने लगा था, लेकिन उसे पियानो पसंद नहीं आया और उसने तय किया कि वह पियानो रखकर अपने कमरे को अव्यवस्थित नहीं करेगा।'

'और तब पियानो तुम्हें मिल गया।' श्रीमती एल्म ने इसे प्रश्न के बजाय बयान के रूप में कहा। वह *जानती* थी। बेशक वह जानती थी।

'हाँ।'

'उसे तुम्हारे कमरे में ले जाया गया, और तुमने एक दोस्त की तरह उसका स्वागत किया। तुमने दृढ़ संकल्प के साथ उसे सीखना शुरू कर दिया। तुमने अपनी पॉकेट मनी पियानो-शिक्षण गाइड और *मोजार्ट फ़ॉर बिगिनर्स* और *द बीटल्स फ़ॉर पियानो* ख़रीदने पर ख़र्च की। क्योंकि तुम्हें वह अच्छा लगा। लेकिन इसलिए भी कि तुम अपने बड़े भाई पर प्रभाव डालना चाहती थीं।'

'मैंने आपको यह सब कभी नहीं बताया।'

श्रीमती एल्म के होंठों पर कुटिल मुस्कान आ गई। 'चिंता मत करो। मैंने किताब पढ़ी।'

'ठीक है। बेशक। हाँ। मैं समझ गई।'

अतिरिक्त शक्ति और अंतरंगता जताने के लिए श्रीमती एल्म ने धीरे-से कहा, 'तुम्हें अन्य लोगों की स्वीकृति की चिंता करना बंद करना पड़ेगा, नोरा। तुम्हें उनकी अनुमति पर्ची की आवश्यकता नहीं है...'

'हाँ। मैं समझ गई।'

और वह सचमुच समझ गई थी।

लाइब्रेरी में प्रवेश करने के बाद से अब तक उसने जो भी जीवन आजमाया था, वह वास्तव में किसी और का सपना था। पब में वैवाहिक जीवन, डैन का सपना था। ऑस्ट्रेलिया की यात्रा, इज़ी का सपना था, और साथ ना जाने का उसका पछतावा, उसके अपने ख़ुद के दुखसे अधिक उसकी सबसे अच्छी दोस्त के लिए अपराध-बोध था। स्विमिंग चैंपियन बनने का सपना उसके पिता का था। और यह

ठीक है कि जब वह छोटी थी तो उसे आर्कटिक और ग्लेशियोलॉजिस्ट बनने में रुचि थी, लेकिन श्रीमती एल्म के साथ स्कूल की लाइब्रेरी में बातचीत करके उसे काफ़ी मदद मिली थी। और लेबिरिंथ्स, हमेशा से उसके भाई का सपना रहा।

शायद उसके लिए कोई आदर्श जीवन नहीं था, लेकिन कहीं न कहीं, निश्चित रूप से कोई जीवन आदर्श अवश्य था। और उसे अहसास हुआ कि अगर उसे वास्तव में आदर्श जीवन खोजना है, तो उसे एक व्यापक तंत्र बनाना होगा।

श्रीमती एल्म सही थीं। खेल ख़त्म नहीं हुआ था। किसी भी खिलाड़ी को तब तक हार नहीं माननी चाहिए जब तक बोर्ड पर गोटियाँ बाक़ी हों।

उसने पीठ सीधी की और खड़ी हो गई।

'तुम्हें नीचे या ऊपर की शेल्फ़ से अधिक जीवन चुनने चाहिए। तुम अपने पछतावे को दूर करने की कोशिश कर रही हो। ऊपर और नीचे की शेल्फ़ की किताबें थोड़ा और दूर के जीवन पर ले जाती हैं। ऐसे जीवन, जो तुम अब भी किसी अन्य दुनिया में जी रही हो, लेकिन वे नहीं, जिनकी तुम कल्पना कर रही या शोक मना रही हो या फिर जिनके बारे में सोच रही हो। वे ऐसे जीवन हैं, जिन्हें तुम जी सकती थीं, लेकिन तुमने कभी सपने में भी उनके बारे नहीं सोचा।'

'तो क्या वे दुख-भरे जीवन हैं?'

'कुछ होंगे, कुछ नहीं। ये बहुत स्पष्ट तरह से दिखने वाले जीवन नहीं हैं। ये ऐसे जीवन हैं, जिन तक पहुँचने के लिए थोड़ी कल्पना की आवश्यकता है। लेकिन मुझे यक़ीन है कि तुम वहाँ पहुँच सकती हो...'

'क्या आप मेरा मार्गदर्शन नहीं कर सकतीं?'

श्रीमती एल्म मुस्कराईं। 'मैं तुम्हें एक कविता सुनाती हूँ। लाइब्रेरियन को कविताएँ पसंद होती हैं।' और फिर उन्होंने रॉबर्ट फ़्रॉस्ट को उद्धृत किया। 'एक जंगल में दो सड़कें बँट गईं, और मैंने - / मैंने वह चुनी जिस पर कम लोग जाते हैं / और इसी से सारा फ़र्क़ पड़ा...'

'क्या हो अगर जंगल में दो से अधिक सड़कें बँटी हुई हों? क्या हो अगर पेड़ों से ज़्यादा सड़कें हों? क्या हो यदि आपको अनंत विकल्प मिल जाएँ? ऐसे में रॉबर्ट फ़्रॉस्ट क्या करेंगे?'

नोरा को दर्शनशास्त्र के प्रथम वर्ष में अरस्तू की याद आई। उनका यह विचार थोड़ा उदासीन था कि श्रेष्ठता अचानक प्राप्त नहीं होती। वह श्रेष्ठ परिणाम 'अनेक विकल्पों में से बुद्धिमत्ता से किए गए चयन' का परिणाम होती है। और यहाँ नोरा को कई विकल्पों में से चुनने का विशेषाधिकार प्राप्त था। यह ज्ञान पाने का छोटा रास्ता था और शायद ख़ुशी पाने का भी। नोरा को अब यह बोझ जैसा नहीं, बल्कि उपहार जैसा दिखने लगा।

'शतरंज की बिसात को देखो,' श्रीमती एल्म ने धीरे से कहा। 'खेल शुरू होने से पहले इसे देखो कि वह कितना व्यवस्थित, सुरक्षित और शांतिपूर्ण दिखता है। ख़ूबसूरत। लेकिन यह उबाऊ है। यह निर्जीव दिखता है। और फिर जैसे ही तुम बोर्ड पर क़दम रखते हो, चीज़ें बदल जाती हैं। वे अव्यवस्थित होने लगती हैं। और यह अव्यवस्था तुम्हारी हर चाल के साथ बढ़ती जाती है।'

नोरा, श्रीमती एल्म के सामने शतरंज की मेज़ पर बैठ गई। उसने बोर्ड को देखा और फिर एक प्यादे को दो स्थान आगे बढ़ा दिया।

श्रीमती एल्म ने अपनी तरफ़ से भी वही चाल चल दी।

उन्होंने नोरा से कहा, यह खेलने में आसान। 'लेकिन इस पर महारथ हासिल करना कठिन है। आपकी हर चाल से अनंत संभावनाएँ प्रकट होने लगती है।'

नोरा ने अपने एक घोड़े को आगे बढ़ाया। वे कुछ देर इसी तरह खेलते रहे।

श्रीमती एल्म ने बोलना शुरू किया। 'खेल की शुरुआत में, कोई विविधता नहीं होती। बोर्ड लगाने का एक ही तरीक़ा है। पहली छह चालों के बाद नब्बे लाख संभावनाएँ बन जाती हैं। और आठ चालों के बाद दो सौ अट्ठासी अरब विभिन्न चालें हो सकती हैं। और इन चालों की संभावनाएँ बढ़ती जाती हैं। ब्रह्मांड में परमाणुओं की संख्या की तुलना में शतरंज को खेलने के संभावित तरीक़े अधिक हैं। बाद में यह बहुत उलझ जाता है। और इसे खेलने का कोई सही तरीक़ा नहीं है; बल्कि बहुत-से तरीक़े हैं। जीवन की तरह शतरंज में भी संभावना ही हर चीज़ का आधार है। हर उम्मीद, हर सपने, हर पछतावे, हर पल का आधार।'

आख़िरकार नोरा जीत गई। उसे संदेह था कि श्रीमती एल्म ने उसे जीतने दिया, लेकिन फिर भी वह पहले से महसूस कर रही थी।

'चलो, बढ़िया,' श्रीमती एल्म ने कहा। 'अब, मेरे विचार से एक किताब देखने का समय है। तुम क्या कहती हो?'

नोरा ने किताबों की शेल्फ़ को देखा। काश, उनके अधिक विशिष्ट शीर्षक होते! काश, कोई ऐसा जैसे, *यही है आदर्श जीवन!*

नोरा की पहले इच्छा यही हुई कि श्रीमती एल्म के प्रश्न को नज़रअंदाज़ कर दिया जाए। लेकिन जहाँ किताबें होतीं, वहाँ उन्हें खोलने का मोह बना रहता है। और उसने महसूस किया कि जीवन के साथ भी यही बात है।

श्रीमती एल्म ने वही दोहराया, जो उन्होंने पहले कहा था।

'छोटी चीज़ों के बड़े महत्त्व को कम मत समझो।'

बाद में यही लगा कि यह उपयोगी बात है।

नोरा ने कहा, 'मुझे एक सौम्य जीवन चाहिए। ऐसा जीवन जहाँ मैंने जानवरों के साथ काम किया। जहाँ मैंने पशुओं के आश्रय में काम किया हो – जहाँ मैंने स्कूल में अपना कार्य अनुभव प्राप्त किया – स्ट्रिंग थ्योरी में। हाँ। कृपया, मुझे वही जीवन दे दीजिए

सौम्य जीवन

फिर पता लगा कि उस विशिष्ट जीवन में रहना काफ़ी आसान था।

इस जीवन में नींद अच्छी थी, और वह पौने आठ बजे अलार्म बजने तक नहीं सोती रही। वह एक पुरानी हुंडाई गाड़ी में बैठकर काम पर गई, जिसमें कुत्तों और बिस्कुट की गंध आ रही थी। वह अस्पताल और खेल केंद्र से गुज़रते हुए आधुनिक, ग्रे-ईंट वाले एक मंज़िला बचाव केंद्र के बाहर जाकर रुकी।

वह सुबह का समय कुत्तों को खिलाने और टहलाने में बिताती थी। इस जीवन में रहना इसलिए भी काफ़ी आसान था, क्योंकि उसकी मुलाक़ात भूरे घुंघराले बालों और यॉर्कशायर लहजे में बोलने वाली वाली एक मिलनसार, ज़मीन से जुड़ी हुई महिला से हुई। उसका नाम पॉलीन था। उसने कहा कि नोरा को बिल्ली के बजाय कुत्तों के शेल्टर में काम करना था। इसलिए नोरा के पास यह पूछने का वैध बहाना था कि उसे क्या करना है। वह दुविधा में थी। साथ ही, लोगों के नाम जानने की समस्या ऐसे हल हो गई कि सभी कर्मचारी अपने नाम के बैज लगाते थे।

नोरा, शेल्टर के पीछे मैदान के चारों ओर वहाँ आए एक नए बुलमास्टिफ कुत्ते को घुमाती थी। पॉलीन ने उसे बताया कि बुलमास्टिफ़ के मालिक ने उसके साथ बहुत बुरा बर्ताव किया था। उसने छोटे गोल निशानों की ओर इशारा किया।

'ये सिगरेट से जलाने के निशान हैं।'

नोरा, एक ऐसी दुनिया में रहना चाहती थी जहाँ किसी तरह की क्रूरता नहीं हो लेकिन उसके पास रहने के लिए केवल इंसानी दुनिया उपलब्ध थी। बुलमास्टिफ़ का नाम सैली था। वह हर चीज़ से डरती थी। छाया। झाड़ियाँ। अन्य कुत्ते। नोरा के पैर। घास। हवा। हालाँकि वह नोरा को पसंद करने लगी थी और नोरा ने उसका पेट सहलाया तो वह तुरंत ही उसके वश में आ गई।

बाद में, नोरा ने कुत्तों की झोपड़ियों को साफ़ करने में मदद की। वे लोग शायद उन्हें इसलिए झोपड़ी कहते थे, क्योंकि वह सुनने में पिंजरे की तुलना में बेहतर थी हालाँकि, पिंजरा ही उनके लिए अधिक उपयुक्त नाम था। डीज़ल नाम का एक तीन टाँगों वाला अलसैटियन कुत्ता कुछ समय से वहाँ रहता था। उन्होंने जब बॉल से कैच खेला, तो नोरा ने देखा कि डीज़ल बहुत सजग था और वह लगभग हर बार

गेंद को मुँह में पकड़ लेता था। नोरा को अपना यह जीवन पसंद आया – या कहें कि उसे इस जीवन में अपना यह रूप पसंद आया। लोगों के बात करने के तरीक़े से वह बता सकती थी कि वह किस तरह की इंसान है। एक नेक और दिलासा-भरा इंसान बनना नोरा को अच्छा लगा।

उसे इस जीवन में अलग महसूस हो रहा था। उसने इस जीवन में बहुत कुछ सोचा, लेकिन उसके विचार सौम्य थे।

'करुणा नैतिकता का आधार है,' दार्शनिक आर्थर शोपेनहावर ने अपने जीवन के किन्हीं सौम्य क्षणों में यह लिखा होगा। शायद यही जीवन का आधार भी है।

वहाँ डायलन नाम का एक आदमी काम करता था, जो सभी कुत्तों के साथ बड़े स्वाभाविक ढंग से रहता था। वह नोरा की उम्र का था, या शायद उससे थोड़ा छोटा। वह उदार, सौम्य और उदास दिखता था। उसके लंबे बाल रिट्रीवर की तरह सुनहरे थे। वह दोपहर के भोजन के समय बेंच पर नोरा के पास आकर बैठ गया, और दूर मैदान को देखने लगा।

'आज क्या खा रही हो?' उसने नोरा के भोजन के डिब्बे को देखते हुए प्यार से पूछा।

नोरा को सचमुच पता नहीं था। उसने जब सुबह अपना फ्रिज खोला तो यह डिब्बा पहले से तैयार रखा था। नोरा ने उसे खोला तो देखा कि अंदर एक पनीर और मार्माइट सैंडविच और नमक और सिरके के कुरकुरे का पैकेट था। आसमान में अँधेरा छाने लगा और हवा चल पड़ी।

'ओह नहीं!' नोरा ने कहा। 'बारिश होने वाली है।'

'हो सकता है, लेकिन कुत्ते अब भी अपने पिंजरों में हैं।'

'क्या?'

'कुत्ते, बारिश को कुत्ते सूँघ लेते हैं; इसलिए अगर उन्हें लगता है कि बारिश होने वाली है तो वे प्राय: घर के अंदर चले जाते हैं। क्या यह रोचक नहीं कि वे अपनी *नाक* की मदद से भविष्य बता सकते हैं?'

'हाँ,' नोरा ने कहा। 'यह बहुत रोचक है।'

नोरा ने चीज़ सैंडविच चखा। फिर डायलन ने अपना हाथ उसके कंधे पर रख दिया।

नोरा उछल पड़ी। 'यह क्या...?' उसने कहा।

डायलन के चेहरे पर क्षमा का भाव उभर आया। वह थोड़ा-सा डर गया। 'माफ़ करना। क्या कंधे में चोट आई है?'

'नहीं... केवल मैं... मैं.... नहीं, नहीं। सब ठीक है।'

तब उसे पता चला कि डायलन उसका प्रेमी था और वह उसी के साथ माध्यमिक विद्यालय में पढ़ चुका था। हैलज़ेलडन कॉम्प। वह नोरा से दो साल छोटा था।

नोरा को वह दिन याद आया, जब उसके पिता की मृत्यु हो गई थी और वह स्कूल की लाइब्रेरी में थी कि तभी सुनहरे बालों वाला एक लड़का खिड़की के बाहर भागता हुआ निकला। *वह या तो किसी का पीछा कर रहा था या कोई उसका पीछा कर रहा था। यह वही था।* वह उसे जाने बिना या उसके बारे में सोचे बिना ही उसे पसंद करती थी।

'तुम ठीक हो, नॉरस्टर?' डायलन ने पूछा।

नॉरस्टर?

'हाँ। मैं सिर्फ़... हाँ। मै ठीक हूँ।'

नोरा बैठ गई लेकिन उसने बीच में थोड़ी जगह छोड़ दी। डायलन में कोई बुराई नहीं थी। वह अच्छा था। और नोरा को यक़ीन था कि वह उसे पसंद करती थी। शायद प्यार भी। लेकिन जीवन में प्रवेश करना और किसी भावना को महसूस करने में अंतर होता है।

'वैसे, क्या तुमने गीनो बुक किया?'

गीनो। इतालवी। नोरा वहाँ बचपन में गई थीं। वह यह सुनकर हैरान हुई कि वह अब भी चलता था।

'क्या?'

'गीनो? पिज्जा वाली जगह? आज रात के लिए? तुमने कहा था ना कि तुम वहाँ के प्रबंधक को जानती हो।'

'हाँ, मेरे पिताजी जानते थे।'

'तो क्या तुमने वहाँ कॉल किया?'

'हाँ,' उसने झूठ बोल दिया। 'लेकिन वह पहले से पूरा बुक हो चुका है।'

'सप्ताह के बीच में रात को? अजीब है। शर्म की बात है। मुझे पिज़्ज़ा पसंद है। और पास्ता। और लज़ान्या। और...'

'ठीक है,' नोरा ने कहा। 'हाँ। मैं समझ गई। मैं पूरी तरह से समझ गई। मुझे पता है कि यह अजीब था। लेकिन उनके पास कुछ बड़ी बुकिंग थीं।'

डायलन पहले से फ़ोन बाहर निकाल चुका था। वह उत्सुक था। 'मैं ला केंटिना में कोशिश करता हूँ। मैक्सिकन। ढेर सारे शाकाहारी विकल्प होंगे। मुझे मेक्सिकन भोजन बहुत पसंद है। तुम्हें नहीं है?'

डायलन की बातें बहुत दिलचस्प नहीं थीं, फिर भी नोरा को उसे मना करने का कोई वैध कारण नहीं सूझा। इसके अलावा वह जो सैंडविच खा रही थी, उसकी तुलना में और उसके फ्रिज की स्थिति को देखते हुए, मैक्सिकन भोजन अच्छा विकल्प लग रहा था।

तो, डायलन ने उनके लिए एक टेबल बुक कर दी। और वे बातें करते रहे जबकि पीछे भवन में कुत्ते भौंकते रहे थे। बातचीत के दौरान पता चला कि वे दोनों साथ रहने की सोच रहे थे।

'हम *लास्ट चांस सैलून* देख सकते हैं,' डायलन ने कहा।

नोरा सुन नहीं रही थी। 'वह क्या है?'

नोरा को अहसास हुआ कि वह शर्मीला था। आँख मिलाने में कमज़ोर। लेकिन काफ़ी प्यारा। 'तुम वह रयान बेली की फ़िल्म देखना चाहती थीं। हमने उसका ट्रेलर भी देखा था। तुमने कहा था कि यह मज़ेदार है और मैंने जाँच की तो पता लगा कि रॉटेन टोमाटोज़ पर इसे छियासी प्रतिशत मिला है और यह नेटफ़्लिक्स पर है...'

नोरा सोच रही थी कि क्या डायलन विश्वास करेगा कि किसी एक जीवन में नोरा, अंतर्राष्ट्रीय स्तर पर सफल पॉप-रॉक बैंड की प्रमुख गायिका और एक वैश्विक आइकन थी, जिसने रयान बेली के साथ डेटिंग की और बाद में स्वेच्छा से संबंध भी *तोड़* लिया था।

'सुनने में अच्छा है,' नोर ने कहा। वह एक ख़ाली कुरकुरे के पैकेट को घास पर उड़ते देख रही थी।

डायलन पैकेट को उठाने बेंच से उतरा और उसने वह पैकेट पास रखे कूड़ेदान में डाल दिया।

फिर वह मुस्कराता हुआ नोरा के पास लौट आया। नोरा समझ गई कि यह दूसरी वाली नोरा ने डायलन में क्या देखा होगा। उसमें एक अलग तरह की शुद्धता थी।

अगर इसी दुनिया में कुत्ते मौजूद हैं तो अलग दुनिया की क्या आवश्यकता है?

वह रेस्तरां, स्ट्रिंग थ्योरी के पास, कैसल रोड पर था, और वहाँ पहुँचने के लिए उसी दुकान के पास से जाना पड़ा। उससे परिचित होना नोरा के लिए अजीब था। जब वह दुकान पर पहुँची तो उसने देखा कि कुछ गड़बड़ है। खिड़की में गिटार नहीं थे। खिड़की में कुछ भी नहीं था। कांच के अंदर केवल ए-4 पेपर का एक टुकड़ा चिपका हुआ था।

उसने नील की लिखावट को तुरंत पहचान लिया।

दुर्भाग्य से, स्ट्रिंग थ्योरी अब इस परिसर में व्यापार करने में सक्षम नहीं है। किराए में वृद्धि के कारण हम अब काम नहीं कर सकते। हमारे सभी वफ़ादार ग्राहकों को धन्यवाद। आप कुछ मत सोचिएगा। सब ठीक है। आप अपने रास्ते जा सकते हैं। ईश्वर ही जानता है कि हमारा आपके बिना क्या होगा।

डायलन ख़ुश था। 'मैंने देखा है कि उन्होंने वहाँ क्या किया।' फिर वह एक क्षण बाद बोला, 'मेरा नाम बॉब डायलन के नाम पर रखा गया था। क्या मैंने तुम्हें कभी यह बताया?'

'मुझे याद नहीं।'

'वही संगीतकार।'

'हाँ, डायलन, मैंने बॉब डायलन के बारे में सुना है।'

'मेरी बड़ी बहन का नाम सुजैन है। लियोनार्ड कोहेन के गीत से उसका यह नाम पड़ा।'

नोरा मुस्कराई। 'मेरे माता-पिता लियोनार्ड कोहेन को पसंद करते थे।'

'कभी वहाँ गई हो?' डायलन ने पूछा। शानदार दुकान थी।

'एक या दो बार।'

'सोचा था तुम गई होगी, क्योंकि तुम्हारी संगीत में रुचि थी। तुम पियानो बजाया करती थीं ना?'

बजाया करती थी।

'हाँ। कीबोर्ड। थोड़ा-सा।'

नोरा ने नोटिस को देखा। वह पुराना हो गया था। उसे याद आया कि नील ने उससे क्या कहा था। *मैं तुम्हारे उदास दिखने वाले चेहरे के कारण अपने ग्राहकों को नहीं खो सकता।*

नील, शायद वह मेरा चेहरा नहीं था।

वे चलते रहे।

'डायलन, क्या तुम समानांतर दुनिया में विश्वास रखते हो?'

उसने कंधे उचकाए। 'हो सकता है।'

'तुम्हें क्या लगता है कि तुम किसी अन्य जीवन में क्या कर रहे होगे? क्या तुम्हें लगता है कि यह एक अच्छी दुनिया है? या तुम उस दुनिया में रहना चाहोगे, जिसमें तुमने बेडफ़ोर्ड छोड़ा था?'

'ज़रूरी नहीं है। मैं यहाँ ख़ुश हूँ। अगर इसी दुनिया में कुत्ते मौजूद हैं तो अलग दुनिया की क्या आवश्यकता है? कुत्ते यहाँ भी वैसे ही हैं, जैसे लंदन में हैं। तुम्हें तो पता है, मेरे पास एक जगह थी। मैं वेटरनरी मेडिसिन करने के लिए ग्लासगो यूनिवर्सिटी गया था। और मैं एक हफ़्ते के लिए गया था, लेकिन मुझे अपने कुत्तों की बहुत याद आई। फिर मेरे पिताजी की नौकरी छूट गई और फिर मैं जा नहीं सकता था। हाँ, मैं कभी पशु चिकित्सक नहीं बन सका। मैं *सचमुच* पशु चिकित्सक बनना चाहता था। लेकिन मुझे इसका अफ़सोस नहीं है। मेरे जीवन अच्छा चल रहा है। मेरे कुछ अच्छे दोस्त हैं। मेरे पास अपने कुत्ते हैं।'

नोरा मुस्कराई। वह डायलन को पसंद करती थी, भले ही उसे यह संदेह था कि वह इस दूसरी नोरा की तरह डायलन प्रति आकर्षित हो सकती थी। वह एक अच्छे इंसान था और अच्छे लोग कम होते हैं।

जैसे ही वे रेस्तरां में पहुँचे, उन्होंने एक लंबे काले बालों वाले आदमी को दौड़ने वाली पोशाक पहने देखा जो जॉगिंग कर रहा था। नोरा थोड़ा विचलित हो गई जब उसे यह महसूस हुआ कि वह ऐश था - वही ऐश जो एक सर्जन था, ऐश स्ट्रिंग थ्योरी में ग्राहक था और जिसने नोरा को साथ कॉफ़ी के लिए कहा था, वही ऐश जिसने उसे अस्पताल में सहारा दिया था और जिसने पिछली रात किसी अन्य दुनिया में उसके दरवाज़े पर दस्तक देकर यह बताया था कि वोल्टेयर मर चुका है। ये सब बहुत हाल की बातें लग रही थीं। वे स्मृति का हिस्सा थीं, लेकिन केवल

नोरा की स्मृति। ज़ाहिर तौर पर ऐश, रविवार को हाफ़ मैराथन के लिए ट्रेनिंग कर रहा था। इस बात पर विश्वास करने का कोई कारण नहीं था कि इस जीवन वाला ऐश, अपने मूल जीवन में किसी तरह अलग था। सिवाय इसके कि एक संभावना यह थी कि उसने कल रात को मृत वोल्टेयर को नहीं देखा था। या शायद उसने देखा हो, लेकिन वोल्टेयर का नाम वोल्टेयर नहीं रहा हो।

'हाय,' नोरा ने कहा। वह भूल गई थी कि वह इस समय कौन-सी दुनिया में थी।

और ऐश उसे देखकर वापस मुस्कराया, लेकिन वह उलझन-भरी मुस्कान थी। भ्रमित, लेकिन उदार जिसने नोरा को और भी अधिक शंका में डाल दिया। बेशक, इस जीवन में उसके दरवाज़े पर दस्तक नहीं हुई थी, किसी ने कॉफ़ी के लिए भी नहीं पूछा था, ना ही किसी ने साइमन ऐंड गारफ़ंकल गीत की किताब ख़रीदने को कहा था।

'वह कौन था?' डायलन ने पूछा।

'ओह, बस ऐसे ही कोई जिसे मैं किसी अन्य जीवन में जानती थी।'

डायलन उलझन में पड़ गया, लेकिन फिर उसने उस बात को बारिश की तरह झटक दिया।

और फिर वे दोनों साथ में आ गए।

डायलन के साथ डिनर

ला केंटिना इतने वर्षों में भी बहुत कम बदला था।

नोरा को उस शाम की याद आई जब वह सालों पहले डैन को बेडफ़ोर्ड की पहली यात्रा पर ले गई थी। वे एक कोने में टेबल पर बैठे थे और उन्होंने बहुत सारे मार्गरिटा लिए और वे अपने संयुक्त भविष्य के बारे में बात कर रहे थे। यह पहला मौक़ा था जब डैन ने किसी पब में रहने का अपना सपना ज़ाहिर किया था। वे दोनों साथ रहने के निकट आ चुके थे, जैसे नोरा और डायलन इस जीवन में करने वाले थे। अब उसे याद आया कि डैन ने वेटर के साथ असभ्य तरीक़े से व्यवहार किया था, और नोरा ने अत्यधिक मुस्कराहट के साथ उसकी भरपाई की थी। यह जीवन के नियमों में से एक है – *किसी ऐसे व्यक्ति पर कभी भरोसा नहीं करना चाहिए, जो स्वेच्छा से कम वेतन वाले सेवा कर्मचारियों के साथ असभ्यता से पेश आए* – और डैन इस नियम के पैमाने और कई अन्य मामलों में असफल रहा था। हालाँकि नोरा को स्वीकार करना पड़ा कि ला कैंटीना उसकी पहली पसंद नहीं थी।

'मुझे यह जगह बहुत पसंद है,' डायलन ने अब लाल और पीले रंग की सजावट को देखते हुए कहा। नोरा ने सोचा कि शायद ही कोई ऐसी जगह हो जो डायलन को पसंद नहीं हो। उसे लगा कि डायलन, चेरनोबिल के पास के मैदान में भी बैठकर सुंदर दृश्यों को देखकर अचंभित हो सकता था।

भोजन पर उन्होंने कुत्तों और स्कूल के बारे में बात की। डायलन, नोरा से दो साल छोटा था और उसे मुख्य रूप से नोरा 'एक अच्छी तैराक लड़की' के रूप में याद थी। उसे स्कूल की असेंबली भी याद थी, जिसे नोरा लंबे समय से दबाने की कोशिश कर रही थी, जहाँ उसे एक बार मंच पर बुलाकर हेज़लडीन कॉम्प के असाधारण प्रतिनिधि का प्रमाण पत्र दिया गया था। अब नोरा ने सोचा तो उसे लगा कि शायद यही वह क्षण था जब नोरा ने ख़ुद को तैराकी से दूर कर लिया था। वही क्षण, जब उसे अपने दोस्तों के साथ रहना कठिन लगा, जब वह स्कूली जीवन के हाशिये पर चली गई थी।

'मैं तुम्हें ब्रेक के दौरान लाइब्रेरी में देखा करता था,' डायलन ने उस बारे में याद करते हुए मुस्कराकर कहा। 'मुझे याद है कि मैंने उस लाइब्रेरियन के साथ तुम्हें शतरंज खेलते हुए देखा था... उसका क्या नाम था?'

'मिसेज एल्म,' नोरा ने कहा।

'बिलकुल! श्रीमती एल्म!' और फिर उसने और भी चौंकाने वाली बात कही। 'मैंने एक दिन उसे देखा था।'

'सचमुच देखा?'

'हाँ। वह शेक्सपियर रोड पर थी। किसी वर्दी वाली के साथ। नर्स जैसी पोशाक। मुझे लगता है कि वह टहलने के बाद केयर होम में जा रही थी। वह बहुत कमज़ोर लग रही थी। बहुत बूढ़ी।'

किसी कारण से नोरा ने यह मान लिया कि श्रीमती एल्म की मृत्यु वर्षों पहले हो गई थी, और यह कि श्रीमती एल्म के उस रूप ने, जो उसने हमेशा लाइब्रेरी में देखा था, इस विचार की सत्य होने की संभावना को बढ़ा दिया था, क्योंकि वही स्कूली स्वरूप नोरा की की स्मृति में संरक्षित रहा गया। जैसी अंबर में बंद मच्छर।

'ओह, नहीं। बेचारी श्रीमती एल्म। मुझे वे बहुत पसंद थीं।'

लास्ट चांस सैलून

भोजन के बाद नोरा, रयान बेली फ़िल्म देखने के लिए वापस डायलन के घर चली गई। उनके पास शराब की आधी बोतल थी जिसे रेस्तरां वालों ने उन्हें घर ले जाने दिया था। डायलन के पास जाने को लेकर नोरा का अपना मत यह था कि वह सौम्य और खुले स्वभाव का था और अधिक गहराई में जाए बिना ही वह उनके जीवन के बारे में बहुत कुछ प्रकट कर सकता था।

वह हक्सले एवेन्यू पर एक छोटे-से सीढ़ीदार घर में रहता था जो उसे अपनी माँ से विरासत में मिला था। कुत्तों की संख्या के चलते वह घर और भी छोटा लगता था। पाँच कुत्ते नोरा को दिख रहे थे, हालाँकि ऊपर और भी कुछ छिपे हो सकते थे। नोरा को हमेशा लगता था कि उसे कुत्तों की गंध पसंद है, लेकिन अचानक उसे अहसास हुआ कि शौक की भी एक सीमा होती है।

सोफ़े पर बैठते ही नोरा को लगा कि नीचे कुछ सख़्त-सा रखा है। वह कुत्तों के कुतरने के लिए प्लास्टिक की रिंग थी। नोरा ने उसने उठाकर नीचे कालीन पर दूसरे चबाने वाले खिलौनों के बीच रख दिया। खिलौना हड्डी। एक कुतरी हुई पीली गेंद। आधा चबाया हुआ एक मुलायम खिलौना।

मोतियाबिंद वाले एक चिहुआहुआ कुत्ते ने नोरा के दाहिने पैर के साथ यौन-क्रिया करने की कोशिश की। 'रुक जाओ, पेद्रो,' डायलन ने हँसते हुए कहा और उसे नोरा से दूर कर दिया।

एक और विशाल, मांसल, चेस्टनट रंग का न्यूफ़ाउंडलैंड कुत्ता, सोफ़े पर नोरा के बगल में बैठा नोरा के कान को चप्पल के आकार की अपनी जीभ से चाट रहा था। इसका अर्थ यह था कि डायलन को फ़र्श पर बैठना पड़ा।

'क्या तुम्हें सोफ़ा पर बैठना है?'

'नहीं। मैं फ़र्श पर ठीक हूँ।'

नोरा ने बात को आगे नहीं बढ़ाया, बल्कि वह राहत महसूस कर रही थी। अब वह *लास्ट चांस सैलून* को बिना असहज महसूस किए देख सकती थी। न्यूफ़ाउंडलैंड ने भी उसका कान चाटना बंद करके अपना सिर नोरा के घुटने पर टिका दिया था। नोरा इससे ख़ुश तो नहीं थी, लेकिन दुखी भी नहीं थी।

और फिर भी, नोरा ने देखा कि रयान बेली अपने ऑन-स्क्रीन प्रेम रुचि के बारे में बताता है कि 'जीवन जीने के लिए होता है,' और साथ ही डायलन नोरा को बताता है कि वह अपने बिस्तर में *एक और* कुत्ते को सोने देने के बारे में विचार कर रहा है ('वह सारी रात रोता है और अपने डैडी को याद करता है')। तब नोरा ने महसूस किया कि उसे वह जीवन अधिक मनमोहक नहीं लग रहा था।

साथ ही, डायलन के लिए वह दूसरी नोरा ही ठीक थी। वही जिसे डायलन से प्रेम हो गया था। यह एक नए क़िस्म का अहसास था मानो वह किसी और की जगह ले रही थी।

नोरा को महसूस हुआ कि इस जीवन में वह शराब को काफ़ी मात्रा में सहन कर सकती थी तो उसने अपने लिए थोड़ी और शराब निकाल ली। वह कैलिफ़ोर्निया की शानदार रोपी ज़िनफंडेल थी। उसने बोतल पर लगा लेबल देखा। कोई कारण तो था ही जिसके चलते एक महिला और एक पुरुष, जेने और टेरेंस थॉर्नटन की एक लघु सह-आत्मकथा छपी थी, जिसने वह शराब बनाई थी। नोरा ने आख़िरी वाक्य पढ़ा : *जब हमारी शादी हुई थी तो हम हमेशा अपना अंगूर का बगीचा बनाने का सपना देखते थे। और अब हमारा वह सपना सच हो गया है। यहाँ ड्राई क्रीक वैली में, अब हमारे जीवन का स्वाद ज़िनफंडेल के गिलास की तरह शानदार है।*

नोरा ने उस बड़े कुत्ते को सहलाया, जो उसे चाट रहा था, और वह चौड़े गर्म माथे वाले उस न्यूफ़ाउंडलैंड कुत्ते को 'अलविदा' कहकर डायलन को उसके कुत्तों के साथ पीछे छोड़ गई।

बुएना विस्टा वाइनयार्ड

अगली बार मिडनाइट लाइब्रेरी जाने पर श्रीमती एल्म ने नोरा को वह जीवन खोजने में मदद की जो रेस्तरां से मिली शराब की बोतल के लेबल पर दर्शाए जीवन के सबसे क़रीब था। इसलिए, एल्म ने नोरा को एक किताब दी, जिसने उसे अमेरिका भेज दिया।

इस जीवन में नोरा का नाम नोरा मार्टिनेज़ था और उसकी शादी एडुआर्डो नाम के एक चमकदार आँखों वाले मैक्सिकन-अमेरिकी व्यक्ति से हुई थी, जिसे वह विश्वविद्यालय छोड़ने के बाद मिली थी। एक नौका दुर्घटना में उसके माता-पिता की मृत्यु हो जाने के बाद (नोरा को यह बात द *वाइन एंथुज़िआस्ट* पत्रिका से पता चला था, जिसे उन्होंने अपने ओक-पैनल वाले कमरे में फ्रेम में जड़वा रखा था), एडुआर्डो को विरासत में धन मिला, जिससे उन्होंने कैलिफ़ोर्निया में एक छोटा अंगूर का बाग ख़रीद लिया। तीन वर्षों के भीतर उन्होंने इतना अच्छा किया - विशेष रूप से अपने सिराह क़िस्मों के साथ - कि उन्होंने फिर पड़ोस के एक और अंगूर के बाग को भी ख़रीद लिया। उन्होंने सांता क्रूज़ पर्वत की तलहटी में स्थित शराब बनाने की उस जगह का नाम बुएना विस्टा रखा और उनका एलेजांद्रो नाम का एक बेटा था, जो मोंटेरे बे के पास बोर्डिंग स्कूल में पढ़ता था।

उनका अधिकांश व्यवसाय शराब से जुड़े पर्यटकों पर निर्भर था। हर घंटे पर बहुत-से लोग वहाँ आते थे। पर्यटक वास्तव में काफ़ी भोले होते थे इसलिए स्थिति में सुधार करना काफ़ी आसान था। यह ऐसे होता था : एडुआर्डो तय करता था कि लोगों का जत्था आने से पहले कौन-सी शराब गिलास में डालनी है, और नोरा को बोतलें सौंप देता था और उसे उदार मूड होने पर अपने मज़ाक़िया अंदाज़ में स्पैंग्लिश भाषा में फटकारता था। फिर जब पर्यटक आते तो नोरा उन्हें घूँट-घूँट कर पिलाती थी, और एडुआर्डो द्वारा कही बातों को दोहराने की कोशिश करती थी।

नोरा द्वारा अनुभव किया गया प्रत्येक जीवन, दूसरे से अलग था, जैसे किसी एक सिम्फ़नी की अलग-अलग लय-ताल होती है। यह वाली काफ़ी खुले मिजाज़ वाली और उत्साहवर्द्धक थी। एडुआर्डो का स्वभाव अच्छा था और उनकी शादी काफ़ी सफल रही। शायद उस युगल के जीवन से भी बेहतर जिसे नोरा ने वाइन

की बोतल के लेबल पर देखा था जब उसने डायलन के साथ शराब पी थी और इस बीच उसका विशालकाय कुत्ता नोरा को चाटता रहा था। नोरा को उनके नाम भी याद थे। जेने और टेरेंस थॉर्नटन। उसे लगा जैसे वह भी अब बोतल पर लगे लेबल में ही रह रही थी। वह उसी के जैसी दिख रही थी। काफ़ी मात्रा में सिराह पी लेने के बावजूद, कैलिफ़ोर्नियाई बालों और महँगे दाँतों वाली, तनावग्रस्त और स्वस्थ। उसका पेट सपाट और सख़्त था जो हर सप्ताह कई घंटों के व्यायाम को दर्शाता था।

इस जीवन में शराब के बारे में ज्ञान होने का दिखावा नहीं किया जा सकता था। लेकिन *शेष सब* होने का दिखावा करना आसान था, जो इस बात का संकेत था कि एडुआर्डो के साथ उसकी सफल शादी की कुंजी यह थी कि वह वास्तव में किसी बात पर ध्यान नहीं देता था।

आख़िरी पर्यटक के चले जाने के बाद, एडुआर्डो और नोरा हाथ में शराब का गिलास लेकर खुले आकाश के नीचे बैठ जाते थे।

'लॉस ऐंजेलिस में आग बुझ चुकी है,' उसने नोरा से कहा।

नोरा सोचने लगी कि उसके पॉप स्टार वाले जीवन में लॉस ऐंजेलिस के घर में कौन रहता था। 'यह राहत की बात है।'

'हाँ।'

'कितना सुंदर है ना?' नोरा ने तारों-भरे साफ़ आकाश की ओर देखते हुए पूछा।

'क्या?'

'आकाशगंगा।'

'हाँ।'

वह अपने फ़ोन पर था और कुछ नहीं बोला। फिर उसने फ़ोन नीचे रख दिया और फिर भी कुछ नहीं बोला।

नोरा रिश्तों में तीन तरह की ख़ामोशी से अवगत थी। एक, निष्क्रिय-आक्रामक चुप्पी। जाहिर है, अब-हमारे-पास-कहने-को-कुछ-नहीं-है वाली चुप्पी। और अंतिम वह चुप्पी थी जो एडुआर्डो और नोरा के बीच में पैदा हो गई थी। बात-करने-की-*ज़रूरत*-नहीं-रही वाली चुप्पी। वे *सिर्फ़ साथ* रहते थे, जिस तरह से आप अकेले ख़ुशी से रह सकते हैं।

लेकिन फिर भी, नोरा बात करना चाहती थी।

'हम ख़ुश हैं ना?'

'यह सवाल क्यों?'

'मुझे पता है कि हम ख़ुश हैं। मुझे बस तुमसे यह कभी-कभी सुनना अच्छा लगता है।'

'हम ख़ुश हैं, नोरा।'

उसने शराब का घूँट लिया और अपने पति की ओर देखा। उसने मौसम सामान्य होने के बावजूद स्वेटर पहन रखा था। वे कुछ देर बैठे रहे और फिर वह सोने चला गया।

'मैं अभी थोड़ी देर यहीं रुकूँगी।'

एडुआर्डो को इसमें कोई परेशानी नहीं थी। उसने नोरा के माथे पर हल्का-सा चुंबन दिया और चला गया।

नोरा शराब के गिलास लेकर बाहर निकली और चाँदनी में खिली लताओं के बीच पहुँच गई।

वह सितारों से भरे साफ़ आसमान को देखती रही।

नोरा के इस जीवन में सब ठीक ही था, लेकिन फिर भी उसके भीतर अन्य चीज़ों, अन्य जीवन, अन्य संभावनाओं की लालसा थी। उसे लगा जैसे वह हवा में घूम रही है और उतरने के लिए तैयार नहीं है। शायद वह ह्यूगो लेफ़ेवरे की तरह अधिक थी। शायद वह ज़िंदगियों को किताब के पन्नों की तरह आसानी से पलट सकती थी।

उसने यह जानते हुए कि उसे नशा नहीं होगा, बची हुई बाक़ी शराब पी ली। 'पृथ्वी और काष्ठ,' उसने ख़ुद से कहा। फिर उसने आँखें बंद कर लीं।

अभी ज़्यादा समय नहीं हुआ था। बिलकुल नहीं।

नोरा खड़ी ग़ायब होने का इंतज़ार करती रही।

नोरा सीड के अनेक जीवन

नोरा को कुछ समझ में आया। कुछ ऐसा जो स्वालबार्ड की रसोई में ह्यूगो ने उसे कभी पूरी तरह से नहीं समझाया था। प्रत्येक जीवन को अनुभव करने का विकल्प रखने के लिए आपको हर जीवन के हर पहलू का आनंद लेने की आवश्यकता नहीं है। आपको केवल इस विचार को नहीं छोड़ना कि कहीं किसी जीवन का आनंद लिया जा सकता है। इसी तरह, किसी जीवन का आनंद लेने का मतलब यह नहीं कि आप उसी जीवन में रहें। आप किसी जीवन में स्थायी रूप से तभी रहेंगे यदि आप उससे बेहतर जीवन की कल्पना नहीं कर सकते। और यह विरोधाभास है कि आपने जितने अधिक जीवन जिए, उतना ही अधिक बेहतर जीवन के बारे में सोचना आसान हो गया, क्योंकि हर नए जीवन के साथ कल्पना थोड़ी और विस्तृत हो गई।

तो, समय के साथ और श्रीमती एल्म की सहायता से नोरा ने शेल्फ़ से बहुत सारी किताबें लीं और सही जीवन की खोज में अनेक अलग-अलग जीवन का स्वाद चखा। उसने जाना कि पछतावे से मुक्त होना वास्तव में इच्छाओं को पूरा करने का एक तरीक़ा है। आख़िरकार, ब्रह्मांड में वह लगभग *कोई* जीवन जी रही थी।

अपने एक जीवन में नोरा ने पेरिस में एकांत समय बिताया और वह मोंटपर्नासे के एक कॉलेज में अंग्रेज़ी पढ़ाती, सीन द्वारा साइकिल से जाती और पार्क की बेंचों पर बैठकर बहुत-सी किताबें पढ़ती थी। एक अन्य जीवन में, वह एक योग शिक्षिका थी, जिसकी गर्दन उल्लू की तरह लचीली थी।

एक जीवन में उसने तैरना जारी रखा था, लेकिन कभी ओलिंपिक में जाने की कोशिश नहीं की थी। उसने यह काम सिर्फ़ मनोरंजन के लिए किया। उस जीवन में वह बार्सिलोना के पास सिटजेस के समुद्र-तट रिसॉर्ट पर लाइफ़गार्ड का काम करती थी, कैटलन और स्पेनिश भाषाओं में दक्ष थी, और उसकी गैब्रिएला नाम की एक हँसमुख, अच्छी दोस्त थी, जिसने उसे सर्फ़ करना सिखाया। उसके साथ नोरा, समुद्र-तट से पाँच मिनट की दूरी पर एक अपार्टमेंट में रहती थी।

एक जीवन ऐसा था जहाँ नोरा ने गल्प-लेखन जारी रखा, जो वह विश्वविद्यालय में शौकिया तौर पर किया करती थी और अब वह लेखिका बन चुकी थी। उसके उपन्यास *द शेप ऑफ़ रिग्रेट* की शानदार समीक्षाएँ प्रकाशित हुईं और उस किताब को

एक प्रमुख साहित्यिक पुरस्कार के लिए भी चुना गया। उसी जीवन में उसने मैजिक लैंटर्न प्रोडक्शंस के दो मिलनसार निर्माताओं के साथ निराशाजनक और अत्यंत साधारण सोहो सदस्यों के क्लब में दोपहर का भोजन किया, जो उसे फ़िल्म का विकल्प देना चाहते थे। उसके गले में फ़्लैटब्रेड का टुकड़ा फँस गया था जिसके बाद उसने एक निर्माता के पतलून पर रेड वाइन गिरा दी और पूरी बैठक को बिगाड़ दिया।

एक जीवन में उसके किशोर बेटे का नाम हेनरी था, जिससे वह ठीक से कभी नहीं मिली, क्योंकि वह उसके साथ दुर्व्यवहार करता था।

किसी अन्य जीवन में वह एक कॉन्सर्ट पियानोवादक थी, जो वर्तमान में स्कैंडिनेविया में दौरे पर थी और हर रात भीड़ के लिए पियानो बजाती थी (और हेलसिंकी में फ़िनलैंडिया हॉल में चॉपिन के पियानो कॉन्सर्टो नंबर 2 के एक गायन के दौरान वह मिडनाइट लाइब्रेरी में ग़ायब हो गई थी)।

एक जीवन में उसने केवल टोस्ट खाए।

एक जीवन में वह ऑक्सफ़ोर्ड गई और सेंट कैथरीन कॉलेज में दर्शनशास्त्र की लेक्चरर बनी और सम्मानजनक शांतिपूर्ण माहौल में एक बढ़िया जॉर्जियाई टाउनहाउस में अकेली रहती थी।

एक अन्य जीवन में नोरा भावनाओं का समंदर थीं। वह सबकुछ गहराई और प्रत्यक्ष रूप से महसूस करती थी। हर ख़ुशी और हर दुख। एक ही क्षण में तीव्र आनंद और तीव्र पीड़ा दोनों हो सकते हैं मानो वे गतिशील पेंडुलम की तरह एक-दूसरे पर निर्भर थे। बाहर की साधारण सैर उसे भारी उदासी से भर सकती थी सिर्फ़ इसलिए कि सूरज, बादल के पीछे छिप गया था। और इसके विपरीत, किसी कुत्ते से मिलकर, जो उसका ध्यान पाने के लिए लालायित था, वह इतना आनंदित महसूस करती थी मानो उस ख़ुशी के चलते फ़ुटपाथ में ही घुल जाएगी। उस जीवन में उसके बिस्तर के बगल में एमिली डिकिंसन कविताओं की किताब थी और उसके पास एक तरफ़ 'एक्सट्रीम स्टेट्स ऑफ़ यूफ़ोरिया' नामक एक प्लेलिस्ट थी तो एक अन्य लिस्ट थी जिसका नाम था 'द ग्लू टु फ़िक्स मी व्हेन आई एम ब्रोकन'।

एक जीवन में वह एक ट्रैवल व्लॉगर थी, जिसमें यूट्यूब पर उसके 1,750,000 सब्स्क्राइबर थे और लगभग उतने ही लोग इंस्टाग्राम पर उसका अनुसरण कर रहे थे। उसका सबसे लोकप्रिय वीडियो वह था, जिसमें वह वेनिस में एक गोंडोला से गिर गई थी। और एक रोम के बारे में 'अ रोमा थेरेपी' नाम का वीडियो भी था।

एक जीवन में वह एक ऐसे बच्चे की अकेली अभिभावक थी, जो बिलकुल सोता नहीं था।

एक जीवन में उसका एक टैबलॉयड अख़बार में शोबिज कॉलम था और वह रयान बेली के रिश्तों के बारे में कहानियाँ लिखती थी।

एक जीवन में वह *नैशनल ज्योग्राफ़िक* में पिक्चर एडिटर थी।

फिर अपने एक जीवन में वह एक कार्बन-तटस्थ और सफल पर्यावरण-वास्तुकार थी, जो ख़ुद के डिज़ाइन किए बंगले में रहती थी, जिसमें वर्षा-जल के संरक्षण और सौर-ऊर्जा का प्रबंध था।

एक जीवन में वह बोत्सवाना में एक सहायक कार्यकर्ता थी।

एक जीवन में बिल्ले की देखभाल करने वाली।

एक जीवन में किसी बेघर आश्रय की स्वयंसेवक।

एक जन्म में वह अपनी इकलौती सहेली के सोफ़े पर सो रही थी।

एक जीवन में उसने मॉन्ट्रियल में संगीत सिखाया।

एक जीवन में वह सारा दिन ट्विटर पर अनजान लोगों के साथ बहस करती थी, जिसमें से अधिकांश ट्वीट् 'कुछ बेहतर करो' कहकर समाप्त हो जाते थे, जबकि अंदर से उसे लगता था कि वह यह बात ख़ुद से कहती थी।

एक जीवन में उसका कोई सोशल मीडिया अकाउंट नहीं था।

एक जीवन में उसने कभी शराब नहीं पी।

एक जीवन में वह शतरंज चैंपियन थी और एक टूर्नामेंट के लिए यूक्रेन जा रही थी।

एक जीवन में उसकी शादी किसी शाही परिवार के नाबालिग से हुई थी और वह उससे हर मिनट नफ़रत करती थी।

एक जीवन में उसके फ़ेसबुक और इंस्टाग्राम पर केवल रूमी और लाओ त्ज़ु के उद्धरण थे।

एक जीवन में वह अपने तीसरे पति के साथ थी और बुरी तरह ऊब चुकी थी।

एक जीवन में वह शाकाहारी पावर-लिफ़्टर थीं।

एक जीवन में वह दक्षिण अमेरिका की यात्रा कर रही थी, जब चिली में भूकंप आ गया था।

एक जीवन में उसकी बेकी नाम की एक सहेली थी, जो हमेशा कुछ अच्छा होने पर 'ओह व्हाट लार्क्स!' कहती थी।

एक जीवन में वह कॉर्सिकन तट पर गोता लगाते हुए फिर से ह्यूगो से मिली, और उन्होंने क्वांटम याँत्रिकी पर बातें की और फिर वे समुद्र-तट के एक बार में नशे में धुत हो गए। ह्यूगो, बात आधी छोड़कर उस जीवन से बाहर निकल गया इसलिए नोरा अकेले बात कर रही थी, जबकि ह्यूगो उसका नाम याद करने की कोशिश कर रहा था।

कुछ ज़िंदगियों में नोरा पर लोग ख़ूब ध्यान देते थे, जबकि कुछ जीवन ऐसे थे जहाँ उसने किसी को आकर्षित नहीं किया। कुछ में वह अमीर थी तो कुछ जीवन में ग़रीब। किसी जीवन में स्वस्थ थी और कुछ जन्मों में बिना साँस लिए वह सीढ़ियाँ नहीं चढ़ पाती थी। कुछ में उसके संबंध थे तो दूसरों में वह अकेली थी और कई ऐसे भी थे, जिनमें नोरा कहीं बीच में थी। कुछ जन्मों में वह माँ थी, लेकिन अधिकांश में ऐसा नहीं था।

वह रॉक स्टार, ओलिंपियन, संगीत शिक्षिका, प्राथमिक विद्यालय की शिक्षिका, प्रोफ़ेसर, सीईओ, पीए, रसोइया, ग्लेशियोलॉजिस्ट, जलवायु विशेषज्ञ, कलाबाज, वृक्षारोपण करने वाली, लेखा परीक्षा प्रबंधक, हेयर ड्रेसर, पेशेवर कुत्ता घुमाने वाली, कार्यालय क्लर्क, सॉफ़्टवेयर डेवलपर, रिसेप्शनिस्ट, होटल की सफ़ाईकर्मी, राजनेता, वकील, दुकानदार, महासागर संरक्षण दान की प्रमुख, दुकान कार्यकर्ता (फिर से), बैरा, प्रथम-पंक्ति पर्यवेक्षक, ग्लास-ब्लोअर और बहुत कुछ रह चुकी थी। उसने कारों, बसों, ट्रेनों में, फेरी और बाइक पर तथा पैदल यात्रा की थी। उसके पास ढेर सारे ईमेल थे। उसका एक तिरपन वर्षीय बॉस था, जिसके मुँह से दुर्गंध आती थी। उसने टेबल के नीचे से नोरा का पैर छुआ और उसे अपने लिंग की एक तसवीर भी भेजी। नोरा के कुछ सहकर्मी उसके बारे में झूठ बोलते थे, कुछ उससे प्यार करते थे, और कुछ (मुख्य रूप से) ऐसे थे, जिन्हें उससे कोई लेना-देना नहीं था। कुछ जन्म ऐसे थे, जिनमें नोरा ने काम नहीं करना चुना तो कुछ में उसने यह चुना नहीं, लेकिन उसे काम मिला भी नहीं। कुछ जन्मों में उसने काँच की छत को तोड़ा तो कुछ में उसने उसे पॉलिश किया। वह बहुत अधिक और बहुत कम योग्य भी रह चुकी थी। उसे शानदार नींद आती थी तो कभी वह बिलकुल नहीं सो पाती थी। कुछ जन्मों में वह डिप्रेशन की दवाइयाँ लेती थी और दूसरों में उसने कभी सिरदर्द के लिए आइबुप्रोफ़ेन तक नहीं ली। कुछ जन्मों में वह शारीरिक रूप से स्वस्थ थी, लेकिन उसे लगता था कि वह बीमार है, जबकि कुछ में वह गंभीर रूप से बीमार थी और उसे ऐसा ही लगता भी था, लेकिन अधिकांश जन्मों में वह बीमार होने के बारे बिलकुल नहीं सोचती थी। एक जीवन ऐसा था, जहाँ उसे बहुत थकान रहती थी, एक में उसे कैन्सर था, और एक जन्म था, जिसमें वह हर्निया वाली डिस्क से पीड़ित थी तथा और एक कार दुर्घटना में उसकी पसलियाँ टूट गई थीं।

संक्षेप में, नोरा के अनेक जीवन रह चुके थे।

और उन जन्मों में वह हँसी और रोई थी। वह शांत और भयभीत और दोनों के बीच में सबकुछ महसूस कर चुकी थी।

इनके बीच उसने हर बार श्रीमती एल्म को लाइब्रेरी में देखा।

पहले ऐसा लगा कि उसने जितने अधिक जीवन अनुभव किए, उसे स्थानांतरण में उतनी ही कम समस्याएँ हुईं। उसे ऐसा कभी महसूस नहीं हुआ कि लाइब्रेरी, ढहने, गिर जाने के कगार पर था या वह पूरी तरह से ग़ायब होने वाला था। कई बार उसकी रोशनी भी झिलमिलाती नहीं थी। मानो वह जीवन को लेकर स्वीकृति की स्थिति में पहुँच गई थी - कि अगर कोई बुरा अनुभव होता है तो केवल बुरे अनुभव ही नहीं होते। उसने महसूस किया कि उसने अपने जीवन को समाप्त करने की कोशिश इसलिए नहीं की, क्योंकि वह दुखी थी, बल्कि इसलिए कि उसने यह मान लिया था कि दुख से बाहर निकलने का कोई रास्ता नहीं था।

उसे लगा कि यही बात, अवसाद और भय एवं निराशा के बीच के अंतर का आधार थी। डर तब लगता है जब आप किसी तहख़ाने में हों और आपको चिंता हो कि दरवाज़ा बंद हो जाएगा। निराशा तब होती है, जब आपके अंदर आने के बाद पीछे से दरवाज़ा बंद हो जाए।

लेकिन हर जीवन में उसने देखा कि उसने जैसे-जैसे अपनी कल्पना का बेहतर उपयोग किया, वह दरवाज़ा और चौड़ा होता गया। किसी जीवन में एक मिनट से भी कम समय के लिए रही, जबकि अन्य में उसने कई दिन या सप्ताह बिताए। ऐसा लगता था कि वह किसी जीवन में जितना अधिक समय रहती थी, वहाँ सहज हो पाना उतना ही कठिन हो जाता था।

परेशानी यह थी कि नोरा को यह समझ नहीं आ रहा था कि आख़िर वह कौन है। जिस तरह कोई शब्द एक कान से दूसरे कान तक धीरे-से बोला जाता है उसी तरह उसे अपना नाम शोर जैसा लगने लगा, जिसका कोई मतलब नहीं था।

'बात नहीं बन रही,' उसने कॉर्सिका के समुद्र-तट के बार में ह्यूगो के साथ अपनी अंतिम बातचीत में कहा था। 'अब इसमें मज़ा नहीं आता। मैं तुम्हारे जैसी नहीं हूँ। मुझे रहने के लिए जगह चाहिए। लेकिन ज़मीन स्थिर नहीं रहती।'

'मज़ा तो कूदने में ही है।'

'लेकिन अगर लैंडिंग ही नहीं हो तो?'

और यही वह क्षण था, जब ह्यूगो अपने वीडियो स्टोर में लौट गया।

'माफ़ करना,' ह्यूगो के दूसरे रूप ने कहा। वह शराब पी रहा था और पीछे सूरज डूबने लगा। 'मैं भूल गया कि तुम कौन हो।'

'चिंता मत करो,' नोरा ने कहा। 'मैं भी भूल गई हूँ।'

क्षितिज द्वारा निगले जा चुके सूर्य की तरह नोरा भी ओझल हो गई थी।

लाइब्रेरी में गुम

'श्रीमती एल्म?'

'हाँ, नोरा, क्या बात है?'

'अँधेरा हो गया है।'

'हाँ, मैंने देखा।'

'यह अच्छा संकेत नहीं है ना?'

'नहीं,' श्रीमती एल्म ने हड़बड़ाते हुए कहा। 'तुम जानती हो कि यह अच्छा संकेत नहीं है।'

'मैं इसे जारी नहीं रख सकती।'

'तुम हमेशा यही कहती हो।'

'मेरे जीवन समाप्त हो गए हैं मैं सब रहकर देख चुकी हूँ। फिर भी मैं हमेशा यहीं वापस आ जाती हूँ। हर बार कुछ ऐसा होता है, जो मेरे आनंद को बाधित कर देता है। हर बार। मैं कृतघ्न महसूस करती हूँ।'

'ठीक है, तुम्हें ऐसा नहीं सोचना चाहिए। और वैसे भी अभी कुछ ख़त्म नहीं हुआ है।' श्रीमती एल्म ने आह भरी। 'क्या तुम्हें पता है कि हर बार जब तुम एक किताब चुनती हो तो यह शेल्फ़ में वापस नहीं आती?'

'हाँ।'

'इस कारण तुम कभी उस जीवन में वापस नहीं जा सकतीं, जिसे तुम देख चुकी हो। हर बार कुछ... बदलाव होता है। मिडनाइट लाइब्रेरी में आप एक ही किताब को दो बार नहीं निकाल सकते।'

'मैं समझी नहीं।'

'इस अँधेरे में भी तुम्हें यह पता है कि ये अलमारियाँ किताबों से उतनी ही भरी हुई हैं जितनी पिछली बार तुमने देखी थीं। अगर तुम चाहो तो उन्हें छूकर महसूस कर सकती हो।'

नोरा ने बिना छुए कहा, 'हाँ। मुझे पता है कि ऐसा है।'

'ये उतनी ही भरी हुई हैं जितनी तब थीं जब तुम पहली बार यहाँ आए आई थीं, है ना?'

'मुझे नहीं...'

'इसका मतलब है कि तुम्हारे लिए अब भी उतने ही संभावित जीवन हैं, जितने पहले थे। वास्तव में इनकी संख्या अनंत है। तुम्हारी ये संभावनाएँ कभी समाप्त नहीं हो सकतीं।'

'लेकिन उनकी चाहत तो समाप्त हो सकती है।'

'ओह नोरा!'

'ओह क्या?'

अँधेरे में जैसे कुछ ठहर गया था। नोरा ने समय देखने के लिए अपनी घड़ी की छोटी लाइट दबाई।

00:00:00

'मुझे लगता है,' श्रीमती एल्म ने कहा,' अगर मैं स्पष्ट शब्दों में कहूँ तो मुझे लगता है कि तुम रास्ता भटक गई हो।'

'क्या मैं पहली बार मिडनाइट लाइब्रेरी में इसीलिए नहीं आई थी? क्योंकि मैं रास्ता भटक गई थी?'

'*हाँ।* लेकिन अब *तुम अपने खोएपन में भी खो गई हो।* आशय है कि बहुत अधिक खो गई हो। तुम इस तरह जीने का तरीक़ा नहीं ढूँढ़ पाओगी।'

'अगर कोई तरीक़ा हुआ ही नहीं तो? अगर मैं... फँस चुकी हूँ तो?'

'जब तक शेल्फ़ में किताबें हैं, तुम फँसी नहीं हो। हर किताब यहाँ से निकल जाने का एक संभावित रास्ता है।'

नोरा ने कहा, 'मैं जीवन को ही नहीं समझती।'

'तुम्हें जीवन को *समझने* नहीं होता। इसे *जीना* होता है।'

नोरा ने सिर हिलाया। यह दर्शनशास्त्र स्नातक के लिए कुछ ज़्यादा गंभीर बात थी।

'लेकिन मैं ऐसा नहीं बनना चाहती,' नोरा ने कहा। 'मैं ह्यूगो जैसा नहीं बनना चाहती। मुझे हमेशा ज़िंदगियों के बीच इस तरह झूलते नहीं रहना।'

'ठीक है। तो मेरी बात ध्यान से सुनो। अब, क्या तुम्हें मेरी सलाह चाहिए या नहीं?'

'हाँ। बिलकुल। थोड़ा देर हो चुकी है, लेकिन श्रीमती एल्म, मैं आपकी सलाह के लिए आभारी रहूँगी।'

'ठीक है। मुझे लगता है कि तुम एक ऐसी जगह पहुँच गई हो, जहाँ तुम्हें पेड़ और लकड़ी में अंतर नहीं दिख रहा।'

'मैं आपका आशय नहीं समझी।'

'ये जीवन पियानो की तरह हैं जहाँ तुम केवल धुनें बजा रही हो, लेकिन तुम स्वयं वह नहीं हो। तुम भूल रही हो कि तुम कौन हो। तुम कुछ नहीं बन पा रहीं। तुम अपने मूल जीवन को भूल रही हो। तुम भूल रही हो कि तुम्हारे लिए क्या ठीक था और क्या नहीं। तुम अपने पछतावों को भूल रही हो।'

'मैं अपने पछतावों को भोग चुकी हूँ।'

'नहीं। सबको नहीं।'

'ठीक है, हर छोटे पछतावे को नहीं। ज़ाहिर है, नहीं।'

'तुम्हें *पश्चाताप की किताब* को फिर से देखने की आवश्यकता है।'

'मैं इतने अँधेरे में उसे कैसे देख सकती हूँ?'

'क्योंकि तुम पहले से ही पूरी किताब जानती हो। क्योंकि वह तुम्हारे अंदर है। जिस प्रकार... जैसे मैं हूँ।'

उसे याद आया कि डायलन ने बताया था कि उसने श्रीमती एल्म को केयर होम के पास देखा था। नोरा ने यह बताने के बारे में सोचा, लेकिन फिर उसने कुछ नहीं कहा। 'ठीक है।'

'हम केवल वही जानते हैं, जिसे हम अनुभव करते हैं। हम जो कुछ भी अनुभव करते हैं वह आख़िर में उस विषय में हमारी धारणा ही है। ''यह महत्त्वपूर्ण नहीं है कि आप क्या देख रहे हैं, महत्त्वपूर्ण वह है जिस पर आपका ध्यान है।'''

'आप थोरो को जानती हैं?'

'बिलकुल, यदि तुम जानती हो।'

'बात यह है कि मुझे पता नहीं कि मुझे किस बात का पछतावा है।'

'ठीक है, देखते हैं। तुम कहती हो कि मैं सिर्फ़ एक धारणा हूँ। फिर तुमने मेरे बारे में क्यों सोचा? मैं – श्रीमती एल्म – क्यों हूँ, जिसे तुम देखती हो?'

'मुझे नहीं पता। शायद इसलिए, क्योंकि आपके ऊपर मुझे भरोसा था। आप मेरे प्रति दयालु थीं।'

'दया, प्रबल शक्ति है।'

'और दुर्लभ भी।'

'हो सकता है तुम्हारा ध्यान ग़लत जगह पर हो।'

'हो सकता है।'

लाइब्रेरी के चारों ओर प्रकाश बल्बों की धीरे-धीरे बढ़ती चमक से अँधेरा छँटने लगा।

'तो अपने मूल जीवन में तुमने ऐसा और कब महसूस किया? दया को?'

नोरा को वह रात याद आई जब ऐश ने उसके दरवाज़े पर दस्तक दी थी। हो सकता है कि सड़क से एक मरे हुई बिल्ले को उठाकर बारिश में नोरा के फ़्लैट के छोटे से गार्डन में लाना और फिर उसे नोरा की ओर से दफ़नाना, चूँकि नोरा दुख से छटपटा रही थी, दुनिया के लिए बहुत रोमांटिक बात नहीं हो। लेकिन यह निश्चित रूप से दया कहलाने के रूप है कि अपने समय में से चालीस मिनट निकालकर और केवल एक गिलास पानी के बदले में किसी ज़रूरतमंद की मदद की जाए।

नोरा उस समय उस दया के भाव की सराहना नहीं कर पाई थी। उसका दुख और उसकी निराशा बहुत प्रबल थे। लेकिन अब उसने इसके बारे में सोचा तो पाया कि वह सचमुच काफ़ी उल्लेखनीय था।

'मुझे लगता है मुझे पता है,' उसने कहा। 'यह भाव ठीक मेरे सामने था, जिस रात मैंने ख़ुद को मारने की कोशिश की थी।'

'मतलब, कल शाम को?'

'मुझे लगता है। हाँ। ऐश। शल्य चिकित्सक। जिसने वोल्ट्स को देखा। जिसने एक बार मुझसे कॉफ़ी के लिए पूछा था। सालों पहले। जब मैं डैन के साथ थी। मैंने ही मना कर दिया था, क्योंकि उस समय मैं डैन के साथ थी। लेकिन अगर मैं उसके साथ नहीं होती तो? अगर मैंने डैन से नाता तोड़ लिया होता और ऐश के कॉफ़ी पीने चली जाती और हिम्मत करके, उस शनिवार को, कॉफ़ी के लिए हाँ कह दी होती तो क्या होता? क्योंकि एक जीवन ऐसा अवश्य होगा, जिसमें मैं उस पल में अकेली होती और जहाँ मैंने वो कहा होता जो मैं कहना चाहती थी। जहाँ मैंने यह कहा होता, ''हाँ ऐश, मैं कॉफ़ी के लिए जाना चाहूँगी। जहाँ मैंने ऐश को चुना होता।'' मैं उस जीवन में जाना चाहती हूँ। वह जीवन मुझे कहाँ ले गया होता?

और अँधेरे में तानोरा ने शेल्फ़ की जानी-पहचानी आवाज़ सुनी। वे धीरे-धीरे खिसक रही थीं फिर तेज़ हो गईं। अचानक श्रीमती एल्म को उस जीवन से जुड़ी पुस्तक दिख गई।

'वो रही!'

सीप में मोती

वह उथली नींद से जागी तो पहली चीज़ जो उसने देखी वह यह थी कि वह बुरी तरह थकी हुई थी। वह अँधेरे में दीवार पर एक तसवीर देख सकती थी। वह केवल इतना समझ पाई कि वह तसवीर एक पेड़ की धुँधली सी व्याख्या थी। कोई लंबा और नुकीला पेड़ नहीं बल्कि थोड़ा छोटा, और चौड़ा और फूलदार।

उसके बगल में एक आदमी सो रहा था। चूँकि वह उससे दूर था, वहाँ अँधेरा था वह काफ़ी हद तक रजाई के नीचे छिपा था, इसलिए यह बताना कठिन था कि क्या वह आदमी ऐश था।

यह सामान्य से ज़्यादा अजीब था। एक ऐसे आदमी के साथ बिस्तर पर होना, जिसके साथ नोरा ने मिलकर केवल अपने बिल्ले को दफ़नाया था और संगीत की दुकान के काउंटर पर थोड़ी दिलचस्प बातचीत की थी, अजीब ही महसूस होना था। लेकिन मिडनाइट लाइब्रेरी में प्रवेश के बाद नोरा धीरे-धीरे इस अजीबोगरीब आदत की अभ्यस्त हो गई थी।

और सिर्फ़ इसलिए कि उस आदमी का ऐश होना संभव था, यह भी संभव था कि ऐसा ना हो। केवल एक निर्णय के आधार पर भविष्य के हर परिणाम की भविष्यवाणी नहीं की जा सकती थी। उदाहरण के लिए, हो सकता है कि ऐश के साथ कॉफ़ी के लिए जाने पर नोरा को कॉफ़ी देने वाले व्यक्ति से प्यार हो जाता। यह क्वांटम भौतिकी का अप्रत्याशित स्वभाव था।

नोरा ने अपनी अनामिका को छूकर महसूस किया।

दो अँगूठियाँ।

वह आदमी पलटा।

तभी एक हाथ अँधेरे में नोरा पर पड़ा। उसने धीरे से हाथ को उठाया और वापस रजाई पर रख दिया। फिर वह बिस्तर से बाहर निकली। वह नीचे जाकर और सोफ़े पर लेटकर हमेशा की तरह फ़ोन पर अपने बारे में शोध करने का विचार बना रही थी।

यह एक रोचक तथ्य था कि उसने कितने भी जीवन का अनुभव किया हो, और वे जीवन परस्पर कितने भी अलग रहे हो, नोरा लगभग हमेशा अपना फ़ोन बिस्तर के पास रखती थी। और इस जीवन में भी ऐसा ही था। उसने फ़ोन पकड़ा

और चुपचाप कमरे से बाहर निकल गई। वह आदमी जो भी था, गहरी नींद में सोता रहा और बिलकुल नहीं हिला।

नोरा उसे देखती रही।

'नोरा?' वह आधी नींद में बुदबुदाया।

यह वही था। नोरा को लगभग यक़ीन हो गया था। ऐश।

'मैं शौचालय जा रही हूँ,' नोरा ने कहा।

वह 'ठीक है' जैसा ही कुछ बुदबुदाया और वापस सो गया।

नोरा धीरे-धीरे चलने लगी। लेकिन वह जैसे ही दरवाज़ा खोलकर कमरे से बाहर निकली, वह लगभग उछल पड़ी।

वहाँ आधी रोशनी में उसने देखा कि सामने एक और इंसान खड़ा था। छोटा-सा। बच्चे के आकार का।

'माँ, मैंने एक डरावना सपना देखा।'

दालान में मंद बल्ब की कोमल रोशनी में वह उस लड़की का चेहरा देख सकती थी। उसके सुनहरे बाल सोने के कारण बिखर कर उसके माथे पर चिपक गए थे।

नोरा ने कुछ नहीं कहा। वह उनकी बेटी थी।

वह कुछ कैसे कह सकती थी?

अब एक परिचित-सा प्रश्न उठा : वह ऐसे ही किसी भी जीवन में कैसे शामिल हो सकती थी, जिसके लिए उसे कई वर्ष की देरी हो गई थी? नोरा ने आँखें बंद कर लीं। कुछ अन्य जीवन, जिसमें नोरा के बच्चे थे, केवल कुछ ही मिनट चले थे। यह जीवन पहले से ही अज्ञात दिशा में बढ़ने लगा था।

वह अपने भीतर कुछ रखने का प्रयास कर रही थी, उसके बोझ से उसका शरीर काँप रहा था। वह उसे नहीं देखना चाहती थी। अपने लिए ही नहीं बल्कि उस लड़की के लिए भी। यह विश्वासघात जैसा था। नोरा उसकी माँ थी, लेकिन फिर भी उसकी माँ नहीं थी। वह एक अजीब-से घर में अजीब-सी महिला थी, जो एक अजीब-से बच्चे को देख रही थी।

'माँ? क्या तुम मुझे सुन रही हो? मैंने एक डरावना सपना देखा।'

नोरा ने सुना कि वह आदमी बिस्तर में हिलने लगा था। यदि वह जाग जाता तो स्थिति और अजीब हो जाती। इसलिए नोरा ने बच्चे से बात करने का फ़ैसला किया।

'ओह, यह तो बुरी बात है,' वह धीरे-से बोली। 'हालाँकि यह सच नहीं है। वह केवल एक सपना था।'

'मैंने भालू देखे।'

नोरा ने दरवाज़ा बंद कर लिया। 'भालू?'

'उस कहानी के कारण।'

'हाँ, ठीक है। वह कहानी। चलो, अपने बिस्तर पर वापस आ जाओ...' फिर नोरा को लगा कि ऐसे बोलना बुरा था। 'बेटे,' उसने कहा, और वह इस बीच सोच रही थी कि वह इस दुनिया में अपनी बेटी को क्या कहती होगी। 'यहाँ भालू नहीं हैं।'

'केवल टेडी बियर।'

'हाँ, केवल...'

लड़की थोड़ी और जाग गई थी। उसकी आँखें चमक उठीं। उसने अपनी माँ को देखा तो एक पल के लिए नोरा को ऐसा ही लगा। उसकी माँ के जैसा। वह किसी और के माध्यम से इस दुनिया से जुड़े होने की विचित्रता को महसूस कर रही थी। 'माँ, तुम क्या कर रही थीं?'

वह ज़ोर से बोल रही थी। वह बोलते हुए गंभीर थी, जैसे चार साल के बच्चे (वह इससे ज़्यादा बड़ी नहीं थी) बोलते हैं।

'श्शश,' नोरा ने कहा। वह सचमुच उस लड़की का नाम जानना चाहती थी। नाम में शक्ति होती है। यदि आप अपनी ही बेटी का नाम नहीं जानते, तो आपका किसी चीज़ पर कोई नियंत्रण नहीं हो सकता। 'सुनो,' नोरा ने धीरे-से कहा, 'मैं कुछ काम से नीचे जा रही हूँ। तुम वापस अपने बिस्तर में जाओ।'

'लेकिन भालू।'

'वहाँ कोई भालू नहीं हैं।'

'वे मेरे सपने में आते हैं।'

नोरा को कोहरे के बीच से अपनी ओर दौड़ते हुए ध्रुवीय भालू की याद आई। उसे वह डर याद आया। अचानक उस क्षण में जीने की वह इच्छा याद आई। 'इस बार नहीं आएँगे। मैं वादा करती हूँ।'

'माँ, तुम इस तरह क्यों बोल रही हैं?'

'किस तरह?'

'इस तरह।'

'धीमे-धीमे?'

'नहीं।'

नोरा को समझ नहीं आया कि वह लड़की किस तरह बोलने के बारे में कह रही थी। उसके और उसकी माँ होने के बीच कैसा फ़ासला था। क्या मातृत्व हमारे बात करने के तरीक़े को प्रभावित करता है?

'जैसे तुम डरी हुई हो,' लड़की ने स्पष्ट किया।

'मैं डरी हुई नहीं हूँ।'

'मैं चाहती हूँ कोई मेरा हाथ पकड़ ले।'

'क्या?'

'मैं चाहती हूँ कोई मेरा हाथ पकड़ ले।'

'ठीक है।'

'माँ, तुम समझी नहीं!'

'हाँ। हाँ, मैं मूर्ख हूँ।'

'मैं सच में डरी हुआ हूँ।'

उसने यह बात चुपचाप कही थी। तब नोरा की नज़र उस पर पड़ी। और तब उसे ठीक से देखा। वह लड़की पूरी तरह से पराई और साथ ही पूरी तरह से परिचित लग रही थी। नोरा ने अपने भीतर हलचल महसूस हुई। उसे कुछ शक्तिशाली और चिंताजनक महसूस हो रहा था।

वह लड़की उसे ऐसे देख रही थी, जैसे पहले कभी किसी ने नहीं देखा था। यह भाव बहुत डरावना था। उसका मुँह नोरा जैसा था। और वह नोरा की तरह थोड़ी खोई हुई दिख रही थी। वह सुंदर थी और वह उसी की बेटी थी या उसकी तरह थी। नोरा को सहसा अपने भीतर प्रेम उमड़ता हुआ महसूस हुआ। वह जानती थी कि यदि अगर लाइब्रेरी उसके पास नहीं आया (और वह नहीं आ रहा था) तो उसे ही दूर जाना पड़ेगा।

'माँ, क्या तुम मेरा हाथ पकड़ोगी...?'

'मैं...'

लड़की ने नोरा के हाथ में अपना हाथ डाल दिया। वह हाथ बहुत छोटा और गर्म था। नोरा उदास हो गई। उस लड़की का हाथ उसे आराम दे रहा था और किसी सीप में मोती की तरह स्वाभाविक लग रहा था। लड़की ने नोरा को बगल के कमरे की ओर, जो उसका बेडरूम था, खींच लिया। नोरा ने दरवाज़ा लगभग बंद कर दिया और घड़ी में समय देखने की कोशिश की, लेकिन इस जीवन में उसके पास क्लासिक-दिखने वाली एनालॉग घड़ी थी, जिसमें रोशनी नहीं थी इसलिए नोरा की आँखों को समायोजित होने में कुछ सेकेंड लगे। उसने अपने फ़ोन में दोबारा समय देखा। रात के 2:32 बजे थे, इसलिए वह अपने इस जीवन में जब भी सोने गई हो, वह अधिक सो नहीं पाई थी। निश्चित रूप से उसकी नींद पूरी नहीं हुई थी।

'माँ, तुम्हारे मर जाने के बाद क्या होगा?'

कमरे में पूरी तरह अँधेरा नहीं था। दालान से थोड़ी-से रोशनी आ रहा था और पास में एक स्ट्रीटलैम्प था, जिसका प्रकाश कुत्ते के पैटर्न वाले पर्दे में से छनकर भीतर आ रहा था। नोरा को अपना आयताकार बिस्तर दिखाई पड़ा। उसे फ़र्श पर खिलौने वाले हाथी की आकृति भी दिख रही थी। कुछ अन्य खिलौने भी पड़े थे। कमरा ख़ुशनुमा ढंग से बिखरा हुआ था।

लड़की ने नोरा को देखा।

'मुझे नहीं पता,' नोरा ने कहा। 'मुझे नहीं लगता किसी को भी यह बात निश्चित तौर से पता है।'

उसने भौंहें सिकोड़ी। वह संतुष्ट नहीं थी। वह तनिक भी संतुष्ट नहीं थी।

'सुनो,' नोरा ने कहा। 'मरने से ठीक पहले तुम्हें फिर से जीने का मौक़ा मिलता है। तुम्हारे पास ऐसी चीज़ें हो सकती हैं जो पहले नहीं थीं। तुम अपनी पसंद का जीवन चुन सकते हो।'

'यह तो अच्छा है।'

'लेकिन तुम्हें इसकी लंबे समय तक चिंता नहीं करनी। तुम्हारा जीवन रोमांचक कारनामों से भरा होगा। बहुत तरह की ख़ुशियाँ होंगी।'

'जैसे कैम्पिंग!'

उस प्यारी-सी लड़की को देखकर नोरा के चेहरे पर मुस्कान आ गई। 'हाँ। जैसे!'

'जब हम कैम्पिंग के लिए जाते हैं तो मुझे अच्छा लगता है!'

नोरा के चेहरे पर अब की मुस्कान थी, लेकिन आँखों में आँसू भी थे। यह जीवन उसे अच्छा लग रहा था। उसका अपना परिवार था। एक बेटी थी, जिसके साथ वह कैम्पिंग पर जा सकती थी।

'सुनो,' उसने कहा जब उसे अहसास हुआ कि वह जल्द ही उस बेडरूम से बाहर नहीं जा पाएगी। 'जब तुम उन चीज़ों के बारे में चिंतित होते हो जिनके बारे में तुम नहीं पता, जैसे भविष्य, तो ख़ुद को उन चीज़ों की याद दिलाना अच्छा होता है, जो तुम्हें पता हैं।'

'मैं समझी नहीं,' लड़की ने रजाई के नीचे दुबकते हुए कहा। नोरा उसके बगल में फ़र्श पर बैठ गई।

'खैर, यह एक खेल की तरह है।'

'मुझे खेल पसंद हैं।'

'क्या हम एक खेल खेलें?'

'हाँ,' उसकी बेटी मुस्कराई। 'चलो, खेलते हैं।'

खेल

'मैं तुमसे कुछ ऐसा पूछती हूँ, जो हम पहले से जानते हैं और तुम्हें उत्तर देना है। इसलिए, अगर मैं पूछूँ, मम्मी का नाम क्या है? तो तुम कहोगे नोरा। समझीं?'

'शायद।'

'तो, तुम्हारा नाम क्या है?'

'मौली।'

'ठीक है, डैडी का नाम क्या है?'

'डैडी!'

'लेकिन उनका असली नाम क्या है?'

'ऐश!'

बढ़िया! वह सचमुच एक सफल कॉफ़ी डेट थी।

'और हम कहाँ रहते हैं?'

'कैम्ब्रिज!'

कैम्ब्रिज। ठीक लगता है। नोरा को कैम्ब्रिज हमेशा से पसंद था, और यह बेडफ़ोर्ड से केवल तीस मील की दूरी पर था। ऐश को भी यह जगह पसंद आई होगी। और यहाँ से लंदन भी आना-जाना आसान था, अगर ऐश अब भी वहाँ काम करता होगा। संक्षेप में, ब्रिस्टल से निकलने के बाद, नोरा ने दर्शनशास्त्र में एमफ़िल करने के लिए आवेदन किया था और उसे कैयस कॉलेज में दाख़िला मिल गया था।

'कैम्ब्रिज का कौन-सा हिस्सा? क्या आप तुम्हें याद है? हमारी गली को क्या नाम है?'

'हम... बॉल... बॉल्टन रोड पर रहते हैं।'

'बहुत अच्छा! और क्या तुम्हारा कोई भाई या बहन है!'

'नहीं!'

'और क्या मम्मी और डैडी एक-दूसरे को पसंद करते हैं?'

मौली हँस पड़ी। 'हाँ!'

'क्या हम कभी चिल्लाते हैं?'

हँसी तेज़ हो गई। 'कभी–कभी! ख़ासकर मम्मी!'

'सॉरी!'

'तुम केवल तभी चिल्लाती हो, जब तुम सचमुच बहुत थकी होती हो और फिर तुम सॉरी कह देती हो; इसलिए सब ठीक है। सॉरी कह देने से सब ठीक हो जाता है।'

'क्या मम्मी बाहर काम पर जाती है?'

'हाँ। कभी–कभी।'

'क्या मैं अब भी उसी दुकान पर काम करती हूँ, जहाँ मैं डैडी से मिली थी?'

'नहीं।'

'मम्मी बाहर काम पर जाती है तो क्या करती है?'

'लोगों को पढ़ाती है!'

'वह कैसे करती है – मैं लोगों को कैसे पढ़ाती हूँ? मैं क्या पढ़ाती हूँ?'

'फ़िलो... फ़िलो... सॉ...फ़ी...'

'फ़िलोसॉफ़ी (दर्शन)?'

'वही तो मैंने कहा!'

'और मैं कहाँ पढ़ाती हूँ? विश्वविद्यालय में?'

'हाँ!'

'कौन–सा विश्वविद्यालय?' फिर उसे याद आया वे कहाँ रहते थे। 'कैम्ब्रिज विश्वविद्यालय में?'

'बिलकुल!'

उसने अंतराल को भरने की कोशिश की। हो सकता है इसी जीवन में उसने मास्टर्स डिग्री करने के लिए फिर से आवेदन किया हो और उसे सफलतापूर्वक पूरा कर लेने के बाद उसने अध्यापन शुरू किया हो।

जो भी हो, उसे इस जीवन में झाँसा देना था तो शायद उसे थोड़ा और दर्शनशास्त्र पढ़ना होगा। लेकिन फिर मौली ने कहा : 'लेकिन तुम अब वह काम छोड़ रही हो।'

'छोड़ रही हूँ? क्यों?'

'किताबें लिखने के लिए!'

'तुम्हारे लिए किताबें?'

'नहीं, बुद्धू! बड़ों के लिए।'

'मैं कोई किताब लिख रही हूँ?'

'हाँ! मैंने वही कहा।'

'मुझे पता है। मैं तुमसे कुछ बातें दो बार कहने को बोल रही हूँ। क्योंकि दोहराना अच्छा होता है। और इससे भालुओं का डर भी कम हो जाता है। ठीक है?'

'ठीक है।'

'क्या डैडी काम करते हैं?'

'हाँ।'

'क्या तुम्हें पता है कि डैडी क्या काम करते हैं?'

'हाँ। वे लोगों को काटते हैं!'

एक पल के लिए नोरा भूल गई कि ऐश एक सर्जन है और उसे लगा कि वह एक सीरियल किलर के घर में है। 'लोगों को काटते हैं?'

'हाँ, वे लोगों के शरीर को काटते हैं और उन्हें ठीक करते हैं!'

'ओह, हाँ। बिलकुल।'

'वे लोगों को बचाते हैं!'

'हाँ, सही बात है।'

'लेकिन वे दुखी होते हैं अगर कोई व्यक्ति मर जाता है।'

'हाँ, यह दुख की बात है।'

'क्या डैडी अब भी बेडफ़ोर्ड में काम करते हैं? या वे अब कैम्ब्रिज में हैं?'

मौली ने कंधा उचकाया। 'कैम्ब्रिज?'

'क्या वे संगीत बजाते हैं?'

'हाँ। हाँ, वे संगीत बजाते हैं। लेकिन बहुत बहुत बहुत बुरा!' यह कहकर वह खिलखिला पड़ी।

नोरा भी हँस पड़ीं। मौली की हँसी संक्रामक थी। 'क्या तुम्हारे कोई आंटी और अंकल हैं?'

हाँ, मेरी जया आंटी हैं।'

'जया आंटी कौन हैं?'

'डैडी की बहन।'

'कोई और?'

'हाँ, अंकल जो और अंकल इवान।'

नोरा को यह सुनकर राहत महसूस हुई कि उसका भाई इस जीवन में ज़िंदा था। और यह वही आदमी था जो नोरा के साथ उसके ओलिंपिक वाले जीवन में

था। और वह निश्चित तौर पर उनके साथ इतना जुड़ा हुआ था कि मौली उसका नाम जानती थी।

'हमने अंकल जो को आख़िरी बार कब देखा था?'

'क्रिसमस पर!'

'क्या तुम्हें अंकल जो पसंद हैं?'

'हाँ! वे मज़ाक़िया हैं! और उन्होंने मुझे पांडा दिया!'

'पांडा?'

'मेरा मनपसंद खिलौना!'

'पांडा भी भालू होते हैं।'

'अच्छे भालू।'

मौली ने जम्हाई ली। उसे नींद आ रही थी।

'क्या मम्मी और अंकल जो एक-दूसरे को पसंद करते हैं?'

'हाँ! आप हमेशा दोनों हमेशा फ़ोन पर बात करते हो!'

यह दिलचस्प था। नोरा ने मान लिया कि जब उसकी अपने भाई के साथ बनती थी, वो ऐसे जीवन थे, जिनमें वह कभी द लेबिरिंथ्स में नहीं गई थी। (द लेबिरिंथ्स में उसके पोस्ट-डेट अनुभव के विपरीत तैराकी, ऐश के साथ कॉफ़ी डेट को रखना) लेकिन यह उस सिद्धांत को खारिज कर रहा था। नोरा को आश्चर्य हुआ कि क्या प्यारी मौली ही वह लापता कड़ी थी। हो सकता है कि सामने इस छोटी-सी बच्ची ने उसके और उसके भाई के बीच की दरार को भर दिया हो।

'क्या आपके दादा-दादी हैं?'

'केवल दादी साल हैं।'

नोरा अपने माता-पिता की मृत्यु के बारे में और पूछना चाहती थी, लेकिन शायद समय ठीक नहीं था।

'क्या तुम ख़ुश हो? मेरा मतलब, उस समय जब तुम भालुओं के बारे में नहीं सोचतीं?'

'हाँ, शायद।'

'क्या मम्मी और डैडी ख़ुश हैं?'

'हाँ,' उसने धीरे से कहा। 'कभी-कभी। जब तुम थकी हुई नहीं होतीं!'

'और क्या हम ख़ूब मज़े करते हैं?'

उसने आँखें मलीं। 'हाँ।'

'और क्या हमारे पास कोई पालतू जानवर है?'

'हाँ। प्लेटो।'

'और प्लेटो कौन है?'

'हमारा कुत्ता।'

'और प्लेटो कैसा कुत्ता है?'

लेकिन उसे कोई जवाब नहीं मिला, क्योंकि मौली सो चुकी थी। नोरा वहीं कालीन पर लेट गई और उसने आँखें बंद कर लीं।

वह उठी तो कोई उसके चेहरे को चाट रहा था।

मुस्कराती आँखों और लहराती पूँछ वाला एक लैब्राडोर कुत्ता उसे देखकर ख़ुश और उत्साहित लग रहा था।

'प्लेटो?' नोरा ने नींद में पूछा।

मैं ही हूँ, मानो प्लेटो ने पूँछ हिलाते हुए कहा।

सुबह का समय था। रोशनी पर्दों से अंदर आ रही थी। पांडा और हाथी वाले खिलौने जिन्हें नोरा पहले देख चुकी थी, फ़र्श पर पड़े थे। उसने बिस्तर पर देखा तो वह ख़ाली था। मौली कमरे में नहीं थी। और तभी मौली से अधिक भारी पैर सीढ़ियाँ से ऊपर आ रहे थे।

वह बैठ गई। वह जानती थी कि बैगी क्योर टी-शर्ट (जिसे उसने पहचान लिया) और टार्टन पायजामा बॉटम्स (जिसे उसने नहीं पहचाना) में कालीन पर रात-भर सोने के बाद वह डरावनी दिख रही होगी। उसने अपना चेहरा छुआ। वह जिस तरफ़ लेटी थी, वहाँ सिलवट पड़ गई थी और उसके बाल - जो इस जीवन में थोड़े लंबे थे - गंदे और बिखरे हुए थे। उसने ख़ुद को उन दो सेकेंड में दिखने योग्य बनाने की कोशिश की, क्योंकि वह आदमी आने ही वाला था, जिसके साथ वह हर रात साथ सो भी रही थी और कभी सोई भी नहीं थी। कह सकते हैं, एक स्क्रॉडिंगर पति की तरह!

और फिर, अचानक, वह आ पहुँचा।

आदर्श जीवन

ऐश के पिता बने से उसका लड़कपन वाला आकर्षण थोड़ा-सा ही प्रभावित हुआ था। वह नोरा के दरवाज़े पर जितना स्वस्थ दिखा था, उससे कहीं अधिक स्वस्थ दिख रहा था और, उसने तब भी दौड़ने वाले कपड़े पहने हुए थे। हालाँकि यह वाले कपड़े थोड़े और भड़कीले और महँगे लग रहे थे। उसके हाथ में एक तरह का फ़िटनेस ट्रैकर भी बँधा था।

वह मुस्करा रहा था और उसके हाथ में कॉफ़ी के दो कप थे, जिनमें से एक नोरा के लिए था। वह सोच रही थी कि पहली बार कॉफ़ी पीने के बाद से अब तक उन्होंने कितनी बार कॉफ़ी साथ में पी होगी।

'ओह, धन्यवाद।'

'अरे नहीं, नोर, क्या तुम पूरी रात यहीं सोई थीं?' उसने पूछा।

नोर।

'अधिकतर समय। मेरा मतलब मैं बिस्तर पर वापस जाने वाली थी, लेकिन मौली कुछ परेशान थी। मुझे उसे चुप करना था और मैं बहुत थक भी गई थी।'

'ओह! मुझे दुख है। मैंने उसकी आवाज़ नहीं सुनी।' वह सचमुच उदास लग रहा था। 'शायद मेरी ग़लती थी। कल काम से पहले मैंने उसे यूट्यूब पर कुछ भालू दिखाए थे।'

'कोई बात नहीं।'

'वैसे मैंने प्लेटो को घुमा दिया चला है। मैं आज दोपहर तक अस्पताल में नहीं रहूँगा। आज देर होने वाली है। क्या तुम आज भी लाइब्रेरी जाना चाहती हो?'

'ओह। मैं सोच रही हूँ कि आज वहाँ नहीं जाऊँ।'

'ठीक है, मैं मौली के लिए थोड़ी ब्रेकी लाया हूँ और उसे स्कूल भी छोड़ दूँगा।'

नोरा ने कहा, 'यदि तुम व्यस्त हो तो मैं मौली को ले सकती हूँ।'

'ओह, यह ठीक है। अब तक एक पित्ताशय और एक अग्न्याशय की शिकायत आई है। आसान है। मैं थोड़ा-सा दौड़कर आता हूँ।'

'हाँ, ठीक है। रविवार को हाफ़-मैराथन है।'

'क्या?'

'कुछ नहीं। छोड़ो उसे,' नोरा ने कहा, 'फ़र्श पर सोने के कारण थोड़ा आलस लग रहा है।'

'कोई बात नहीं। मेरी बहन का फ़ोन आया। वे चाहते हैं कि वह केव गार्डन के लिए कैलेंडर के चित्र बनाए। बहुत सारे पौधे हैं। वह सचमुच बहुत ख़ुश है।'

वह मुस्कराया। वह अपनी इस बहन के लिए ख़ुश था, जिसके बारे में नोरा ने कभी नहीं सुना था। वह अपने मृत बिल्ले को लेकर इतना अच्छा व्यवहार करने के लिए उसे धन्यवाद देना चाहती थी, लेकिन वह कर नहीं सकी, इसलिए उसने सिर्फ़ इतना कहा, 'धन्यवाद।'

'किसलिए?'

'बस, तुम्हें पता है सबकुछ।'

'ओह। अच्छा, ठीक है।'

'इसलिए, धन्यवाद।'

उसने सिर हिलाया। 'अच्छा है। वैसे भी, दौड़ने का समय हो गया।'

उसने कॉफ़ी खत्म की और चला गया। नोरा ने कमरे को ध्यान से देखा और हर नई जानकारी को आत्मसात कर लिया। हर खिलौना, किताब और प्लग सॉकेट मानो वे सभी उसके जीवन की पहेली का हिस्सा थे।

एक घंटे बाद, मौली अपने स्कूल जा रही थी और नोरा हमेशा की तरह अपना काम कर रही थी। उसने ईमेल और सोशल मीडिया चेक किया। इस जीवन में उसकी सोशल मीडिया गतिविधि बहुत अच्छी नहीं थी, लेकिन उसके पास *ढेर सारे* ईमेल आए हुए थे। उन ईमेल से उसने अनुमान लगाया कि वह 'पढ़ाना' बंद करने पर विचार नहीं कर रही थी, बल्कि आधिकारिक रूप से बंद कर चुकी थी। उसने हेनरी डेविड थोरो और आधुनिक समय के पर्यावरणवादी आंदोलन के संदर्भ में उसकी प्रासंगिकता पर एक किताब लिखने के लिए काम से छुट्टी ली थी। उसने उसी वर्ष एक शोध अनुदान के वित्तीय सहयोग से मैसाचुसेट्स के कॉनकॉर्ड में वाल्डेन पॉण्ड की यात्रा करने की योजना भी बनाई थी।

यह काफ़ी अच्छा था।

इतना अच्छा कि उससे *कष्ट* हो रहा था।

एक अच्छी बेटी के साथ एक अच्छी ज़िंदगी और एक अच्छे शहर में एक अच्छे घर में एक अच्छा आदमी। यह अच्छाई की अधिकता थी। एक ऐसा जीवन

जहाँ वह पूरे दिन बैठ कर अपने सबसे पसंदीदा दार्शनिक के बारे में पढ़ सकती और शोध कर और लिख सकती थी।

'यह बढ़िया है,' उसने अपने कुत्ते से कहा। 'क्या यह अच्छा नहीं है?'

प्लेटो ने उबासी लेकर अपनी उदासीनता ज़ाहिर कर दी।

फिर उसने अपने घर को ध्यान से देखना शुरू किया। आरामदायक सोफ़े पर बैठा लैब्राडोर उसे देख रहा था बैठक का कमरा विशाल था। उसके पैर मुलायम गलीचे में धँस रहे थे।

सफ़ेद फ़र्श, टीवी, लकड़ी का बर्नर, इलेक्ट्रिक पियानो, चार्जर पर लगे दो नए लैपटॉप, एक महोगनी अलमारी जिस पर सजा हुआ एक शतरंज का सेट, अच्छी तरह से सजी बुकशेल्फ़। कोने में रखा एक प्यारा-सा गिटार। नोरा ने तुरंत मॉडल पहचान लिया। वह इलेक्ट्रो-अकॉस्टिक 'मिडनाइट सैटिन' फ़ेंडर मालिबू गिटार था। उसने स्ट्रिंग थ्योरी में काम करते हुए पिछले सप्ताह ही एक ऐसा गिटार बेचा था।

लिविंग रूम के चारों ओर फ्रेम में तसवीरें लगी थीं। उनमें बच्चे थे जिन्हें वह नहीं जानती थी और ऐश जैसी दिखने वाली एक महिला थी, जो शायद उसकी बहन थी। उसके मृत माता-पिता की शादी की एक पुरानी तसवीर, और एक तसवीर, जिसमें उसकी और ऐश की शादी हो रही थी। पीछे उसका भाई दिख रहा था। एक तसवीर प्लेटो की थी। और एक बच्ची की, जो शायद मौली थी।

उसने किताबों पर नज़र डाली। कुछ योग मैनुअल थे, लेकिन वे पुराने नहीं थे जैसे उसने अपने मूल जीवन में देखे थे। कुछ चिकित्सा-संबंधी पुस्तकें थीं। उसने हेनरी डेविड थोरो की वाल्डेन के साथ बर्ट्रेंड रसेल की *हिस्ट्री ऑफ़ वेस्टर्न फ़िलोसॉफ़ी* की अपनी प्रति को तुरंत पहचान लिया, जो उसके पास विश्वविद्यालय के बाद से ही थी। *फ़ेमेलियर प्रिंसिपल ऑफ़ जियोलॉजी* भी रखी थी। थोरो पर काफ़ी किताबें थीं। और प्लेटो की *रिपब्लिक* और हन्ना अरेंड्ट की द *ओरिजिन ऑफ़ टोटलिटेरियनिज्म* की प्रतियाँ भी थीं, जो उसके मूल जीवन में उसके पास थीं, लेकिन इन संस्करणों में नहीं थीं। जूलिया क्रिस्टेवा और जूडिथ बटलर और चिमामांडा न्गोजी एडिची, जैसे लोगों की बौद्धिकतावादी किताबें। पूर्वी दर्शन पर बहुत सारी किताबें थीं, जो उसने पहले कभी नहीं पढ़ी थीं। वह सोच रही थी कि इसी जीवन में रहते हुए - और ना रह पाने का कोई कारण नहीं था - कैम्ब्रिज में अध्यापन शुरू करने से पहले क्या उन सब किताबों को पढ़ने का कोई तरीक़ा था।

उपन्यास, कुछ डिकेंस की किताबें, द *बेल जार*, कुछ पॉप-साइंस पर किताबें, कुछ संगीत की किताबें, कुछ पेरेंटिंग के मैनुअल, राल्फ वाल्डो एमर्सन की *नेचर* और राहेल कार्सन की *साइलेंट स्प्रिंग*, जलवायु परिवर्तन पर कुछ किताबें,

और *आर्कटिक ड्रीम्स : इमेजिनेशन ऐंड डिज़ायर इन ए नॉर्थर्न लैंडस्केप* की बड़ी हार्डबैक किताब।

वह शायद ही कभी, इतनी बौद्धिक रही हो। ऐसा तभी संभव है, जब आपने कैम्ब्रिज से मास्टर डिग्री की हो और फिर अपने पसंदीदा दार्शनिक पर एक किताब लिखने के लिए छुट्टी पर चले जाएँ।

'तुम मुझसे प्रभावित हो,' उसने कुत्ते से कहा। 'तुम यह बात स्वीकार कर सकते हो।'

वहाँ संगीत पर पुस्तकों का ढेर भी था, और नोरा मुस्कराई जब उसने देखा कि सबसे ऊपर साइमन ऐंड गारफ़ंकल की किताब थी, जो उसने ऐश को उसी दिन बेची थी जब उसने नोरा को कॉफ़ी के लिए आमंत्रित किया था। कॉफ़ी टेबल पर स्पैनिश दृश्यों की तसवीरों की एक सुंदर हार्डबैक किताब थी और सोफ़े पर *द एनसाइक्लोपीडिया ऑफ़ प्लांट्स ऐंड फ़्लॉवर्स* नाम की कोई किताब पड़ी थी।

और पत्रिका रैक में कवर पर ब्लैक होल की तसवीर वाला *नेशनल ज्योग्राफ़िक* का एकदम नया अंक रखा था।

दीवार पर एक तसवीर थी। बार्सिलोना के एक संग्रहालय का एक मिरो प्रिंट।

'प्लेटो, क्या मैं और ऐश साथ में कभी बार्सिलोना गए हैं?' उसने कल्पना की कि वे दोनों हाथ में हाथ डाले, गॉथिक क्वार्टर की सड़कों पर घूमते रहे हैं और फिर तपस और रियोजा के लिए एक बार में चले गए।

किताबों की अलमारी के सामने वाली दीवार पर एक दर्पण था। अलंकृत सफ़ेद फ्रेम वाला एक चौड़ा दर्पण। जीवन के बीच भिन्नता से अब नोरा को किसी तरह का आश्चर्य नहीं हुआ। वह हर आकार और नाप की रह चुकी थी और उसने हर तरह से बाल कटवा लिए थे। इस जीवन में, वह पूरी तरह सुखी लग रही थी। वह इस व्यक्ति के साथ दोस्ती करना पसंद करती। वह कोई ओलिंपियन या रॉक स्टार या कलाबाज़ नहीं था बल्कि एक ऐसा व्यक्ति था, जो अच्छा जीवन जी रहा था। एक वयस्क जिसे थोड़ा-बहुत पता विचार था कि वह कौन थी और अपने जीवन में क्या कर रही थी। छोटे बाल, लेकिन बहुत छोटे भी नहीं। मूल जीवन की तुलना में आहार के माध्यम से या रेड वाइन की कमी, व्यायाम या बाथरूम में रखे क्लींजर और मॉइस्चराइज़र आदि की मदद से वह अधिक स्वस्थ दिख रही थी। यह सब सामान उसके पास मूल जीवन में उपलब्ध किसी भी वस्तु से अधिक महँगा था।

'ठीक है,' उसने प्लेटो से कहा। 'यह जीवन अच्छा है, ना?'

प्लेटो सहमत था।

ब्रह्मांड के साथ गहरे संबंध हेतु आध्यात्मिक खोज

उसे रसोई में दवा की दराज मिल गई। उसने प्लास्टर, आइबुप्रोफ़ेन, कैलपोल, मल्टीविटामिन और धावकों के घुटने की पट्टियों को खँगाला, लेकिन उसे कोई अवसाद-रोधी दवाएँ नहीं मिलीं।

शायद यही था। अंततः शायद यही वह जीवन था, जिसमें वह रहना चाहती थी। वह जीवन जिसे वह अब चुनेगी। जिसे वह शेल्फ़ को वापस नहीं करेगी।

मैं यहाँ ख़ुश रह सकती हूँ।

थोड़ी देर बाद, नहाते समय उसने अपने शरीर पर निशानों को देखना शुरू किया। कोई टैटू नहीं था, लेकिन उसे एक घाव का निशान मिला। वह ख़ुद से किया घाव का नहीं बल्कि सर्जरी जैसा कोई निशान था। उसकी नाभि के नीचे एक लंबी, क्षैतिज रेखा। वह सीज़ेरियन सर्जरी का निशान पहले देख देख चुकी थी। उसने उस निशान पर अपना अँगूठा सहलाया और सोचने लगी कि वह यदि इस जीवन में रहती तो भी हमेशा यहाँ देर से ही आती।

ऐश, मौली को छोड़कर घर वापस आ गया। नोरा ने जल्दी से कपड़े पहन लिए ताकि ऐश उसे नग्न नहीं देख पाए।

उन्होंने साथ में नाश्ता किया। वे अपनी रसोई की मेज़ पर बैठे और उन्होंने दिनभर की ख़बरें देखीं और टोस्ट खाए। ये विवाह के लिए जीवंत समर्थन जैसे थे।

फिर ऐश अस्पताल चला गया और नोरा पूरा दिन थोरो पर शोध करने के लिए घर पर ही रही। उसने अपना लिखा हुआ पढ़ा, जो उसे प्रभावशाली लगा। वह 42,729 शब्द लिख चुकी थी। फिर उसने मौली को स्कूल से लाने से पहले टोस्ट खाए।

मौली, बत्तखों को खाना खिलाने के लिए पार्क में जाना चाहती थी; इसलिए नोरा उसे वहाँ ले गई। उसने यह तथ्य ज़ाहिर नहीं होने दिया कि पार्क पहुँचने के लिए उसने गूगल मानचित्र का उपयोग किया था।

नोरा बहुत देर तक झूले को धकेलती फिर उसकी बाँहों में दर्द होने लगा। वह मौली के साथ स्लाइड से फिसली और धातु सुरंगों के बीच में से उसके साथ

खेलती रही। फिर उन्होंने दलिया के डिब्बे से सूखी जई निकालकर को बत्तखों के लिए तालाब में फेंक दी।

फिर नोरा मौली के साथ टीवी देखने बैठ गई। उसने मौली को रात का भोजन खिलाया और सोते समय एक कहानी भी सुनाई। यह सब काम ऐश के घर लौटने से पहले हो चुका था।

ऐश के घर आने के बाद, उनके घर कोई आया और उसने अंदर जाने की कोशिश की, लेकिन नोरा ने उसे अंदर नहीं आने दिया और दरवाज़ा बंद कर दिया।

'नोरा?'

'हाँ।'

'तुमने एडम के साथ इतना अजीब व्यवहार क्यों किया?'

'क्या?'

'मुझे लगता है कि उसे बुरा लगा होगा।'

'क्या मतलब?'

'तुमने ऐसा व्यवहार किया मानो वह कोई अजनबी है।'

'ओह।' नोरा मुस्कराई। 'माफ़ करना।'

'वह तीन साल से हमारा पड़ोसी है। हम उसके और हन्ना के साथ लेक डिस्ट्रिक्ट में कैम्पिंग करने गए थे।'

'हाँ। मुझे पता है। बिलकुल।'

'ऐसा लग रहा था कि तुम उसे अंदर नहीं आने देना चाहती थीं। मानो वह कोई घुसपैठिया या कुछ और हो।'

'क्या मैंने ऐसा किया?'

'तुमने उसके चेहरे के सामने दरवाज़ा बंद कर दिया।'

'मैंने दरवाज़ा बंद कर दिया। उसके चेहरे के सामने नहीं। मेरा मतलब है, हाँ, उसका चेहरा वहाँ था। तकनीकी तौर पर। लेकिन मैं नहीं चाहती थी कि उसे लगे कि वह अंदर आ सकता है।'

'वह हमारी नली वापस करने आया था।'

'अरे हाँ। ख़ैर, हमें उस नली की आवश्यकता नहीं है। नलियाँ, इस ग्रह के लिए हानिकारक हैं।'

'क्या तुम ठीक हो?'

'क्यों, मुझे क्या हुआ है?'

'मुझे तुम्हारी चिंता हो रही है...'

हालाँकि, आम तौर पर चीज़ें बहुत अच्छी रहीं, और हर बार नोरा सोचती थी कि क्या वह सुबह वापस लाइब्रेरी में उठेगी, लेकिन ऐसा नहीं हुआ। एक दिन, योग कक्षा के बाद, नोरा कैम नदी के किनारे एक बेंच पर बैठी थोरो को फिर से पढ़ रही थी। अगले दिन, उसने टीवी पर रयान बेली का *'लास्ट चांस सैलून 2'* के सेट पर साक्षात्कार देखा, जिसमें वह कह रहा था कि वह 'रोमांटिक संदर्भ में घर बसाने' के बारे में चिंता नहीं करके 'ब्रह्मांड के साथ गहरे संबंध हेतु आध्यात्मिक खोज' पर निकला था।

नोरा को इज़ी द्वारा भेजी व्हेल की तसवीरें मिलीं। नोरा ने उसे व्हाट्सएप करके बताया कि उसने हाल ही में ऑस्ट्रेलिया में हुई एक भयानक कार दुर्घटना के बारे में सुना और उसने इज़ी से यह वादा लिया कि वह सुरक्षित ढंग से गाड़ी चलाएगी।

नोरा को यह जानकर राहत मिली कि उसकी यह जानने में कोई रुचि नहीं थी कि डैन अपने जीवन में क्या कर रहा था। इसके बजाय, वह ऐश के साथ रहकर आभारी महसूस कर रही थी। बल्कि उसने कल्पना की : कि वह इस बात के लिए आभारी थी, क्योंकि ऐश बहुत प्यारा था, और उनके पास ख़ुशी, हँसी और प्यार के बहुत सारे क्षण थे।

ऐश अस्पताल में लंबी शिफ़्टें करता था, लेकिन जब वह घर पर होता तो उसके साथ रहना आसान था। कई दिनों के ख़ून और तनाव और पित्ताशय की समस्याओं के बाद भी। वह थोड़ा-सा सनकी भी था। वह कुत्ते को घुमाते समय सड़क पर चलते बुज़ुर्ग लोगों को हमेशा 'गुड मॉर्निंग' कहता। कभी-कभी वे उसे नज़रअंदाज़ कर देते थे। वह कार रेडियो पर साथ में गाना गाता था। उसे आम तौर पर नींद की आवश्यकता नहीं थी। अगले दिन सर्जरी होने के बावजूद वह रात को मौली का ध्यान रख लेता था।

वह मौली को अपने काम से जुड़े बहुत-से तथ्य बताता रहता था - पेट के अंदर हर चार दिन में एक नई पर्त बन जाती है! कान का मैल एक, प्रकार का पसीना होता है! पलकों में घुन नामक जीव रहते हैं! वह अनुचित बातें भी कह देता था। उसने (बत्तख वाले तालाब के पास एक शनिवार को, मौली के पास बैठकर) उत्साहपूर्वक एक अजनबी को बताया था कि नर बत्तखों के लिंग का आकार कॉर्कस्क्रू जैसा होता है!

रात में वह खाना बनाने के लिए जल्दी घर आ जाता तो वह बढ़िया मसूर दाल और बहुत अच्छा पेने अरबियाटा बनाता था। वह अपने बनाए प्रत्येक भोजन में लहसुन की एक पूरी कली डालता था। लेकिन मौली बिलकुल सही कहती थी : ऐश की कलात्मक प्रतिभा की पहुँच संगीत तक नहीं थी। उसने एक बार जब गिटार

के साथ 'द साउंड ऑफ़ साइलेंस' गाया, तो मौली ने मन में चाहा कि ऐश उस गाने का शीर्षक शाब्दिक रूप से अपना ले और शांत हो जाए!

दूसरे शब्दों में, वह थोड़ा-सा मूर्ख था - ऐसा मूर्ख जो प्रतिदिन लोगों की जान बचाता था, लेकिन फिर भी मूर्ख ही था। लेकिन वह अच्छा था। नोरा को मूर्ख पसंद थे, और वह ख़ुद को भी मूर्ख ही समझती थी। और उसे ऐसा महसूस होता था कि उसका पति विशिष्ट है, जिसे उसने हाल ही में जानना शुरू ही किया था।

नोरा बार-बार मन ही मन सोचती, *यह अच्छा जीवन है।*

हाँ, माता-पिता बनना थका देने वाला काम था, लेकिन मौली को कम-से-कम दिन के उजाले में प्यार करना आसान था। मौली स्कूल से घर आती तो नोरा को अच्छा लगता था, क्योंकि इससे उसे करने को कुछ काम मिल जाता था और जीवन में घर्षण पैदा होता था अन्यथा उसे रिश्ते का, काम का और पैसे का कोई तनाव नहीं था।

आभारी होने के लिए इतना पर्याप्त था।

निश्चित तौर पर कुछ परेशानी के क्षण भी होते थे। उसे ऐसे नाटक में होने का अहसास होता था जिसके संवाद उसे पता नहीं थे।

'कुछ गड़बड़ है?' उसने एक रात ऐश से पूछा।

'नहीं, बस...' उसने अपनी दयालु मुस्कान और गहन आँखों से नोरा की ओर देखा। 'मुझे नहीं पता। लेकिन तुम भूल गईं कि हमारी शादी की सालगिरह आने वाली है। तुम्हें लगता है कि तुमने जो फ़िल्में देखी हैं, उन्हें तुमने नहीं देखा है। और इसका विपरीत भी। तुम भूल गईं कि तुम्हारे पास बाइक है। तुम भूल जाती हो कि कि प्लेटें कहाँ रखी हैं। तुमने मेरी चप्पलें पहन रखी हैं। तुम बिस्तर पर मेरी तरफ़ सो रही हो।'

'हे भगवान्, ऐश,' नोरा ने तनाव में भरकर कहा। 'यह ऐसा है, जैसे तीन भालू प्रवेश द्वार पर पूछताछ कर रहे हों।'

'मुझे केवल चिंता हो रही है...'

'मैं ठीक हूँ। तुम्हें पता है ना, मैं शोध की दुनिया में खो जाती हूँ। यह किसी जंगल में खो जाने जैसा है। थोरो का जंगल।'

और उन क्षणों में नोरा को लगा कि शायद वह मिडनाइट लाइब्रेरी में वापस लौट जाएगी। कभी-कभी उसे वहाँ श्रीमती एल्म के शब्द याद आते थे। *यदि तुम वास्तव में किसी जीवन को जीना ही चाहते हो तो तुम्हें चिंता करने की आवश्यकता नहीं है... जिस क्षण तुम तय कर लोगे कि तुम्हें वह जीवन चाहिए और वास्तव में तुम*

उसे चाहते हो, तब इस मिडनाइट लाइब्रेरी समेत तुम्हारे दिमाग़ में जो कुछ मौजूद है, वह अंत में एक स्वप्न बनकर रह जाएगा। एक स्मृति, जो इतनी अस्पष्ट और अमूर्त होगी कि जैसे वह कभी रही ही नहीं हो।

जिसने यह सवाल पैदा किया : यदि यह आदर्श जीवन है, तो वह लाइब्रेरी को अब तक क्यों नहीं भूली?

भूलने में कितना समय लगता है?

उसे कभी-कभी अकारण हल्के अवसाद के कण चारों ओर तैरते महसूस होते थे, लेकिन उसके मूल जीवन या कई अन्य जीवन की तुलना में यह कुछ भी नहीं था। यह निमोनिया की तुलना में हलका-सा जुकाम हो जाने जैसा था। नोरा ने सोचा कि जिस दिन उसकी स्ट्रिंग थ्योरी वाली नौकरी छूटी थी, उस दिन उसे कितना बुरा लगा था, वह कितनी निराश, अकेली और हताशा से भरी थी। उसकी तुलना में यह सब *नगण्य* था।

वह हर रोज़ यह सोचकर सोने जाती थी कि वह सोकर इसी जीवन में फिर से उठेगी, क्योंकि यह संतुलित था और अन्य सब बातों को देखते हुए यह अब तक का सबसे अच्छा जीवन था। वह शुरू में यह सोचकर बिस्तर पर सोने जाती थी कि उसे इसी जीवन में रहना है और धीरे-धीरे वह उस अवस्था तक पहुँच गई जहाँ उसे सोने से इसलिए डर लगने लगा कि अगर ऐसा नहीं हुआ तो क्या होगा।

और फिर भी, वह हर रात सोती रही और हर रोज़ उसी बिस्तर पर से उठती रही। कभी-कभी वह कालीन पर सो जाती थी। लेकिन उसने इस पीड़ा को ऐश के साथ साझा किया। मौली भी अकेली सोने लग गई थी।

निस्संदेह, कई बार असहज क्षण आते थे। नोरा को किसी चीज़ के बारे में पता नहीं होता था कि वह घर में कहाँ रखी हैं और ऐश को लगता था कि नोरा को डॉक्टर को दिखाना चाहिए। वह पहले तो ऐश के साथ संभोग करने से बचती रही, लेकिन एक रात वह हो गया और उसके बाद से नोरा ख़ुद को झूठा जीवन जीने का दोषी मानने लग गई।

वे सहवास के बाद कुछ देर तक अँधेरे में चुपचाप लेटे रहे, लेकिन नोरा जानती थी कि उसे इस विषय पर किसी दिन बात करनी ही पड़ेगी। स्थिति को जाँचना होगा।

'ऐश,' उसने कहा।

'क्या?'

'क्या तुम समानांतर दुनिया के सिद्धांत में विश्वास करते हो?'

नोरा ने देखा कि ऐश के चेहरे पर मुस्कराहट आ गई थी। यह उसकी तरंगदैर्घ्य पर होने वाली बातचीत थी। 'हाँ, शायद।'

'मैं भी। मेरा मतलब है, यह विज्ञान है ना? ऐसा नहीं है कि किसी भौतिक विज्ञानी ने सोचा हो, अरे, समानांतर दुनिया अच्छी होती हैं। चलो, उनके बारे में एक सिद्धांत बनाएँ।'

'हाँ,' वह सहमत था। 'विज्ञान हर उस चीज़ पर अविश्वास करता है जो बहुत अच्छी लगती है। विज्ञान-गल्प की अधिकता। वैज्ञानिक, आमतौर पर संशयवादी होते हैं।'

'बिलकुल, फिर भी भौतिक विज्ञानी समानांतर दुनिया में विश्वास करते हैं।'

'विज्ञान वहीं तो ले जाता है ना? क्वांटम यांत्रिकी और स्ट्रिंग सिद्धांत भी इसी तरफ़ इशारा करती हैं कि अनेक समानांतर दुनिया होती हैं।'

'ठीक है, अगर मैं कहूँ कि मैंने अपनी दूसरी ज़िंदगियाँ भी देखी हैं और मुझे लगता है कि मैंने इसे अपने लिए चुना है तो तुम क्या कहोगे?'

'मैं कहूँगा कि तुम पागल हो। लेकिन फिर भी मैं तुम्हें ही पसंद करूंगा।'

'ठीक है, लेकिन यह सच है। मैंने अनेक ज़िंदगियों को अनुभव किया है।'

ऐश मुस्करा उठा। 'वाह! क्या कोई ऐसी ज़िंदगी थी, जिसमें तुमने मुझे फिर से चूमा हो?'

'हाँ, वह ज़िंदगी, जिसमें तुमने मेरे मरे हुए बिल्ले को दफ़नाया था।'

ऐश हँस पड़ा। यह बहुत अच्छा है, नोर। मुझे तुम्हारी यही बात बहुत पसंद है कि तुम मुझे सहज कर देती हो।'

और बस यही!

नोरा को अहसास हो गया कि आप जीवन में यथासंभव ईमानदार हो सकते हैं, लेकिन लोग आपके अंदर की सच्चाई को केवल तभी देखते हैं जब वह उनकी वास्तविकता के क़रीब होती है। जैसा कि थोरो ने भी लिखा है, 'यह महत्त्वपूर्ण नहीं है कि आप क्या देखते हैं; मायने यह रखता है कि आपको समझ में क्या आता है।' और ऐश ने केवल उस नोरा को देखा था, जिससे उसे प्यार हुआ और उसने शादी की और इसलिए एक तरह से वह, वही नोरा बन रही थी।

हैमरस्मिथ

अर्द्ध-सत्र के दौरान, जब मौली के स्कूल की छुट्टी थी और मंगलवार को ऐश अस्पताल में नहीं था तो वे नोरा के भाई और इवान को हैमरस्मिथ में उनके फ़्लैट पर मिलने चले गए। जो अच्छा दिख रहा था, और उसका पति भी वैसा ही दिख रहा जैसा वह तब था, जब नोरा ने ओलिंपिक जीवन में अपने भाई के फ़ोन पर उसकी फ़ोटो देखी थी। जो और इवान अपने स्थानीय जिम में एक क्रॉस-ट्रेनिंग क्लास में मिले थे। जो, इस जीवन में, साउंड इंजीनियर था, जबकि इवान - डॉ. इवान लैंगफ़ोर्ड - रॉयल मार्सडेन अस्पताल में सलाहकार रेडियोलॉजिस्ट था। इसलिए जो और ऐश के पास साझा करने के लिए अस्पताल-संबंधी काफ़ी बातें थीं।

जो और इवान का व्यवहार मौली के साथ बहुत अच्छा था। उन्होंने मौली से पांडा से जुड़े कई प्रश्न पूछे। जो ने सबके लिए बढ़िया गार्लिक पास्ता-और-ब्रोकोली भोजन भी पकाया।

'यह पुगलियन है,' उसने नोरा से कहा। 'अपनी विरासत का थोड़ा-सा यहाँ ले आया हूँ।'

नोरा ने अपने इतालवी दादाजी के बारे में सोचा। उन्हें जब यह पता लगा होगा कि लंदन ब्रिक कंपनी वास्तव में बेडफ़ोर्ड में स्थित है तो उन्हें कैसा महसूस हुआ होगा। क्या वह निराश हुए होंगे? या उन्होंने इसका लाभ उठाने का निर्णय लिया होगा? उनके दादाजी के बारे में कहा जाता था कि वे लंदन *गए* थे और अपने पहले ही दिन पिकाडिली सर्कस के सामने एक डबल-डेकर बस की चपेट में आ गए थे।

जो और इवान की रसोई में एक पूरा वाइन रैक था। नोरा ने देखा कि उन बोतलों में से एक ब्यूना विस्टा वाइनयार्ड से कैलिफ़ोर्नियाई सिराह थी। नोरा को सिहरन महसूस हुई जब उसने नीचे दो मुद्रित हस्ताक्षर देखे - एलिसिया और एडुआर्डो मार्टिनेज़।

वह यह सोचकर मुस्कराई कि एडुआर्डो इस जीवन में ख़ुश था। वह सोचने लगी कि एलिसिया कौन थी और वह कैसी होगी। कम-से-कम वहाँ सूर्यास्त अच्छे लगते होंगे।

'तुम ठीक हो?' ऐश ने पूछा, जब नोरा बोतल के लेबल को ध्यान से देख रही थी।

'हाँ, बिलकुल। लगता है, यह अच्छा होगी।'

इवान ने कहा, 'यह मेरी पसंदीदा है। बहुत अच्छी शराब है। क्या इसे खुलवा दें?'

'ठीक है,' नोरा ने कहा, 'केवल तभी अगर तुम्हें पीनी हो।'

'मैं नहीं लूँगा,' जो ने कहा। 'मैं हाल ही कुछ ज़्यादा ही पीने लगा था। मैंने इन दिनों पीना छोड़ रखा है।'

'तुम्हें पता है कि तुम्हारा भाई कैसा है,' इवान ने जो के गाल को चूमते हुए कहा। 'सब कुछ या फिर कुछ भी नहीं।'

'अरे हाँ। मैं ऐसा ही हूँ।'

इवान ने पहले से ही कॉर्कस्क्रू उठा लिया था। 'आज काम बहुत था। इसलिए यदि कोई मेरा साथ नहीं देगा तो मैं सीधे बोतल से इसे पीकर ख़त्म कर दूँगा।'

'मैं भी लूँगा,' ऐश ने कहा।

'मैं ठीक हूँ,' नोरा ने कहा। उसे याद आया जब आख़िरी बार उसने उसे एक होटल के बिज़नेस लाउंज में देखा था और तब उसके भाई ने शराब पीने की बात स्वीकार की थी।

उन्होंने मौली को तसवीरों वाली एक किताब दे दी और नोरा सोफ़े पर उसके साथ बैठकर पढ़ने लगी।

शाम ढल गई। उन्होंने समाचारों, संगीत और फ़िल्मों पर बात की। जो और इवान ने *लास्ट चांस सैलून* का भरपूर आनंद लिया।

थोड़ी देर बाद अचानक नोरा ने पॉप संस्कृति के सुरक्षित माहौल से बात को बदला और उसने अपने भाई से सीधा सवाल कर दिया।

'क्या तुम मुझसे नाराज़ हुए थे? जब मैंने बैंड छोड़ दिया था?'

'वह वर्षों पहले की बात है, बहन। तब से अब तक बहुत समय बीत चुका।'

'लेकिन तुम रॉक स्टार बनना चाहते थे।'

'वह अब भी रॉक स्टार है,' इवान ने हँसते हुए कहा। 'लेकिन वह मेरा है।'

'मुझे हमेशा से लगता है कि मैंने तुम्हें निराश किया है, जो।'

'ठीक है, ऐसा मत सोचो... लेकिन मुझे लगता है कि मैंने भी तुम्हें निराश किया है। मैं बहुत बेवक़ूफ़ था... कुछ समय मैंने तुम्हें बहुत परेशान किया था।'

ये शब्द नोरा के लिए टॉनिक जैसे थे, जिसे सुनने के लिए वह वर्षों से प्रतीक्षा कर रही थी। 'कोई बात नहीं,' उसने कहा।

'इवान के साथ रहने से पहले, मैं मानसिक स्वास्थ्य के बारे में कुछ नहीं जानता था। मुझे लगता था कि पैनिक अटैक होना बड़ी बात नहीं है... तुम समझ रही हो, जब दिमाग़ सब चीज़ों पर हावी हो जाता है। लेकिन फिर जब इवान को अटैक शुरू हुए तो मुझे समझ आया कि वे सचमुच होते हैं।'

'वह सिर्फ़ पैनिक अटैक नहीं था। सब ग़लत हो रहा था। मुझे नहीं... पता, लेकिन मुझे लगता है कि तुम इस जीवन में उस जीवन की तुलना में अधिक ख़ुश हो जहाँ तुम – नोरा ने लगभग '*मर चुके थे*' कह दिया था – 'बैंड में थे।'

उसका भाई मुस्कराया और उसने इवान की ओर देखा। नोरा को संदेह था कि वह उसकी बात पर विश्वास करेगा, लेकिन नोरा को यह स्वीकार करना पड़ा – क्योंकि वह अब बहुत अच्छी तरह जानती थी – कुछ सच ऐसे होते हैं, जिन्हें देख पाना असंभव होता है।

तिपहिया साइकिल

जैसे-जैसे सप्ताह बीते, नोरा को कुछ विचित्र घटित होता हुआ महसूस होने लगा।

उसे अपने जीवन के वे पहलू याद आने लगे जो उसने वास्तव में कभी नहीं देखे थे।

उदाहरण के लिए, एक दिन एक मित्र ने - जिसे वह अपने मूल जीवन में कभी नहीं मिली थी और जिसे वह केवल विश्वविद्यालय में अध्ययन और अध्यापन के समय से ही जानती थी - उसे दोपहर के भोजन पर मिलने के लिए फ़ोन किया। और जैसे ही कॉल करने वाली 'लारा' ने फ़ोन पर बात की, नोरा को उसका नाम याद आया - 'लारा ब्रायन'। उसे लारा के बारे में याद आने लगा। उसने जान लिया कि उसकी साथी का नाम मो था, और उनका एल्डस नाम का एक बेटा था। फिर नोरा जब उनसे मिली और इन सब बातों की पुष्टि हो गई।

इस प्रकार का पूर्वानुभव जल्दी जल्दी घटित होने लगा। निश्चित रूप से उससे कभी-कभार ग़लतियाँ हो जाती थीं - जैसे वह 'भूल' जाती थी कि ऐश को अस्थमा था (जिसे वह दौड़ कर नियंत्रित रखने की कोशिश करता था) :

'तुम्हें यह कितने समय से है?'

'मैं *सात साल* का था, तब से।'

'ओह! हाँ। मुझे लगा कि तुमने एक्जिमा कहा था।'

'नोरा, तुम ठीक हो?'

'हाँ। ठीक हूँ। मैंने दरअसल, दोपहर के भोजन के समय लारा के साथ थोड़ी शराब पी ली थी और मुझे उसी कारण ऐसा लग रहा है।'

लेकिन धीरे-धीरे, ये ग़लतियाँ कम होती गईं। ऐसा लगता था मानो हर दिन पहेली में एक और टुकड़ा फ़िट हो गया था और, प्रत्येक ऐसे टुकड़े के जुड़ने के साथ, यह समझ पाना आसान होता गया कि बाक़ी टुकड़े कैसे होंगे।

बाक़ी सभी जीवन में नोरा निरंतर सुराग ढूँढ़ती रहती थी और उसे लगता था कि वह अभिनय कर रही है। लेकिन इस जीवन में वह जितना सहज रहती, उतनी ही अधिक चीज़ें उसके पास आती आ रही थीं।

नोरा को मौली के साथ समय बिताना भी पसंद था।

शयनकक्ष में मज़े से खेलना या कहानी सुनते समय मौली के साथ उसका नजदीकी स्नेह, *द टाइगर हू केम टु टी* नामक शानदार किताब को पढ़ना, या बगीचे में घूमना।

'मुझे देखो, माँ,' मौली ने कहा। वह शनिवार की सुबह अपनी तिपहिया साइकिल को पैडल मार रही थी। माँ, देखो! क्या तुम देख रही हो?'

'बहुत बढ़िया, मौली। अच्छे ढंग से पैडल मारो।'

'माँ, देखो! ज़ूमी!'

'जाओ, मौली!'

लेकिन तभी तिपहिया साइकिल का अगला पहिया फिसलकर बगीचे फूलों की क्यारी में जा गिरा। मौली गिर गई और उसका सिर ज़ोर से एक पत्थर से टकराया। नोरा ने दौड़कर उसे उठा लिया और उसे देखने लगी। मौली को चोट लगी थी, उसके माथे पर खरोंच थी, त्वचा छिल गई थी और ख़ून बह रहा था। उसकी ठुड्डी लड़खड़ा रही थी, लेकिन वह अपना दर्द दिखाना नहीं चाहती थी।

'मैं बिलकुल ठीक हूँ,' उसने चीनी मिट्टी जैसी नाजुक आवाज़ में धीरे-से कहा। 'मैं ठीक हूँ। मैं ठीक हूँ। मैं ठीक हूँ। मैं बिलकुल ठीक हूँ।' हर बार 'ठीक है' कहते-कहते उसके आँसू निकलने लगे, फिर शांत हो गई। भालू से रात को लगने वाले डर के बावजूद, मौली के पास एक लचीलापन था, जिसकी नोरा प्रशंसा और उससे प्रेरित हुए बिना रह नहीं सकी। यह छोटा-सा इंसान नोरा का ही अंश था, उसका हिस्सा था, और अगर उसमें वह छिपी हुई ताक़त थी तो नोरा में भी अवश्य होगी।

नोरा ने उसे गले लगा लिया। 'सब ठीक है, बच्ची... मेरी बहादुर बेटी... कोई बात नहीं। अब कैसा लग रहा है?'

'ठीक है। छुट्टी जैसा।'

'छुट्टी जैसा?'

'हाँ, माँ...' उसने थोड़ा परेशान होकर कहा। नोरा को याद नहीं आया। 'स्लाइड।'

'ओह! हाँ। स्लाइड। सचमुच। मैं बुद्धू हूँ। बुद्धू माँ।'

नोरा को अचानक अंदर कुछ महसूस हुआ। एक प्रकार का डर, वास्तविक डर जैसा उसने आर्कटिक में ध्रुवीय भालू के सामने आने पर महसूस किया था।

वह जो महसूस कर रही थी, उसका डर।

प्रेम।

आप बेहतरीन रेस्तरां में खाना खा सकते हैं, आप हर तरह का कामुक आनंद ले सकते हैं, आप साओ पाउलो में मंच पर बीस हज़ार लोगों के सामने गा सकते हैं, आप तालियों की गड़गड़ाहट में डूब सकते हैं, आप पृथ्वी के छोर तक यात्रा कर सकते हैं, इंटरनेट पर लाखों लोग आपको फ़ॉलो कर सकते हैं, आप ओलिंपिक पदक जीत सकते हैं, लेकिन प्रेम के बिना यह सब व्यर्थ है।

उसने जब अपने मूल जीवन के बारे में सोचा, उसकी मूलभूत समस्या, वह चीज़ जिसने उसे असुरक्षित कर दिया था, वास्तव में, वह प्रेम की अनुपस्थिति थी। यहाँ तक कि उसका भाई भी उसे उस जीवन में नहीं चाहता था। वोल्ट्स के मरने के बाद उसके साथ कोई नहीं था। उसने किसी से प्रेम नहीं किया था और बदले में किसी ने उससे प्रेम नहीं किया। वह भीतर से ख़ाली हो गई थी, उसका जीवन खोखला हो गया था। वह चारों ओर घूमती हुई, निराशाजनक संवेदनशील पुतले की तरह सामान्य होने का दिखावा कर रही थी। वह कंकाल की तरह बस समय काट रही थी।

वहीं, कैम्ब्रिज के उस बगीचे में, आकाश के नीचे, उसने उस ताक़त को महसूस किया। दूसरे की देखभाल करने और दूसरे के द्वारा अपनी देखभाल होने की ताक़त। भले ही, उसके माता-पिता इस जीवन में मर चुके थे, लेकिन उसके साथ यहाँ मौली थी, ऐश था, जो था। उसकी गिरने से बचाने के लिए प्रेम का मज़बूत जाल था।

और फिर भी उसे अहसास हुआ कि यह सब जल्द ही समाप्त हो जाएगा। उसने महसूस किया कि समस्त संपूर्णता के बावजूद, इस सही के बीच कुछ था, जो ग़लत था। और उस ग़लत को ठीक नहीं किया जा सकता था, क्योंकि सही होना ही उसकी ग़लती थी। सब कुछ सही था, लेकिन उसने यह अर्जित नहीं किया था। वह आधी फ़िल्म के बीच में आई थी। उसने लाइब्रेरी से किताब ली थी, लेकिन सच तो यह है कि यह उसकी अपनी किताब नहीं थी। वह जैसे मानो खिड़की से अपनी ज़िंदगी को देख रही थी। उसे महसूस होने लगा कि वह धोखेबाज़ है। वह चाहती थी कि यह उसका अपना जीवन हो। जैसा कि असल ज़िंदगी में होता है और ऐसा था नहीं। वह केवल चाहती थी कि वह इस सत्य को भूल जाए। वह सचमुच यही चाहती थी।

'माँ, क्या तुम रो रही हो?'

'नहीं, मौली, नहीं। मैं ठीक हूँ। माँ ठीक है।'

'ऐसा लग रहा है जैसे तुम रो रही हो।'

चलो, तुम्हारे हाथ-मुँह साफ़ कर दूँ...

बाद में उसी दिन, मौली ने जंगली जानवरों की पहेली बनाई और इस बीच नोरा सोफ़े पर बैठकर प्लेटो को सहला रही थी। उसका गर्म, भारी सिर नोरा की गोद में था। नोरा महोगनी अलमारी पर सजे रखे शतरंज सेट को देखती रही।

उसके मन में धीरे-से एक विचार उठा। नोरा ने उसे नज़रअंदाज़ कर दिया। लेकिन फिर वह फिर से उठ गया।

ऐश जैसे ही घर आया, नोरा ने उससे कहा कि वह बेडफ़ोर्ड के एक पुराने दोस्त से मिलना चाहती है और कुछ घंटों तक वापस नहीं आएगी।

अब यहाँ नहीं

नोरा ने ओक लीफ़ रेजिडेंशियल केयर होम में प्रवेश किया। इससे पहले कि वह रिसेप्शन तक पहुँचती, उसने चश्मा पहने एक कमज़ोर बुज़ुर्ग व्यक्ति को देखा। नोरा ने उन्हें पहचान लिया। वह एक नर्स के साथ बहस कर रहे थे, जो परेशान दिख रही थी। मानो कोई आह, जो इंसान में तब्दील हो गई थी।

'मैं बगीचे में जाना चाहूँगा,' बूढ़े व्यक्ति ने कहा।

'मुझे खेद है, लेकिन आज बगीचे में काम चल रहा है।'

'मैं केवल बेंच पर बैठकर अख़बार पढ़ना चाहता हूँ।'

'यह हो सकता है कि अगर आप बागवानी गतिविधि सत्र के लिए साइन अप कर लें-'

'मुझे बागवानी सत्र नहीं चाहिए। मैं धावक को फ़ोन करना चाहता हूँ। यह एक ग़लती थी।'

नोरा ने अपने पुराने पड़ोसी को अपने बेटे धावक के बारे में बात करते हुए सुना था, जब उसने डिप्रेशन की दवाएँ लेना बंद किया था। उनका बेटा उन पर केयर होम में जाने के लिए दबाव डाल रहा था, लेकिन श्री बनर्जी ने घर पर ही रहना चाहते थे। 'क्या ऐसा तरीक़ा नहीं है, जिससे मैं बस...'

तभी उन्होंने देखा कि कोई उनकी ओर देख रहा था। 'मिस्टर बनर्जी?'

वह असमंजस में नोरा को देखने लगे। 'नमस्ते? आप कौन हैं?'

'मैं नोरा हूँ। नोरा सीड।' फिर उसने घबराते हुए, उसने कहा, 'मैं आपकी पड़ोसी हूँ। बैनक्रॉफ़्ट एवेन्यू में।'

बुज़ुर्ग ने सिर हिलाया। 'मुझे लगता है कि तुमसे भूल हुई है। मैं तीन साल से वहाँ नहीं रहता। मुझे यक़ीन है कि तुम मेरी पड़ोसी नहीं थीं।'

नर्स ने मिस्टर बनर्जी की ओर सिर झुकाकर देखा। 'शायद आप भूल गए हों।'

'नहीं,' नोरा ने अपनी ग़लती का अहसास करते हुए तुरंत कहा। 'वे सही कह रहे हैं। मुझे ही उलझन हुई होगी। मुझे कभी-कभी याददाश्त संबंधी समस्या हो जाती है। मैं वहाँ कभी नहीं रही। यह कहीं और की बात होगी। या कोई और व्यक्ति रहा होगा। मुझे क्षमा करें।'

उन्होंने बातचीत फिर से शुरू की। नोरा को श्री बनर्जी के घर के सामने के बगीचे का विचार आया, जिसमें आईरिस और फ़ॉक्सग्लोव्स के फूल लगते थे।

'क्या मैं आपकी कोई मदद कर सकता हूँ?'

नोरा ने पीछे रिसेप्शनिस्ट की ओर देखा। सौम्य स्वभाव, चश्मा पहने लाल बालों वाला एक व्यक्ति जो स्कॉटिश लहज़े में बोल रहा था।

उसने उस पुरुष को बताया कि वह कौन थी और यह कि उसने पहले फ़ोन किया था।

पहले वह थोड़ा भ्रमित हुआ।

'आप कह रही हैं कि आपने संदेश छोड़ा था?'

वह ईमेल खोजते हुए एक शांत-सी धुन गुनगुनाने लगा।

'हाँ, लेकिन फ़ोन पर। मैं काफ़ी समय से कोशिश कर रही थी, लेकिन बात नहीं हो पाई इसलिए मैंने संदेश छोड़ दिया। मैंने ईमेल भी किया था।'

'अच्छा, मैं देख रहा हूँ। मुझे खेद है। क्या आप यहाँ परिवार के किसी सदस्य से मिलने आई हैं?'

'नहीं,' नोरा ने कहा। 'मैं परिवार की सदस्य नहीं हूँ। मैं सिर्फ़ उन्हें जानती हूँ। वह भी मुझे जानती होंगी। उनका नाम श्रीमती एल्म है।' नोरा ने पूरा नाम याद करने की कोशिश की। 'माफ़ करना। यह लुईस एल्म है। यदि आप उन्हें मेरा नाम बताएँगे, नोरा। नोरा सीड। वह मेरी... वह हेज़ेल्डीन में मेरे स्कूल की लाइब्रेरियन थीं। मैंने सोचा कि शायद उन्हें मुझसे मिलकर अच्छा लगेगा।'

उस आदमी ने कंप्यूटर को देखना छोड़कर आश्चर्य से नोरा की ओर देखा। पहले नोरा को लगा कि उससे ग़लती हो गई थी। या डायलन से उस शाम ला कैंटीना में ग़लती हुई थी। या शायद उस जीवन की श्रीमती एल्म ने इस जीवन में कुछ अलग अनुभव किया हो। हालाँकि नोरा को यह बिलकुल पता नहीं था कि पशु आश्रय-स्थल में काम करने के उनके अपने निर्णय से श्रीमती एल्म के इस जीवन का अलग परिणाम कैसे होगा। लेकिन इसका कोई मतलब नहीं था। चूँकि वह स्कूल के बाद से ही लाइब्रेरियन के संपर्क में नहीं थी।

'क्या बात है?' नोरा ने रिसेप्शनिस्ट से पूछा।

'मुझे आपको बताते हुए दुख हो रहा है, लेकिन लुईस एल्म अब यहाँ नहीं हैं।'

'वह कहाँ है?'

'वह... दरअसल, तीन हफ़्ते पहले उनकी मृत्यु हो गई थी।'

नोरा ने पहले सोचा कि अवश्य कोई प्रशासनिक त्रुटि हुई होगी। 'क्या आपको यक़ीन है?'

'हाँ। मुझे दुख है, लेकिन ऐसा ही है।'

'ओह,' नोरा ने कहा। वह समझ नहीं पाई कि उसे क्या कहना या करना चाहिए। उसने अपने बैग की ओर देखा जो कार में उसके बगल में रखा था। उस बैग में शतरंज का एक सेट था, जिसे वह श्रीमती एल्म के साथ खेल खेलने के लिए लाई थी। 'मुझे माफ़ करना। मुझे पता नहीं था। मैंने... देखिए, मैंने उन्हें वर्षों से नहीं देखा था। कई वर्ष बीत गए। मैंने किसी से सुना था कि वह यहाँ हैं...'

'मुझे खेद है,' रिसेप्शनिस्ट ने कहा।

'नहीं। कोई बात नहीं। मैं बस उन्हें धन्यवाद देना चाहती थी। वह मेरे प्रति अत्यंत दयालु थीं।'

'उनकी मृत्यु बहुत आराम से हुई,' उस आदमी ने बताया, 'दरअसल, वह नींद में ही चली गईं।'

नोरा मुस्कराई और विनम्रता से पीछे हट गई। 'ठीक है। धन्यवाद। उनकी देखभाल करने के लिए धन्यवाद। मैं चलता हूँ। अलविदा...'

पुलिस के साथ हुई घटना

वह अपने बैग और शतरंज सेट के साथ शेक्सपियर रोड पर वापस लौट गई। उसे पता नहीं था कि उसे आगे क्या करना है। उसके शरीर में झुनझुनी हो रही थी। सुई की चुभन जैसी नहीं बल्कि उससे भी अजीब, अस्पष्ट-सा अहसास जो उसने पहले भी महसूस किया था, जब उसका कोई जीवन अंत के क़रीब था।

उसने शरीर में होने वाली अनुभूति को नज़रअंदाज़ करने की कोशिश की। फिर वह पार्किंग की दिशा में चल पड़ी। वह 33ए बैनक्रॉफ़्ट एवेन्यू स्थित अपने पुराने गार्डन फ़्लैट के सामने से गुजरी। एक आदमी, जिसे उसने पहले कभी नहीं देखा था, रीसाइक्लिंग का एक डिब्बा बाहर ले जा रहा था। नोरा ने कैम्ब्रिज के अपने सुंदर घर के बारे में सोचा और वह गंदगी से भरी सड़क पर इस जर्जर फ़्लैट से उसकी तुलना करने से ख़ुद को रोक नहीं पाई। उसकी झुनझुनी कम हो गई थी। वह श्री बनर्जी के घर के आगे से गुज़री, या कहें कि उस घर के आगे से जो कभी श्री बनर्जी का हुआ करता था। सड़क पर वह एकमात्र घर था, जो फ़्लैटों में विभाजित नहीं हुआ था, हालाँकि अब वह बहुत अलग दिखता था। सामने का छोटे-से लॉन के पौधे ऊँचे हो गए थे और गमलों में क्लेमाटिस या लिजी का कोई निशान तक नहीं था, जिसमें नोरा ने पिछली गर्मियों में पानी दिया था, जब बनर्जी के कूल्हे की सर्जरी हुई थी।

फ़ुटपाथ पर उसने कुछ टूटे-फूटे डिब्बे देखे।

उसने एक गोरी, छोटे बालों और साँवली त्वचा वाली एक महिला को दो छोटे बच्चों के साथ फ़ुटपाथ पर अपनी ओर आते देखा। वह थकी हुई लग रही थी। यह वही महिला थी, जिससे नोरा ने समाचार-पत्र के दुकान पर उस दिन बात की थी, जिस दिन उसने मरने का फ़ैसला किया था। वह ख़ुश और निश्चिंत लग रही थी। केरी-ऐन। उसने नोरा पर ध्यान नहीं दिया, क्योंकि एक बच्चा रो रहा था और उस परेशान बच्चे के को शांत करने प्लास्टिक का डायनासोर उसके सामने लहरा रही थी।

मैं और जेक बहुत चंचल थे, लेकिन हम पहुँच ही गए। दोनों बहुत शरारती हैं। लेकिन दोनों अच्छे हैं। मैं ख़ुद को पूर्ण महसूस करती हूँ। मैं तुम्हें कुछ तसवीरें दिखा सकती हूँ....

फिर केरी-ऐन ने ऊपर नज़र करके नोरा को देखा। 'मैं तुम्हें जानती हूँ? क्या तुम नोरा हो?'

'हाँ।'

'हाय, नोरा।'

'हाय, केरी-ऐन।'

'तुम्हें मेरा नाम याद है? अरे वाह! मैं स्कूल में तुमसे बहुत प्रभावित थी। ऐसा लगता था मानो तुम्हारे पास सबकुछ है। क्या तुम ओलिंपिक तक पहुँच पाईं?'

'हाँ। एक प्रकार से कह सकती हो। मैंने एक बार कर लिया था। मैं वो नहीं चाहती थी। लेकिन फिर, और क्या? है ना?'

केरी-ऐन क्षण भर के लिए दुविधा में दिखाई पड़ी। उसके बेटे ने डायनासोर को फुटपाथ पर फेंक दिया और वह टूटे डिब्बे में से एक के पास जा गिरा। 'हाँ, सही बात है।'

नोरा ने उस डायनासोर को बारीकी से देखा - वह स्टेगोसॉरस था - फिर उसने वह उठाया और केरी-ऐन को सौंप दिया। केरी ने मुस्कराते हुए कृतज्ञता व्यक्त की और उस घर में चली गई जो श्री बनर्जी का होना चाहिए था। तभी उसका बेटा ज़ोर से रोने लगा।

'अलविदा,' नोरा ने कहा।

'हाँ। अलविदा।'

नोरा को आश्चर्य हुआ कि क्या अंतर आया था। किस बात ने श्री बनर्जी को केयर होम में जाने के लिए मजबूर किया होगा, जहाँ उन्होंने ना जाने का निश्चय किया था? दोनों बनर्जी के बीच वही एकमात्र अंतर था। लेकिन वह अंतर क्या था? उसने क्या किया था? ऑनलाइन दुकान शुरू की थी? एकाध बार उनके लिए दवाई ली थी?

श्रीमती एल्म ने कहा था, *छोटी चीज़ों के बड़े महत्त्व को कभी कम मत समझना। यह बात हमेशा याद रखना।*

वह अपनी खिड़की की ओर देखती रही। वह अपने बारे में, अपने मूल जीवन के बारे में सोचने लगी। वह अपने बेडरूम में जीवन और मृत्यु के बीच झूल रही थी मानो वे दोनों उससे समान दूरी पर थे। पहली बार, नोरा को अपने बारे में ऐसे चिंता हुई मानो वह कोई और हो। केवल उसका कोई अन्य रूप नहीं बल्कि पूरी तरह से एक अलग व्यक्ति। मानो आख़िरकार, जीवन के सभी अनुभवों के बाद वह एक ऐसे व्यक्ति में बदल गई थी, जिसे अपने पूर्व स्वरूप पर दया आती थी। इसे आत्मग्लानि नहीं कह सकते, क्योंकि अब उसका स्वरूप ही बिलकुल अलग था।

तभी उसे अपनी खिड़की पर कोई दिखाई दिया। कोई अन्य महिला जिसके हाथ में एक बिल्ली थी, लेकिन वह बिल्ली वोल्टेयर नहीं थी।

यही उसकी आशा थी। वह फिर से बेहोश और भीतर से बिखरा हुआ महसूस करने लगी।

वह शहर की ओर चल पड़ी।

हाँ, वह अब बदल गई थी। वह मज़बूत हो चुकी थी। उसके भीतर ऐसी चीज़ें जिनका उसने पहले उपयोग नहीं किया था। जिन चीज़ों के बारे में उसे पता नहीं लगता अगर उसने भीड़ के सामने गाना नहीं गाया होता या ध्रुवीय भालू से उसकी मुठभेड़ नहीं हुई होती या उसने इतना प्यार, डर और साहस महसूस नहीं किया होता।

बूट्स के बाहर हंगामा हो रहा था। पुलिस अधिकारियों ने दो लड़कों को गिरफ़्तार किया था और पास के स्टोर का डिटेक्टिव वॉकी-टॉकी पर बात कर रहा था।

नोरा ने एक लड़के को पहचान लिया और वह उसके पास गई।

'लियो?'

एक पुलिस अधिकारी ने नोरा को पीछे हटने का इशारा किया।

'तुम कौन हो?' लियो ने पूछा।

'मैं...' नोरा को अहसास हुआ कि वह 'तुम्हारी पियानो टीचर' नहीं कह पाई। उसे महसूस हुआ कि उस डरावनी स्थिति को देखते हुए, वह जो कहने जा रही थी, उसे कहना कितना बड़ा पागलपन था। लेकिन फिर भी, उसने कहा। 'क्या तुमने संगीत सीखा है?'

लियो को हथकड़ी लगाई जा चुकी थी। उसने नीचे देखकर कहा। 'मैंने संगीत नहीं सीखा...'

उसकी आवाज़ अपनी उग्रता खो चुकी थी।

पुलिस अधिकारी निराश होकर आगे आया। 'कृपया, यह हम पर छोड़ दीजिए।'

'वह अच्छा लड़का है,' नोरा ने कहा। 'कृपया उसके साथ ज़्यादा कठोरता मत करो।'

'ओह, इस अच्छे लड़के ने अभी-अभी वहाँ से दो सौ क्विड चुराए हैं। और उसके पास से एक हथियार भी बरामद हुआ है।'

'हथियार?'

'चाकू।'

'नहीं। कुछ तो गड़बड़ है। वह ऐसा लड़का नहीं है।'

'सुनो,' पुलिस अधिकारी ने अपने सहकर्मी से कहा। 'यह महिला मानती है कि हमारा दोस्त लियो थॉमसन मुसीबत में पड़ने वाला लड़का नहीं है।'

दूसरा पुलिस अधिकारी हँसा। 'वह परेशानी में पड़ता ही रहता है।'

'अब, कृपया,' पहले पुलिस अधिकारी ने कहा, 'हमें अपना काम करने दीजिए...'

'बेशक,' नोरा ने कहा, 'बेशक। लियो, वे जो कहते हैं तुम वही करो....'

उसने नोरा की ओर ऐसे देखा जैसे नोरा को मज़ाक़ करने के लिए वहाँ भेजा गया था।

कुछ साल पहले उसकी माँ डोरेन, अपने बेटे के लिए सस्ता कीबोर्ड ख़रीदने के लिए स्ट्रिंग थ्योरी में आई थी। वह स्कूल में लियो के व्यवहार को लेकर चिंतित थी। लियो ने संगीत में रुचि व्यक्त की तो वह उसे पियानो सिखाना चाहती थी। नोरा ने बताया कि उसके पास एक इलेक्ट्रिक पियानो है और वह बजा सकती है, लेकिन उसके पास कोई औपचारिक प्रशिक्षण नहीं है। डोरेन ने बताया कि उसके पास ज़्यादा पैसे नहीं हैं तो दोनों ने एक सौदा किया। नोरा हर मंगलवार की शाम को लियो को मेजर और माइनर सातवें स्वरों के बीच अंतर सिखाने लगी। उसे लगा कि वह अच्छा लड़का था, जो सीखने का इच्छुक था।

डोरेन ने देखा कि शुरू में लियो ग़लत संगति में फँस गया था, लेकिन जब उसने संगीत सीखना शुरू किया तो वह अन्य चीज़ों में भी अच्छा करने लगा। उसे अब शिक्षकों से कोई परेशानी नहीं थी, और वह पूरे ध्यान और प्रतिबद्धता के साथ चॉपिन से लेकर स्कॉट जोप्लिन से लेकर फ्रैंक ओसियन और जॉन लीजेंड और रेक्स ऑरेंज काउंटी तक सब कुछ बजा लेता था।

नोरा को श्रीमती एल्म द्वारा मिडनाइट लाइब्रेरी के आरंभिक दौरे पर कहे हुए शब्द याद आए।

प्रत्येक जीवन में लाखों निर्णय होते हैं। कुछ बड़े, कुछ छोटे। लेकिन हर बार जब एक निर्णय की जगह कोई अन्य निर्णय लिया जाता है, तो उसके परिणाम भी अलग होते हैं। ऐसे में एक अपरिवर्तनीय बदलाव उत्पन्न होता है, जो फिर आगे चलकर कई और बदलावों को जन्म देता है...

वर्तमान टाइमलाइन में, जहाँ उसने कैम्ब्रिज से मास्टर की पढ़ाई की, और ऐश से शादी की तथा उसकी एक बेटी थी, वह चार साल पहले उस दिन स्ट्रिंग थ्योरी में नहीं थी जिस दिन डोरेन और लियो वहाँ आए थे। इस टाइमलाइन में, डोरेन को कोई ऐसा संगीत शिक्षक नहीं मिला, जो सस्ता था और इसलिए लियो भी संगीत के साथ लंबे समय तक नहीं जुड़ नहीं पाया कि उसे यह अहसास हो पाता सके कि

उसके अंदर यह प्रतिभा मौजूद है। वह मंगलवार की शाम को धुनें बनाने के अपने शौक को पूरा करने के लिए कभी नोरा के साथ नहीं बैठा था।

नोरा कमज़ोर महसूस कर रही थी। उसे ना केवल झुनझुनी और धुँधलापन, बल्कि शून्यता में डूबने जैसा कुछ महसूस हो रहा था। उसकी आँखों के सामने अंधकार भी छाने लगा। उसे यह अहसास था एक और नोरा वहीं पर है, जो उस जगह से शुरू करने को तैयार है, जहाँ वह छोड़ने वाली थी। उसका मस्तिष्क उन जगहों को भरने के लिए तैयार था और उसके पास एक दिन की बेडफ़ोर्ड यात्रा पर जाने का बिलकुल वैध कारण मौजूद था। वह उसकी अनुपस्थिति को भरने के लिए भी तैयार थी।

उसे चिंता होने लगी, क्योंकि वह जानती थी कि इसका क्या मतलब है। वह लियो और उसके दोस्त से दूर हट गई। उन्हें पुलिस की कार में ले जाया गया। बेडफ़ोर्ड हाई स्ट्रीट की निगाहें उन पर थीं। नोरा कार पार्क की ओर तेज़ी से चलने लगी।

यह अच्छा जीवन है... यह अच्छा जीवन है... यह एक अच्छा जीवन है...

देखने का एक नया तरीक़ा

वह मैक्सिकन माइग्रेन की तरह ला कैंटिना के भड़कीले लाल-पीले टेढ़े-मेढ़े निशानों को पार करती हुई स्टेशन के क़रीब पहुँच गई। अंदर एक वेटर टेबल से कुर्सियाँ हटा रहा था। वह स्ट्रिंग थ्योरी के भी पास से गुज़री, जिसके दरवाज़े पर हस्तलिखित नोटिस चिपका था :

> *दुर्भाग्य से, स्ट्रिंग थ्योरी अब इस परिसर में व्यापार करने में सक्षम नहीं है। किराए में वृद्धि के कारण हम अब काम नहीं कर सकते। हमारे सभी वफ़ादार ग्राहकों को धन्यवाद। आप कुछ मत सोचिएगा। सब ठीक है। आप अपने रास्ते जा सकते हैं। ईश्वर ही जानता है कि हमारा आपके बिना क्या होगा।*

यह बिलकुल वही नोट था, जो उसने डायलन के साथ आते हुए देखा था। नील के हाथ से छोटे-छोटे अक्षरों में लिखी गई तारीख़ को देखकर नोरा ने अनुमान लगाया कि वह लगभग तीन महीने पहले का था।

उसे दुख हुआ, क्योंकि स्ट्रिंग थ्योरी लोगों के लिए बहुत मायने रखती थी। फिर भी जब नोरा स्ट्रिंग थ्योरी में उस समय काम नहीं करती थी, जब उसके ऊपर मुसीबत का समय आया।

ठीक है। मुझे लगता है कि मैंने बहुत सारे इलेक्ट्रिक पियानो बेचे थे। और बहुत-से अच्छे गिटार भी।

वे जब बड़े हो रहे थे तो नोरा और जो, हमेशा अपने गृहनगर के बारे में किशोरों की तरह मज़ाक़ करते और कहते थे कि एचएमपी बेडफ़ोर्ड अंदरूनी जेल है और बाक़ी का शहर बाहरी जेल है, और यहाँ से भागने का कोई भी मौक़ा मिले तो उसे खोना नहीं चाहिए।

लेकिन वह स्टेशन के क़रीब पहुँची तो सूरज निकल चुका था। ऐसा लग रहा था कि वह इतने सालों से उस जगह को ग़लत तरीक़े से देख रही थी। जैसे ही वह सेंट पॉल स्क्वायर में जेल सुधारक जॉन हॉवर्ड की मूर्ति के पास से गुज़री, जिसके

चारों ओर पेड़ थे और ठीक पीछे नदी, प्रकाश को अपवर्तित कर रही थी, नोरा उसे आश्चर्य से ऐसे देखने लगी मानो वह उसे पहली बार देख रही हो। *यह मायने नहीं रखता कि आप क्या देखते हैं, मायने यह रखता है कि आप समझ क्या पाते हैं।*

विनाइल, प्लास्टिक और दूसरी सिंथेटिक सामग्री की दुर्गंध से भरी अपनी महँगी ऑडी में व्यस्त यातायात के बीच से गुज़रते हुए नोरा कैम्ब्रिज लौट रही थी। पास से गुज़रती गाड़ियाँ, जैसे भूली हुई ज़िंदगियों की तरह लग रही थीं। उसकी इच्छा थी कि वह श्रीमती एल्म के मरने से पहले एक बार उन्हें असल में देख पाती। उनके निधन से पहले उनके साथ शतरंज की एक आख़िरी बाज़ी खेलना अच्छा लगता। और उसने लियो के बारे में सोचा, जो बेडफ़ोर्ड पुलिस स्टेशन में एक छोटी खिड़की-रहित कोठरी में बैठा डोरेन के आकर उसे ले जाने का इंतज़ार कर रहा होगा।

'यह सबसे अच्छा जीवन है,' उसने ख़ुद से कहा। इस बार वह थोड़ा हताश थी। 'यह सर्वोत्तम जीवन है। मैं यहीं रहूँगी। मेरे लिए यही सबसे अच्छा जीवन है। यही सर्वोत्तम जीवन है। *यह सबसे अच्छा जीवन है।*'

लेकिन वह जानती थी कि उसके पास ज़्यादा समय नहीं है।

फूलों में पानी

वह घर पहुँचकर अंदर भागी। प्लेटो ख़ुशी से उसका स्वागत करने के लिए खड़ा हो गया।

'हैलो?' उसने हताश होकर पूछा। 'ऐश? मौली?'

वह उन्हें देखना चाहती थी। उसे पता था कि उसके पास अधिक समय नहीं है। वह महसूस कर सकती थी कि मिडनाइट लाइब्रेरी उसका इंतज़ार कर रही है।

'हम बाहर हैं!' ऐश ने पीछे के बगीचे से चहकते हुए कहा।

नोरा ने देखा कि पिछली दुर्घटना से बेफ़िक्र मौली फिर से अपनी तिपहिया साइकिल चला रही थी और ऐश फूलों की क्यारी की देखभाल कर रहा था।

'यात्रा कैसी रही?'

मौली अपनी तिपहिया साइकिल से उतरी और भागी। 'माँ! मुझे तुम्हारी बहुत याद आई! मैं अब सचमुच अच्छी साइकिल चला लेती हूँ!'

'क्या सच में?'

उसने अपनी बेटी को गले लगाया और आँखें बंद कर लीं। वह बालों, कुत्ते और कपड़े के कंडीशनर और बचपन की गंध को महसूस कर रही थी। उसे उम्मीद थी शायद ऐसा करके वह इसी जगह ठहर पाएगी। 'मैं तुमसे बहुत प्यार करती हूँ, मौली। मैं चाहती हूँ कि तुम यह जान लो। हमेशा इसे याद रखना। समझीं?'

'हाँ, माँ। बिलकुल।'

'और मैं तुम्हारे डैडी से भी प्यार करती हूँ। सब ठीक हो जाएगा, क्योंकि चाहे कुछ भी हो तुम्हारे पास डैडी हमेशा रहेंगे और तुम्हारे पास माँ भी होगी। हो सकता है कि मैं ठीक इस तरह यहाँ नहीं रहूँ। मैं रहूँगी, लेकिन...' फिर उसे लगा कि मौली को एक सत्य के अलावा और कुछ जानने की ज़रूरत नहीं थी। 'मैं तुमसे प्यार करती हूँ।'

मौली चिंतित दिखी। 'तुम प्लेटो को भूल गईं!'

'*ज़ाहिर* है कि मैं प्लेटो से भी प्यार करती हूँ... मैं प्लेटो को कैसे भूल सकती हूँ? प्लेटो जानता है कि मैं उससे प्यार करती हूँ, क्या तुम नहीं जानते, प्लेटो? प्लेटो, मैं तुमसे भी प्यार करती हूँ।'

नोरा ने ख़ुद को शांत करने की कोशिश की।

चाहे कुछ भी हो, उनका ख़याल रखा जाएगा। उन्हें प्यार मिलेगा। और वे एक–दूसरे के लिए मौजूद हैं और वे ख़ुश रहेंगे।

तभी ऐश बागवानी के दस्ताने पहने हुए वहाँ आ गया। 'तुम ठीक हो, ना? तुम्हारा रंग उड़ा हुआ है। कुछ हुआ क्या?'

'मैं तुम्हें इसके बारे में बाद में बताऊँगी। जब मौली सो जाएगी।'

'ठीक है। कोई दुकान से सामान लेकर आने वाला है... इसलिए लॉरी पर नज़र रखना।'

'हाँ, ज़रूर।'

और फिर मौली ने पूछा कि क्या वह पौधों को पानी देने का डिब्बा निकाल सकती है तो ऐश ने उसे बताया कि हाल ही में बहुत बारिश हुई है; इसलिए और पानी देना आवश्यक नहीं था। आकाश फूलों की देखभाल कर रहा है। 'वे ठीक रहेंगे, उनकी देखभाल हो रही है। फूलों में पानी है।' ये शब्द नोरा के दिमाग़ में गूँज उठे। *वे ठीक रहेंगे... उनकी देखभाल हो रही है...* और फिर ऐश ने उस रात सिनेमा जाने के बारे में कुछ कहा। उसने दाई की व्यवस्था भी कर दी थी। नोरा पूरी तरह से भूल गई थी। वह सिर्फ़ मुस्कराई और उसने वहाँ रुकने के लिए बहुत कोशिश की। किंतु बदलाव हो रहा था, वह होने को था। वह जानती थी भीतर से अच्छी तरह जानती थी। वह उसे रोकने के लिए कुछ नहीं कर सकती थी।

उतरने की जगह नहीं

'नहीं!'

वह स्पष्ट तौर पर घट चुका था।

नोरा मिडनाइट लाइब्रेरी में वापस आ गई थी।

श्रीमती एल्म कंप्यूटर पर बैठी थीं। बत्तियाँ झिलमिलाईं और तेज़ी से लयबद्ध ढंग से झपकने लगीं। 'नोरा, रुको। शांत हो जाओ। अच्छी बच्ची बनो। मुझे इसे सुलझाना होगा।'

धूल की बारीक पर्त, छत से, दरारों से झड़ कर गिर रही थी और अप्राकृतिक गति से बुने हुए मकड़ी के जाले की तरह चारों ओर फैल रही थी। अचानक, कुछ नष्ट होने जैसी आवाज़ आई, जिसे नोरा ने अपने दुख और क्रोध के आवेग में अनदेखा कर दिया।

'आप श्रीमती एल्म नहीं हैं। श्रीमती एल्म मर चुकी हैं... क्या मैं मर चुकी हूँ?'

'हम इससे गुज़र चुके हैं। लेकिन अब तुम इसका ज़िक्र कर रही हो, शायद तुम्हारे साथ यह होने वाला है...'

'मैं अभी भी वहाँ क्यों नहीं हूँ? मैं वहाँ क्यों नहीं हूँ? मैं समझ रही थी कि क्या हो रहा है, लेकिन मैं ऐसा बिलकुल नहीं चाहती थी। आपने कहा था कि यदि मुझे ऐसा जीवन मिले, जिसमें मैं जीना चाहूँ - जिसे मैं वास्तव में जीना चाहूँ - तो मैं वहीं रहूँगी। आपने कहा था कि मैं इस मूर्खतापूर्ण जगह के बारे में भूल जाऊँगी। आपने कहा था कि मुझे वह जीवन मिल सकता है, जो मुझे चाहिए। वह जीवन मुझे चाहिए था। वही जीवन था!'

क्षण भर पहले वह ऐश और नोरा और प्लेटो के साथ बगीचे में थी। एक बगीचा जो जीवन और प्रेम से हरा-भरा था, और अब वह यहाँ आ चुकी थी।

'मुझे वापस ले चलो...'

'तुम्हें पता है कि यह नहीं हो सकता।'

'तो मुझे उस जीवन के निकटतम जीवन में ले चलो। मुझे उसी जीवन के निकटतम जो भी संभव है, वहाँ ले जाओ। श्रीमती एल्म, यह अवश्य संभव होना चाहिए। कोई जीवन अवश्य होगा, जहाँ मैं ऐश के साथ कॉफ़ी पीने गई थी और

जहाँ हमारे साथ मौली और प्लेटो थे। लेकिन मैं... मैंने थोड़ा कुछ अलग किया हो। तो तकनीकी रूप से वह अलग जीवन होगा। जैसे मैंने प्लेटो की जगह कोई कुत्ते का और कॉलर चुना, या... या... जहाँ मैंने योग के बजाय कोई अन्य व्यायाम किया होगा? या जहाँ मैं कैम्ब्रिज की जगह किसी अन्य कॉलेज में गई? या जहाँ मैं कॉफ़ी नहीं, बल्कि चाय पीने गई थी? ऐसा जीवन। मुझे उस जीवन में ले चलो जहाँ मैंने यह सब किया हो। चलिए। प्लीज़। मेरी मदद कीजिए। मैं उन में से किसी जीवन को आज़माना चाहूँगी...'

कंप्यूटर धू-धू करके जलने लगा। स्क्रीन काली हो गई। मॉनिटर टुकड़े-टुकड़े हो गया।

'तुम समझती नहीं हो,' श्रीमती एल्म ने हारकर कहा और फिर वह कुर्सी पर वापस बैठ गईं।

'लेकिन ऐसा ही तो होता है ना? मैं एक पछतावा चुनती हूँ। कुछ ऐसा जिसे मैं अलग ढंग से करना चाहती थी... और फिर आपको एक किताब मिल जाती है। मैं किताब खोलती हूँ, और फिर मैं उस किताब को जीने लगती हूँ। यह लाइब्रेरी इसी तरह काम करती है। है ना?'

'यह इतना आसान नहीं है।'

'क्यों? क्या स्थानांतरण की कोई समस्या है? आपको पता है, पहले क्या हुआ था?'

श्रीमती एल्म ने उदास होकर उसकी ओर देखा। 'यह समस्या उससे भी बड़ी है। इस बात की हमेशा प्रबल संभावना थी कि तुम्हारा पुराना जीवन समाप्त हो जाएगा। मैंने तुमसे यह कहा था ना? तुम मरना चाहती थीं और शायद तुम मर जाओगी।'

'हाँ, लेकिन आपने कहा था कि मुझे कहीं पहुँचने की ज़रूरत है। कहीं उतरना है, यही आपने कहा था। एक और ज़िंदगी। एकदम यही कहा था... और मुझे बस इतना करना था कि मैं काफ़ी सोचूँ और एक सही जीवन चुन लूँ और...'

'मुझे पता है। मैं जानती हूँ। लेकिन यह उस तरह से हो नहीं पाया।'

छत का पलस्तर टुकड़े-टुकड़े होकर गिर रहा था, जैसे शादी के केक पर लगी आइसिंग स्थिर नहीं रहती।

नोरा को इससे भी ज़्यादा परेशान करने वाली बात नज़र आई। बल्ब से एक चिंगारी उड़ी और एक किताब पर जा गिरी, जिसके परिणामस्वरूप आग की तेज़ लपटें उठने लगीं। बहुत जल्द वह आग पूरी शेल्फ़ में फैल गई। किताबें इतनी तेज़ी से जल रही थीं, मानो उन पर पेट्रोल छिड़का गया हो। गर्म, उग्र, गर्जना भरी अंगारों की लपटें। तभी एक और चिंगारी, किसी अन्य शेल्फ़ तक पहुँची और फिर वह भी

जल उठी। लगभग उसी समय धूल-भरी छत का एक बड़ा टुकड़ा टूटकर नोरा के पैरों के पास आ गिरा।

'मेज़ के नीचे घुस जाओ!' श्रीमती एल्म ने आदेश दिया। 'जल्दी!'

नोरा नीचे झुकी और श्रीमती एल्म की तरह नीचे बैठ गई। दोनों अब चार पैरों पर थीं। मेज़ के नीचे, जहाँ वे अपने घुटनों पर बैठी थीं। नोरा भी श्रीमती एल्म की तरह, अपना सिर नीचे रखने को विवश थी।

'आप इसे रोक क्यों नहीं सकतीं?'

'यह अब एक श्रृंखलाबद्ध प्रतिक्रिया बन चुकी है। वे चिंगारियाँ अपने आप नहीं उठीं। किताबें नष्ट होने वाली हैं और फिर यह पूरी जगह ढह जाएँगी।'

'क्यों? मुझे समझ नहीं आया। मैं वहाँ थी। मुझे अपने लिए सही जीवन मिल गया था। मेरा एकमात्र जीवन। सबसे अच्छा...'

'लेकिन यही समस्या है,' श्रीमती एल्म ने लकड़ी के पायों के नीचे से घबराते हुए कहा। कई और शेल्फ़ में आग लग चुकी थी। चारों ओर मलबा गिर रहा था। 'वह भी पर्याप्त नहीं था। देखो!'

'कहाँ?'

'अपनी घड़ी में। किसी भी क्षण।'

नोरा ने घड़ी को देखा। पहले तो उसे कुछ ग़लत नहीं लगा। लेकिन फिर उसने देखा। घड़ी अचानक, घड़ी की तरह काम करने लगी थी। डिस्प्ले हिलने लगा।

00:00:00

00:00:01

00:00:02

'यह क्या हो रहा है?' नोरा ने पूछा। उसे महसूस हुआ कि वह जो कुछ भी था, शायद अच्छा नहीं था।

'समय। वही चल रहा है।'

'हम इस जगह को कैसे छोड़ेंगे?'

00:00:09

00:00:10

'*हम* हैं नहीं,' श्रीमती एल्म ने कहा। 'हम जैसा कुछ नहीं है। मैं लाइब्रेरी को नहीं छोड़ सकती। जब लाइब्रेरी ख़त्म हो जाती है तो मैं भी ग़ायब हो जाऊँगी। लेकिन तुम्हारे लिए मौक़ा है। तुम बाहर निकल सकती हो, हालाँकि तुम्हारे पास एक मिनट से ज़्यादा का समय नहीं है...'

नोरा एक श्रीमती एल्म को खो चुकी थी। वह एक और को नहीं खोना चाहती थी। श्रीमती एल्म उसकी परेशानी देख रही थीं।

'सुनो। मैं इस लाइब्रेरी का हिस्सा हूँ। लेकिन यह पूरी लाइब्रेरी तुम्हारा हिस्सा है। क्या तुम समझ रही हो? तुम लाइब्रेरी के कारण नहीं हो, बल्कि यह लाइब्रेरी तुम्हारे कारण है। याद है, ह्यूगो ने क्या कहा था? उसने बताया था कि यही सबसे सरल तरीक़ा है, जिससे आपका मस्तिष्क, ब्रह्मांड की अजीब और विविध वास्तविकताओं को समझने योग्य बनाता है। तो, तुम्हारा मस्तिष्क किसी बात को सरल बना रहा है। कुछ महत्त्वपूर्ण और ख़तरनाक।'

'मैं समझ गई।'

'लेकिन एक बात स्पष्ट है कि तुम वह जीवन नहीं चाहती थीं।'

'वह मेरे लिए आदर्श जीवन था।'

'क्या तुम्हें ऐसा लगा? हर समय?'

'हाँ। मेरा मतलब है... मैं चाहती थी। मेरा मतलब है, मैं मौली से प्यार करती थी। मुझे शायद ऐश से भी प्यार था। लेकिन मुझे लगता है, शायद... वह मेरा जीवन नहीं था। मैंने उसे स्वयं नहीं बनाया। मैं इस दूसरे संस्करण में चली गई थी। मुझे आदर्श जीवन में कार्बन-कॉपी करके भेजा गया था। लेकिन वह मैं नहीं थी।'

00:00:15

'मैं मरना नहीं चाहती,' नोरा ने कहा। उसकी आवाज़ अचानक ऊँची, लेकिन कमज़ोर हो गई थी। वह अंदर तक काँप रही थी। *'मैं मरना नहीं चाहती।'*

श्रीमती एल्म ने उसकी ओर देखा। उनकी आँखों में एक छोटा-सा विचार चमक रहा था। 'तुम्हें यहाँ से निकलना होगा।'

'मैं नहीं निकल सकती! यह लाइब्रेरी निरंतर चलती रहती है। मैं जैसे ही इसके अंदर आई, इसका प्रवेश द्वार ग़ायब हो गया।'

'तुम्हें उसे दोबारा ढूँढ़ना होगा।'

'कैसे? इसमें कोई दरवाज़ा नहीं हैं।'

'जब तुम्हारे पास किताब है तो दरवाज़े की ज़रूरत किसे है?'

'सभी किताबें जल रही हैं।'

'एक है, जो नहीं जली होगी। तुम्हें उसी को ढूँढना ढूँढ़ना है।'

'पश्चाताप की किताब?'

श्रीमती एल्म लगभग हँस पड़ीं। 'नहीं। तुम्हें उस किताब की कोई ज़रूरत नहीं है। वह अब तक राख़ हो चुकी होगी। वह तो जलने वाली पहली किताब रही होगी। तुम्हें उस तरफ़ जाना चाहिए!' एल्म ने अपनी बाईं ओर इशारा किया, जहाँ

आग थी और पलस्तर गिर रहा था। 'इस तरफ़ से ग्यारहवां गलियारा। नीचे से तीसरी शेल्फ़।'

'यह पूरी जगह नष्ट होने वाली है!'

00:00:21

00:00:22

00:00:23

'क्या तुम्हें समझ नहीं आया, नोरा?'

'क्या समझ नहीं आया?'

'इस सबका एक अर्थ है। इस बार तुम यहाँ इसलिए वापस नहीं आईं कि तुम मरना चाहती थीं, बल्कि इसलिए आईं, क्योंकि तुम जीना चाहती हो। यह लाइब्रेरी इसलिए नहीं नष्ट हो रही, क्योंकि यह तुम्हें मार डालना चाहती है। यह इसलिए नष्ट हो रही है, क्योंकि यह तुम्हें वापस लौटने का मौक़ा दे रही है। आख़िरकार कुछ निर्णायक घटित हो रहा है। तुमने तय किया है कि तुम जीना चाहती हो। अब आगे बढ़ो और *जियो*, जब तक तुम्हारे पास यह मौक़ा है।'

'लेकिन... आप क्या? आपके साथ क्या होगा?'

'मेरी चिंता मत करो,' उसने कहा। 'मेरा तुमसे वादा है। मुझे कुछ महसूस नहीं होगा।' और फिर एल्म ने वही कहा, जो असली श्रीमती एल्म ने नोरा को उसके पिता की मृत्यु के दिन स्कूल की लाइब्रेरी में गले लगाया था। 'सब ठीक हो जाएगा, नोरा। सब ठीक हो जाएगा।'

श्रीमती एल्म ने अपना हाथ डेस्क के ऊपर रखा और कुछ ढूँढ़ने लगीं। एक सेकेंड बाद उन्होंने नोरा को एक नारंगी प्लास्टिक फ़ाउंटेन पेन दिया। वही जो स्कूल में नोरा के पास था। जिसे उसने बहुत पहले देखा था।

'तुम्हें इसकी आवश्यकता पड़ेगी।'

'क्यों?'

'यह पहले से नहीं लिखा। इसकी शुरुआत तुम्हें करनी है।'

नोरा ने पेन उठाया।

'अलविदा, श्रीमती एल्म।'

एक क्षण के बाद, छत का एक बड़ा हिस्सा टूटकर मेज़ पर आ गिरा। पलस्तर की धूल का घना बादल उन पर छा गया और उनका दम घुट गया।

00:00:34

00:00:35

'जाओ,' श्रीमती एल्म ने खाँसते हुए कहा। *'जिओ।'*

हिम्मत मत हारना, नोरा सीड!

नोरा धूल और धुएँ के बीच उस दिशा में चल रही थी, जिस दिशा में श्रीमती एल्म ने इशारा किया था। इस बीच छत लगातार गिरती जा रही थी।

साँस लेना और देख पाना कठिन था, लेकिन नोरा गलियारों की गिनती करने में लगभग कामयाब रही थी। रोशनी की चिंगारी उसके सिर पर आ गिरी।

उसके गले में धूल फँस गई थी, जिसके चलते उल्टी की नौबत आ गई। लेकिन उस कोहरे में भी वह देख सकती थी कि अधिकतर किताबें जल चुकी थीं। किताबों की कोई भी शेल्फ़ बची नहीं थी और गर्मी लगातार बढ़ रही थी। कुछ अलमारियाँ और पुस्तकें, जिनमें पहले आग लगी थी, अब राख़ में बदल चुकी थीं।

जैसे ही वह ग्यारहवें गलियारे तक पहुँची, ऊपर से मलबे का एक टुकड़े उसके ऊपर टूटा और वह फ़र्श पर गिर पड़ी।

चट्टान के नीचे दबकर उसने देखा कि पेन उसके हाथ से छूटकर दूर जा गिरा था।

स्वयं को मुक्त करने का उसका पहला प्रयास असफल हो गया था।

बस, ख़त्म हो गया। मैं मरने वाली हूँ, चाहे मैं चाहूँ या नहीं। मैं मरने वाली हूँ।

लाइब्रेरी बंजर भूमि में बदल गई थी।

00:00:41

00:00:42

सब ख़त्म हो चुका था।

उसे एक बार फिर इस बात का यक़ीन हो गया था। वह यहीं मरने वाली थी, क्योंकि उसके चारों सारे संभावित जीवन नष्ट हो चुके थे।

फिर उसने धूल के बादल के बीच में देखा। ग्यारहवें गलियारे पर नीचे से तीसरी शेल्फ़।

आग, उस शेल्फ़ की हर किताब को भस्म कर रही थी।

मैं मरना नहीं चाहती।

उसे और अधिक प्रयास करना था। उसे वह जीवन चाहिए था, जो वह हमेशा सोचती थी कि उसे नहीं चाहिए। चूँकि जैसे यह लाइब्रेरी उसका हिस्सा था, उसी तरह अन्य सभी जीवन भी उसके हिस्से थे। हो सकता है कि उसने वह सब महसूस ना किया हो, जो उसने उन अन्य जीवन में महसूस किया था, लेकिन उसमें यह करने की क्षमता थी। हो सकता है कि उसने उन विशेष अवसरों को खो दिया हो, जब वह ओलिंपिक तैराक, या यात्री, या अंगूर के बगीचे की मालकिन, या रॉक स्टार, या ग्रह-रक्षक ग्लेशियोलॉजिस्ट, या कैम्ब्रिज स्नातक, या एक माँ, या कुछ भी और बन सकती थी, लेकिन नोरा अब भी किसी न किसी तरह सबकुछ थी। वे *सब* नोरा थे। नोरा के लिए वह सबकुछ बनना संभव था और जैसा कि वह सोचती थी, इसमें कुछ निराशाजनक नहीं था। बिलकुल नहीं। बल्कि यह प्रेरणादायक था, क्योंकि अब उसने देखा कि यदि वह कोई काम करे तो वह किस तरह की चीज़ें कर सकती है। और वास्तव में, वह जो जीवन जी रही थी, उसका अपना तर्क था। उसका भाई जीवित था। इज़ी जीवित थी। और उसने एक युवक को परेशानी से बचाने में मदद की थी। कभी-कभी जो एक जाल जैसा नज़र आता है, वह वास्तव में केवल मन की युक्ति होती है। उसे ख़ुश रहने के लिए किसी अंगूर के बगीचे या कैलिफ़ोर्नियाई सूर्यास्त की आवश्यकता नहीं थी। उसे बड़े घर और आदर्श परिवार की भी आवश्यकता नहीं थी। उसे केवल क्षमता की ज़रूरत थी। और यदि क्षमता नहीं हो तो हर चीज़ निरर्थक है। उसे आश्चर्य हुआ कि उसने इसे पहले क्यों नहीं देखा।

नोरा को उस शोर में से पीछे कहीं मेज़ के नीचे से श्रीमती एल्म की आवाज़ सुनाई दी।

'हिम्मत मत हारो! *हिम्मत* बिलकुल मत हारना, नोरा सीड!'

वह मरना नहीं चाहती थी। वह अपनी ज़िंदगी के अलावा कोई और ज़िंदगी भी नहीं जीना चाहती थी। वह संघर्षपूर्ण होती, लेकिन यह उसका अपना संघर्ष होता। अस्त-व्यस्त किंतु सुंदर संघर्ष।

00:00:52

00:00:53

वह छटपटा रही थी, धक्का दे रही थी और अपने ऊपर पड़े वज़न को हटाने का प्रयास कर रही थी। सेकेंड बीतते गए। उसने बहुत कोशिश की। उसके फेफड़े जलने लगे थे और उन पर दबाव पड़ रहा था।

वह ज़मीन पर इधर-उधर रेंगती रही और फिर उसे धूल में लिपटा फ़ाउंटेन पेन मिल गया। फिर वह धुएँ के बीच से दौड़कर ग्यारहवें गलियारे तक पहुँच गई।

और वह वहीं रखी थी।

वह एकमात्र किताब थी, जो अब तक जली नहीं थी। वह अब भी वहीं थी। पहले की तरह बिलकुल हरी।

गर्मी से काँपते हुए, सावधानी के साथ नोरा ने अपनी तर्जनी से किताब को शेल्फ़ से खींच लिया। फिर उसने वही किया, जो वह हमेशा करती थी। उसने किताब खोली और पहला पन्ना ढूँढ़ने की कोशिश की। लेकिन कठिनाई यह थी कि उसमें पहला पृष्ठ नहीं था। पूरी किताब में कुछ नहीं लिखा था। वह बिलकुल ख़ाली थी। अन्य किताबों की तरह, यह उसके भविष्य की किताब थी। लेकिन अन्य किताबों से अलग, इसमें वह भविष्य लिखा हुआ नहीं था।

तो, ये था। यही *उसका* जीवन था। उसका मूल जीवन।

और वह एक कोरा पन्ना था।

नोरा स्कूल का अपना पुराना पेन हाथ में लिया। फिर वह एक पल के लिए वहीं खड़ी रही।

आधी रात के बाद लगभग एक मिनट बीत चुका था।

शेल्फ पर रखी अन्य पुस्तकें जलकर कोयला बन चुकी थीं। ऊपर लटक रहे बल्ब की रोशनी में नोरा ने देखा कि टूटी छत का एक बड़ा टुकड़ा – जो लगभग फ़्रांस के आकार का था – नीचे गिरकर उसे कुचलने वाला था।

नोरा ने पेन का ढक्कन खोला और उस खुली किताब को किताबों की जली हुई शेल्फ़ के ढेर पर दबा दिया।

छत ढहने वाली थी।

ज़्यादा समय नहीं था।

उसने लिखना शुरू किया। *नोरा जीना चाहती थी।*

उसने लिखने के बाद एक क्षण इंतज़ार किया। निराशा की बात है कि कुछ नहीं हुआ। उसे याद आया कि श्रीमती एल्म ने एक बार क्या कहा था। *चाहत एक दिलचस्प शब्द है। इसका अर्थ है, अभाव।* इसलिए नोरा ने उसे काट दिया और फिर से प्रयास किया।

नोरा ने जीने का फ़ैसला किया।

कुछ नहीं हुआ। उसने फिर कोशिश की।

नोरा जीने के लिए तैयार थी।

फिर भी कुछ नहीं हुआ। उसने 'जीने' शब्द को रेखांकित किया, लेकिन कुछ नहीं हुआ।

सर्वत्र टूट-फूट और तबाही मची थी। छत गिर रही थी, हर चीज़ नष्ट हो रही थी। किताब की शेल्फ़ धूल के ढेर में बदल रही थीं। नोरा ने अचानक से देखा कि

डेस्क के नीचे से श्रीमती एल्म की आकृति उभर रही थी। वह बिना डर के वहाँ खड़ी थीं और फिर पूरी तरह से ग़ायब हो गईं। छत लगभग धँस चुकी थी, जिससे आग और शेल्फ़ के ढेर और बाक़ी सब कुछ उसके नीचे दब गया था।

नोरा का दम घुट रहा था और उसे कुछ दिखाई नहीं दे रहा था।

लेकिन लाइब्रेरी का यह हिस्सा बचा हुआ हुआ था और नोरा भी अब तक वहीं थी।

उसे पता था कि किसी भी क्षण सब ख़त्म हो जाएगा।

इसलिए नोरा ने यह सोचना बंद कर दिया कि उसे क्या लिखना है। हताशा से भरी नोरा के सामने जो पहली चीज़ आई, उसने वही लिख दिया। वह शब्द जो उसे अपने भीतर चुनौतीपूर्ण मूक दहाड़ की तरह महसूस हो थे और किसी भी बाहरी विनाश को मात दे सकते थे। एक सत्य जो उसके पास था, एक ऐसा सत्य जिस पर अब उसे गर्व था और वह प्रसन्न थी। एक ऐसा सत्य, जिसके साथ उसने ना केवल समझौता कर लिया था, बल्कि उसका पूर्ण रूप से स्वागत किया था। एक सच्चाई, जिसे उसने पेन की निब से काग़ज़ पर ज़ोर से, बड़े अक्षरों में, प्रथम पुरुष वर्तमान काल में लिखा।

एक सत्य, जो हर संभव वस्तु की शुरुआत और उसका बीज था। एक पूर्व अभिशाप और वर्तमान आशीर्वाद।

बहु–ब्रह्मांड की शक्ति और क्षमता से युक्त तीन सरल शब्द।

मैं जीवित हूँ।

इसी के साथ, ज़मीन बुरी तरह हिली गई और मिडनाइट लाइब्रेरी का प्रत्येक अंतिम अवशेष धूल में विलीन हो गया।

जागरण

आधी रात के एक मिनट और सत्ताइस सेकेंड के बाद, नोरा सीड ने अपनी रजाई पर उल्टी करके जीवन में वापसी का संकेत दिया।

वह बस कहने ही को जीवित थी।

घुटन, थकान, पानी की कमी, संघर्षरत, काँपती हुई, बोझिल, व्याकुल, छाती में दर्द, सिर में दर्द, यह जीवन का सबसे बुरा अनुभव था। फिर भी यह एक जीवन था। और यह जीवन बिलकुल वैसा ही था, जैसा वह चाहती थी।

नोरा के लिए बिस्तर से उतरना मुश्किल क्या, लगभग असंभव था। लेकिन वह जानती थी कि उसे खड़ा होना पड़ेगा।

उसने किसी तरह ख़ुद को सँभाला और फ़ोन पकड़ लिया। लेकिन वह उसे भारी और फिसलन-भरा लग रहा था कि उसे पकड़ना मुश्किल हो गया। वह फ़र्श पर गिरा और ओझल हो गया।

'कोई मदद करो,' वह लड़खड़ाते हुए कमरे से बाहर निकली।

उसका दालान ऐसे झुक रहा था मानो तूफ़ान में फँसा जहाज़ झुक रहा हो। लेकिन वह गिरे दरवाज़े तक पहुँच गई। उसने कुंडी से चेन का ताला खींचा और बहुत कोशिश करके वह उसे खोलने में सफल रही।

'कृपया मेरी मदद करो।'

उसे अहसास हुआ कि अब भी बारिश हो रही थी। वह उल्टी के दाग़ वाले पायजामे में ही बाहर निकल आई और वहाँ पहुँची जहाँ ऐश लगभग एक दिन पहले उसके मरे हुए बिल्ले की ख़बर लेकर आया था।

आसपास कोई नहीं था।

उसे कोई नज़र नहीं आया। इसलिए वह लड़खड़ाते हुए श्री बनर्जी के घर की ओर बढ़ी और आख़िर, दरवाज़े की घंटी बजाने में सफल हो गई।

अचानक सामने की खिड़की से एक चौकोर किरण बाहर निकली। दरवाज़ा खुल गया।

उन्होंने चश्मा नहीं पहना था और शायद नोरा की हालत और रात का समय देखकर उन्हें दुविधा हुई।

‘मुझे खेद है, श्री बनर्जी। मैंने बहुत ही मूर्खतापूर्ण काम कर दिया है। अच्छा होगा कि आप एम्बुलेंस बुलवा लें...’

‘हे भगवान। क्या हुआ?’

‘जल्दी कीजिए।’

‘हाँ। मैं अभी तुरंत कॉल करता हूँ...’

00:03:48

और तभी नोरा, श्री बनर्जी के दरवाज़े के आगे पड़े मैट पर ज़ोर से गिर पड़ी।

आसमान में अँधेरा छाया है,
नीले रंग पर काला हावी है,
फिर भी तारों में साहस है
वे तुम्हारे लिए चमकते हैं

निराशा के पार

सार्त्र ने एक बार लिखा था, 'जीवन निराशा के पार आरंभ होता है।'

बारिश रुक चुकी थी।

वह अस्पताल के अंदर बिस्तर पर बैठी थी। उसे वार्ड में रखा गया था। उसने खाना खाया और अब वह बेहतर महसूस कर रही थी। उसकी शारीरिक जाँच से मेडिकल स्टाफ़ प्रसन्न था। ज़ाहिर तौर पर पेट की तकलीफ़ थी। उसने डॉक्टर को ऐश द्वारा बताई बात कहकर प्रभावित करने की कोशिश की कि पेट की पर्त कुछ दिनों में ख़ुद को नवीनीकृत करती रहती है।

तभी एक नर्स आई और उसके बिस्तर पर एक क्लिपबोर्ड लेकर बैठ गई। उसने नोरा की मानसिक स्थिति से संबंधित कई सवाल पूछे। नोरा ने मिडनाइट लाइब्रेरी के अनुभव को अपने तक सीमित रखने का फ़ैसला किया, क्योंकि उसे लगा कि वह सब बताना उसके मनोरोग मूल्यांकन के लिए अच्छा नहीं होगा। यही अनुमान लगाना बेहतर था कि बहु-ब्रह्मांड की अल्पज्ञात वास्तविकताओं को शायद अभी तक राष्ट्रीय स्वास्थ्य सेवा की योजनाओं में शामिल नहीं किया गया था।

लगभग एक घंटे तक सवाल-जवाब जारी रहे। उन्होंने दवा, नोरा की माँ की मृत्यु, वोल्ट्स, नौकरी छूटना, पैसे की चिंता, स्थितिजन्य अवसाद के निदान पर बात की।

नर्स ने पूछा, 'क्या आपने पहले कभी ऐसा कुछ करने की कोशिश की है?'

'इस जीवन में तो नहीं।'

'और इस समय आप कैसा महसूस कर रही हैं?'

'मुझे नहीं पता। अजीब-सा। लेकिन मैं अब मरना नहीं चाहती।'

नर्स ने फ़ॉर्म पर कुछ लिखा।

नर्स के चले जाने के बाद, नोरा ने खिड़की से दोपहर की हवा में पेड़ों की हल्की हरकत और बेडफ़ोर्ड रिंग रोड पर दूर-दराज के भीड़-भाड़ वाले ट्रैफ़िक को धीरे-धीरे चलते देखा। वहाँ पेड़ों, यातायात और औसत दर्ज़े की वास्तुकला के अलावा और कुछ नहीं था, लेकिन यही सबकुछ भी था।

यह जीवन था।

थोड़ी देर बाद, नोरा ने अपने सोशल मीडिया से अपने आत्मघाती पोस्ट हटा दिए और गंभीर भावुकता उस क्षण में उसने कुछ और लिखा। उसने इसका शीर्षक दिया – 'एक चीज़ जो मैंने सीखी' (ऐसे व्यक्ति द्वारा लिखित, जो कुछ नहीं है फिर भी सबकुछ रह चुका है)।

एक चीज़ जो मैंने सीखी

(ऐसे व्यक्ति द्वारा लिखित, जो कुछ नहीं है फिर भी सबकुछ रह चुका है)

ऐसे जीवन जो हम नहीं जी रहे होते, उनके लिए शोक मनाना आसान होता है। अन्य तरह की प्रतिभाओं को विकसित करने की कामना करना और विभिन्न प्रस्तावों के लिए हामी भरना आसान होता है। यह चाहना आसान होता है कि हमने अधिक मेहनत की होती, अधिक प्यार किया होता, पैसे का अधिक चतुराई से उपयोग किया होता, हम अधिक लोकप्रिय होते, बैंड में काम करते, ऑस्ट्रेलिया जाते, कॉफ़ी के लिए हाँ कह देते कहा या हमने अधिक योग किया होता।

जो दोस्त हमने नहीं बनाए, जो काम हमने नहीं किया, जिन लोगों से हमने शादी नहीं की और जो बच्चे हमारे नहीं हुए, उन्हें याद करने के लिए प्रयास नहीं करना पड़ता। ख़ुद को दूसरों के चश्मे से देखना और यह कामना करना कठिन नहीं होता कि अपने भिन्न बहुरूपदर्शक संस्करण होते। पछताना, और तब तक पछताते रहना आसान है, जब तक हमारा समय समाप्त नहीं हो जाता।

लेकिन वास्तविक समस्या वे जीवन नहीं हैं, जिन्हें नहीं जीने का हमें अफ़सोस है। पछतावा अपने आप में समस्या है। पछतावा हमें सिकुड़ने और मुरझाने पर विवश करता है और उसी के कारण हम ऐसा महसूस करते हैं, जैसे हम ख़ुद के और दूसरे लोगों के सबसे बड़े दुश्मन हैं।

हम यह नहीं कह सकते कि उनमें से कोई अन्य जीवन बेहतर होता या ख़राब। सच यह है कि वे जीवन घटित हो रहे हैं और यह भी सच है कि आपका जीवन भी घटित हो रहा है। और यही वह जीवन है, जिस पर हमें ध्यान केंद्रित करना है।

बेशक, हम हर जगह नहीं जा सकते, हर व्यक्ति से नहीं मिल सकते या हर काम नहीं कर सकते, फिर भी हम किसी भी अन्य जीवन में जो कुछ महसूस करते, उसमें से अधिकांश अब भी हमारे पास उपलब्ध है। यह जानने के लिए कि जीत कैसा होती है, हमें हर खेल खेलने की आवश्यकता नहीं है। संगीत को समझने के लिए हमें दुनिया के हर तरह के संगीत को सुनने की आवश्यकता नहीं है। शराब का

स्वाद जानने के लिए हमें हर अंगूर के बगीचे से बनी हर क़िस्म की शराब को चखने की आवश्यकता नहीं है। प्यार और हँसी और डर और दर्द सार्वभौमिक भाव हैं।

हमें बस अपनी आँखें बंद करके सामने रखे पेय का स्वाद चखना है और गाना सुनना है। हम किसी भी अन्य जीवन की तरह अब भी पूरी तरह से सजीव हैं और समस्त भावनात्मक परिवेश तक हमारी पहुँच है।

हमें केवल एक व्यक्ति बनने की आवश्यकता है।

हमें केवल एक अस्तित्व को महसूस करने की ज़रूरत है।

हमें सब कुछ होने के लिए सब कुछ करने की आवश्यकता नहीं है, क्योंकि हम पहले से ही अनंत हैं। हम जब तक जीवित हैं, हमारे अंदर सदा विविध संभावनाओं से भरा भविष्य मौजूद रहता है।

तो आइए, हम अपने इस जीवन में लोगों के प्रति दयालु बनें। हम अभी जहाँ हैं, कभी उस स्थान से ऊपर देखें, क्योंकि जहाँ भी हम हैं, वहाँ से ऊपर आकाश सदैव असीम है।

कल मुझे पता था कि मेरा कोई भविष्य नहीं है और मेरे लिए अपने जीवन को उसके वर्तमान स्वरूप में स्वीकार करना असंभव था, जैसा कि अब भी है। लेकिन फिर भी आज वही अव्यवस्थित जीवन, आशा और संभावनाओं से भरा हुआ लगता है।

मेरा मानना है कि हम जीवन को जीते हैं तो ही असंभव भी घटित होता है।

क्या मेरे जीवन में कोई चमत्कार हो जाएगा, जिससे वह दर्द, निराशा, दुःख, आघात, कठिनाई, अकेलेपन, अवसाद से मुक्त हो जाएगा? नहीं।

लेकिन क्या मैं जीना चाहती हूँ?

हाँ। हाँ।

हज़ार बार, हाँ।

जीना बनाम समझना

कुछ मिनट बाद उसका भाई उससे मिलने आया। उसने वॉयस मेल सुना था, जो नोरा ने उसे भेजा था। आधी रात के सात मिनट बाद उसने उत्तर दिया। 'तुम ठीक हो, बहन?' फिर, जब अस्पताल ने उससे संपर्क किया, तो उसने तुरंत लंदन से चलने वाली पहली ट्रेन पकड़ ली थी। सेंट पैनक्रास स्टेशन पर ट्रेन की प्रतीक्षा करते समय उसने नोरा के लिए *नैशनल ज्योग्राफ़िक* का नवीनतम अंक भी ख़रीदा।

'तुम्हें यह बहुत पसंद था,' उसने उस पत्रिका को अस्पताल के बिस्तर के पास रखते हुए कहा।

'यह मुझे अब भी पसंद है।'

नोरा को उसे देखकर अच्छा लगा। उसकी घनी भौंहें और अनिच्छुक मुस्कान अब भी बरकरार थी। वह थोड़ा अजीब तरह से चल रहा था। उसका सिर झुका हुआ और बाल पिछले दो जन्मों की तुलना में ज़्यादा लंबे थे।

उसने कहा, 'मुझे दुख है कि मैं कुछ समय तक तुम्हारे संपर्क में नहीं रहा। इसका उस बात से कोई संबंध नहीं है जो तुमसे रवि ने कहा था। मैं अब द लेबिरिंथ्स के बारे में *सोचता* भी नहीं हूँ। मैं अजीब जगह पर था। माँ के निधन के बाद मैं एक लड़के से मिलता था। बाद में, हमारा बहुत ही ख़राब ढंग से ब्रेकअप हो गया और मैं इस बारे में तुमसे या किसी से भी बात नहीं करना चाहता था। मैं बस पीना चाहता था। और मैं बहुत ज़्यादा शराब पी रहा था। यह एक समस्या बन गई थी। लेकिन मैंने अब इसके लिए मदद ली है। मैंने कई हफ़्तों से शराब नहीं पी है। मैं अब जिम वगैरह भी जाने लगा हूँ। मैंने एक क्रॉस-ट्रेनिंग शुरू की है।'

'ओह जो, यह सुनकर बुरा लग रहा है। मुझे तुम्हारे ब्रेक-अप और सब बातों के लिए बहुत दुख है।'

'मेरे पास अब केवल तुम ही हो, बहन,' उसने कहा। उसकी आवाज़ थोड़ी कर्कश हो गई थी। 'मैं जानता हूँ कि मैंने तुम्हें महत्त्व नहीं दिया। मैं जानता हूँ कि जब हम बड़े हो रहे थे, मैंने अच्छा व्यवहार नहीं किया। लेकिन मेरी अपनी परेशानी चल रही थी। मुझे पिताजी के कारण एक ख़ास तरीक़े से रहना पड़ता था। मुझे अपनी कामुकता को छिपाना पड़ा। मुझे पता है कि तुम्हारे लिए यह आसान नहीं

था, लेकिन मेरे लिए भी यह सरल नहीं था। तुम हर चीज़ में अच्छी थीं। स्कूल, तैराकी, संगीत। मैं तुम्हारा मुक़ाबला नहीं कर सका... साथ ही, पिताजी तो पिताजी थे और मुझे उनकी नज़र में एक पुरुष जैसा होता है, उसी तरह का नक़ली जीवन जीना पड़ा।' उसने आह भरते हुए कहा। 'यह बहुत अजीब है। हम दोनों शायद इसे अलग-अलग ढंग से याद करते हों। लेकिन तुम मुझे मत छोड़ना, ठीक है? बैंड छोड़ना एक बात थी। लेकिन ज़िंदगी को मत छोड़ना। मैं इसका सामना नहीं कर सकूँगा।'

'यदि तुमसे नहीं होगा तो मुझसे भी नहीं होगा,' उसने कहा।

'भरोसा रखो, मैं कहीं नहीं जाऊँगा।'

नोरा को वह दुख याद आ गया, जब साओ पाउलो में अधिक मात्रा में ड्रग लेने से जो की मौत की ख़बर आई थी। नोरा ने उसे गले लगने को कहा और जो ने उसे धीरे-से गले लगा लिया। इस आलिंगन ने नोरा को सजीव कर देने वाली गरमाहट का अहसास करवाया।

'मुझे बचाने के लिए नदी में कूदने की तुमने कोशिश की। उसके लिए धन्यवाद,' उसने कहा।

'क्या?'

'मुझे हमेशा यही लगा कि तुमने मुझे नहीं बचाया। लेकिन तुमने कोशिश की। उन्होंने तुम्हें वापस बाहर खींच लिया था। धन्यवाद।'

अचानक जो को समझ में आया कि नोरा किस बारे में बात कर रही थी। वह थोड़ी उलझन में था कि उसे यह कैसे पता चला होगा, जबकि वह तैरते हुए दूर जा रही थी। 'बहन, मैं तुमसे प्यार करता हूँ। जवानी में हम लोग मूर्ख थे।'

जो एक घंटे के लिए बाहर गया। उसके मकान मालिक से चाबियाँ लीं, अपनी बहन के कपड़े और फ़ोन लिया।

उसने फ़ोन में देखा कि इज़ी ने मैसेज भेजा था। *माफ़ करना, मैंने कल रात/आज सुबह फ़ोन नहीं किया। मैं ठीक से बात करना चाहती थी! उत्तर-प्रत्युत्तर संश्लेषण। पूरी बात करना ठीक होता है। तुम कैसी हो? तुम्हारी याद आ रही है। और मैं जून में यूके वापस आने के बारे में सोच रही हूँ। यह अच्छे के लिए होगा। दोस्त, तुम्हारी याद आती है। इसके अलावा, तुम्हें ढेर सारी तसवीरें भेज रही हूँ।*

नोरा के गले से ख़ुशी-भरी हल्की आवाज़ निकली।

उसने इज़ी को मैसेज का जवाब भेजा। यह बड़ा दिलचस्प था। वह मन में सोच रही थी कि जीवन कैसे कभी-कभी काफ़ी प्रतीक्षा करवा कर आपको देखने का एक बिलकुल नया दृष्टिकोण देता है।

नोरा ने इंटरनैशनल पोलर रिसर्च इंस्टीट्यूट के फ़ेसबुक पेज को देखा। वहाँ उस महिला की एक तसवीर थी, जिसके साथ उसने केबिन साझा किया था - इंग्रिद - जो फ़ील्ड लीडर पीटर के साथ खड़ी थी, जो समुद्री-बर्फ़ की मोटाई को मापने के लिए पतली-सी ड्रिल का उपयोग कर रहा था। वहीं एक लेख का लिंक था जिसका शीर्षक था 'आईपीआरआई अनुसंधान, आर्कटिक क्षेत्र के पिछले दशक में सबसे गर्म होने की पुष्टि करता है।' नोरा ने लिंक शेयर करके एक टिप्पणी लिखी : 'बढ़िया काम करते रहो!' और यह फ़ैसला किया कि जब उसके पास कुछ पैसे होंगे, तो वह दान देगी।

इस बात पर सहमति बनी कि नोरा घर जाएगी। उसके भाई ने उबर कैब बुक की। जब वे कार पार्किंग से बाहर निकल रहे थे तो नोरा ने ऐश को गाड़ी में अस्पताल में जाते देखा। वह शायद देर वाली शिफ़्ट कर रहा था। इस जीवन में उसके पास अलग कार थी। नोरा के मुस्कराने के बावजूद, ऐश ने उसे नहीं देखा। नोरा को उम्मीद थी कि वह ख़ुश होगा। उसे उम्मीद थी कि वह पित्ताशय की सर्जरी आसानी से कर जाएगा। हो सकता है वह साथ जाए और रविवार को बेडफ़ोर्ड हाफ़-मैराथन में उसे देखे। शायद वह *उसे* कॉफ़ी के लिए बाहर ले जाए।

शायद।

कार में बैठकर, नोरा के भाई ने उसे बताया कि वह स्वतंत्र कार्य की तलाश में है।

'मैं साउंड इंजीनियर बनने के बारे में सोच रहा हूँ,' उसने कहा।

ये सुनकर नोरा ख़ुश हो गई। 'यह अच्छा है। मुझे लगता है कि तुम्हें यह करना चाहिए। मेरे विचार से तुम्हें यह काम पसंद आएगा। मुझे नहीं पता, लेकिन मुझे ऐसा महसूस हो रहा है।'

'ठीक है।'

'मेरा मतलब है कि यह काम अंतर्राष्ट्रीय रॉक स्टार जैसा ग्लैमरस भले ही नहीं हो, लेकिन यह अधिक सुरक्षित होगा... शायद इससे ख़ुशी भी ज़्यादा मिलेगी।'

यह मुश्किल बात थी और जो इस पर आसानी से अमल करने वाला नहीं था। लेकिन वह मुस्कराया और उसने सिर हिलाते हुए कहा, 'दरअसल, हैमरस्मिथ में एक स्टूडियो है और वे साउंड इंजीनियरों की तलाश कर रहे हैं। यह घर से केवल पाँच मिनट की दूरी पर है। मैं वहाँ पैदल जा सकता हूँ।'

'हैमरस्मिथ? हाँ। वही है।'

'क्या मतलब?'

'मेरा मतलब है, मुझे लगता है कि यह अच्छा लगता है। हैमरस्मिथ, साउंड इंजीनियर। ऐसा लगता है, जैसे आप ख़ुश होंगे।'

वह हँस पड़ा। 'ठीक है, नोरा। ठीक है। और वह जिम, जिसके बारे में मैं तुम्हें बता रहा था, वह भी उस जगह के बगल में ही है।'

'वाह, बढ़िया। वहाँ कोई तुम्हारी पसंद का है?'

'हाँ, एक है। उसका नाम इवान है। वो डॉक्टर है और क्रॉस-ट्रेनिंग के लिए जाता है।'

'इवान! हाँ!'

'कौन?'

'तुम्हें उससे बात करनी चाहिए।'

जो हँसा। उसे लगा नोरा केवल मज़ाक़ कर रही थी। 'मैं पूरी तरह आश्वस्त नहीं हूँ कि वह समलैंगिक है।'

'वह है! वह समलैंगिक है। वह *सौ प्रतिशत समलैंगिक है।* और सौ प्रतिशत तुम्हें पसंद करता है। डॉ. इवान लैंगफ़ोर्ड। उससे बात करो। मुझ पर भरोसा करो! यह तुम्हारे द्वारा किया अब तक का सबसे अच्छा काम होगा...'

जब उनकी कार 33ए बैनक्रॉफ़्ट एवेन्यू पर रुकी तो नोरा का भाई हँसने लगा। उसी ने कैब को पैसे दिए, क्योंकि नोरा के पास पैसे और बटुआ नहीं था।

श्री बनर्जी अपनी खिड़की पर बैठे कुछ पढ़ रहे थे।

बाहर सड़क पर, नोरा ने देखा कि उसका भाई आश्चर्य से फ़ोन को देख रहा था।

'क्या हुआ, जो?'

वह मुश्किल से बोल पाया। 'लैंगफ़ोर्ड...'

'क्या हुआ?'

'डॉ. इवान लैंगफ़ोर्ड। मैं तो जानता ही नहीं था कि उसका उपनाम लैंगफ़ोर्ड है, लेकिन यह वही है।'

नोरा ने कंधे उचकाए। 'यह भाई-बहन के बीच का अंतर्ज्ञान। उसे अपने साथ जोड़ लो। उससे संपर्क करो। मैसेज करो। तुम्हें जो करना है, करो... बस, कोई नग्न तसवीरें नहीं भेजना। लेकिन वही है, मैं तुम्हें बता रही हूँ। वही है।'

'लेकिन तुम्हें कैसे पता चला कि यह वही है?'

नोरा ने अपने भाई का हाथ पकड़ लिया। वह जानती थी कि वह उसे कुछ भी समझा नहीं सकेगी। 'मेरी बात सुनो, जो।' तभी उसे मिडनाइट लाइब्रेरी में श्रीमती

एल्म की बात याद आई। 'तुम्हें जीवन को *समझने* की आवश्यकता नहीं है। उसे केवल जीना है।'

जैसे ही उसका भाई 33ए बैनक्रॉफ़्ट एवेन्यू के दरवाज़े की ओर बढ़ा, नोरा ने सभी छत वाले घरों, लैंपपोस्ट और पेड़ों को देखा। उसके फेफड़े आश्चर्य से भर गए। उसे महसूस हुआ मानो वह यह सब पहली बार देख रही थी। शायद उन घरों में से एक में और एक स्लाइडर रहता है, जो अपने तीसरे या सत्रहवें या अंतिम संस्करण पर हो। वह उन्हें खोजने की कोशिश करेगी।

उसने 31 नंबर को देखा।

श्री बनर्जी अपनी खिड़की से देख रहे थे। नोरा को सुरक्षित और स्वस्थ देखकर उनका चेहरा चमक उठा। वे मुस्कराए और उनके मुँह से 'धन्यवाद' निकला मानो नोरा के केवल जीवित रहने के लिए वे उसके आभारी थे। नोरा ने तय किया कि वह अगले दिन कुछ पैसे लेकर उद्यान केंद्र जाएगी और श्री बनर्जी के बगीचे के लिए एक पौधा ख़रीदेगी। शायद, फ़ॉक्सग्लोव्स। नोरा को यक़ीन था कि बनर्जी को फ़ॉक्सग्लोव्स पसंद आएगा।

'नहीं,' नोरा ने बनर्जी को चुंबन लौटाते हुए कहा। 'धन्यवाद, श्री बनर्जी! आपको हर बात के लिए धन्यवाद!'

श्री बनर्जी खुलकर मुस्कराए। उनकी आँखों में दया और चिंता भरी थी। उन्हें देखकर नोरा को याद आया कि देखभाल करना और देखभाल करवाना कैसा महसूस होता है। वह सफ़ाई करने के लिए अपने भाई के साथ फ़्लैट में घुसी तो उसे जाते-जाते उसे श्री बनर्जी के बगीचे में आइरिस के गुच्छों की झलक भी मिल गई। पहले उसने उन फूलों की कभी सराहना नहीं की थी, लेकिन अब उनका उत्तम बैंगनी रंग देखकर मानो वह मंत्रमुग्ध हो गई थी। ऐसा लगा मानो वे फूल सिर्फ़ रंग नहीं, बल्कि किसी भाषा का हिस्सा, किसी शानदार पुष्प राग के सुर थे, जो चॉपिन के समान शक्तिशाली थे, और चुपचाप जीवन के मनमोहक वैभव को संप्रेषित कर रहे थे।

ज्वालामुखी

यह एक बड़ा रहस्योद्घाटन है कि आप भागकर जिस स्थान पर जाना चाहते थे, यह वही स्थान है, जहाँ से आप भागकर आए हैं। यह कि वह जगह नहीं, बल्कि परिप्रेक्ष्य कारागृह था। और नोरा की सबसे अनोखी खोज यह थी कि उसने जितने भी तरह के भिन्न जीवन का अनुभव किया, उनमें सबसे बड़ा अहसास उसी जीवन में हुआ जहाँ से उसने आरंभ किया था और जहाँ उसका अंत होने वाला था।

सबसे बड़ा और गहन बदलाव, अधिक अमीर या सफल या प्रसिद्ध होने या स्वालबार्ड के ग्लेशियरों और ध्रुवीय भालुओं के बीच रहने से नहीं आया। यह उसी बिस्तर पर जाग कर आया, उसी गंदे अपार्टमेंट में, जहाँ जीर्ण सोफ़ा और युक्का प्लांट और छोटे गमले में उगे कैक्टस और अलमारियाँ और अप्रयुक्त योग मैनुअल थे।

वही इलेक्ट्रिक पियानो और वही किताबें थीं। वही बिल्ले की अनुपस्थिति और नौकरी की कमी जैसी दुखद स्थिति थी। आगे के जीवन के बारे में अब भी वही *अनभिज्ञता* थी।

और फिर भी, सब अलग था।

सब अलग इसलिए था, क्योंकि उसे अब ऐसा नहीं लग रहा था कि वह केवल दूसरों के सपनों को सच करने के लिए जी रही थी। उसे अब यह महसूस नहीं हुआ कि उसे कोई काल्पनिक आदर्श बेटी या बहन या साथी या पत्नी या माँ या कर्मचारी बनकर संतोष पाना है। उसे अब इंसान के अलावा और कुछ बनने की आवश्यकता नहीं थी, जिसे केवल अपना उद्देश्य देखना था और जो केवल ख़ुद के प्रति जवाबदेह थी।

और यह इसलिए अलग था, क्योंकि वह जीवित थी, जबकि वह लगभग मर चुकी थी। और इसलिए कि वह विकल्प उसी ने चुना था। जीने का विकल्प। उसने जीवन की विशालता को छू लिया था और उस विशालता के भीतर उसने ना केवल यह संभावना देख ली थी कि वह क्या कर सकती है, बल्कि यह भी वह क्या महसूस कर सकती है। उसके जीवन में अवसाद की सपाट रेखा और निराशा-भरे भाव के अलावा और भी बहुत कुछ था। और उसने नोरा को आशा प्रदान की और

मौजूद होने के प्रति भावनात्मक *कृतज्ञता* भी, कि वह आकाश और औसत दर्जे के रयान बेली कॉमेडी का आनंद लेने, संगीत सुनने, बातचीत करने और अपने दिल की धड़कन को सुनकर ख़ुश होने में सक्षम थी।

और यह इसलिए भी अलग था कि सब चीज़ों से ऊपर, वह भारी और पीड़ादायक *पश्चाताप की किताब* जलकर धूल में मिल गई थी।

'हाय नोरा, मैं हूँ, डोरेन।'

नोरा उसकी बात सुनने के लिए उत्साहित हुई, क्योंकि वह बहुत सफ़ाई से पियानो-पाठ का विज्ञापन करते हुए नोटिस लिख रही थी। 'ओह डोरेन! उस दिन मैं पाठ सीखने नहीं आ सकी। क्या तुम मुझे माफ़ कर दोगी?'

'उसके लिए देर हो गई है।'

'ठीक है, मैं सभी कारणों पर बात नहीं करूँगी,' नोरा ने कहा। 'लेकिन मैं बस इतना कहूँगी कि मैं दोबारा ऐसा नहीं करूँगी। मैं वादा करती हूँ, भविष्य में, यदि तुम लियो को पियानो सिखाना जारी रखना चाहोगे, तो मैं वहीं मिलूँगी, जहाँ मुझे होना चाहिए। मैं तुम्हें निराश नहीं करूँगी। अगर तुम नहीं चाहतीं कि मैं लियो को पियानो सिखाऊँ तो कोई बात नहीं। लेकिन मैं चाहती हूँ कि तुम यह जान लो कि लियो में एक असाधारण प्रतिभा है। वह पियानो को अच्छी तरह समझता है। वह इसमें अपना भविष्य भी बना सकता है। वह रॉयल कॉलेज ऑफ़ म्यूज़िक तक पहुँच सकता है। इसलिए, मैं बस इतना कहना चाहूँगी कि अगर वह मुझसे सीखना जारी नहीं रखना चाहता तो यह ध्यान रखना कि उसे *किसी न किसी* से पियानो सीखना चाहिए। बस मुझे इतना ही कहना है।'

फिर एक लंबा विराम आया। फ़ोन पर केवल साँस की हल्की आवाज़ के अलावा कुछ नहीं था। फिर :

'नोरा, ठीक है, इस एकालाप की आवश्यकता नहीं है। हम दोनों कल शहर में ही थे। मैं उसके लिए फ़ेसवॉश ख़रीद रही थी तो उसने कहा, मैं अब भी पियानो सीख सकता हूँ ना? वहीं खड़े होकर उसने यह कहा। क्या हम अगले सप्ताह से वहीं से शुरुआत कर सकते हैं, जहाँ हमने इसे छोड़ा था?'

'सच में? यह बहुत आश्चर्य की बात है। हाँ, अगले सप्ताह से।'

और जैसे ही नोरा ने फ़ोन बंद किया, वह पियानो पर बैठ गई और एक धुन बजाई, जो उसने पहले कभी नहीं बजाई थी। उसे वह धुन पसंद आई और उसने तय किया कि वह उस धुन को याद रखेगी और उस पर कुछ बोल भी लिखेगी। शायद वह उसे किसी अच्छे गीत में भी बदल सकती है और उसे फिर ऑनलाइन डाल सकती है। शायद वह और गाने लिखे या शायद उसे बचाकर रखे और अपनी

मास्टर डिग्री के लिए आवेदन करे। या शायद दोनों ही काम कर ले। किसे पता? उसने पियानो बजाते हुए नज़र घुमाई तो उसे वह पत्रिका दिखाई दे गई, जिसे जो ने ख़रीदा था। उसमें इंडोनेशिया के क्राकाटोआ ज्वालामुखी की तसवीर खुली थी।

ज्वालामुखियों में यह विरोधाभास होता है कि वे विनाश के साथ-साथ जीवन के भी प्रतीक होते हैं। एक बार लावा धीमा और ठंडा हो जाए तो वह जम जाता है और समय के साथ टूटकर मिट्टी बन जाता है - समृद्ध और उपजाऊ मिट्टी।

उसने तय किया कि वह कोई ब्लैक होल नहीं थी। वह एक ज्वालामुखी थी और ज्वालामुखी की तरह वह ख़ुद से भाग नहीं सकती थी। उसे वहीं रहना होगा और उस बंजर भूमि की देखभाल करनी होगी।

वह अपने भीतर एक जंगल उगा सकती थी।

अंत

श्रीमती एल्म, मिडनाइट लाइब्रेरी की तुलना में कहीं अधिक बूढ़ी लग रही थीं। उनके पहले ही सफ़ेद हो चुके बाल अब और सफ़ेद और पतले हो गए थे, चेहरा थका हुआ था और उस पर नक़्शे जैसी लकीरें पड़ गई थीं। उनके हाथ बढ़ती उम्र के साथ धब्बेदार हो गए थे, लेकिन वे शतरंज में अब भी उतनी ही माहिर थीं, जितनी वर्षों पहले हेज़ेल्डिन स्कूल लाइब्रेरी में थीं।

ओक लीफ़ केयर होम में उनकी अपनी शतरंज थी, लेकिन उसकी धूल साफ़ करने की ज़रूरत थी।

'यहाँ कोई नहीं खेलता,' श्रीमती एल्म ने नोरा से कहा। 'मुझे बहुत ख़ुशी है कि तुम मुझसे मिलने आई हो। यह बहुत आश्चर्य की बात है।'

'ठीक है, अगर आप चाहें तो मैं रोज़ आ सकती हूँ, श्रीमती एल्म?'

'लुईस, कृपया मुझे लुईस कहो। और क्या तुम्हारे पास करने को काम नहीं है?'

नोरा मुस्कराई। उसे भले ही नील को स्ट्रिंग थ्योरी में अपना पोस्टर लगाने के लिए कहे हुए अभी केवल चौबीस घंटे हुए थे, लेकिन उसके पास सीखने वालों की भीड़ उमड़ पड़ी थी। 'मैं पियानो सिखाती हूँ। और मैं हर दूसरे मंगलवार को बेघर लोगों के आश्रय में मदद करती हूँ। लेकिन मेरे पास हमेशा एक घंटा होता है... और ईमानदारी से कहूँ तो मेरे साथ भी शतरंज खेलने वाला कोई नहीं है।'

श्रीमती एल्म के चेहरे पर थकावट भरी मुस्कान छा गई। 'ठीक है, यह अच्छा रहेगा।' फिर उन्होंने कमरे की छोटी-सी खिड़की से बाहर देखा। नोरा भी उसी दिशा में देखने लगी। वहाँ एक पुरुष और एक कुत्ता था जिसे नोरा ने पहचान लिया। वह डायलन था, जो सैली नाम के बुलमास्टिफ़ को घुमा रहा था। यह वही कुत्ता था, जिसके शरीर पर सिगरेट से जलने के निशान थे। नोरा सोचने लगी कि क्या उसका मकान मालिक उसे कुत्ता पालने की अनुमति देगा। वह शायद उसे बिल्ली पालने की अनुमति दे दे। लेकिन नोरा को किराया देने तक इंतज़ार करना होगा।

'यहाँ बहुत अकेलापन लगता है,' श्रीमती एल्म ने कहा। 'यहाँ रहना। बस, बैठे रहना। मुझे लगा, जैसे खेल ख़त्म हो गया है। बोर्ड पर अकेले रह गए राजा

की तरह। मुझे नहीं पता कि तुमने मुझे कैसे याद कर लिया। स्कूल के बाहर मैं वैसी नहीं थी...' श्रीमती एल्म झिझक रही थीं। 'मैंने लोगों को निराश किया है। मेरे साथ रहना आसान नहीं था। मैंने ऐसे काम किए, जिनका मुझे पछतावा है। मैं एक बुरी पत्नी साबित हुई। और अच्छी माँ भी नहीं बन सकी। लोगों ने कुछ हद तक मेरा साथ छोड़ दिया, लेकिन इसके लिए मैं उन्हें पूरी तरह से दोष नहीं दे सकती।'

'आप मेरे साथ बहुत दयालु रहीं, श्रीमती... लुईस। जब स्कूल में मेरा समय कठिन चल रहा था तो आपको हमेशा पता रहता था कि क्या कहना चाहिए।'

श्रीमती एल्म की साँसें स्थिर हो रही थीं। 'धन्यवाद, नोरा।'

'और अब आप बोर्ड पर अकेली नहीं हैं। एक मोहरा आपका साथ देने आ गया है।'

'तुम कभी मेरे लिए मोहरा नहीं थीं।'

उन्होंने चाल चल दी। उनका ऊँट मज़बूत स्थिति में आ गया था। उनके चेहरे पर हल्की सी मुस्कान तैर गई।

नोरा ने कहा, 'आप यह बाजी जीत जाएँगी।'

श्रीमती एल्म की आँखें अचानक सजीव हो उठीं। 'हाँ, यही इसकी ख़ूबसूरती है ना? आप कभी नहीं जान पाते कि इसका अंत कैसे होगा।'

और नोरा ने मुस्कराते हुए उन सब मोहरों को देखा, जो बोर्ड पर बचे हुए थे। वह अगली चाल सोच रही थी।

लेखक-परिचय

मैट हेग, शीर्ष के बेस्टसेलिंग लेखक हैं जिन्होंने *रीज़न्स टू स्टे अलाइव, नोट्स ऑन अ नर्वस प्लैनेट, द कम्फर्ट बुक* और वयस्कों के लिए सात अत्यंत लोकप्रिय पुस्तकें लिखी हैं जिनमें *हाउ टू स्टॉप टाइम* और *द ह्यूमन्स* शामिल हैं। *द मिडनाइट लाइब्रेरी*, बीबीसी 2 के *बिटवीन द कवर्स* बुक क्लब की पसंद रही और उसे वर्ष 2020 में फिक्शन के लिए गुडरीड्स च्वाइस अवार्ड मिला था। इसकी ऑडियो बुक का वाचन कैरी मलीगन ने किया है।

हेग ने बच्चों के लिए भी पुरस्कृत किताबें लिखी हैं जिनमें *अ बॉय कॉल्ड क्रिसमस* शामिल है। इस किताब पर फीचर फ़िल्म बनी जिसमें कई अभिनेताओं ने काम किया। यूके में हेग की किताबों की 20 लाख से अधिक प्रतियाँ बिक चुकी हैं और इनका चालीस से अधिक भाषाओं में अनुवाद किया गया है।

अनुवादक–परिचय

आशुतोष गर्ग ने एम.ए. (हिंदी), स्नातकोत्तर डिप्लोमा (पत्रकारिता, अनुवाद) के साथ एम.बी.ए. की डिग्री प्राप्त की है। वे अंग्रेजी और हिंदी, दोनों भाषाओं पर समान अधिकार रखते हैं तथा अनुवाद के क्षेत्र में अत्यंत चर्चित हैं। आशुतोष की 36 किताबें अब तक प्रकाशित हो चुकी हैं, जिनमें से 28 अनूदित कृतियाँ हैं। इनके द्वारा अनूदित पुस्तक *'सीतायण'* को वैली ऑफ़ वड्र्स (vow) पुरस्कार–2020 के लिए 5 बेहतरीन पुस्तकों में शॉर्टलिस्ट किया गया था। वर्ष 2022 के *'अमर उजाला शब्द सम्मान'* के अंतर्गत इनकी अनूदित पुस्तक *'द लास्ट गर्ल'* को सर्वश्रेष्ठ अनुवाद के लिए भाषा बंधु अलंकरण प्रदान किया गया था।

आशुतोष, सफल अनुवादक होने के अतिरिक्त बेहतरीन लेखक भी हैं। इनकी आठ मौलिक रचनाएँ प्रकाशित हैं, जिनमें कोश, बच्चों की पहेलियाँ, सूक्ति–संग्रह और चार बेस्टसेलिंग पौराणिक उपन्यास भी शामिल हैं। *साहित्य तक* ने आशुतोष के उपन्यासों ''*कल्कि*'' और ''*कुबेर*'' को क्रमश: वर्ष 2021 एवं 2022 के 10 बेहतरीन उपन्यासों में सम्मिलित किया था। वे नियमित रूप से पत्र–पत्रिकाओं में लिखते हैं और इनका लेखन मुख्यत: पौराणिक–आध्यात्मिक साहित्य पर आधारित है।

भूतपूर्व राष्ट्रपति डॉ. प्रणब मुखर्जी द्वारा राष्ट्रपति पुरस्कार से सम्मानित किए जा चुके आशुतोष गर्ग, रेल मंत्रालय में वरिष्ठ पदाधिकारी हैं।

संपर्क : ashutoshgarg343gmail.com